버림 받은 황비

* 이 책은 ㈜디앤씨미디어가 저작권자와의 계약에 따라 발행한 것으로 저작권법의 보호를 받는 저작물입니다. 본 서의 내용을 무단 전재 및 무단 복제하는 것을 금합니다.
* 작가와의 협의에 의해 인지는 생략합니다.

THE ABANDONED
EMPRESS

버림 받은 황비

정유나 장편소설

4

얼어붙은 검과 가시나무 티아라

2부 현재편 V · 9

1. 지는 태양, 떠오르는 태양 · 11

2. 짙어지는 먹구름 · 77

3. 두 번째 성인식 · 189

4. 올가미를 조여라 · 259

5. 후계자, 그리고 맹세 · 327

부록 · 399

설정집 Ⅳ. 카스티나 제국의 주요 가문 · 401

독자 서평 Ⅳ. 쓰라린, 그리고 사랑스러운 · 409

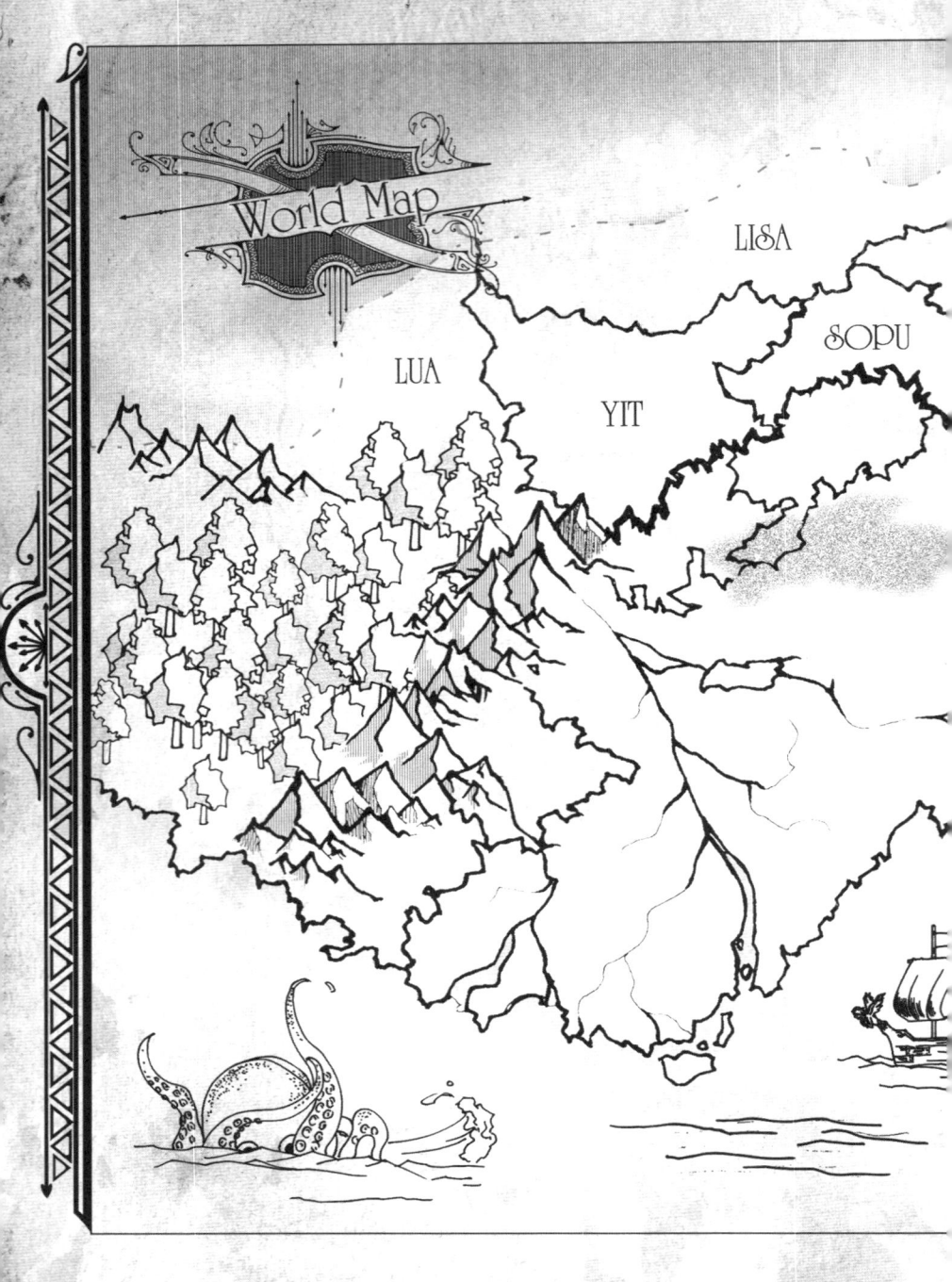

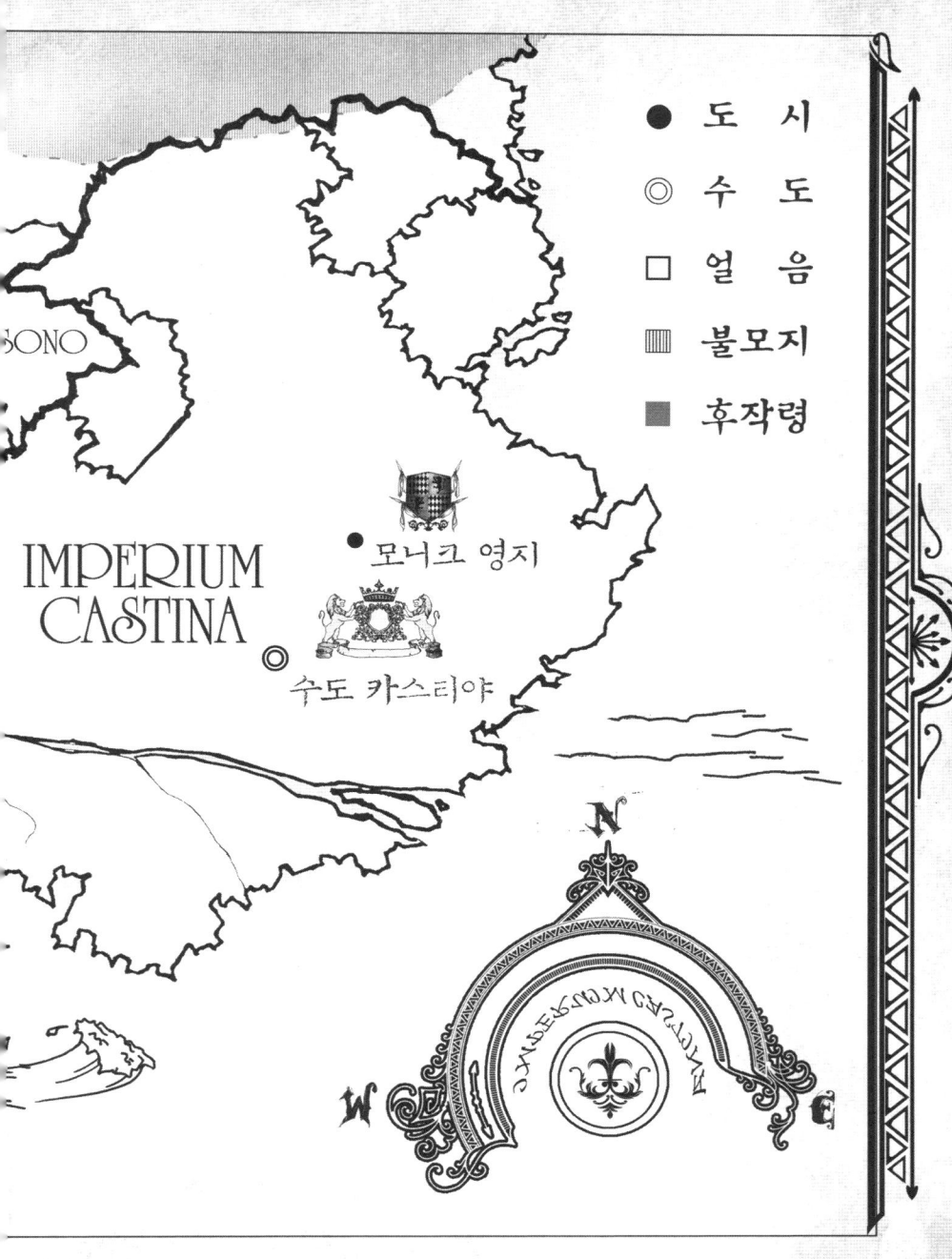

2부 현재편 V

두근두근 뛰고 있는 가슴 위에 손을 얹었다.
이러면 안 되는데, 자꾸만 설레었다.
그와의 입맞춤을 생각할수록, 낮게 소리 내어 웃는 모습을 떠올릴수록.
이러면 안 되는 걸 알고 있는데, 조금씩 두려워졌다.
그를 잃을까 봐. 내 곁을 영영 떠날까 봐.
미소 띤 얼굴로 춤추는 인형을 바라보다 천천히 침대에 몸을 뉘었다.

1. 지는 태양, 떠오르는 태양

 눈을 떴다. 온통 흐릿한 세상.
 여기가 어디지?
 몸을 일으키려 했지만, 무언가에 눌려 있는 것처럼 움직여지지 않았다. 마치 내 몸이 아닌 것 같은 느낌.
 천천히 눈을 깜빡여 봐도 세상은 여전히 흐릿했다. 좀처럼 선명해지지 않는 시야에 어렴풋이 시녀를 호출하기 위한 줄이 보였다. 있는 힘껏 팔을 뻗어 잡아 보려 했지만 그조차 쉽게 되지 않았다. 허공을 휘젓는 횟수가 늘어날 때마다 조금씩 숨이 차올랐다.
 후우.
 나는 거칠어진 호흡을 고르며 뒤죽박죽된 기억을 더듬었다. 내가 왜 여기 있는 거지? 분명 연회장에 있었는데. 어지럼증을 무릅쓰고 그와 함께 춤을 췄고, 어떻게든 버텨 보려 이를 악물었고, 그리고…….

맙소사. 전하의 파트너로 참석한 공식 무도회에서, 그것도 가장 중요한 마지막 날에 만인이 보는 앞에서 쓰러진 건가?

깜짝 놀라 몸을 일으키려다가, 엄습해 오는 끔찍한 통증에 소리 없는 비명을 질렀다. 너무 아파서 숨을 쉴 수가 없었다.

꺽꺽거리는 소리를 들은 것일까? 내게로 황급히 다가오는 발소리가 들렸다. 안개 낀 시야에 희미한 누군가의 윤곽이 보였다. 다급하게 나를 끌어안은 사람이 강한 힘으로 가슴을 압박했다.

"흡."

어느 순간, 꽉 막혔던 호흡이 뚫렸다. 헉헉거리며 가쁜 숨을 몰아쉬는 나를 조심스럽게 침대에 기대어 눕힌 누군가가 물이 담긴 잔을 입술에 가져다 댔다. 바짝 말랐던 목을 타고 액체가 흘러 들어가자 저절로 기침이 나왔다.

"이제 좀 정신이 드느냐."

"……아버지?"

"그래, 아비다. 알아볼 수 있겠느냐?"

왜 이리 눈앞이 침침하지? 거듭 눈을 깜빡여 보았지만, 은색과 군청색이 얼룩져서 보일 뿐 정확한 모습이 보이지가 않았다.

갑자기 겁이 났다.

"아버지."

"그래."

"잘 보이지가 않아요. 왜 이러는 거죠? 저 왜 이런 거예요? 네?"

"……그게 말이다."

묵묵히 등을 다독여 주던 아버지께서 가라앉은 음성으로 말씀하셨다.

"네가 심하게 과로해서, 그래서 그런 것이란다. 조금 쉬면 나을 게야."
 "정말요?"
 "……그럼. 아비가 언제 네게 거짓말하는 걸 보았느냐."
 그렇구나. 뭔가 놓치고 있는 것 같은 기분이었지만, 몽롱한 머리는 그 이상 생각하는 것을 거부했다. 나는 눈을 감고 편안한 자세로 아버지의 품에 기댔다. 조심조심 머리카락을 쓸어 넘기는 손길에 자꾸만 졸음이 밀려왔다.
 "아버지."
 "그래."
 "저, 졸려요."
 "……그래. 그간 지나치게 무리했으니…… 푹 쉬거라. 아비가 곁에 있을 테니 걱정하지 말고……."
 조곤조곤 건네 오는 목소리가 조금씩 멀어졌다. 따스한 품에 폭 감싸인 채, 나는 나른한 몸을 무의식의 세계로 던졌다.

 얼마나 시간이 흘렀을까.
 무언가 커다란 소리에 잠에서 깼다. 윙윙 울리는 머리 때문에 절로 눈썹이 찌푸려졌다.
 뭐야, 왜 이렇게 시끄러워?
 "지금 뭐라고 한 것인가!"
 익숙한 목소리에 멈칫했다. 아버지……?
 "송구합니다, 각하."
 "시끄럽다. 당장……!"

무슨 일인데 저토록 화난 목소리이신 거지?

간신히 몸을 일으켜 머리맡에 놓인 물컵을 집어 들었다. 왠지 씁쓸한 맛이 감도는 물을 단숨에 들이켜자, 갑작스레 습기를 머금은 목이 찢어질 듯 아파 왔다.

"콜록콜록."

거듭 기침이 터져 나왔지만, 나는 간신히 목을 가다듬어 두 음절을 토해 냈다.

"아, 빠?"

"당장 치료해 내라, 당장!"

"그것이······."

"아버지?"

있는 힘껏 목소리를 쥐어짜 내자, 갑자기 성난 음성이 뚝 멎었다. 잠시 침묵이 흐르는가 싶더니 곧이어 뚜벅뚜벅 다가오는 발소리가 들렸다.

"일어났구나."

"네. 그런데 아버지, 치료라니, 누굴 치료하란 말씀이죠?"

"······그게 말이다."

여전히 흐릿한 눈 때문에 표정까지 알아볼 수는 없었지만, 아버지께서 머뭇거리고 있으시다는 것만은 확연하게 느껴졌다. 나는 불안하게 뛰기 시작하는 심장 위에 손을 얹으며 말했다.

"제 얘기군요."

"······티아."

묘하게 쓴맛이 난다 했더니, 물에 약이라도 탔던 것일까. 대화를 나눌수록 머릿속에 낀 안개가 걷히면서 이성이 돌아오고 있었다.

덕분에 나는 한결 맑아진 머리로 곰곰이 기억을 더듬었다.

둘째 날 연회장에서 급속도로 나빠진 몸 상태, 그리고 휴식을 취했음에도 전혀 호전되지 않은 현재.

뭔가 이상했다. 그동안은 아무리 과로했다고 해도 세상이 뿌옇게 보일 정도로 심했던 적은 없었는데.

언젠가부터 계속 정상적인 몸 상태가 아니기는 했지만, 그저 조금 이상하다 생각했을 뿐 심각하게 여기지는 않았다. 그런 증상들은 회귀 전에는 늘 달고 다니던 것이었으니까. 매일같이 밤을 지새우며 일을 한 탓인지, 황비가 될 무렵까지만 해도 그럭저럭 괜찮았던 나는 입궁하고 몇 달 지나지 않았을 때부터 항상 그런 상태였다. 어지럽고, 숨이 차고, 항상 몸이 무겁고 어딘가 멍한. 그래서 이번에도 그때처럼 그저 지나치게 과로한 탓이라고 생각했다.

하지만 그렇다고 보기엔 아버지의 반응이나 지금 몸 상태가 너무 말이 아니었다. 그렇다면 남은 것은 하나뿐인가.

"혹시…… 독, 인가요?"

"티아."

"말씀해 주세요, 아버지."

"……그래."

"역시…….""

허탈한 웃음이 나왔다.

독, 독이란 말이지. 혹시 모를 신별 때문에 우리 쪽에서 지은을 건드릴 수 없는 것처럼, 귀족파도 이제는 신탁을 들을 수 있는 나를 건드리지 못할 거라고 생각했는데. 아무래도 내가 지나치게 방심했던 모양이었다.

"해독은 할 수 있나요?"

"……."

"없나 보군요."

"……배후를 잡기 위해 노력 중이고, 만일을 대비해서 폐하께서 대신관을 찾아오라고 명도 내리셨다."

"범인을 잡는다 해도 해독제를 구한다는 보장은 없으니, 예하께서 오실 때까지 버티는 것이 관건이겠군요."

"……그래."

씁쓸한 미소를 지었다. 과거에 비하면 체력이 많이 향상되었다고는 하나, 그때까지 과연 이 몸이 버텨 줄 수 있을까.

"범인은……?"

"제1기사단에서 네 시중을 들던 시녀다."

"그랬군요."

어쩐지 매번 뭔가를 시킬 때마다 늦더라니, 그런 이유에서였나.

왠지 한숨이 나왔다. 그렇다면 폐하께서 은다기 세트를 내려 주신 것도 이런 사태를 방지하기 위함이었구나. 폐하께서 하시는 일이라면 속뜻까지 곰곰이 생각해 봤어야 했는데, 너무 정신이 없어 미처 파악하지 못한 것이 문제였다. 진작 알아챘더라면 이럴 일은 없었을 텐데.

"배후는 파악하셨나요?"

"……이미 죽어 있었다."

"역시……."

자꾸만 쓴웃음이 나왔다.

이 일을 어찌해야 하나. 이대로 배후마저 잡지 못한다면 폐하께들 낯이 없는데. 심증만 가지고는 저들을 어찌할 방도가 없으니, 뭔가 결정적인 증거가 필요했다. 하지만 시녀가 죽은 이상 그것은 불가능할 듯했다.

그때, 문득 생각 하나가 머릿속을 스치고 지나갔다.

'맞아. 그게 있었지.'

"확실하지는 않지만…… 어쩌면 배후를 캐낼 수 있을지도 몰라요."

"뭐라고? 어떻게 말이냐?"

"둘째 날 연회장에서 제게 음료를 건넨 시종이 있었어요. 전하께서 보내셨다고 말하긴 했는데……. 한 번쯤 확인해 볼 필요가 있을 것 같아요."

"그래, 알았다. 당장 확인해 보마."

약 기운이 떨어지기라도 한 것인지, 급속도로 몸에서 힘이 빠져나가고 있었다. 나는 황급히 자리에서 일어나는 아버지께 조금씩 늘어지는 목소리로 말했다.

"아버지."

"음?"

"죄송해요. 이런 모습을 보여 드려서……."

"괜찮다. 아비는 괜찮으니…… 너는 낫는 것만 생각하려무나."

꽉 잠긴 목소리가 들려오는 곳을 향해 작게 고개를 끄덕였다. 점점 나른해지는 머리를 베개에 묻고서, 나는 또다시 깊고 깊은 수마睡魔의 세계로 빨려 들어갔다.

스르륵.

뭔가 이상한 느낌에 잠에서 설핏 깨어났다.

얼굴을 타고 누군가의 손이 미끄러지고 있었다. 따뜻한 온기를 담은 손가락이 이마에 닿았다가 스르르 내려와 뺨을 부드럽게 쓰다듬었다.

깜짝 놀라 눈을 뜨려는 순간, 슬쩍 고쳐 앉는 사람에게서 묻어 나오는 시원한 향에 몸이 굳었다.

'설마?'

"내 손길을 피하지 않는 모습은 처음이군."

나지막한 목소리에 속눈썹이 파르르 떨렸다. 정말로 그가 왔구나. 어떻게 여기까지 찾아온 거지?

"그러나 이런 식으로 보는 것을 원한 건 아니었는데. 그대, 내게 참으로 잔인하지 않은가."

"……."

"이리 창백한 모습을 더는 보지 않으려 하였거늘. 어찌 또 이러는 것이오. 대체 왜 그리 날 꺼려 하는지 알고 싶지만, 또다시 넋을 놓을까 두려워 묻지도 못한다는 걸 알고 있소?"

답답한 심정이 여실히 드러나는 한숨 소리에 마음이 무거워졌다. 그랬구나. 언제부턴가 나를 대하는 그의 태도가 조심스러워졌다는 것은 알고 있었지만, 그런 생각 때문인지는 미처 몰랐는데.

"나로 인해 이 지경이 되었음을 알면서도, 차마 놓아주겠다 말하지 못하는 이기적인 이 사람을 용서하시오. 백방으로 사람을 풀어 대신관을 찾고 있으니…… 부디 그때까지 버텨 주시오. 제발 부탁이오."

조심스럽게 다가온 손이 얼굴에 달라붙은 머리카락을 하나하나 떼어 내어 귀 뒤로 넘겨주었다. 뺨을 스치는 부드러운 손길에 솜털이 오스스 솟아오르며 절로 몸이 움츠러들었다. 깨어 있는 걸 들키면 어찌하나 싶어 가슴이 두근거렸지만, 다행히 그는 한숨을 내쉬면서 자리에서 일어났다.

발걸음 소리가 점점 멀어지고, 방문이 닫히는 소리가 들렸다.

심란한 마음에 한참을 뒤척이다가 간신히 선잠이 들었을 때, 조심스럽게 흔드는 손길에 또다시 잠에서 깼다.

이번엔 또 누구지?

뿌옇게 흐려진 눈을 깜빡이자 누군가가 나를 부축해 일으켜 세웠다. 익숙한 목소리가 들려왔다.

"티아."

"……세인?"

"그래, 나야."

"오랜만이네."

"그래. 오랜만이네, 너와 대화하는 건."

여러 개를 고인 베개에 상체를 기대자, 입술에 뭔가 차가운 물체가 와 닿았다. 흠칫하는 내 손을 꼭 붙잡은 카르세인이 말했다.

"약 먹을 시간이라고 하길래, 내가 가겠다고 부탁했어. 쓰더라도 다 삼켜야 해. 알았지?"

"응."

나는 순순히 컵에 입을 대고 쓰디쓴 약을 받아 마셨다. 갈수록 중독이 심해지고 있어서 그런지, 입안 가득 맴도는 약의 농도가 점점 진해지고 있었다.

쓸쓸한 맛에 몸서리치자, 카르세인은 말없이 나를 끌어안았다. 안개 낀 시야에 무언가 붉은빛이 어른거렸다.

"몸이 차다."

"그래?"

"응."

"그렇구나."

느릿느릿 수긍했다. 그래서 이렇게 그의 품이 따뜻하게 느껴지는 모양이었다.

자꾸만 늘어지려는 팔을 들어 등에 두르자, 카르세인은 한참 동안 침묵하며 내게 온기를 나눠 주다 말했다.

"티아."

"응?"

"꼭 버텨야 해. 부탁이야."

"응. 그럴게."

"그래."

조심스럽게 나를 침대에 눕힌 뒤 두꺼운 이불을 꼭꼭 여며 준 카르세인이 베개 위에 흐트러진 내 머리카락을 하염없이 쓸어 넘겼다. 부드러운 그 손길을 느끼며, 나는 어느새 익숙해진 어둠 속으로 또다시 빨려 들어갔다.

비몽사몽하는 시간이 점점 늘어갔다.

이제는 약을 먹어도 맑은 정신이 돌아오지 않았고, 누군가가 왔다 갔다 하는 느낌만 있을 뿐 아무것도 볼 수가 없었다. 눈이 보이지 않게 된 지는 이미 오래였고, 언제부턴가 귀도 잘 들리지 않았다. 내게 존재했던 모든 감각이 점점 사라져 가고 있었다.

누군가가 깨우면 약을 먹고 다시 잠드는 생활이 반복되었다. 여기는 어디인지, 내게 말을 거는 사람은 누구인지, 뭐라고 말하고 있는 것인지조차 깨닫기 힘들었다.

살아 있는지조차 알 수 없는 시간 속에서, 나는 점점 죽어 가고 있었다.

그러던 어느 날.

깜깜하던 세상에 밝은 빛이 돌아왔다. 한결 선명해진 감각에 인기척이 느껴지고, 누군가가 나를 부르는 듯한 소리가 들렸다.

"……애."

"…….'

"……영애."

텅 비어 버린 머리에 의문이 떠올랐다.

영애가 뭐더라? 그건 귀족가의 여식을 가리키는 말인데. 왜 영애를 여기에서 찾지? 내가 귀족가의 여식인 걸까?

나는 누구더라? 나는……. 그래, 나는 아리스티아 라 모니크. 자랑스러운 모니크 후작가의 여식.

아, 그렇다면 저 사람은 날 부르고 있는 걸까. 거듭해서 나를 부르는 저 사람은 누구지? 어디서 들어 본 듯한 이 목소리는 누구의 것이더라?

아무것도 보이지가 않아 언제부턴가 감고 있던 눈꺼풀을 조심스레 들어 올렸다. 여전히 흐릿하지만 한결 선명해진 시야에 새하얀 무언가가 들어왔다.

깜빡.

백색 파도가 사락사락 소리를 내며 내게 다가왔다.

깜빡.

사람의 형상이 만들어졌다.

깜빡깜빡.

눈꺼풀을 닫았다가 들어 올릴 때마다 나를 둘러싸고 있던 뿌연 안개가 걷혀 나갔다. 짙고도 짙었던 운무雲霧가 마침내 전부 걷혀 나가자, 이제는 또렷해진 세상 속에서 새하얗게 빛나는 한 사람이 눈에 들어왔다.

"이제 정신이 드십니까, 모니크 영애. 늦어서 죄송합니다."

"……예하."

땅까지 끌리는 백발과 투명한 연둣빛 눈동자, 공기 중으로 사르르 흩어지는 신비로운 목소리.

주신의 사랑을 받는 자, 대륙에 여섯 명밖에 존재하지 않는 신성력의 소유자.

대신관이었다.

"정신이 드십니까, 영애?"

"아……."

서둘러서 몸을 일으키려다가, 짚었던 팔이 푹 꺾이는 바람에 앞으로 고꾸라졌다. 황급히 다가온 누군가가 나를 부축했다. 사르르 흩어지는 붉은 실이 시야를 가득 메웠다.

"아직 일어나면 안 돼, 티아."

"……세인."

"경의 말이 맞습니다, 영애. 아직 일어나지 마십시오. 한동안 안정을 취하셔야 합니다."

"그래도……."

"정 그러면 베개를 받쳐 줄게."

"아……. 고마워, 세인."

베개를 여러 개 고여 등 뒤에 받쳐 준 카르세인이 두꺼운 이불을 끌어 올려 덮어 주었다.

나는 고개를 갸웃하며 카르세인을 바라보았다. 가까이에서 본 그의 모습이 묘하게 변해 있었기에. 깔끔하게 다듬은 머리카락, 한결 깊어진 눈빛, 그리고 어딘가 날카로워진 듯한 분위기까지, 모두 내가 알던 카르세인과는 사뭇 달랐다.

그동안 무슨 일이라도 있었던 것일까?

의아한 눈으로 거듭 바라보자, 이불을 정리하던 카르세인이 고개를 한쪽으로 기울이며 물었다.

"왜 그래, 티아?"

"아, 아무것도 아냐. 그런데 아버지는……?"

"아직 황궁에 계셔. 곧 오실 거야."

"그렇구나."

잔뜩 가라앉은 목소리로 답하자, 나를 묵묵히 바라보던 카르세인이 대신관을 향해 말했다.

"예하, 잠시 휴식을 취함이 어떠하십니까. 그간의 일에 대한 말씀은 각하께서 오신 뒤에 하셔도 좋을 듯싶습니다만."

"좋습니다. 일단 해독은 끝났으니 그리하지요. 잠시 후에 뵙겠습니다, 영애."

"아, 네."

대신관이 사라지자, 조심스럽게 다가와 침대맡에 앉은 카르세인이 양손을 내 볼에 가져다 댔다. 순간, 맞닿은 손이 움찔하며 굳는 것이 느껴졌다.

"세인? 왜 그……."

머뭇머뭇 묻는 나를 거세게 끌어당겨 안은 그가 중얼거렸다.

"……다."

"응?"

"따뜻해……."

"……세인."

"다행이다. 정말 다행이야. 하……. 늦지 않아서 정말 다행……."

꽉 잠긴 목소리로 거듭해서 되뇌는 모습에, 나는 늘어져 있던 팔을 가까스로 등에 둘러 느릿느릿 토닥였다.

왠지 입맛이 썼다. 뭔가 이상하다 느꼈을 때 서둘러서 의원을 불렀으면 이 지경까지 오지는 않았을 텐데. 너무 안일하게 생각하는 바람에 이렇게 많은 사람에게 폐를 끼쳤구나, 나는.

한참 동안 어깨에 얼굴을 묻고 있던 카르세인이 조심스럽게 나를 품에서 떼어 놓았다. 커다란 손이 스치듯 부드럽게 뺨을 쓸었다.

"다시는……."

"응?"

"다시는 널 보지 못하는 줄 알았어. 네 목소리를 듣지 못하는 줄 알았어."

"……미안."

"이젠 아프지 마, 티아. 제발. 더는 이런 모습 보고 싶지 않아."

"응. 그럴게."

물기 어린 푸른 눈동자를 보자 가슴이 먹먹해졌다. 밀려오는 죄책감에 고개 숙이는 나를 저지한 카르세인이 잔뜩 가라앉은 목소리로 말했다.

"그러지 마. 정말 오랜만에 보는 거잖아."

"……세인."

"많이 보고 싶었어, 티아."

"나도."

힘겹게 입꼬리를 끌어 올리며 웃어 보이자, 그의 얼굴이 조금 편안하게 풀어졌다.

그때, 노크 소리가 들렸다. 곧이어 방 안으로 들어선 리나가 꾸벅 허리를 숙여 보이며 말했다.

"각하께서 오셨습니다."

"그런가. 내가 내려가 볼 터이니, 아가씨를 돌봐 드리도록."

"네, 카르세인 경."

자연스러운 태도로 리나에게 지시를 내리는 카르세인을 보자 어안이 벙벙해졌다. 언제부터 저 둘이 저런 사이가 된 거지?

물끄러미 올려다보는 시선을 느꼈는지, 나를 향해 엷게 미소 지은 카르세인이 아버지를 모시고 오겠노라며 방 밖으로 향했다.

조심스럽게 다가온 리나가 울먹거리며 나를 바라보았다.

"아가씨, 깨어나셨군요. 다행이에요. 정말 다행이에요."
"오랜만이야, 리나. 그동안 잘 지냈어?"
"잘 지냈을 리가 없잖아요. 아가씨께서 이렇게 오랫동안 누워 계셨는데."
"음, 지금이 몇 번째 달이니?"
"제국력 963년의 마지막 달, 스물한 번째 날이에요."
"……그렇구나."
 내가 쓰러졌던 때는 열 번째 달의 세 번째 날. 그렇다면 거의 석 달이 지난 건가. 그동안 정세는 어떻게 돌아가고 있었을까. 여기저기 지시해 뒀던 것들은? 지은은?
 갑자기 머리가 깨질 듯이 아파 왔다. 이마를 손으로 짚으며 신음을 삼키자, 리나는 깜짝 놀라 허겁지겁 나를 부축하며 말했다.
"괜찮으세요, 아가씨? 많이 불편하세요? 당장 예하를 모셔 올까요?"
"아냐, 괜찮아. 금방 다시 오실 텐데, 뭐."
"그래도……."
"괜찮아. 정 안 좋으면 얘기할게."
"알겠어요. 그럼 각하께서 올라오시기 전에 우선 간단하게 씻겨 드릴게요. 잠시만요."
 그 말을 끝으로 방을 나선 리나는 조금 뒤 따뜻한 물이 담긴 대야를 가지고 나타났다. 그러고는 수건을 적셔 내 얼굴과 몸을 닦아 낸 뒤 잔뜩 흐트러진 머리카락을 감겨 주었다. 마지막으로 땀에 젖은 잠옷까지 갈아입혀 준 그녀가 뿌듯한 표정으로 거울을 내밀었다.

나는 거울 속에 비친 내 모습을 멍하니 바라보았다. 석 달 만에 보는 내 얼굴은 몹시 파리해 보였지만, 세안을 마친 후라 그런지 못 봐줄 정도는 아니었다.

절로 안도의 한숨이 나왔다. 오랜만에 뵙는 아버지인데, 잔뜩 초췌해진 모습으로 마주하고 싶지는 않았으니까.

"이만하면 봐줄 만하네. 고마워, 리나."

"별말씀을요, 아가씨."

방긋 웃어 보인 리나가 대야를 들고 밖으로 나갔다. 잠시 후 한 사람이 성큼성큼 방 안으로 들어섰다. 아버지였다.

"……오랜만이네요, 아버지."

"그래……."

까칠해진 얼굴, 잔뜩 흔들리는 군청색 눈동자. 내 손을 꼭 붙드는 힘에서 백 마디 말보다 더한 진심이 전해져 왔다.

애써 환하게 미소 짓자, 아버지께서는 말없이 나를 품으로 끌어당기셨다. 나는 든든한 가슴에 얼굴을 묻고 어리광 피우듯 뺨을 비볐다.

많이 보고 싶었어요, 아빠. 정말 다행이에요, 아버지를 다시 뵐 수 있어서.

"좀 전보다 훨씬 나아 보이십니다, 영애."

방 안으로 들어서던 대신관이 웃음기 어린 목소리로 말했다. 나는 아버지의 품에서 몸을 떼며 대신관을 향해 고개 숙여 인사했다.

"예하께 구명지은求命之恩을 입었군요. 어찌 감사의 말씀을 드려야 할지……."

"아닙니다. 조금 더 일찍 올 수 있었는데 예기치 못한 사건 때문에 그만……. 영애께는 참으로 죄송할 따름입니다."

 옷자락을 갈무리하며 자리에 앉은 그가 입을 열었다. 길게 늘어진 새하얀 머리카락이 눈부시게 빛났다.

 "참, 다시 인사를 드려야겠군요. 생명의 축복이 함께하시기를. 주신 비타의 두 번째 뿌리 세쿤두스Secundus입니다."

 "아……. 아무래도 다른 대신관께서 주신의 곁으로 돌아가신 모양이군요."

 "엄밀히 말하면 그렇지는……, 음, 이건 나중에 따로 말씀드리지요. 극비 사항이라서 말입니다."

 "네? 아, 네."

 따로 말해 주겠다고? 극비 사항이라면 보통 말할 수 없다고 해야 하는 것 아닌가?

 의아한 눈으로 바라보았지만, 대신관은 엷은 미소만 지었을 뿐 더는 아무런 말도 하지 않았다.

 "제국의 창께서도 오셨으니 슬슬 얘기해 볼까요. 음, 영애께서 당하신 독은 아무래도 두 가지 같습니다."

 "두 가지…… 라고요?"

 "그렇습니다. 본디 해독 주문이란 그저 몸에 해로운 기운을 몰아내는 것일 뿐이기에 정확하게 어떤 독인지는 모르는 경우가 비일비재합니다만, 행인지 불행인지 이 독은 일전에 접해 본 적이 있어서 말입니다. 황궁의도 그리 말했다고 하니 거의 확실할 것입니다."

 "어떤……?"

 내 물음에 대신관은 보기 드물게 진지한 표정으로 말했다.

"그 전에 확인해야 할 것이 있습니다, 영애. 이 독을 장기간 섭취하게 되면 현기증이 일어나고, 간혹 속이 걷잡을 수 없을 만큼 메슥거립니다. 가슴이 답답하고 숨이 자주 가쁘며 자꾸만 기분이 극과 극으로 치닫지요. 별것 아닌 일에도 갑자기 짜증이 난다거나 화가 치솟는 식으로 말입니다. 맞습니까?"

"……네, 맞습니다."

"역시 그렇군요. 그렇다면 아마도 맞을 것입니다. 영애께서 중독되셨던 것은 적은 양으로는 그리 지장이 없으나 지나치게 많은 양이 쌓일 경우 목숨을 위협하는 독입니다. 이 독의 무서운 점은 소량을 몇 달 동안 계속하여 섭취할 경우 여성의 몸을 망치게 한다는 것에 있지요."

"……그렇습니까."

가슴이 철렁 내려앉았다.

설마…… 설마. 지금 느끼고 있는 이 불길한 예감이 진실이 되어 눈앞에 던져지는 것은 아니겠지?

저절로 시선이 아버지를 향했다. 괴로운 듯 일그러지는 얼굴을 보자 나도 모르게 이불을 움켜쥔 손에 힘이 들어갔다.

"이 독을 복용하게 될 경우 아기집이 점점 말라붙게 됩니다. 자연히 아이를 가지기도, 무사히 낳기도 어려운 상태가 되지요. 한마디로 말해 불임이 된다는 소리입니다."

"……"

문득 한 가지 기억이 떠올랐다. 과거, 그의 아이를 허무하게 잃고 나서 황궁의에게 떨리는 마음으로 물었던 바로 그때의 기억이. 고개를 푹 숙인 채 송구하다 답하는 황궁의를 보며 나락으로 떨어지는 것 같은 기분을 느꼈더랬지.

비통하고 허무했다. 아이를 잃었다는 사실에 슬퍼하기보다는 그의 사랑을 영영 얻을 수 없을 거라는 깨달음 때문에 절망하고, 그런 나 자신에 대한 환멸감에 몸부림쳤었다. 그랬는데…….

잠깐.

뒤통수를 강타하는 충격에 눈을 부릅떴다. 이불을 움켜쥔 주먹이 부들부들 떨렸다.

방금 대신관이 뭐라고 했지? 이 독을 장기간 섭취했을 경우 어떻게 된다고?

현기증, 메스거림, 가쁜 호흡, 그리고 치솟는 짜증. 그동안 이런 증상을 느끼면서도 그저 과로 때문이라 생각했던 건, 그것이 모두 과거에 겪었던 일이었기 때문이었는데.

대신관은 계속해서 뭐라 말을 하고 있었지만, 이미 내 귀에는 들리지 않았다.

미친 듯이 기억을 더듬었다.

생각해 보면, 과거의 나는 몸이 약한 편이어서 종종 혼절하거나 현기증을 일으키곤 했지만 감정을 다스리지 못한 적은 없었다. 자꾸만 솟구쳐 오르는 분노와 짜증에 몸서리쳤던 건, 이 독에 중독되었을 경우 나타난다는 증상을 겪었던 건, 황비가 되고 몇 달 지나지 않아서부터였다!

"하……."

그저 날 돌아봐 주지 않는 그에 대한 원망 때문이라고, 자꾸만 찾아와서 친근하게 달라붙으며 속을 뒤집는 지은 때문이라고 생각했다. 해도 해도 끝없이 쏟아지는 궁내부의 일 때문에 과로한 거라고, 선천적으로 몸이 약했기에 그토록 쉽게 유산이 되고 불임이 된 거라고 믿었다.

그랬는데, 그 모든 것이 독 때문이었을 수도 있다니.

기가 찼다. 자꾸만 헛웃음이 나왔다. 이미 과거의 일이었기에 확인할 길은 없지만, 그랬을 가능성이 존재한다는 생각만으로도 온몸이 부르르 떨렸다.

"티아, 티아? 정신 차리거라."

"이런, 제 말이 너무 큰 충격을 드렸나 봅니다. 영애, 괜찮으십니까?"

걱정스럽게 나를 부르는 아버지와 대신관의 음성에 간신히 정신을 차렸다. 충격이 조금씩 가라앉자, 차가운 이성이 몸을 서서히 지배했다.

그 일은 일단 접어 두자, 아리스티아. 생각만 해도 몸서리가 쳐지지만, 확인할 길이 없는 과거의 일보다는 현재가 더 중요하니까.

간절한 눈으로 대신관을 바라보았다. 떨리는 목소리가 입술을 비집고 밖으로 새어 나왔다.

"그렇다면, 이제 저는 아이를 가질 수 없는 것인가요?"

"모르겠습니다."

"네? 모르시겠다니요?"

"음……. 혹시 후작 부인께서도 이 독에 중독되신 적이 있다는 사실을 알고 계십니까?"

"네? 어머니께서요?"

'이건 또 무슨 소리지?'

머리가 띵했다. 연이은 충격에 멍하니 눈만 깜빡이자, 한숨을 내쉰 아버지께서 말씀하셨다.

"예하의 말씀대로란다. 네 어미도 이 독에 당한 적이 있었지."

"그런……."

"당시 네 어미도 한참 뒤에야 중독된 것을 알게 되었다. 본디 증상이 그리 두드러지지 않는데다 희귀한 독이라 중독되었다는 사실을 알아보기 어려웠던 탓도 있었지."

"……."

"사실을 깨달았을 땐 이미 늦은 뒤였다. 만일 예하께서 찾아오시지 않았다면, 네 어미는 아마 그대로 목숨을 잃었을 게다."

"그런……."

그랬나. 어머니께서 아버지와 결혼하신 지 칠 년이라는 세월이 지난 다음에야 겨우 나를 가지셨던 이유가 그것이었구나. 건강이 별로 좋지 않은 편이셨다고 들었기에, 그저 막연히 그 때문일 거라고 생각했는데.

한숨을 내쉬자, 나를 바라보던 투명한 연둣빛 눈동자가 슬쩍 흔들렸다. 고개를 돌려 시선을 회피한 대신관이 말했다.

"후작 부인의 선례를 생각하면 희망이 있을 것이나, 영애는 후작 부인의 경우와는 조금 다르기에 뭐라 장담할 수가 없군요."

간신히 품었던 희망이 다시 부서지는 듯했다. 어느새 숨소리가 조금씩 거칠어지고 있었다.

암담한 현실을 외면하려 눈을 감았다. 그러나 차단된 시각만큼 대신관의 목소리는 더욱 선명하게 귓가를 울렸다.

"두 가지 독이라고 말씀드렸지요? 한 가지는 좀 전에 이야기한 그것이고, 다른 한 가지는 아마도 그동안 꾸준히 섭취한 독을 중

폭시키는 작용을 한 것이 아닐까 생각합니다. 그렇지 않고서야 그리 심한 중독 증상이 일어날 수가 없습니다."

"그런……. 그렇다면 저는?"

"으음, 솔직히 말하자면 잘 모르겠습니다. 그 정도의 중독이라면 불임뿐만 아니라 제가 도착하기 전에 이미 목숨을 잃으셨을 것입니다만, 원행을 떠나기 전 자꾸만 후작 부인이 떠올라 거듭해서 축복을 드린 것이 도움이 된 듯하거든요. 그걸 생각하면 가능성이 있는 듯도 하고……."

그랬구나. 석 달이라는 긴 시간 동안 용케 버텼다 했더니 중첩해서 받은 축복 때문에 가능했던 거였나. 하지만 그토록 지독한 중독 상태였다면, 목숨은 구했다 하더라도 과연 불임을 면할 가능성이 얼마나 될까.

나는 점점 서늘해지는 가슴을 부여잡으며 애써 표정을 담담하게 가라앉혔다. 그러고는 계속해서 시선을 외면하는 대신관을 향해 고개를 숙여 감사를 표했다.

"……그렇군요. 감사드립니다, 예하."

"아닙니다. 그 라니에르라는 자의 방해만 없었어도 훨씬 일찍 올 수 있었을 것을……. 영애께는 참으로 송구할 따름입니다."

"라니에르, 라니요?"

멍하니 묻는 내게 아버지께서 말씀하셨다.

"너도 알고 있지 않느냐. 그 시종 말이다. 네게 음료를 건넸다는 시종은 이미 처리된 후였지만, 그를 추적한 결과 라니에르 백작이 배후라는 사실을 찾아낼 수 있었단다. 현재는 여죄를 캐내기 위해 감옥에서 심문 중이지."

"그런……."

대회의에서 사사건건 말을 물고 늘어지던 모래색 머리카락의 남자가 생각났다. 건국기념제 두 번째 연회에서 얄밉게 웃음을 짓고 있던 모래색 머리카락의 영애도.

라니에르 백작이 범인이라면, 진정한 배후는 불 보듯 뻔했다. 라니에르 영애와 혼담이 오고 가던 영식은 다름 아닌 제나 공작의 손자였으니까.

"……애. 영애?"

"……아, 네, 대신관 예하."

상념에서 깨어나며 답하자, 대신관은 슬쩍 고개를 숙여 보이며 말했다.

"막 일어난 터라 아직 힘겨우실 텐데, 제가 눈치 없이 너무 오래 있었나 봅니다. 중요한 얘기는 대강 말씀드렸으니 오늘은 이만 일어나겠습니다. 쉬십시오."

가볍게 묵례한 대신관이 자리에서 일어났다. 그를 따라 몸을 일으킨 아버지께서 나를 돌아보며 말씀하셨다.

"티아, 아비는 예하를 모셔다 드릴 테니, 너는 이만 쉬거라."

"네, 아버지."

나는 두 사람의 그림자가 문밖으로 사라지는 것을 바라보며 깊은 한숨을 쉬었다. 조금 전에 대신관이 한 말이 머릿속에서 떠나질 않았다.

라니에르 백작이라. 그가 범인이란 말이지?

갑자기 실소가 터져 나왔다. 제나 공작, 지난번에는 아피누 백작을 희생양으로 삼더니, 이번에는 라니에르 백작을 핑계로 빠져나갈 셈인가.

완고한 인상의 노인을 떠올리자 그와 함께 또 다른 얼굴이 생각났다. 회귀 전에는 항상 생글생글 웃고 있던, 그러나 지금은 나에게 알 수 없는 적의를 불태우는 흑발, 흑안의 소녀가.

지은도 이 일에 가담했을까?

내가 기억하는 그녀는 그럴 만한 위인은 아니었지만, 너무나도 많이 달라진 현재의 모습을 생각해 보면 무작정 아니라고 할 수도 없는 노릇이었다. 게다가 그녀의 양부는 다름 아닌 제나 공작이 아닌가.

별안간 분노가 치솟아 올랐다. 온갖 방법을 시도한 끝에 결국은 나를 이렇게 만든 저들에 대해서, 그리고 그들이 호시탐탐 나를 해하려 한다는 사실을 잘 알고 있었으면서도 안이하게 굴었던 나 자신에 대해서.

언제부터 이렇게 멍청해졌던 거지? 지금 내가 살고 있는 이 사회가 어떤 곳인지조차 망각하고 있었다니. 황실과 엮이는 것을 피하기 위해 몸을 사리는 것과 적들에게 넋 놓고 당하는 것은 완전히 다른 성질의 것이었는데, 나는 바보처럼 운명을 피하겠다는 생각에만 급급해 일방적으로 저들의 손에서 놀아나고 있었던 게 아닌가.

입술을 꽉 깨물었다. 무엇이건 받은 만큼은 돌려줘야 하는 법. 저들이 이렇게 나온 이상, 이제 더는 정당한 방법만을 고집하여 멍청하게 당하지만은 않을 생각이었다. 저들의 손에 놀아난 것은 지금까지만으로도 충분했다.

생생하게 떠오르는 보랏빛 눈동자의 노인과 검은 머리카락의 소녀를 머릿속에서 지워 내며 스르르 눈을 감았다. 우선은 몸부터 회복하는 것이 최선이었다.

"오랜만입니다, 카롯 남작. 그간 잘 지냈나요?"
"아가씨께서 자리보전하셨는데 잘 지냈을 리가 없잖습니까. 후우, 무사하셔서 정말 다행입니다."
"고마워요. 흠, 부탁했던 건 저게 전부인가요?"
차곡차곡 쌓여 있는 서류 뭉치를 가리키며 말하자, 잿빛 머리카락의 중년인은 걱정스러운 표정으로 고개를 끄덕였다.
"그렇긴 합니다만, 아직 일어나신 지 얼마 되지도 않았는데 너무 무리하시는 것은 아닌지요. 조금 더 회복한 후에 보시는 편이 나을 것 같습니다만……."
"아뇨. 이만하면 충분합니다. 게다가, 이런 엄청난 선물을 받고도 석 달이 넘도록 답례하지 못했다고 생각하니 영 잠이 오질 않아서요."
비뚜름하게 입술을 끌어 올리자, 남작은 어쩔 수 없다는 듯 한숨을 내쉬며 말했다.
"……알겠습니다. 그럼 대기하고 있을 테니, 지시하실 사항이 있으면 말씀하십시오."
"그리하지요. 아 참, 인사부터 한다는 것을 그만 깜빡했군요. 걱정해 줘서 고마워요. 그간 부탁했던 사항들을 충실하게 처리해 준 것도요."

"아닙니다. 당연히 해야 할 일인 것을요."

정중하게 고개를 숙여 보인 남작이 맞은편 자리에 앉았다. 충성스러운 가신의 얼굴을 잠시 바라보다가, 나는 그가 가져온 서류 중 가장 위에 놓인 것을 집어 들었다.

어디 보자. 제1기사단에서 나를 시중들던 시녀와 당시 연회장에서 음료를 건넸던 시종, 그 둘과 접촉했던 사람은 라니에르 백작이 유일하단 말이지.

그것참 이상하네. 뭔가 세부사항이 왔다 갔다 한 문서 같은 것이 있을 법도 한데. 물론 그런 서류는 읽는 즉시 태워 버리는 게 원칙이지만, 툭하면 꼬리 자르기를 시도하는 제나 공작과 함께 일하면서도 그럴 수 있을까? 만일 내가 백작이었다면 후일 협상을 위해서라도 하나 정도는 숨겨 두었을 것 같은데.

"음, 남작?"

"네, 아가씨. 말씀하십시오."

"라니에르 백작 말입니다. 기밀 서류 같은 걸 숨겨 두는 곳이라든가, 은밀히 들락거린다든가 하는 곳은 없을까요?"

"그렇잖아도 조사 중입니다만, 아직 이렇다 할 것은 발견하지 못했습니다. 찾는 즉시 보고 드릴 터이니, 오늘은 여기까지만 하시지요. 안색이 영 좋지 않으십니다."

식은땀을 몰래 훔쳐 내는 것을 본 것인지, 남작은 무척 걱정스러운 표정이었다.

"하나만 더 볼게요. 꼭 알아 둬야 해서 그래요."

"휴우, 알겠습니다."

나는 한숨을 내쉬는 남작을 향해 배시시 웃어 보이며 지은에 관한 서류를 집어 들었다.

온갖 내용이 눈을 스치고 지나갔다. 신전과 거듭해서 접촉하고 있다느니, 수시로 황궁에 들어 전하의 근처를 맴돌고 있다느니, 궁내부원들에게 유독 친근하게 대한다느니 등의 것이. 그중에서도 가장 놀라운 것은 귀족파 영애들을 완전히 장악한 것으로도 모자라 작위를 가진 귀족들과도 자주 만나고 있다는 사실이었다.

어떻게 그게 가능하지? 아무리 황태자비가 될 가능성이 높다고 해도 그렇지, 무엇을 제시했기에 고작 석 달이라는 시간 동안 혈통을 중시하는 그들의 마음까지 샀단 말인가?

자잘한 내용을 살피며 종이 뭉치를 반쯤 넘겼을 때, 간단하게 쓰여 있는 구절 하나가 눈에 들어왔다.

순간 입가에 비뚜름한 미소가 걸렸다.

'모슬린을 대량으로 매입하고 있단 말이지?'

혹시나 하는 마음에 엔테아와 얘기해 두길 잘한 것 같았다.

'어디 한 번 자금 부족 때문에 고생해 보라지.'

무엇이든 간에 일을 행하기 위해서는 자금이 필요한 법. 그러니 이참에 제나가 산하 상단을 하나씩 파산시키는 것도 괜찮을 것 같았다.

"후우."

두터운 서류를 덮으며 한 손으로 머리를 짚었다. 오랜만에 빼곡한 글씨를 읽었더니 조금 어지러운 듯했다.

"괜찮으십니까, 아가씨?"

"아, 네."

"오늘은 이만하시지요. 각하께서 보셨다면 분명 불호령을 내리셨을 겁니다."

단호하게 얼굴을 굳힌 남작이 서류를 빼앗아 들었다. 어차피 약속했던 바도 있었기에, 나는 순순히 고개를 끄덕이며 말했다.

"알겠어요. 그럼 두 가지만 부탁할게요."

"말씀하십시오."

"라니에르 백작을 포섭하거나 뒤를 캘 수 있는 방법을 찾아봐 줘요. 그리고 엔테아에게 들러 일전에 사들이라 지시했던 모슬린을 제나가에 모조리 팔라고 전해 주겠어요? 가격은 재량에 맡길 테니, 최대한 비싸게 받아 내라고 얘기하면 될 거예요."

"알겠습니다. 허니 이만 쉬십시오. 폐하의 일로도 걱정이 이만저만이 아니실 텐데, 아가씨께서 또다시 탈이라도 나는 날에는 각하께서 어찌 나오실지 모릅니다."

"네? 폐하의 일이라뇨?"

고개를 갸웃하며 묻자, 묵묵히 서류 뭉치를 챙기던 남작이 멈칫했다. 딱딱하게 굳은 얼굴을 보자 불길한 예감이 엄습해 왔다. 대체 무슨 일로 저러는 걸까.

한참을 망설이던 남작이 나지막한 목소리로 말했다.

"그게 말입니다. 음……."

"……."

"놀라지 말고 들으십시오."

"네. 무슨 일인데요?"

"폐하께서……, 많이 위독하십니다."

뭐라고?

커다란 충격이 머리를 강타했다. 눈앞이 깜깜해지는 기분에, 나는 깊게 신음했다.

제국의 작은 태양, 황태자 전하께.

마땅히 죄를 청하러 배알하여야 함에도 외람되이 서신으로 뵙는 죄인을 용서하십시오.

불충, 불효, 불민한 소녀가 감히 무엇을 말씀드릴 수 있겠습니까. 소녀의 일 때문에 폐하께서 쓰러지셨으니 당장 목을 벤다 하셔도 할 말이 없음을 잘 알고 있습니다.

다만, 엎드려 청하옵건대 한 번만이라도 폐하의 존안을 뵈올 수 있도록 허락하여 주옵소서. 그리만 해 주신다면 그 어떤 벌을 내리신다 하여도 달게 받겠나이다. 부디 자비를 베푸시어 선처하여 주시길 간절히 바라옵니다.

아리스티아 라 모니크 올림.

긴 숨을 토해 내며 깃펜을 내려놓았다. 근처에서 대기하고 있던 집사에게 잘 봉인한 서신을 넘기고서, 나는 시녀들의 부축을 받으며 연무장으로 향했다.

대신관이 다녀간 지 사흘째.

그동안 나는 석 달이라는 시간 동안 거의 사용하지 않아 약해진 팔다리의 힘을 키우기 위해 조금씩 걷는 연습을 하고 있었다.

가쁜 호흡을 내쉬며 걷기를 한참, 간신히 연무장에 도착했다. 무너지듯 주저앉는 나를 안쓰럽다는 듯 바라보던 시녀가 수건을 들어 비 오듯 흐르는 땀을 닦아 주었다.

"많이 힘드세요, 아가씨?"

"응. 아직은 좀 힘이 드네."

생각처럼 움직여 주지 않는 몸 때문에 답답했다. 아무리 그래도 그렇지, 명색이 기사였는데 겨우 이 정도 체력밖에 되지 않다니.

한숨을 내쉬며 고개를 들자, 서로를 향해 검을 겨누고 있는 은빛 머리카락의 남자와 붉은 머리카락의 청년이 보였다. 쌍둥이처럼 닮은 검술을 구사하는 모습에 내심 놀랐다.

'와, 카르세인, 그새 정말 무섭게 늘었잖아.'

햇살을 받아 더욱 활활 타오르는 듯한 붉은 머리카락을 보자 이틀 전 있었던 일이 떠올랐다. 카롯 남작이 서둘러 돌아간 뒤 나는 수련을 마치고 잠시 들렀던 카르세인에게서 정확한 사정을 들을 수 있었다. 그리고 그것은 내 가슴을 철렁하게 했다.

건국기념제 첫날, 라스 공작 부인과 연회의 스타트를 끊으셨을 정도로 많이 회복되었던 폐하께서 저토록 위독해지신 것은 바로 나 때문이었다. 황궁의가 중독이라는 진단을 내렸을 때까지만 해도 그럭저럭 괜찮으셨는데, 폐하께서는 내가 마신 독이 과거 어머니를 해칠 뻔했던 것과 동일하다는 사실을 들으시고는 크게 노여워하셨다고 했다. 그러고는 반드시 배후를 색출하라고 역정을 내다가 그만 쓰러지셨다고.

과연 자리를 털고 일어나실 수 있을까. 그렇잖아도 노쇠해지고 있던 분인데.

멍하니 이런저런 생각을 하고 있는데, 문득 그림자 하나가 머리 위로 드리워졌다.

"어떻게 여기까지 오셨습니까, 아가씨?"

"오랜만이에요, 리그 경. 그동안 잘 지내셨어요?"

"그럴 리가요. 아가씨께서 그리 계셨는데 잘 지냈을 리가 없지 않습니까."

"……걱정 끼쳐서 죄송해요."

"가뜩이나 연약하신 분을……. 천벌을 받을 놈들 같으니."

풀기 없이 웃어 보이자, 리그 경은 표정을 잔뜩 일그러뜨리며 말했다. 리그 경을 시작으로 우르르 몰려든 기사들이 저마다 한마디씩을 건넸다.

"정말 다행입니다, 아가씨."

"어찌 이리 마르신 겁니까."

"씹어 먹어도 시원찮을 놈들 같으니! 감히 우리 아가씨를……. 크흑."

"로니에르인지 라니에르인지 하는 그 자식은 붙잡아서 그냥 육시를……!"

"인마, 아가씨 앞이잖아. 말 좀 가려서 하지 못하겠어?"

나는 티격태격하는 기사들을 보며 스르르 미소를 지었다. 햇볕을 오래 쬐면 안 된다면서 제복을 벗어 얼굴 위에 그늘을 만들어 주는가 하면 물을 많이 마셔야 한다며 냉수를 떠다 주기도 하고, 많이 웃어야 빨리 낫는다며 이런저런 우스갯소리를 늘어놓는 그들에게서 따스한 기운이 전해져 왔다.

얼마나 시간이 지났을까? 기사들과 더불어 즐겁게 대화를 나누고 있을 때, 갑자기 나를 둘러싼 원 뒤에서 익숙한 목소리가 들려왔다.

"다들 여기서 무얼 하는 겐가?"

"헛, 각하. 그게……."

"안녕히 주무셨어요, 아버지?"

"음?"

그제야 나를 발견한 군청색 눈동자가 크게 뜨였다. 자리를 비켜 주는 기사들 사이로 성큼성큼 다가온 아버지께서 말씀하셨다.

"여기까진 어찌 내려온 것이더냐."

"오랫동안 누워 있었으니 움직여야지요. 아버지도 뵙고, 오랜만에 기사분들도 보고 싶어서요."

"그랬더냐. 그래도 아직은 안정을 취해야 하니, 이제 그만 들어가자꾸나."

"네."

나는 순순히 답하며 아버지를 향해 양손을 뻗었다. 멀리서 손을 흔들어 보이는 카르세인을 향해 고개를 끄덕여 주고서, 조심스럽게 나를 일으켜 세워 주는 강인한 팔에 기대어 발을 떼었다. 요 며칠 꾸준히 돌아다닌 덕분인지, 그래도 이제는 제법 다리에 힘이 들어가는 듯했다.

방에 들어서자 방금 가져다 놓은 듯 김이 모락모락 나는 수프 그릇이 눈에 들어왔다. 식욕은 별로 없었지만, 나는 어쩔 수 없이 자리에 앉았다. 어느새 옆에 자리한 아버지께서 숟가락을 집어 드시는 모습이 눈에 들어왔기에.

"제가 할 수 있어요, 아버지."

"아비가 해 주고 싶어서 그러는 것이니 사양하지 말거라."

"그래도……."

재차 사양해 보았으나 아버지께서는 꿈쩍도 하지 않으셨다. 듬뿍 뜬 묽은 수프를 후후 불어 내미시는 모습에, 나는 어쩔 수 없이 아버지께서 주시는 대로 수프를 받아먹었다.

두어 숟가락을 삼켰을 때, 문득 시선이 마주쳤다. 나를 바라보는 군청색 눈동자에는 온갖 감정이 담겨 있었다. 기쁨, 슬픔, 안타까움, 그리고 미안함 등의 감정이.

갑자기 목이 메었다. 딸이 일어났음에도 마음 놓고 기뻐하지 못하는 아버지가 안타까워서, 그리고 그 이유에 나 자신도 일조했다는 사실이 죄스러워서.

또다시 다가온 스푼을 보며 도리질을 하자, 한숨을 쉰 아버지께서 숟가락을 내려놓고는 말씀하셨다.

"그리 자책하지 말거라."

"……."

"그러지 말고 한 번 웃어 보려무나, 응? 잃을 뻔한 딸을 간신히 찾았는데, 그리 시무룩하기만 하니 마음이 편치 않구나."

"하지만, 폐하께서……."

"널 해하려 한 자들 때문이지, 네 탓은 아니지 않느냐. 폐하께서도 네가 그리 생각하는 것은 바라지 않으실 게다."

과연 그럴까. 좋은 기회를 놓친 계파가, 기사회생의 기회를 얻은 귀족파가, 그리고 간신히 회복된 부황이 내 소식 때문에 재차 위독해졌다는 얘기를 들었을 그가 과연 그렇게 생각할까?

몇 번이고 망설였다. 위독하다는 폐하를 꼭 한 번 뵙고 싶었지만, 바닷빛 눈동자에 원망이 어려 있을까 두려웠다. 차가운 분노가 묻어 나온다면 어찌하나 하는 생각에 자꾸만 용기가 사그라졌다. 그러다가 간신히 마음을 다잡아 알현을 요청하는 서신을 작성하여 보낸 것이 불과 몇 시간 전이었는데.

겨우 두어 숟가락 삼킨 수프가 목에서 걸리는 듯했다. 재차 숟가락을 내미는 아버지를 올려다보며 고개를 살래살래 젓자, 깊은 한숨을 내쉰 아버지께서 수프 그릇을 물리고는 말씀하셨다.

"티아."

"네, 아버지."

"아비는 황궁에 들어가 봐야 한단다. 끝나자마자 곧바로 돌아올 터이니, 그때까지 푹 쉬고 있거라. 어디든 이상이 있으면 바로 전갈을 보내고. 알겠느냐."

"네, 그리할게요."

"곁에 있어 주지 못해 참으로 미안하구나."

"아니에요. 푹 쉬고 있을 테니, 걱정하지 마시고 다녀오세요."

커다란 손에 어리광을 피우듯 볼을 비비며 말하자, 딱딱하게 굳어 있던 얼굴에 그제야 희미한 미소가 걸렸다.

무겁게 가라앉은 가슴은 애써 무시한 채, 나는 몇 번이고 머리카락을 쓰다듬는 아버지를 향해 최대한 환하게 미소를 지었다.

"아가씨, 말씀하신 것들을 가져왔습니다."
"매번 고마워, 리나."
"오늘도 딱 한 시간만이에요. 아셨죠?"
"응. 그럴게."
자리에서 일어난 지 일주일째.

이제는 부축을 받지 않고서도 돌아다닐 수 있는 정도로 회복되었지만, 바람이 불면 날아갈세라 대하는 사람들 때문에 나는 줄곧 방 안에만 틀어박혀 있어야 했다. 그 바람에 나는 본의 아니게 몹시 무료한 나날을 보내고 있었다. 심심함에 몸부림치다가 리나에게 애원해서 하루에 한 시간씩 수를 놓을 수 있게 된 것이 얼마나 다행인지 몰랐다.

하고 많은 소일거리 중에 하필이면 수를 고른 건, 누워 있던 사이 카르세인의 성인식을 지나쳐 버렸다는 사실을 깨달았기 때문이었다.

아무리 그래도 그렇지, 일생에 단 한 번 있는 성인식을 이대로 지나쳐 버릴 수는 없지 않은가. 이제 와 아무 물건으로나 때울 수도 없는 노릇이고.

그래서 나는 며칠째 그에게 줄 선물을 만드는 중이었다.

"저, 아가씨."
"응? 벌써 시간이 다 됐어?"

"아뇨. 그게 아니라……. 음, 황궁에서 서신이 왔습니다. 전하께서 보내신 것 같은데……."

리나가 내미는 것은 이제는 익숙해진 편지 봉투였다. 푸른 바탕에 금빛으로 빛나는 펄이 촘촘히 뿌려진 화려한 봉투.

그것은 알현을 요청한 지 나흘 만에 받는 그의 답장이었다.

손가락 끝이 급속도로 차가워졌다. 나는 한참을 망설이다가 봉인을 뜯은 뒤 떨리는 손으로 편지지를 펼쳤다.

서신을 작성할 수 있을 정도로 회복되었다니 다행이오. 거동할 수 있는 시간에 아무 때고 알현 신청을 넣으시오. 특별한 일이 없는 한 허락하리다.
루블리스 카말루딘 샤나 카스티나.

"후우."

한숨을 쉬며 서신을 내려놓았다. 그리고 그 위에 적혀 있는 글씨를 한참 동안 바라보다 조심스럽게 편지철에 끼웠다.

"리나, 이것 좀 제자리에 가져다 둘래?"

"네, 아가씨."

편지철을 받아 든 리나가 옆방에 다녀오는 사이, 나는 바늘을 들고 새하얀 천 위에 붉은 장미를 한 땀 한 땀 새겨 나갔다.

"카르세인 경께 드리는 건가요?"

"응."

"어머나, 일어나자마자 이리 바늘을 잡고 계실 정도로 그분이 좋으신 거예요?"

"응?"

어딘가 묘한 말투에 고개를 들자, 얼굴 가득 장난기 어린 웃음을 지은 리나가 말했다.

"허물없이 지내시는 모습을 보고 혹시나 했는데, 정말로 마음이 있으셨을 줄은 몰랐네요. 하긴, 우리 아가씨도 이제 연애를 하실 나이가 되셨군요. 성인식을 치르실 때가 얼마 남지 않았으니……."

"……아냐, 그런 거."

"뭘 숨기고 그러세요. 어차피 각하께서도 카르세인 경을 내심 마음에 들어 하시는 눈치이던걸요."

"그런 거 아니라니까."

"아이 참, 저한테까지 이러시기예요? 아, 부끄러워서 그러시는 거구나. 알았어요. 모르는 척해 드릴게요."

"아, 진짜."

눈을 가늘게 뜨고 노려보자, 리나는 쿡쿡 웃으며 내 손에서 바늘을 빼앗아 들고는 컵을 내밀었다.

"이거, 언제까지 마셔야 해?"

"글쎄요. 완전히 회복되실 때까지가 아닐까요? 그러니까 얼른 드시고 한숨 주무세요. 그래야 빨리 낫죠."

"……알았어."

한숨을 삼키며 약을 들이켜자 금세 졸음이 밀려왔다. 푹신한 베개에 얼굴을 묻고서, 나는 잠의 세계로 걸음을 내딛었다.

이틀 뒤.

나는 황제 폐하를 알현하기 위해 황궁으로 향했다.

중앙궁에 도착하자 궁내부원 하나가 다가와 깊숙이 허리를 숙였다. 그의 가슴팍에 달린 표식을 보자 등골이 서늘해졌다. 황궁에 출입을 시작한 이래 폐하를 알현하러 갈 때면 언제나 시종장이나 시녀장이 나와 나를 맞이했는데, 지금 안내를 하러 나온 자는 그저 일반 시종이 아닌가. 이것은 무엇을 의미하는 것일까. 단순한 우연의 일치? 아니면 이제는 내가 달갑지 않다는 무언의 표시?

무겁게 가라앉은 마음으로 대기실로 향했다. 굳게 닫힌 문을 보자 가슴이 꽉 막히는 것만 같았다.

"후우……."

크게 심호흡을 한 뒤 문고리에 손을 얹었다. 천천히 손잡이를 잡아당기려는데, 안에서 누군가가 벌컥 문을 열었다. 화려한 보랏빛 예복 차림의 여자는 다름 아닌 지은이었다.

"오랜만입니다, 모니크 영애."

"……그렇군요."

밤하늘빛을 머금은 머리카락에서는 윤기가 흐르고, 혈색 좋은 상아색 피부는 매끄러워 보였다. 핏기 하나 없는 나와는 무척이나 대조되는 생기발랄한 얼굴.

"좋지 못한 소문을 들어 같은 여자로서 참으로 마음이 아프답니다. 무사하신 모습을 보니 기쁘군요."

"……걱정해 주셔서 감사합니다."

"별말씀을요. 그게 어디 보통 일입니까?"

"……."

부드럽지만 날이 선 대화에, 옆에 선 궁내부원이 안절부절못하는 게 느껴졌다.

잠시 미뤄두었던 의구심이 다시 고개를 쳐들었다. 그녀에 대한 다각도의 조사를 통해서도 결국 알아내지 못했던 이유도.

대체 그녀는 왜 나를 증오하는 것일까. 상대를 증오해야 한다면, 그것은 나의 몫이지 그녀의 몫은 아닐진대.

나를 한번 쓱 훑어본 지은이 말했다.

"그런데 말입니다. 폐하께서 환후가 심히 깊으신 터라 영애를 만나실 수 있을지 모르겠군요."

마치 제가 안주인이라도 되는 양 말하는 모습에 절로 눈썹이 찌푸려졌다.

"그건 공녀께서 상관하실 일이 아닌 듯하군요. 허니, 이만 길을 내어 주시지 않겠습니까?"

"……."

"공녀?"

물끄러미 바라보자, 입술을 세게 깨문 지은이 슬쩍 옆으로 비켜섰다. 나보다 지위가 높았던 회귀 전이나 요령껏 피해 갔던 그동안과는 달리 이렇게 직접적으로 서열에서 밀리게 되자 몹시 자존심이 상한 모양이었다.

비뚜름하게 한번 웃어 주고서, 나는 고풍스럽게 꾸며진 대기실을 가로질러 폐하의 침실로 들어서는 문을 열었다.

난생처음으로 들어서 보는 황제의 침실은 생각했던 것과는 많이 다른 분위기였다. 암살을 피하기 위해 창이 전혀 존재하지 않음에도 제법 밝은 방에는 자홍색 태피스트리와 역대 황제들의 초상화가 걸려 있었고, 바닥에 깔려 있는 자홍색 카펫에는 포효하는 황금 사자의 문장이 정교하게 수놓여 있었다.

방 한가운데에 있는 커다란 침대를 향해 다가가자, 침대 옆에 앉아 있던 푸른 머리카락의 청년이 나를 돌아보았다. 나는 자꾸만 굳으려 하는 몸을 억지로 움직여 예를 취했다.

"제국의 작은 태양, 황태자 전하께 아리스티아 라 모니크가 인사 올립니다."

"……오랜만이오."

건조한 목소리로 인사를 건넨 그가 자리에서 일어났다.

"사정상 독대는 허락할 수 없을 것 같소. 양해해 주길 바라오."

"아닙니다, 전하. 알현을 허락해 주신 것만으로도 그저 감읍할 따름입니다."

감사를 표하는 내게 고개를 끄덕여 보인 청년이 두어 걸음 뒤로 물러났다. 나는 다시 한 번 고개 숙여 예를 표한 뒤 침대맡으로 다가갔다.

근 석 달 만에 뵙는 폐하는 기억하던 모습과는 너무 달랐다. 희끗희끗하던 머리는 어느새 거의 백발이 되어 있었고, 좌중을 압도하던 푸른 눈동자는 굳게 닫힌 눈꺼풀 아래 숨어 있어 볼 수가 없었다. 늘 강인하고 힘이 넘치던 이전과는 달리 너무도 쇠약하신 모습.

"폐하."

가슴이 아팠다. 아버지와 더불어 내게 든든한 버팀목이 되어 주는 분이셨는데. 황실과 엮이고 싶어 하지 않는 나를 계속해서 붙잡아 두기는 하셨지만, 아버지를 대신할 정도로 살갑게 대해 주시던 과거와는 달리 내게 부여된 중간 이름 탓인지 어느 정도 거리를 두기는 하셨지만, 그래도 폐하께서는 나름대로 나를 보호해 주려 애쓰던 분이셨다. 그랬는데.

"송구합니다, 폐하. 참으로 송구합니다……."

뿌연 습막이 차올랐다. 그렁그렁 맺히기 시작한 눈물이 금세 방울방울 떨어지기 시작했다.

이분의 강력한 비호가 없었다면 내가 과연 지금까지 목숨을 부지할 수 있었을까. 폐하께서는 호시탐탐 기회를 노리는 귀족파의 손에서 나를 보호하기 위해서 어린 시절부터 암중 호위를 붙이셨고, 대규모 흉년 당시에는 공식적으로 근위 기사를 파견하기도 하셨다. 지은의 출현 소식을 들으시고는 경계가 허술한 여름 별궁에서 무슨 일이라도 당할까 봐 거짓으로 칭병稱病해 나를 당신의 곁에 잡아 두셨고, 내게 황실에서만 사용하는 은다기 세트를 내려 주시기도 하셨다. 내가 부주의했던 탓에 결국 일이 이렇게 되고 말았지만.

"소녀가 폐하의 은덕으로 일어난 것처럼, 부디 하루속히 털고 일어나세요."

더 있다가는 추태를 보일 것만 같아서 눈물을 훔치며 자리에서 일어났다. 청년을 향해 고개 숙여 예를 갖춘 뒤 비칠비칠 걸음을 떼는데, 갑자기 벽처럼 단단한 무언가가 내게 부딪혀 왔다.

균형을 잃는 것은 순식간이었다.

어어, 하는 사이 풀썩 넘어져 버린 나를 보며 사색이 된 근위 기사가 황급히 사과했다.

"헛, 모니크 영애. 죄송합니다, 정말 죄송합니다."

민망한 마음에 서둘러 팔로 바닥을 짚었지만, 생각보다 힘이 잘 들어가지가 않았다.

문득 한숨이 나왔다. 일단 몸을 일으켜 세우게 도와준 다음에 사죄를 하든가 할 것이지 저게 뭐란 말인가. 한낱 시종이라면 감히 대귀족가의 여식에게 손을 댈 수 없어 그렇다 하겠지만 그는 기사가 아닌가.

다시 한 번 팔에 힘을 주려는데, 뒤에서 누군가가 부드럽게 나를 잡아 일으켰다. 온몸을 감싸 오는 시원한 향에 흠칫 몸이 굳었다.

"무슨 일이기에 그리 급하게 들어오는 건가, 코르 경."

"아, 그것이……."

뭔가를 대답하려다 말고 말을 삼킨 근위 기사가 나를 흘낏 바라보았다. 내가 들어서는 안 되는 이야기인가 싶어 몸을 빼려 했지만, 나를 안고 있는 팔에 오히려 힘이 더 들어가는 바람에 그럴 수가 없었다. 등에서 전해져 오는 온기 때문에 자꾸만 몸이 움찔거렸다.

"말하라."

"제나 공작이 공녀와 함께 알현을 요청하고 있습니다."

"폐하께서 위중하신 터라 당분간 알현은 모두 불허한다 하였거늘. 이리 급히 들어와서 말을 하는 연유가 무엇인가."

"그것이, 모니크 영애의 알현이 허락되었다는 이야기를 들은 공작이 강력하게 항의하고 있는 터라…….."

뜻밖의 말에 놀라 눈을 동그랗게 떴다. 이게 무슨 소리지? 알현을 모두 불허하고 있었다니?

그때, 한층 더 서늘해진 음성이 들렸다.

"코르 경, 그대는 황실의 기사인가, 아니면 제나 공작의 기사인가."

"……물론 황실의 기사입니다."

"그런데 어찌하여 황태자인 내 명을 거역하고 감히 허락도 없이 부황 폐하의 침실에 난입한 것인가. 지금 경의 행동이 무엇을 의미하는 것인지는 알고 있나?"

"죽을죄를 지었습니다, 전하!"

시퍼렇게 질린 기사가 무릎을 꿇었다.

한숨이라도 쉰 것인지, 정수리에 뜨거운 숨결이 와 닿는 것이 느껴졌다. 머리카락이 곤두서는 듯한 기분에 절로 몸이 움츠러들었다.

"그만하면 되었다. 앞으로는 좀 더 주의하도록."

"명심하겠습니다, 전하."

"알현 신청은 받아들이지 않겠다. 거듭해서 소란을 피울 경우 더는 묵과하지 않겠다고 전하라."

"명을 받듭니다."

"그리고 나가는 즉시 시종장에게 모니크 후작을 불러오라 이르도록."

"네, 전하. 분부 받듭니다."

코르 경이 나간 방 안에는 어색한 침묵이 흘렀다. 다시 한 번 몸을 슬쩍 비틀자, 깊은 한숨을 내쉰 그가 나를 놓아주며 말했다.

"날 피하려고 하는 것은 여전하군."

"……."

"많이 힘들어 보이기에 부러 피해 주었거늘, 이래서야 한시도 눈을 뗄 수 없지 않소. 그대, 괜찮은 것이오? 어디 다치지는 않았소?"

"괜찮습니다, 전하."

"이제 그대의 괜찮다는 소리는 믿기가 힘드오. 어디 한번 봅시다."

그제야 비로소 안심이 되었다. 싸늘해 보이는 모습에 나를 원망하는 것이 아닌가 생각했는데, 다행히 그런 것 같지는 않았다.

"깨어난 것을 알면서도 찾아가 보지 못해 미안하오."

"어인 말씀이십니까. 폐하께서 저토록 위중하신데……. 송구합니다, 전하."

"음? 무엇이 말이오?"

"저의 일로 인하여……."

"그것이 어째서 그대의 잘못이란 말이오. 그대를 해하려 한 자들 때문이라면 모를까."

말을 채 잇기도 전에 툭 자른 그가 나를 바라보며 말했다.

"그렇잖아도 그대를 보면 한마디 해야겠다 생각하고 있었소."

"네? 어떤……."

"그리 쉽게 자신을 낮추거나 죄인이라 자처하지 마시오. 그대는 엄연히 피해자이거늘, 대관절 무엇을 잘못하였기에 죄를 청한단 말이오."

"……전하."

화를 내는 그를 물끄러미 바라보았다.

냉랭한 표정과 싸늘한 음성, 그것은 내게 너무나도 익숙한 모습이었다. 과거에는, 아니, 얼마 전까지만 해도 늘 나를 두렵고 서럽게 만들던 것이었으니까.

그러나 지금은 달랐다. 이제 더는 그 얼굴이 무섭지도 두렵지도 않았다. 서늘한 목소리를 들어도 쓸쓸하거나 서글프지도 않았다. 무거웠던 마음이 오히려 가벼워지고 있을 뿐.

"부황 폐하의 일은 너무 걱정하지 마시오. 강건하신 분이니 금세 떨치고 일어나실 것이오."

"네, 전하. 소녀 역시 그리 생각하고 있습니다."

"그러니 그대는 다른 생각 말고 오로지 조섭調攝에만 힘쓰도록 하시오. 가뜩이나 마른 사람이 이제는 뼈밖에 남지 않았잖소."

"……."

"그래도 이만하기 다행이오. 이대로 그대를 영영 잃는 것이 아닐까 하는 생각에…… 두려웠소."

문득 자리를 보전하고 있을 때 그가 나를 방문했던 일이 떠올랐다. 나지막한 목소리로 털어놓던 속마음, 스치듯 조심스럽던 손길도 생각났다. 비몽사몽 하는 와중에도 내심 미안했더랬지. 그가 나를 어떤 생각으로 보고 있는지를 의도치 않게 엿본 것 같아서.

"……심려를 끼쳐 드려 송구합니다."

사죄의 말을 들었을 것임에도 그는 말없이 나를 바라보았다. 나를 오롯이 담고 있는 바닷빛 눈동자를 보자 몸이 딱딱하게 굳었다. 마치 무언의 대화를 나누고 있는 듯한 느낌.

어쩐지 그 눈 속에 빨려 들어갈 것만 같은 기분이 들어서 나는 황급히 시선을 돌리며 말했다.

"저, 전하."

"이야기하시오."

"저, 그러니까……. 아, 라니에르 백작은 어찌하실 요량이신지요?"

"어찌하고 말고가 어디 있소. 감히 그대를 해하려 한 중죄인이거늘. 내 반드시 엄히 다스려 본보기로 삼을 것이오."

냉기 어린 목소리에, 나는 잠시 망설이다 입을 열었다. 나 역시 백작을 가만히 둘 생각은 없었지만, 현시점에서 그러는 것은 조금 곤란했다.

"아뢰옵기 송구하오나, 백작의 처분을 잠시 보류해 주실 수 없겠습니까."

"음? 이유가 뭐요?"

"어차피 그는 진범이 아니잖습니까. 이번 기회에 배후에 있는 세력들을 끌어내고 싶습니다."

"흠, 미끼로 삼겠단 얘기요?"

그는 한참 동안 무언가를 곰곰이 생각하다 말했다.

"좋소. 내 모니크가에 이 일에 대한 수사권을 넘겨주리다."

"감사합니다, 전하."

"허나 이 일은 비단 모니크가뿐만 아니라 황실에 대한 도전이기도 하오. 그러니 마냥 보류해 둘 수도 없는 노릇. 내 석 달간 처분을 유예해 줄 터이니, 나머지 부분은 베리타 공작과 상의해 보도록 하시오."

"알겠습니다. 감사합니다, 전하."

고개를 숙여 감사를 표하자, 나를 물끄러미 바라보던 그가 슬쩍 입꼬리를 들어 올렸다.

"기운이 하나도 없는데다 내내 자책만 하는 것 같아 내심 속상하였거늘, 이리 적극적으로 나서는 모습을 보니 한결 보기 좋소.

이제야 조금 생기가 도는 것처럼 보이는군."

"……."

 서늘한 음성에서 어쩐지 온기가 느껴지는 듯했다. 부드럽게 풀린 입매와 눈빛을 마주하자 왠지 목이 탔다. 마른 입술을 슬쩍 축이자, 잠시 멈칫한 그가 나를 향해 한발 다가왔다.

 그때, 정적을 가르는 노크 소리가 들려왔다. 잠시 후 문이 열리고 낯익은 사람이 안으로 들어와 그를 향해 고개를 숙였다.

"……후작."

"찾으셨다 들었습니다, 전하."

"영애를 홀로 보내자니 영 마음이 놓이지 않아서 말이오. 연일 황궁을 지키느라 수고가 많았으니, 오늘은 이만하고 영애와 함께 퇴궁하도록 하시오."

"하오나 전하."

"괜찮소. 펜릴 백작이나 라스 공작이 있는데 무엇이 그리 걱정이오. 되었으니 오늘은 푹 쉬시오."

 대수롭지 않다는 듯 손을 휘저은 그가 거절은 듣지 않겠다는 듯 돌아섰다. 폐하를 향해 다가가는 그의 뒷모습을 잠시 바라보다가, 나는 아버지와 함께 침실 밖으로 물러 나왔다.

 대기실에 앉아 있던 제나 공작이 아버지와 나를 보고는 이를 드러내며 자리에서 일어났다. 그의 곁에는 지은과 미르와 후작 영식도 있었다.

"모니크 영애에게는 알현이 허락되었다는 게 사실이로군."

"보는 바와 같소만, 무엇을 더 확인하고 싶소?"

"허, 전하께선 대체 무슨 생각이신지 모르겠군. 폐하를 저 지경으로 만든 주범에게 알현을 허락하시다니."

"말조심하시오, 공작. 좋소. 공작의 말대로 내 딸의 소식이 폐하께 누를 끼쳤다 칩시다. 그러나 공작은 내 딸을 그렇게 만든 주범과 사돈지간이 될 뻔했다는 사실은 잊은 모양이오?"

"뭐라?"

"진정하십시오, 공작 전하."

뿌득 이를 가는 제나 공작을 만류한 미르와 후작 영식이 그를 대신해서 앞으로 나섰다.

"두 분 모두 너무 격앙되신 듯하군요. 모니크 후작 각하, 폐하의 상세가 걱정되는 데도 알현이 허락되지 않아 초조한 공작 전하의 마음을 헤아려 주셨으면 합니다."

"……."

침묵하는 아버지를 향해 슬쩍 고개를 숙여 보인 영식은 정중한 어조로 거듭해서 말을 이어 나갔다.

"참으로 안타깝습니다. 라니에르 백작이 그런 파렴치한 일을 저지를 줄 그 누가 알았겠습니까. 공작 전하께서도 그자가 범한 극악무도한 죄에 대하여 분노하고 계십니다. 인간의 탈을 쓰고 어찌 그런 천인공노할 짓을 할 수 있단 말입니까."

"……그러게 말일세. 그런 천인공노할 짓을 저지른 자가 또 있을까 두렵군."

"설마 그렇기야 하겠습니까."

매끄러운 대답에 나는 새삼스러운 눈으로 영식을 바라보았다. 수도에 올라온 지 제법 시일이 지났음에도 기사단과 행정부 중 어느 곳에도 적을 두지 않고 있기에 별 볼 일 없는 한량인가 보다 생각했는데, 지금 보니 보통내기가 아닌 듯했다.

찬찬히 살펴보는데, 문득 그의 옷깃에 달려 있는 문장 브로치가 눈에 들어왔다. 그곳에는 수평을 이루고 있는 저울을 둘둘 휘어 감고 있는 삼안三眼의 뱀, 그리고 담쟁이덩굴이 새겨져 있었다.

그러고 보니 그도 정식 후계자였지. 역시 후작가쯤 되는 대귀족 가문의 후계자는 아무나 되는 게 아니라는 건가? 서늘한 기세를 뿌리는 아버지에게 태연하게 말을 건넬 수 있는 사람은 그리 많지 않은데.

"모니크 영애."

"네?"

"무사하신 모습을 보니 마음이 놓이는군요. 이 소식을 접하면 폐하께서도 참으로 기뻐하실 것입니다."

"……감사합니다."

슬쩍 고개를 숙여 보이자, 내내 불편한 표정으로 대화를 듣던 아버지께서 말씀하셨다.

"그럼 본 후本候는 먼저 가 보도록 하겠소. 모두 알다시피 딸아이가 일어난 지 얼마 되지 않아서 말이외다. 그리고 전하께서 당분간 알현은 불허한다고 엄명을 내리셨으니 공작도 이만 물러나는 것이 좋을 것이오. 가자, 티아."

"네, 아버지."

아버지를 따라 돌아서는데, 문득 지은과 시선이 마주쳤다. 순간 검은 눈동자가 날카롭게 번뜩였다.

나는 그 자리에 멈춰 서서 그녀를 마주 노려보았다. 만에 하나라도 내게 독을 먹인 범인이 그녀라면, 그리고 과거에도 그런 적이 있었다고 한다면, 이번에는 결코 가만있지 않을 것이었다.

잠시 지은과 팽팽한 눈싸움을 벌이고 있을 때, 두어 걸음 앞서 가던 아버지께서 의아한 표정으로 돌아보셨다.

"어찌 그러느냐?"

"아, 아무것도 아니에요, 아버지."

"어서 돌아가자. 많이 피곤해 보이는구나."

내게 손을 뻗은 아버지께서 부드럽게 어깨를 감싸 안았다.

너른 품에 안기다시피 하며 걸음을 뗐을 때, 문득 창밖의 풍경이 눈에 들어왔다. 한 치 앞도 보이지 않을 만큼 새카만 먹구름이 황성을 잔뜩 뒤덮고 있었다.

절로 신음이 튀어나왔다. 자꾸만 밀려오는 좋지 않은 예감에, 나는 낮게 신음했다.

붉은 실을 허리에 매단 은빛 아가씨가 새하얀 천 위에서 춤을 추었다. 그녀의 발자취가 지나가는 곳마다 붉은 장미 꽃잎이 피어났다. 화사하게 피어난 꽃잎이 방긋 미소를 지으며 손을 흔들고, 그 모습을 돌아본 은빛 아가씨가 까르르 웃었다.

은빛 검을 휘감고 있는 붉은 장미의 마지막 잎을 완성하고서, 나는 만족스러운 미소와 함께 바늘을 내려놓았다. 그러고는 바늘허리에 감겨 있던 붉은 실을 빙 둘러 묶어 매듭을 지은 뒤 가위로 깔끔하게 잘라 냈다.

　완성된 스카프를 들고 잘못된 부분은 없나 다시 한 번 확인해 보았다. 새하얀 천 한쪽 귀퉁이에 예쁘게 수놓인 라스 공작가의 문장 아래, 카르세인의 이니셜이 화려한 필기체로 새겨져 있었다.

　'이만하면 괜찮으려나?'

　꼼꼼하게 스카프의 상태를 확인하는 나를 보며 리나가 호들갑스럽게 물었다.

　"드디어 완성하신 거예요? 몇 날 며칠을 잡고 계시더니."

　"응."

　"정말 수고하셨어요, 아가씨. 경께서 정말 좋아하시겠어요."

　"그럴까?"

　"그럼요. 이렇게 정성 어린 선물을 싫어하는 사람이 어디 있으려고요. 아, 마침 검술 때문에 찾아오셨던데, 끝나는 대로 오시라고 할까요?"

　"응, 그래 줄래?"

　흐뭇한 미소를 지은 리나가 얼른 말을 전하고 오겠다며 밖으로 향했다.

　나는 곱게 주름을 잡은 새하얀 스카프를 침대 옆 테이블 위에 올려 둔 뒤 프린시아의 편지를 펼쳐 들었다. 빼곡히 적혀 있는 내용을 보자 절로 입가에 미소가 걸렸다.

　자리에서 일어난 지도 벌써 열흘.

　그동안 나는 프린시아와의 편지 왕래를 통해 사교계의 정보를 입수했다. 오늘의 편지 역시 그와 관련된 내용이었다.

　나를 대신할 만한 영애가 없어 지은에게 속수무책으로 밀리고 있는 것이 아닐까 걱정했는데, 다행히 프린시아의 지원하에 휘르 백작가의 차녀 그레이스가 요즘 사교계에서 각광을 받고 있는 모양이었다. 덕분에 황제파 내부에서도 슬슬 그레이스를 태자빈으로 내세우자는 논의가 나오고 있다고 했다. 이대로만 일이 진행된다면 애초의 계획대로 황실에서 벗어나는 것도 수월할 듯했다.

'그럼 이제 제나 공작의 뒤를 캐는 일에 전념하면 되는 건가?'

곰곰이 생각해 봤지만, 뭔가 새로운 소식이 들어오지 않는 한 당분간은 그래도 될 것 같았다.

나는 오랜만에 느껴 보는 여유를 만끽하며 티 세트를 꺼내 들었다. 진하게 우려낸 라벤더 특유의 향을 음미하며 찻잔을 기울이고 있을 때, 붉은 머리카락의 청년이 방 안으로 들어섰다. 무엇이 불만인지 그는 싱긋 웃으며 인사하려다 말고 슬쩍 인상을 찌푸렸다.

"안녕, 세인. 표정이 왜 그래?"

"……그렇게 당하고도 또 차냐."

"사람이 잘못이지, 차가 무슨 죄야. 설마하니 물에 독을 탔을 줄 누가 알았겠어."

"흠, 그래도 혹시 모르니 주의해라."

"응, 그럴게. 만약을 대비해서 아버지 말씀대로 은다기도 쓰고 있는걸. 너도 한잔할래?"

"됐어. 차라면 꼴도 보기 싫다, 이제."

성큼성큼 다가온 카르세인이 맞은편에 앉아 찻잔을 유심히 바라보았다. 모서리에는 금박이 둘러 있고, 손잡이와 몸체에는 포효하는 황금 사자의 문장이 새겨져 있는 은찻잔. 그것은 작년 여름 폐하께서 내게 내리셨던 것이었다.

"황실 다기네."

"응. 폐하께서 하사하신 거. 이제 와 쓰기에는 너무 늦었지만……."

"뭐, 어쨌든 조심해서 나쁠 거야 없으니까."

"응."

진하게 우려낸 라벤더를 다시 한 잔 따라 냈다. 쿠키를 집어 한 입 베어 무는 나를 물끄러미 바라보던 카르세인이 갑자기 빙긋 미소를 지었다.

"왜 그렇게 웃어? 혹시 뭐 묻었어?"

"아니. 그냥, 보기 좋아서. 이제야 좀 너답다 싶네."

"응? 나다운 게 뭔데?"

"네 주위에서는 항상 차향이 나거든. 부드럽고 은은한 그런 향이 말이야. 함께 있으면 마음이 차분해지는 느낌이랄까."

턱을 괴고 있던 손을 뻗어 티 포트를 끌어당긴 카르세인이 제 몫의 찻잔에 찻물을 따랐다. 나는 그 모습을 보며 고개를 갸웃했다. 뭐야, 아까는 안 마신다더니.

"뭐냐, 너 지금 내가 변덕스럽다고 생각하고 있냐?"

"응? 아니 뭐, 그런 것까진 아니고."

"널 죽일 뻔했던 거라고 생각하면 꼴도 보기 싫지만, 그렇다고 해서 차와 너를 떼어 놓고 생각할 수도 없으니……. 하는 수 없지. 내가 져 주는 수밖에."

"뭐야, 그게."

픽 웃어 버리는 나를 보며 마주 미소 지은 카르세인이 손을 뻗어 쿠키를 집어 들며 말했다.

"네 시녀가 그러던데, 나를 보자고 했다며? 나한테 뭐 할 얘기 있어?"

"아, 맞다."

나는 궁금하다는 듯 바라보는 카르세인에게 미리 준비했던 것을 내밀었다. 새하얀 천 조각을 보며 잠시 침묵하던 카르세인이 말했다.

"이게…… 뭐야?"

"네 성인식 선물. 늦게 줘서 미안해."

스카프를 내밀 때부터 심상치 않게 보이던 표정이 딱딱하게 굳었다. 한참 동안 말없이 나를 바라보던 그가 싸늘한 목소리로 말했다.

"야. 누가 지금 너한테 이런 거 만들라고 했어."

"……응?"

"왜 쓸데없는 짓을 하고 그래? 내가 언제 이런 것 달라고 했어? 엉?"

"세, 세인?"

"너는 진짜……. 하……."

"왜, 왜 그러는데. 내가 뭐 잘못한 거라도 있어?"

"그걸 지금 몰라서……!"

잔뜩 화가 난 표정으로 뭔가 말을 하려던 카르세인이 갑자기 멈칫했다. 입을 꾹 다문 채 머리카락만 거칠게 쓸어 넘기던 그는 한참 후에야 한숨 섞인 목소리로 말했다.

"……후우. 갑자기 화내서 미안해. 마음에 안 들어서 그런 건 아냐. 네가 뭘 잘못한 것도 아니고. 그냥, 음……."

"……."

"몸이 좋지 않은데도 굳이 그걸 만들었다는 게 화가, 아니, 음,

조금 그래서 그랬어. 그 시간에 푹 쉬기라도 할 것이지, 이렇게 야위어서는……. 손이 이게 뭐야. 뼈밖에 안 남았잖아."

조심조심 내 손을 감싸 쥔 그가 속상하다는 듯한 표정으로 말했다. 조곤조곤 건네 오는 목소리와 부드럽게 손등을 쓸어내리는 손길에 놀랐던 마음이 조금씩 가라앉았다.

"선물은 고맙지만, 내게는 네가 하루 빨리 회복하는 것이 가장 큰 선물이야. 그러니까 넌 일단 낫는 것에만 신경 써. 알겠냐."

평소답지 않게 진지한 목소리와 가라앉은 눈빛.

문득 미안해졌다. 내가 바보같이 당하지만 않았어도 소중한 이들이 상처받을 일은 없었을 텐데. 조금만 더 주의를 기울였다면 모두가 아플 일은 없었을 것을.

작게 한숨을 내쉬자, 손가락을 부드럽게 어루만지던 손길이 별안간 멈추었다.

"아, 진짜. 평소처럼 한 대 쥐어박을 수도 없고……."

"응?"

"너 말이야. 쓸데없이 자책 같은 거 할 시간에 얼른 낫기나 해."

"……."

"어허, 대답 안 하지? 귀족파에게 한 방 먹이려면 힘내야 할 거 아냐. 안 그러냐?"

"……응. 알았어."

엷게 미소 짓자, 카르세인은 손을 뻗어 내 머리카락을 흐트러뜨리고는 일어섰다.

"그럼 오라버니는 이만 가 볼 테니, 푹 쉬어. 아, 그리고……."

"응?"

"선물 고맙다."

어느새 스카프를 잡아챈 카르세인이 한쪽 눈을 찡긋해 보이고는 돌아섰다. 나는 어느새 저만치 멀어진 카르세인을 멍하니 바라보며 입술을 삐죽였다.

'뭐야, 싫다고 할 때는 언제고.'

피식 웃음이 나왔다. 그의 손이 닿았던 곳에서 따스한 온기가 전해 오는 듯했다.

겨울이 반쯤 지나가던 어느 날, 이상하게도 아침부터 유독 비가 심하게 내렸다. 줄기차게 쏟아지는 장대비 때문에 주위는 온통 어둑어둑하고, 창밖에서 들려오는 세찬 바람 소리와 빗소리로 너른 저택에는 을씨년스러운 분위기가 감돌았다.

가라앉은 기분으로 아침을 들고 있을 때, 갑자기 요란한 소리를 내며 문이 열렸다. 절로 눈썹이 찌푸려졌지만, 불쾌했던 기분은 흠뻑 젖은 몸을 닦지도 못한 채 안으로 들어서는 자를 보자마자 눈 녹듯 사라졌다. 조금씩 심장이 불안하게 뛰었다.

식당으로 난입한 황실의 전령이 급한 숨을 몰아쉬며 말했다.

"폐하께서 몹시 위독하신 고로, 수도에 있는 모든 귀족은 당장 입궁하라는 황태자 전하의 명입니다."

쨍그랑.

손에 들고 있던 유리잔이 바닥에 떨어져 산산조각이 났다. 그와 더불어 미친 듯 뛰고 있던 심장도 툭 떨어져 내렸다. 등골을 타고 서늘한 기운이 흘렀다. 이토록 다급하게 수도의 모든 귀족을 소환할 정도라면 임종이 임박했단 말이 아닌가.

멍하니 전령만 바라보다, 시끄러운 소리에 정신을 차렸다. 어느새 자리를 박차고 일어난 아버지께서 성큼성큼 걸음을 옮기고 계셨다. 그 바람에 나는 옷을 갈아입을 겨를도 없이 집사가 건네주는 문장 브로치만을 낚아챈 채 황궁으로 향했다.

내궁에 들어서자, 무장을 갖춘 채 경계 태세에 들어가 있는 기사들이 보였다. 중앙궁의 복도에는 근위 기사들이 일정 거리마다 검을 패용한 채 늘어서 있었다. 아무래도 전시와 동급의 경계령이 내려진 듯했다.

잰걸음으로 대기실에 들어서자 잠시 후 굳게 닫혀 있던 침실 문이 열렸다. 밖으로 나온 시종장이 깊숙이 허리를 숙여 예를 갖추며 말했다.

"의전 서열 일 위, 라스 공작 전하와 그 일가는 들어오십시오."

침통하게 몸을 일으킨 라스 공작이 걸음을 옮겼다. 그 뒤를 공작 부인과 라스 경, 프린시아, 그리고 카르세인이 따랐다.

조금 뒤 다섯 사람이 밖으로 나오고 베리타 공작가까지 알현을 마치고 나자, 나와 아버지를 부르는 의전관의 목소리가 들렸다. 시종장의 안내를 받아 침실에 들어서자 침대맡에 서 있는 세 남자가 눈에 들어왔다. 황태자 전하, 대신관, 그리고 근위 기사단장인 펜릴 백작.

아버지와 나는 세 사람을 향해 슬쩍 고개를 숙여 보인 뒤 침대

옆으로 다가갔다. 여러 개의 베개에 몸을 기댄 채 앉아 있던 초로의 남자가 흐릿하게 미소를 지었다.

"오랜만이군, 후작, 그리고 영애. 다행일세. 내 두 사람에게 꼭 해야 할 말이 있었는데, 대신관 덕분에 이렇게 마지막 인사를 나눌 수 있게 되었군."

"그런 말씀 마십시오, 폐하."

"후작, 그대도 이미 알고 있지 않은가. 우리 쓸데없는 데 시간을 소비하지 말지. 내겐 이제 주어진 시간이 그리 많지 않다네."

힘에 부친 듯 잠시 침묵하던 폐하께서 다시 말씀하셨다.

"후작, 짐은 그대를 진정으로 믿고 의지했네. 피의 맹세가 없었어도 그랬을 게야. 두 공작에게는 미안한 말이네만, 짐은 그대를 가장 아꼈다네."

"황공합니다, 폐하. 이 은혜를 소신이 어찌 갚으오리까."

"부탁하네. 지난날 짐과 그대가 함께 꿈꿔 왔던 제국을 이룩할 수 있도록…… 그대의 힘을 빌려 주게나."

"네, 폐하. 그리하겠습니다."

"고맙네. 이제야 조금 마음이 편안해지는군."

생기를 잃은 푸른 눈동자를 보자 마음이 아팠다. 스러져 가는 목숨을 마지막으로 불사르고 있는 모습에 자꾸만 눈물이 핑 돌았다. 지배하는 자로서의 위엄을 지키기 위해 어느 정도 거리를 지키시던 예전과는 달리 친우로서 아버지를 대하는 허물어진 그 모습에 가슴 언저리가 욱신거렸다.

"영애, 무사한 모습을 봐서 참으로 다행이군."

"송구합니다, 폐하. 참으로 송구합니다……."

"그리 자책하지 말게. 그저 짐에게 주어진 시간이 다 된 게야. 그러니 영애는 영애의 일에만 신경 쓰게나."

"……네, 폐하. 그리…… 하겠습니다."

"그래……."

거칠어진 호흡을 가다듬은 폐하께서 말씀하셨다.

"이제는 귀에 못이 박힌 질문이겠지만, 마지막이라 생각하고 한 번만 더 들어주게. 그래, 아직도 후계자가 되겠다는 생각에는 변함이 없는가?"

"……."

"많이 힘든 길일 게야. 괜한 욕심에서 하는 얘기가 아니라, 짐은 아직도 영애에게 가장 어울리는 자리는 후작이 아니라 황후라 생각하네. 부디 짐의 말을 새겨들어 주었으면 좋겠구먼."

"폐하."

"때로는 모질게 굴었지만 사실 짐은 영애를 내심 딸처럼 생각했었다네. 요만한 아기일 때가 아직도 눈에 어른거리거늘, 이제 짐이 가고 나면 또 얼마나 모진 시련을 겪을꼬……. 이 일이 매듭지어질 때까지 버텨 줬어야 하는데, 참으로 미안하구먼."

두 눈에서 물방울이 후드득 떨어졌다. 흐르는 눈물을 훔치며, 나는 늘 존경했던 분을 향해 떨리는 목소리로 말했다.

"외람된 말씀이오나, 소녀 역시 폐하를 아버지처럼 생각했나이다. 제게 베풀어 주신 수많은 은혜…… 결코 잊지 않을 것입니다."

"그랬던가. 고맙네. 내 마지막으로 부탁 하나만 해도 되겠는가."

"하명하소서."

"지난날 당부했던 말을 기억하는가. 영애의 뜻이 이뤄진다 하더라도……."

"기억하고 있습니다, 폐하. 반드시 그리하겠습니다."

"부탁하네."

나는 말끝을 흐리는 폐하를 향해 무겁게 다짐했다. 이 년 전 신년제에 인사를 드리러 갔을 때, 폐하께서는 내게 부탁 하나를 하겠노라며 하문하셨더랬다. 만일 내가 바라는 대로 가문의 후계자가 된다면, 벗이라는 형태로나마 외롭디외로운 전하의 곁을 지켜 줄 수 있겠느냐고.

당시의 기억을 상기하며 눈시울을 붉히는 내게 힘없이 웃어 보인 폐하께서 말씀하셨다.

"마지막으로 영애를 위한 작은 선물 하나를 주지. 부디 영애를 지키는 데 도움이 되었으면 하는구먼."

"네, 폐하? 그게 무슨……."

하지만 폐하께서는 눈을 감은 채 침묵하실 뿐, 더는 아무런 말씀이 없으셨다.

자리에서 일어났다. 이제는 나가야 할 시간이었다.

"……."

한 걸음 내딛고 뒤를 돌아보고, 또다시 한 걸음 내딛고 뒤를 돌아보았다. 조금씩 멀어지는 폐하의 모습이 점점 뿌옇게 흐려졌다. 금방이라도 눈물이 흐를 것만 같아서, 나는 마지막으로 폐하의 모습을 한 번 더 눈에 담은 후 더는 돌아보지 않은 채 방을 나섰다.

잠시 후 대기실로 나온 시종장이 말했다.

"의전 서열 사 위, 제나 공작 전하와 그 후계자 일가는 들어오십시오."

자리에서 일어나던 노인이 멈칫했다. 시종장을 돌아본 그가 눈을 번뜩이며 물었다.

"지금 나와 내 아들 일가만 들어오라는 것인가? 딸아이는 어찌하고?"

"말씀드린 그대로입니다. 공녀의 알현은 허락되지 않았습니다."

"어째서?"

"폐하의 명이십니다. 만일 명에 불복하고 소란을 피울 경우, 공작 전하의 알현 역시 불허하겠다 하셨습니다."

"허."

기가 막힌다는 듯 입만 벙긋거리던 제나 공작이 몸을 휙 돌려 나를 노려보았다.

'이것이었나.'

폐하께서 말씀하신 선물이라는 것이, 바로 이것이었어?

여기저기서 수군거리는 소리가 들려오기 시작했다. 한참 동안 나를 노려보던 공작이 이를 부득 갈며 걸음을 옮겼다. 비뚜름하게 입꼬리를 들어 올린 보라색 머리카락의 중년 남자가 그 뒤를 따랐다.

지은을 제외한 제나 공작 일가가 사라지자, 모든 이들의 시선이 지은에게 쏠렸다. 애써 태연한 척하고 있었지만, 그녀의 눈에서는 짙은 독기가 뿜어져 나오고 있었다. 하긴 제국 귀족 대다수 앞에서 망신을 당했으니 그럴 만도 했다. 마지막 가는 길에 부르지 않으셨다는 것은, 폐하께서는 지은을 황태자 전하의 반려로 인정하지 않는다는 의미가 아닌가.

"폐하! 폐하!"

제나 공작에 이어 의전 서열 오 위인 에네실 후작이 알현을 마치고 나왔을 때, 다음 알현을 알리러 나온 시종장 뒤에서 다급한 비명 소리가 터져 나왔다.

모든 이들이 자리에서 벌떡 일어났다. 삽시간에 대기실부터 복도까지 싸늘한 침묵이 흘렀다. 머리카락 한 올이 떨어지는 소리마저도 들릴 것 같은 차가운 정적 속에서 어떻게든 떠나는 자를 붙잡으려는 필사의 부르짖음이 들려왔다.

당장에라도 뛰어 들어가고 싶은 마음을 꾹 누르며 이를 악무는 순간, 얼어붙은 공기를 가르며 신비한 목소리가 들려왔다.

"생명의 아버지께서 허락하신 시간이 다 되신 듯합니다. 이미…… 붕어崩御하셨습니다."

"그럴 리가 없습니다! 부디 신성력을 한 번만 더……!"

근위 기사단장의 고함 소리에 이어 또 다른 목소리가 얼핏 들렸다. 하지만 나지막한 음성이라 그런지 내용까지 알아들을 수는 없었다.

잠시 후 펜릴 백작과 대신관이 대기실로 걸어 나오고, 곧이어 시종 하나가 어딘가로 다급하게 달려 나갔다.

얼마나 시간이 지났을까? 모두가 멍한 상태로 굳어 있던 때, 갑자기 어디선가 뎅그렁뎅그렁 하는 소리가 들려왔다. 황궁 전체로 웅장하게 울려 퍼지는 종소리. 그것은 바로 폐하의 임종을 알리는 종소리였다.

"……화, 황제 폐하 서거!"

"황제 폐하 서거!"

"황제 폐하 서거!"

거듭되는 종소리에 뭔가에 홀린 듯 멍하던 사람들이 하나둘 깨어나기 시작했다. 눈치를 살피던 한 사람이 선창하자 곧이어 다른 귀족들이 하나둘 그를 따라 외치기 시작했다.

잠시 후, 굳게 닫혀 있던 침실의 문이 열리고 무표정한 얼굴의 청년이 걸어 나왔다. 황제 폐하 서거를 외치던 사람들이 청년을 향해 앞다퉈 허리를 굽혔다. 새로운 태양, 제국의 새 주인에 대한 경배였다.

"새로운 태양을 경배하라. 제국의 새 주인을 뵙습니다!"

"신新황제 폐하 만세!"

"신황제 폐하 만세!"

세상이 모두 흑백으로 보였다. 주위는 새로운 태양의 탄생을 경배하는 소리로 몹시 시끄러웠지만, 내 귀에는 아무것도 와 닿지 않았다. 끝없이 나락으로 떨어지는 듯한 느낌, 외딴곳에 홀로 서 있는 듯한 기분.

황제 폐하, 이제는 선황제 폐하가 되신 그분께서 서거하신 지 불과 얼마 지나지도 않았는데, 어떻게 그분의 임종을 애도하는 대신 새로운 주인의 탄생을 기뻐할 수 있는 거지?

관례라는 것은 알고 있지만 받아들일 수가 없었다. 도저히 이해가 되지 않았다.

과거, 나는 폐하의 임종을 지키지 못했다. 아니, 그러기는커녕 황궁에 입궁하는 것조차 허락되지 않았다. 그렇기에 처음으로 보는 이런 광경은 내겐 몹시 충격적이었다. 설마 그때에도 이랬던 것일까. 겨우 한 장의 종이에 단 한 줄, '황제 폐하 서거'라고만 적혀 있던 당시의 일은?

관례대로 나 역시 새로운 황제 폐하의 등극을 기뻐하며 축하해야 했지만, 차마 입이 떨어지지가 않았다. 자꾸만 눈앞이 흐려지는 듯한 느낌에 혹시라도 책을 잡힐까 봐 서둘러 고개를 숙였다. 바닷빛 눈동자와 시선이 마주친 듯도 했으나 눈앞을 가린 뿌연 습막 때문에 정확하게는 알 수가 없었다.

잔뜩 고인 눈물을 훔쳐 내고서, 애써 표정을 관리하며 고개를 들었다. 단장을 비롯한 근위 기사들의 호위를 받으며 서 있는 푸른 머리카락의 청년이 보였다. 분명 평소와 다를 바 없는 무표정한 얼굴이었지만, 그는 어딘가 조금 이상해 보였다. 그러나 그렇게 느끼는 것은 나뿐인 듯, 주위 사람들은 아무렇지도 않게 거듭해서 새로운 태양의 탄생을 축복하고 있었다.

그렇게 얼마나 시간이 지났을까?

오른손을 들어 올려 좌중을 침묵시킨 청년이 말했다.

"선황제 폐하께선 위대하신 분이셨다. 그분의 치세 아래 혼란스러웠던 제국은 안정을 되찾고 눈부신 발전을 이룩할 수 있었다. 또한 선황제께서는 성황이라 불릴 정도로 제국민을 아끼고 사랑하던 분이셨다. 이제 비타의 품으로 돌아간 그분께 안식의 축복이 있기를 기원하며 나, 루블리스 카말루딘 샤나 카스티나는 그런 선황제 폐하의 유지遺志를 이어받아 제국을 이끌어 갈 것을 천명하노라."

나는 차분한 목소리로 선황제 폐하의 업적을 말하는 그를 물끄러미 올려다보았다.

아무런 것도 읽어 낼 수 없는 바닷빛 눈동자, 무표정한 얼굴.

분명 침착한 모습이었지만, 그는 어딘가 텅 비어 버린 것처럼 보였다.

"재상."

"네, 폐하. 하명하십시오."

"기간은 얼마가 걸려도 무관하니, 선황제 폐하의 업적에 걸맞은 성대한 장례식을 준비하도록 하시오."

"명을 받듭니다."

베리타 공작의 어깨를 한 번 두드린 그가 돌아섰다. 모든 이들의 경배를 받고 있었건만, 왠지 모를 허무가 전해져 오는 그의 뒷모습은 평소와는 달리 너무도 작아 보였다.

문득, 심장이 욱신거렸다.

2. 짙어지는 먹구름

　제국력 964년 다섯 번째 달의 세 번째 날.

　오늘은 오랜 기간에 걸친 준비 끝에 마침내 선황제 폐하의 국장 國葬, 제국 황실의 국장 절차는 다음과 같다. 황제의 경우 백 일간의 추모 기간을 가지며, 이 기간 동안 모든 귀족 및 제국민들은 검은 상복을 입는다. 황후는 황제의 유일한 반려이자 황제와 동등한 존재이므로 황제의 경우와 동일하다. 황비와 황태자의 경우 오십 일간의 추모 기간을 가지며, 황제와 황후는 상복을 입지 않는다. 황자와 황녀의 경우 한 달간의 추모 기간을 가지며, 후궁은 황족이 아니기에 국장으로 장례를 치르지 않는다을 치르는 날이었다.

　황금색 햇살이 가득 내리쬐는 거리의 곳곳에는 싱그러운 연둣빛이 넘실거리고 있었다. 너무 멀거나 특별한 사정이 있어 참석하지 못한 지방 귀족을 제외한 제국의 모든 귀족들이 수도로 모였음에도 중앙궁은 생각보다 한산했다. 선황제 폐하의 관을 옮기는 의식에 참여할 수 있는 자는 후작가 이상의 대귀족으로 한정되어 있었기에, 대부분의 사람들은 미리 주신의 대신전인 상크투스 비타로 이동해 있었기 때문이었다.

폐하의 관을 임시로 안치해 둔 중앙 홀에는 은은한 종소리가 계속해서 울려 퍼지고 있었다. 곧 있을 의식을 대비하여 대기 중인 이들은 하나같이 엄숙한 표정이었다.

거대한 석관을 보며 폐하와의 추억에 잠겨 있을 때, 온통 검은색 일색인 사람들 사이에서 유독 눈에 띄는 화사한 금발의 남자가 내게 다가와 말을 건넸다.

"안녕하십니까, 모니크 영애. 일전에는 실례가 많았습니다."

"……안녕하세요, 미르와 영식."

"어째서 영존슈尊과 함께 계시지 않습니까? 그러고 보니 예복 차림이시군요."

"장례 행렬에 기사의 신분으로 참석할 수 있는 건 정식 기사까지입니다만. 저는 아직 자격이 없습니다."

"아, 그렇습니까? 제가 기사단의 일은 잘 몰라서 실례를 범한 모양이군요. 죄송합니다."

나는 슬쩍 고개를 숙여 보이는 남자를 탐탁지 않은 눈으로 바라보았다. 미르와 후작가는 귀족파의 핵심 세력 중 하나가 아니던가. 그런데 왜 이렇게 내게 관심을 보이며 접근하는 거지?

"영애께서는 단장 보좌관도 하셨다고 들었는데, 맞습니까?"

"네, 그렇습니다만."

"그렇다면 기사단 업무에 대해서는 잘 아시겠군요. 가끔……."

"제국의 태양, 황제 폐하께서 드십니다."

자꾸만 말을 걸어오는 남자를 내심 경계하고 있을 때, 때마침 황제 폐하의 입장을 알리는 의전관의 목소리가 들려왔다. 삼삼오오 모여 대화를 나누고 있던 사람들이 일제히 허리를 숙였다.

"제국의 태양, 황제 폐하를 뵙습니다."

"모두 일어나시오."

고개를 들자, 새카만 예복 차림의 청년이 보였다. 그는 평소와 다름없이 무표정한 얼굴이었다.

"시작하라."

서늘한 목소리에, 평소의 새하얀 것 대신 검은색 제복 차림의 근위 기사들이 그를 호위하며 선황제 폐하의 관으로 다가갔다. 그중 일부가 포효하는 황금 사자가 화려하게 수놓인 푸른 천으로 덮인 관을 어깨에 짊어졌다.

황궁 정문에 도달한 근위 기사들이 여섯 마리의 말이 끄는 운구용 마차에 관을 내려놓자, 대기하고 있던 제1, 제2기사단의 정식 기사들이 말에 올랐다. 신황제 폐하를 향해 군례를 올린 제1기사단이 먼저 출발하고, 그 뒤를 푸른 머리카락의 청년과 운구 행렬, 그리고 검은 상복 차림의 대귀족들이 근위 기사들의 호위를 받으며 뒤따랐다. 마지막으로 역시 검은 제복 차림의 제2기사단이 행렬의 후미에 섰다.

수도의 거리는 사람들로 온통 붐비고 있었다. 작년에 있었던 기사단 사열식 때와는 달리 수도의 백성들은 대부분 엄숙한 분위기로 질서정연하게 거리를 메우고 있었다. 선황제 폐하의 관을 운구하는 행렬이 보이자 검은 물결을 이루고 있는 거리의 여기저기서 울음을 삼키는 소리가 들려왔다.

나는 모자챙 아래 늘어진 새카만 베일 사이로 하늘을 잠시 올려다보았다.

보고 계십니까, 폐하? 이토록 많은 백성이 폐하께서 주신의 품으로 떠나신 것을 애도하고 비탄에 잠겨 있습니다.

어쩐지 눈물이 날 것만 같아서, 나는 빠르게 눈을 깜빡이며 묵묵히 말을 몰았다. 모두가 침묵하는 거리에는 오직 울음소리와 말발굽 소리, 그리고 바퀴 굴러가는 소리만이 울리고 있었다.

수도의 거리를 한 바퀴 빙 둘러 귀족 지구와 평민 지구 사이의 경계에 도착하자, 푸른 하늘 아래 높게 솟아 있는 순백의 신전이 눈에 들어왔다.

오늘따라 유독 밝은 햇살을 받아 눈부시게 빛나는 상크투스 비타에서는 성가가 울려 퍼지고 있었다. 거대한 아치형 문을 지나 신전 입구에 도착하자 새하얀 신관복 위에 초록빛 의식용 망토를 갖춰 입은 대신관과 최고위 신관들이 모두를 맞이했다.

"안식의 축복이 있으시기를."

사람들은 성수를 뿌리는 신관들의 뒤를 따라서 완전수를 의미하는 여섯 개의 계단을 올라 대신전 안으로 들어섰다.

높디높은 천장 아래 우뚝 솟은 기둥은 황금색으로 물들어 있었고, 오색찬란한 스테인드글라스는 햇빛을 받아 아름답게 빛나고 있었다. 여섯 개의 계단 위에 설치된 제단은 금실로 기하학적인 무늬를 수놓은 순백의 천으로 덮여 있었고, 제단 위의 벽에는 여러 갈래로 얽힌 나무 형상이 정교하게 새겨져 있었다.

악단의 연주 아래 연두색과 초록빛 신관복을 입은 하급 신관들이 진혼 미사곡을 부르기 시작했다. 양옆으로 늘어선 귀족들이 숙연하게 고개를 숙이자, 운구 행렬을 인도하는 대신관이 긴 백발을 끌며 느릿느릿 제단을 향해 걸어 나갔다. 그 뒤를 이어 관을 짊어진 근위 기사들과 최고위 신관들이 제단으로 향했다.

순백의 천이 깔린 제단 위에 선황제 폐하의 관이 놓이고, 검은 예복 차림의 청년이 한발 앞으로 나섰다. 견습 신관에게서 새하얀 꽃으로 만든 화환을 건네받은 그가 천천히 제단으로 다가갔다.

화환을 내려놓고서 미동도 없이 관을 응시하는 청년을 보자 걱정스러운 마음이 들었다.

'괜찮은 걸까?'

폐하께서 임종을 맞이하신 날에도 끄떡없이 정무를 보았다는 이야기는 들었지만, 유독 정이 없던 부자 관계답게 역시 냉랭하다고 수군대는 사람들의 말도 들었지만 그래도 걱정스럽기는 마찬가지였다. 그도 황제이기 이전에 사람인데, 단 하나 남은 혈육이 비타의 품으로 돌아갔는데도 정말 아무렇지도 않을 수 있을까.

"헌화하십시오."

의식의 진행을 맡은 신관의 말에, 라스 공작가를 시작으로 모든 귀족들이 제단 앞으로 다가가 관 아래 꽃을 내려놓았다. 관을 덮고 있는 천에 수놓은 사자 문장을 말없이 바라보다가 나 역시 하얀 꽃 한 송이를 내려놓으며 선황제 폐하와 작별을 고했다. 제단 아래가 조금씩 백색 물결로 물들기 시작했다.

얼마나 시간이 지났을까?

마지막 사람까지 헌화를 마치자 관의 주변에는 꽃의 바다가 펼쳐져 있었다. 웅장하게 울려 퍼지는 진혼곡과 은은한 꽃향기가 신전 안을 맴돌았다.

검은 제복을 차려입은 붉은 머리카락의 남자가 제단 앞으로 나섰다. 의전 서열 일 위, 제국의 검이자 모든 귀족의 정점에 서 있는 자, 바로 라스 공작이었다. 좌중을 한번 둘러본 그가 서서히 입을 열었다. 선황제 폐하의 서거를 애도하는 추도사의 시작이었다.

"카스티나 제국에 무궁한 영광 있으라. 미르칸 루 샤나 카스티나 황제 폐하, 위대한 제국의 태양이자 영예로운 제국의 주인이셨던 분. 그분께서는 천년 제국과 이천만 제국민을 다스리던 위대한 황제이시니 진정 우리 모두의 어버이 된 자이셨도다……."

넓은 홀에는 라스 공작의 목소리만이 울려 퍼졌다. 모두가 침묵하는 가운데, 제위에 오르셨을 때부터 시작해서 서거하실 때까지 일궈 낸 선황제 폐하의 업적을 찬양하는 추도사가 계속해서 이어졌다.

코끝을 은은하게 감도는 꽃향기 때문일까? 문득 어느 날엔가 함께 황궁 정원을 거닐며 보았던 폐하의 인자한 미소가 생각났다. 회귀 전 은빛 꽃나무를 바라보며 하나하나 일러 주던 자상한 목소리와 회귀 후 내게 거리를 두면서도 나름대로 이것저것 챙겨 주시던 모습도 떠올랐다.

어쩐지 목이 메었다.

"……영광스러운 카스티나 제국의 태양이시여, 부디 비타의 품 안에서 평안하시기를."

라스 공작의 마지막 말에 맞춰 나 역시 속으로 작별 인사를 건넸다.

폐하, 당신의 치세하에 제국민은 살아갈 희망을 얻었습니다. 회귀 전 제게 황족은 황족답고 귀족은 귀족다운 세상을 만드는 것이 꿈이라 하셨지요. 우리가 누리는 건 모두 제국민에게서 받은 것이므로 그에 대한 책임을 질 줄 알아야 한다고, 그것이 제국을 지배하는 자로서의 의무라고도 누누이 말씀하셨지요. 잊지 않겠습니다, 당신의 가르침을. 바라시던 대로 그분의 반려가 될 수는 없다 하더라도, 최선을 다해 보좌하여 당신께서 바라시던 제국을 만들기 위해 노력하겠습니다.

그렁그렁 맺힌 눈물을 슬쩍 훔쳐 내며 고개를 들자, 허공을 응시하고 있는 청년이 보였다. 한 점의 흐트러짐도 없는 검은 예복 차림으로 무표정하게 서 있는 그가. 슬픈 기색이라고는 조금도 찾아볼 수 없는 그 모습은 많은 사람들에게 그가 이 의식을 심드렁하게 생각하고 있다고 오해하게 하고 있었지만, 텅 빈 그의 눈빛만큼은 진실을 이야기하고 있었다. 허공을 향한 바닷빛 눈동자는 공허하기 그지없었다.

사락사락.

라스 공작이 단상 아래로 내려가자, 대신관이 길게 늘어진 머리카락을 끌며 제단 앞으로 나섰다. 초록빛 망토 위에 수놓은 주신 비타의 상징이 그의 움직임에 맞춰 화려하게 춤을 추었다.

"생명의 끝, 안식의 축복이 그대와 함께할지니. 생명의 아버지, 주신 비타시여, 당신의 아이들을 보살피던 미르칸 루 샤나 카스티나에게 편안한 안식과……."

대신관이 선황제 폐하를 위한 안식의 기도와 신황제 폐하를 위한 축복의 기도문을 외우는 동안, 나는 쿡쿡 쑤셔 오는 가슴 위에 손을 얹은 채 물끄러미 그를 바라보았다. 깊은 슬픔이 묻어 나오는 그에게서 어쩐지 눈을 뗄 수가 없었다.

"……도다. 선황제 폐하께 평안한 안식이, 신황제 폐하께 비타의 축복이 함께하시기를."

대신관의 기도가 끝나자 또다시 온 신전 안에 레퀴엠requiem, 진혼

미사곡이 울려 퍼졌다. 제단으로 다가간 근위 기사들이 어깨에 관을 짊어졌다. 운구 행렬은 한 손에 비타의 상징을 든 채 선도하는 대신관과 최고위 신관들의 뒤를 따라 거대한 홀을 빠져나갔다. 푸른 머리카락의 청년과 귀족들이 뒤이어 걸음을 옮겼다.

얼마나 걸었을까? 모두는 상크투스 비타의 지하에 조성되어 있는 황실 묘지에 도착했다. 화려하게 장식한 석관에 선황제 폐하를 안치하고 대신관과 최고위 신관들이 성수를 뿌리며 기도문을 외고 나자 국장 절차는 모두 끝이 났다.

내내 침묵을 고수하는 청년을 향해 예를 올리고서, 나를 포함한 모든 귀족들은 그만을 남겨 둔 채 전부 묘지 밖으로 물러 나왔다.

나는 소곤소곤 대화를 나누며 계단을 오르는 귀족들 사이에서 홀로 머뭇거렸다. 자꾸만 뒤가 밟히는 듯한 기분에 마음이 영 좋지가 않았다.

"여기 있었구나, 티아."

"……아버지."

한참 동안 계단을 오르지 못한 채 망설이다, 나지막한 목소리에 정신을 차렸다. 어둡게 가라앉은 군청색 눈동자가 나를 걱정스레 바라보고 있었다.

"어디 있는지 몰라 한참을 찾았단다. 예서 무엇을 하고 있는 게냐? 뭔가 볼일이라도 남은 것이더냐?"

"아, 아뇨."

"그럼 이만 돌아가자꾸나."

"네, 아버지."

거듭 뒤를 돌아보며 층계를 올랐다. 마지막 계단을 밟는데, 문득 폐하께서 임종을 맞이하시던 날 장례 준비를 명하고 돌아서던 그의 뒷모습이 떠올랐다.

그날, 수많은 사람 중 그 누구도 그에게서 묻어 나오는 공허함을 눈치채지 못했지. 선황제 폐하와 직접 혈연으로 엮이지 않은 나도 이토록 슬픈데, 그분의 유일한 혈육인 그는 지금쯤 얼마나 힘이 들까. 황제라는 지위 때문에 아프다 말 한마디 해 보지 못하고 그저 홀로 앉아 슬픔을 삼키고 있겠지. 지배하는 자란 본디 그런 것이니까.

텅 비어 버린 바닷빛 눈동자를 떠올리는 순간, 발이 저절로 아래층을 향했다. 놀란 목소리로 부르는 아버지께 죄송하다는 말 한마디만을 남기고서, 나는 치맛자락을 잔뜩 움켜쥔 채 나는 듯이 달렸다.

황실 묘지의 입구에는 근위 기사들이 서 있었지만, 그들은 의외로 별다른 제지 없이 나를 통과시켜 주었다. 덕분에 나는 비교적 쉽게 안으로 들어설 수가 있었다.

가쁜 숨을 몰아쉬며 주위를 둘러보자 방금 새롭게 안치된 선황제 폐하의 석관 앞에 앉아 하염없이 비석만을 바라보고 있는 청년이 눈에 들어왔다.

"폐하."

"……."

"폐하!"

"……아리스티아?"

원래 이리도 반응이 느린 사람이 아니었는데, 그는 두 번이나 불렀음에도 조금 시간이 흐른 후에야 천천히 돌아보았다.

순간 심장이 철렁 내려앉았다.

바닷빛 눈동자는 예상했던 대로 텅 비어 있었다.

"그대가 여긴 어인 일이오? 돌아가서 쉬지 않고."

"폐하."

"복장은 또 어찌 그렇소. 모자가 벗겨지려고 하질 않소."

"……폐하."

항상 말을 절제할 줄 아는 사람이었다. 본인의 사소한 말이나 행동 하나하나에 대해 책임을 져야 하는 자리에 있기에, 무언가를 이야기할 때는 항상 생각을 가다듬은 후 잘 정제된 말로써 표현하는 사람이었다. 그런 사람이었는데.

언제나 감정의 대부분을 감추고 있던 그답지 않게 툭툭 던지는 말을 듣자 가슴이 점점 까맣게 타들어 갔다. 뼛속까지 새겨져 있을 예법조차 잊어버릴 만큼 선황제 폐하를 잃은 슬픔이 크다는 말이었으니까.

"어찌 부르기만 하고 답이 없……."

"정신 차리십시오!"

불충인지 알면서도 감히 그의 말을 잘랐다. 처음으로 큰소리를 내 보았음에도, 바닷빛 눈동자에는 놀람이나 분노 같은 감정이 떠오르지 않았다. 여전히 빛이 꺼진 채 텅 비어 있었을 뿐.

생각보다 훨씬 심각해 보이는 모습에 가슴 한구석이 서늘하게 내려앉았다. 나는 크게 심호흡한 뒤 바닥에 무릎을 꿇고 앉았다. 그러고는 잠시 망설이다 머뭇머뭇 그를 향해 손을 뻗었다.

뇌리 속에 남아 있는 과거의 기억 때문일까? 아직까지도 나는 무의식중에 그와 접촉하는 것을 꺼리고 있었다. 공식 석상에서 에스코트를 위해 손을 잡거나 춤을 추는 것은 그래도 괜찮았지만, 사적인 공간에서의 신체 접촉은 조금 그랬다.

하지만, 그럼에도 지금은 왠지 그를 위로해 주고 싶었다. 이대로 그가 무너지게 둘 수는 없었다.

주춤주춤 다가가던 손가락 끝에 그의 손이 닿았다. 처음으로 먼저 잡아 본 그의 손은 평소와는 달리 몹시 차가웠다. 그 때문일까? 뭔가 거부 반응이 올 것이라 생각했는데, 안쓰러운 마음만 들었을 뿐 두렵거나 떨리지는 않았다.

조금 더 용기를 내어 조심스럽게 그의 손을 감싸 쥐었다. 위로하듯 부드럽게 손등을 토닥이자, 놀란 듯한 목소리가 들려왔다.

"……아리스티아?"

"폐하, 마음을 굳건히 하십시오."

"……."

"제겐 항상 심지를 굳게 하라 이르지 않으셨습니까."

조용조용 말을 건넸다. 늘 냉철한 사람이었는데, 이토록 무방비하게 무너진 모습을 더는 보고 싶지가 않았다.

"많이 괴로우실 거라는 것은 압니다. 오직 한 분뿐인 아버지께서 비타의 품으로 돌아가셨는데, 어찌 아니 그럴 수 있겠습니까."

"……."

"부디 이겨 내시어요. 폐하께서 이러시는 건 선황제 폐하께서도 바라지 않으실 겁니다."

"바라지 않으실 거다……."

묵묵히 듣기만 하던 그가 불안정하게 흔들리는 목소리로 말했다.

"그렇겠지. 최후의 순간까지도 제국만을 걱정하던 분이셨으니."

"……폐하."

"당신의 하나뿐인 자식이 걱정된다기보다, 내가 잘못되면 제국이 어찌 될까 두려우실 테지."

"그렇지 않습니다. 선황제 폐하께서는 폐하를 진심으로 아끼셨습니다."

"그럴 리가 없소. 부황 폐하께선 나를 오직 당신의 후계자로만 생각하셨을 뿐, 마지막 순간까지도 못 미더워 하며 제국만을 걱정하신 분이오."

상처받은 눈빛을 보자 속에서 울컥하고 뜨거운 기운이 치밀어 올랐다.

'아아, 폐하.'

절로 탄식이 나왔다.

이토록 당신의 사랑을 갈망하는 그에게 어째서 대못만 박고 가셨는지요. 그토록 아끼고 사랑하지 않으셨습니까. 참으로 너무하십니다. 어찌하여 마지막 순간까지도 따스한 말씀 한마디 남기지 않으셨단 말입니까.

"아닙니다, 폐하. 선황제 폐하께서는……."

조금이나마 오해를 풀어 주기 위해 입을 열었을 때, 묘지 밖에서 갑자기 시끄러운 소리가 들려왔다.

대체 무슨 일이지? 높은 톤으로 보아 여자의 목소리 같은데.

눈썹을 찡그린 그가 나를 조심스럽게 일으켜 세우며 자리에서 일어났다. 그러고는 옷을 탁탁 털어 매무새를 정돈한 뒤 부드러운 손길로 모자를 매만져 주었다.

작은 목소리로 감사를 표하고서, 나는 그가 내민 손을 잡고 묘지 입구로 향했다.

"아무도 들일 수 없습니다."

"잠깐 폐하께 드릴 말씀이 있을 뿐입니다."

"나중에 말씀하시지요."

"나는 폐하의 정비 후보입니다. 어째서 폐하께 여쭙지도 않고 막아서는 것입니까."

시끄러운 소리의 주인공은 다름 아닌 지은과 근위 기사들이었다. 화난 얼굴로 근위 기사들에게 따지고 있던 지은이 그를 보고 반색하다 이내 눈매를 사납게 일그러뜨렸다. 아무래도 그와 나란히 나오는 나를 발견한 탓인 듯했다.

하지만 그녀가 나를 쏘아보거나 말거나, 그는 색색 숨을 몰아쉬고 있는 지은을 일별하며 근위 기사들을 향해 말했다.

"시간이 많이 지체되었군. 이만 돌아가지."

"명을 받듭니다, 폐하."

서늘하게 지시를 내리는 모습에 이제는 좀 괜찮나 싶어 안도하고 있는데, 걸음을 떼려다 말고 나를 돌아본 그가 말했다.

"갑시다."

"네?"

"그만 돌아가자 하지 않았소. 어찌 그러오?"

"아……. 아닙니다, 폐하."

매섭게 노려보는 지은을 힐끗 바라보고서, 나는 그의 에스코트를 받으며 층계를 올랐다.

계단 입구에 서 있던 아버지가 그와 함께 나오는 나를 보며 눈썹을 슬쩍 찌푸리셨다. 잠시 후에야 말없이 허리를 숙여 인사하는 아버지를 향해 그가 말했다.

"후작, 짐이 영애와 잠시 대화를 나눠도 되겠소?"

"그리하십시오, 폐하."

"아니, 신전에서 나눌 대화가 아니오. 황궁으로 자리를 옮겨야 할 듯싶소만."

"……알겠습니다."

"고맙소."

응? 나와 할 이야기가 뭐지? 혹시 묘지에서 지은 때문에 못다 한 얘기 말인가?

의아하기도 하고 썩 내키지 않는 듯해 보이는 아버지께 조금 죄송하기도 했지만, 나는 일단 아버지를 향해 고개를 숙여 보인 뒤 그와 함께 신전 밖으로 향했다.

언제 그렇게 시간이 흐른 것인지, 바깥은 새카만 어둠에 잠겨 있었다. 제법 늦은 시간이라는 점이 마음에 걸렸지만, 그렇다고 해서 이제 와 돌아갈 수는 없는 노릇이었다.

'괜찮겠지?'

나는 속으로 한숨을 삼키며 대기하고 있던 마차에 올랐다.

얼마나 시간이 지났을까?

부드럽게 달려 황궁에 도착한 마차는 그대로 정문을 통과해 중앙궁 앞에 멈춰 섰다. 웅장하게 솟아오른 건물을 보자 침음이 흘러나왔다.

'벌써 거처를 옮긴 모양이구나.'

어쩐지 그의 표정이 조금 어두워 보인다 했다. 하긴, 국장이 끝나자마자 곧장 선황제 폐하께서 쓰시던 곳으로 처소를 옮기는 것이 기분 좋을 리는 없을 테지.

조금 안쓰러웠지만, 나는 말없이 그와 함께 서재로 향했다.

처음 들어와 보는 중앙궁의 서재는 얼핏 보기에도 황태자궁의 그것보다 그 규모가 훨씬 대단해 보였지만, 지금 내게는 그런 것을 감상할 여유가 없었다.

내내 침묵하는 그를 바라보다 조심스럽게 입을 떼었다. 쉽지는 않았지만, 아무래도 지금은 아무 말이라도 붙이는 편이 나을 것 같았다.

"저, 폐하. 음…… 차라도 한 잔 올릴까요?"

"음? 그대, 괜찮겠소?"

"아, 그 일 때문이라면, 저는 괜찮습니다."

중독된 이후로 차에 민감해진 사람이 왜 이리 많은 건지. 처음에는 아버지께서 뭐라 하시더니, 그다음에는 카르세인이 그러고, 이제는 그까지 그러는 건가.

가볍게 고개를 저어 보인 뒤, 나는 줄을 당겨 티 세트를 가져오라 일렀다.

잠시 후 들어온 시녀가 티 포트와 함께 온갖 종류의 차를 늘어놓았다. 나는 그중에서 라벤더를 골라 진하게 우려냈다. 짙은 향을 싫어하는 것은 잘 알고 있지만, 다소 불안정한 지금의 그에게는 신경 안정 효과가 있는 라벤더가 도움이 될 것 같았다.

하지만 찻잔을 받은 그는 그것을 들어 올리다 말고 도로 내려놓았다. 역시 마음에 들지 않는 걸까.

"안정이 필요하실 것 같아 다소 진하게 우려내었습니다만……. 다시 만들까요?"

"아, 그런 것이 아니오. 다만……."

고개를 갸웃했다. 향 때문이 아니면 왜 그러는 거지?

의아한 마음으로 내 몫의 찻잔을 들어 올렸을 때, 문득 찻잔을 잡고 있는 그의 손이 부들부들 떨리고 있는 것이 보였다.

순간 찻잔을 입가로 가져가던 손이 멈칫했다. 태연한 기색이기에 조금 나아진 줄 알았는데, 막상 선황제 폐하께서 쓰시던 중앙궁에 돌아오자 다시금 생각이 떠오른 것일까.

안쓰러운 마음에 조용히 찻잔을 내려놓았다. 어떻게 위로해야 할까 하며 조심스럽게 말을 고르고 있을 때, 뭔가를 생각하던 그가 머뭇머뭇 입을 열었다.

"……아리스티아."

"네, 폐하."

"실은 그대에게 한 가지 부탁이 있소만."

"그것이 무엇인지요?"

의아한 눈으로 그를 바라보았다. 대체 무슨 부탁이기에 저토록 머뭇거리고 있는 것일까.

조금은 불안한 마음으로 기다리고 있을 때, 뭔가 결심을 굳힌 듯한 표정으로 나를 바라본 그가 말했다.

"혼자 있으면…… 오늘 밤을 견디기가 너무 힘이 들 것 같소. 그래서 말인데……."

"네, 폐하."

"그대, 오늘 밤 나와 함께 있어 줄 수 있겠소?"

"네?"

깜짝 놀라 되물었다.

하지만 그는 답이 없었다. 깊게 가라앉은 눈으로 나를 바라보고 있었을 뿐.

"폐, 폐, 폐하, 그, 그게 무슨……"

순간 과거의 기억이 머릿속을 스치고 지나갔다. 떨리는 눈으로 바라보자, 어둡게 가라앉은 바닷빛 눈동자에 비친 내 모습이 보였다. 커다랗게 뜬 눈, 새하얗게 변한 얼굴. 잔뜩 공포에 질린 모습.

뻣뻣하게 굳은 나를 물끄러미 바라보던 그가 한숨을 내쉬며 말했다.

"……아직 성인식도 치르지 않은 그대를 어떻게 할 생각은 없소. 게다가 오늘은 부황 폐하의 국장을 치르고 온 날이 아니오."

"아……."

"그저, 함께 시간을 보내 달라는 이야기였소. 물론 무리한 부탁이라는 것은 알지만……."

놀란 가슴이 차츰 진정되고 나자, 그제야 그의 모습이 제대로 눈에 들어왔다. 불안정한 눈빛으로 나를 응시하고 있는 그가.

갑자기 미안해졌다. 선황제 폐하의 일로 인해 많이 힘든 사람에게 또 다른 상처를 더해 준 것 같아서. 하지만 이대로 중앙궁에서 단둘이 시간을 보낸다면 분명 구설에 오를 텐데. 어쩌지? 어떡해야 하나?

눈을 질끈 감았다. 자칫 잘못하면 곤란한 일이 생길 거라는 것을 알고 있었지만, 그럼에도 차마 거절할 수가 없었다. 이대로 두고 가면 홀로 무너질 것이 빤히 보였기에. 게다가 아까 못다 한 선황제 폐하에 대한 이야기도 해야 했다. 그분께서 그에게 가졌던 부정父情을 조금이나마 엿본 사람은 얼마 되지 않으니까. 그나마도,

그것에 대해 말해 줄 수 있는 사람은 나밖에 없었으니까.

한숨을 쉬며 자리에서 일어나자 나를 바라보던 그의 표정이 흔들렸다. 잔뜩 가라앉은 목소리가 들려왔다.

"역시 아니 되는 것이……."

"폐하, 정원을 좀 걷고 싶습니다."

"그대……."

"요즘은 날씨가 좋아서 밤공기를 쐬며 산책하는 것도 좋을 것 같습니다만, 어찌 생각하시는지요?"

"……고맙소."

나지막하게 속삭인 그가 일어나 내게 손을 내밀었다. 나는 그의 에스코트를 받으며 정원으로 향했다.

어둠에 물든 황궁 정원은 밝을 때 보던 것과는 또 다른 운치가 있었다. 등나무로 꾸민 아치형 문을 지나 산책로로 접어들자 알록달록한 각종 꽃이 우리를 반겼다. 달빛을 받아 은은하게 빛나는 꽃들이 바람에 사르르 물결무늬를 그렸다. 살랑살랑 불어오는 봄바람에 꽃향기가 코끝을 감돌다가 사라졌다.

풀벌레 우는 소리를 들으며 말없이 걷던 그가 말했다.

"이제 몸은 괜찮아진 것이오?"

"네, 폐하. 벌써 넉 달이나 지났는걸요. 조만간 기사단에도 복귀할 생각입니다."

"그렇잖아도 후작이 전출 신청서를 올렸더군. 그대를 제2기사단으로 배속시켜 달라고 말이오."

"아버지께서요?"

"몰랐소? 아무래도 제1기사단에서 그런 일이 있었으니, 조금 꺼림칙했던 모양이오."

 그런 일이 있었구나. 복귀한다면 당연히 제1기사단으로 돌아갈 거라 생각했는데. 하긴 이미 새로운 단장 보좌관을 뽑았을 테니, 공연히 자리싸움을 하기보다는 이번 기회에 제2기사단으로 돌아가는 것이 나을지도 몰랐다.

 '그럼 이제 아버지와 함께 출퇴근할 수 있는 건가?'

 살며시 미소를 짓는 나를 바라보던 그가 말했다.

 "보통 귀족가에서 가족과 유대감이 있는 경우는 보기 드문데, 그대는 후작과 많이 친밀한가 보오."

 "아……."

 "의외였소. 늘 무뚝뚝한 후작인지라 그토록 딸 사랑이 지극할 것이라고는 생각하지 못했는데, 역시 세기의 로맨티시스트란 이야기는 괜히 나온 것이 아닌 모양이오."

 멈칫했다. 평소와 다를 바 없는 어조였지만, 그의 목소리에는 부러움이 담겨 있었기에.

 문득 선황제 폐하의 지극한 사랑을 받았으면서도 깨닫지 못하는 그에게서 회귀 전 마지막 순간이 되어서야 겨우 아버지의 사랑을 깨달았던 내 모습이 보이는 듯했다. 지금 생각해 보면, 당시의 아버지께서도 분명 겉으로 드러내지는 않았어도 나름대로 나를 아끼셨더랬다. 그때는 사랑받지 못한다는 자격지심 때문에 그런 사실을 미처 알아채지 못했지만 분명 그랬다.

 "사실, 소녀도 처음부터 아버지와 가까웠던 것은 아니었습니다."

 "그렇소?"

 "네, 폐하. 한때는 소녀 역시 무뚝뚝한 겉모습만 보고서 아버지께서 저를 사랑하시지 않는다고 생각했습니다. 해서 항상 냉랭한 관계를 유지했지요."

"한데 지금은 어찌 그리 가까워진 것이오?"

조심스럽게 말을 고르는데, 어느새 익숙해진 길이 눈에 들어왔다. 다각다각 밟히는 자갈길과 달빛을 받아 은은하게 빛나는 하얀 꽃나무를 보자 머릿속에 문득 생각 하나가 스치고 지나갔다.

'은색 꽃은 이제 피었을까?'

몹시 궁금했지만, 나는 애써 그것을 뒤로한 채 말을 이어 나갔다.

"어느 날, 악몽을 꾸었습니다. 몹시 외롭고 쓸쓸한 느낌이었습니다. 마치 세상에 홀로 남은 듯한 기분이었지요. 그래서 제가 먼저 손을 내밀어 보았습니다."

"……."

"그리고…… 그제야 깨달았습니다. 드러내 놓고 표현하지 않으셨을 뿐, 아버지께서는 항상 저를 사랑하셨다는 것을요."

"……."

"선황제 폐하께서도 분명 그러셨을 것입니다. 세상 모든 부모가 그렇지요. 겉으로 드러내지는 않더라도, 자식을 아끼고 사랑하지 않는 부모는 없다고 생각합니다."

하지만 그는 여전히 묵묵부답이었다. 아무래도 다른 얘기가 필요할 것 같아서, 나는 낮게 한숨을 내쉬며 기억을 더듬어 지나간 추억을 하나 끄집어냈다.

"폐하, 몇 해 전 가을에 국경 지역을 시찰했던 일을 기억하십니까?"

"물론 기억하오. 중간에 모니크 영지에 들러 그대를 만나기도 했지 않소."

"네, 그랬지요. 당시 소녀는 폐하께서 들렀다 가신 뒤 얼마 지나지 않아 수도로 상경했사온데, 돌아온 지 얼마 되지 않아 선황제 폐하와 티타임을 가질 기회가 있었습니다. 그때 선황제 폐하께서는 지나가는 말처럼 황태자는 잘 다녀갔느냐고 하시면서, 제게 겨울을 좋아하느냐고 하문하셨답니다."

"음? 갑자기 그런 것은 왜 물어보셨단 말이오?"

"소녀 역시 궁금했지만 우선은 그렇다고 답하였습니다. 헌데 선황제 폐하께서 그러시더군요. 그 점은 반대라고 말입니다."

그래도 이해가 되지 않는다는 듯한 표정에, 나는 살며시 미소를 지으며 말했다.

"폐하께서는 추운 것을 몹시 싫어하신다 알고 있습니다. 선황제 폐하께서는 폐하의 안부를 묻고 난 뒤, 곧 겨울이 올 것 같다며 제게 그런 하문을 하셨답니다. 아마도 겨울을 싫어하는 폐하가 걱정되셨던 것이 아닐까요?"

"……그렇소?"

나는 정말이냐는 듯 바라보는 그를 향해 고개를 끄덕이며 조심스럽게 또 다른 이야기를 꺼냈다.

"폐하께서는 조금 전 그분께서 폐하를 늘 못 미더워 하셨다고 말씀하셨지요. 하지만 그렇지 않습니다. 선황제 폐하께서는 폐하를 진심으로 신뢰하고 자랑스러워 하셨습니다."

"……."

"태자빈 후보로 왕녀들을 초청한 때를 기억하십니까. 그 당시 선황제 폐하를 알현한 적이 있었사온데, 그분께서는 제게 이렇게 말씀하셨습니다. 황태자를 믿는다고, 그러니 그 결정을 존중하겠다고요. 실제로 그 이후에 어째서 루아 왕녀를 놓아주었느냐고 여쭈었을 때, 선황제 폐하께서는 폐하를 믿고 있으니 그 의견을 존중해서 받아들인 것뿐이라고 말씀하셨습니다."

"……그런 일도 있었군."

"네. 그리고……."

이런 이야기까지 해도 되는 걸까? 잠시 멈칫했지만, 진지한 그의 눈빛을 보자 망설임은 금세 사라졌다. 유일하게 선황제 폐하의 속마음을 들은 내게는 그분께서 미처 말씀하시지 못한 이야기를 전해야 할 의무가 있었다.

"외람된 말씀이오나, 그날 선황제 폐하를 배알하기 전에 알현실에서 나오시는 폐하의 표정이 몹시 좋지 않은 것을 보았습니다. 그것이 마음에 걸려…… 감히 여쭈었습니다. 그토록 신뢰하시면서도 어째서 정작 폐하께는 그리 엄하게 대하시냐고요."

"……그래서, 부황 폐하께서는 뭐라 답하시었소?"

"가슴 아프지만 그 역할을 할 사람이 당신밖에 없다 하셨습니다. 당신께서 귀족만 되었어도 사랑을 퍼 줬을 것이나, 폐하께선 차후 제국을 책임져야 할 분이시기에 어쩔 수 없이 그리하셨다고요. 잘한다 칭찬하면 게으름을 피울까 봐 끊임없이 못한다 야단쳤다고도 하셨습니다."

"……그랬던가."

그 말을 끝으로 그는 말없이 생각에 잠겨 들었다. 그를 방해하지 않기 위해서 나 역시 조용히 입을 다문 채 조심조심 걸음을 떼었다.

얼마나 걸었을까?

저 멀리 베르 궁 정원이 보였다. 아기자기하게 꾸민 정원 한가운데 반짝이는 은색 꽃나무의 모습도 눈에 들어왔다.

나는 조심스럽게 나무 앞에 다가가 고개를 젖히고 위를 올려다보았다. 하지만 아무리 까치발을 하고 이리저리 살펴보아도 굳게 닫힌 꽃봉오리는 여전했다.

왠지 한숨이 나왔다. 화재에서 간신히 살아난 이후 꽃봉오리만 맺힌 상태로 지낸 지 몇 년째. 이제는 꽃을 피울 때도 된 것 같은데, 어째서 아직도 피지 않는 걸까.

어깨를 축 늘어뜨리는 나를 묵묵히 바라보던 그가 말했다.

"아직도 그 꽃에 관심이 많은가 보오."

"아, 네. 물론 폐하께서 일전에 설명해 주시기는 했지만, 그래도 어찌 생겼을까 궁금하여……."

"정원사에게 물었더니 나무가 죽거나 한 것은 아니라고 하였소. 좀 더 기다려 봅시다."

"네, 폐하."

"그보다 꽤 오랜 시간 걸은 것 같은데, 잠시 앉아서 휴식을 취함이 어떠하오."

나무 아래 먼저 자리를 잡고 앉은 그가 품에서 손수건을 꺼내 바닥에 펼쳤다. 나는 깜짝 놀라 그를 바라보았다. 아무리 흙바닥이라고 해도 그렇지, 어찌 감히 황제 폐하의 손수건을 깔고 앉을 수가 있단 말인가.

"앉으시오."

"폐, 폐하, 제가 어찌 감히……."

"괜찮으니 어서 앉으시오. 굳이 황명이라 해야겠소?"

"……황공합니다."

작은 목소리로 감사를 표하고서, 나는 조심조심 그가 펼쳐 준 손수건 위에 앉았다.

나무에 등을 기댄 그가 고개를 들어 하늘을 올려다보았다. 그를 따라 나도 시선을 옮겼다.

새카만 바다 위에 보석들이 반짝반짝 빛나고 있었다. 검은 물결을 가르며 우윳빛 물살이 흐르고, 그 옆에는 둥그런 달이 은은하게 빛을 뿌리며 두둥실 떠 있었다.

살랑살랑 불어오는 바람에 새하얀 꽃잎들이 팔랑팔랑 떨어져 내렸다. 은은한 꽃향기와 흙내음이 코끝을 감돌고, 이름 모를 풀벌레의 울음소리가 여기저기에서 들려왔다. 몹시 평화로운 느낌, 번잡한 세상사에서 유리된 것만 같은 기분.

잠시 그 평온에 취해 있을 때, 서늘한 목소리가 정적을 갈랐다.

"그러고 보면, 이곳에는 유독 그대와의 추억이 많은 것 같소."

"그런 듯합니다, 폐하."

"……덕분에 그대에 대한 인상 역시 많이 바뀌었지."

"네, 폐하?"

"음……."

잠시 주저하던 그가 시선을 돌려 허공을 바라보며 말했다.

"이미 눈치챘을런지도 모르겠지만, 사실 몇 해 전까지만 해도 본인은 그대를 미워했었소."

"……네, 폐하. 알고 있습니다."

분명 그랬다. 과거에도 그는 나를 몹시 미워했고, 회귀한 후에도 처음 몇 해 동안은 나를 꺼리는 기색이 역력했다. 하지만 그때도, 그리고 지금도 나는 그가 왜 그토록 나를 싫어했는지에 대해서는 알지 못했다.

　내심 궁금했었다. 그가 나를 그토록 꺼리던 이유가.

　단순히 정략적인 약혼에 대한 반발이라고 보기에는 그 정도가 심했기에 더 그랬고, 어머니와의 인연을 알고 난 다음에는 더욱 그랬다.

　차마 물어볼 용기가 없어 속에 묻어 두기만 했는데, 드디어 그 이유를 알게 되는 건가?

　나는 두근거리는 가슴 위에 손을 얹은 채 나지막한 그의 음성에 귀를 기울였다.

　"이 사실을 알고 있는 자는 그리 많지 않을 것이오. 사실 내 어머니는 돌아가신 황후 폐하가 아니라오."

　"네? 그게 무슨······."

　"늦게 탄생한 유일한 후계자였기에 태어나자마자 황후 폐하의 아들로 입적되었을 뿐, 본인의 생모는 따로 있소."

　"그렇다면······."

　"내 생모는, 황궁에서 일하는 하급 하녀였소."

　"네에?"

　절로 눈이 휘둥그레졌다. 하급 하녀라니. 제국의 지배자인 그의 생모가 궁내부원 중 가장 낮은 지위인 하급 하녀 출신이란 말인가? 세탁이나 청소, 요리 등의 잡일을 하는 중급 하녀들보다도 지위가 낮은, 귀족 출신인 시녀들의 수발을 드는 하녀가 바로 하급 하녀가 아니던가.

　"출생이 알려지면 정통성을 문제 삼는 자들이 생길까 봐, 태어나자마자 황후 폐하의 손에 맡겨졌소. 몹시 차가운 성품이었던 그분께서 당신의 아이도 아닌 나를 아끼셨을 리가 없지. 처음에는 어머니라 생각하여 애정을 갈구했으나, 생모가 따로 있다는 사실을 알게 된 이후로는 그마저도 포기했소."

"……."

"그러던 중 그대의 어머니를 만났소. 건강이 좋지 않아 자주 보지는 못했지만, 때로는 야단치고 때로는 미소를 지으며 살갑게 대해 주는 그분이 좋았소. 어머니란 바로 이런 사람을 말하는 것이 아닐까 생각했었지."

그랬던가. 그래서 그는 선황후 폐하를 모후 폐하가 아니라 황후 폐하라 불렀구나. 어쩐지 호칭이 거슬린다 했다. 어머니의 이야기를 할 때면 유독 그리운 기색이던 것도.

"부황 폐하께서 한창 귀족파와 세력 다툼을 하시던 어느 날, 황궁에 암살자가 들었소. 그곳에는 황후 폐하와 후작 부인, 그리고 그대와 내가 있었지. 수십 명의 암살자가 검을 빼 들고 달려들던 그 순간, 후작 부인은 본능적으로 그대를 감싸 안으며 엎드렸다오. 바로 옆에 서 있던 나는 내버려 둔 채."

"……."

"당연한 일이었지만, 그대의 잘못이 아니었지만……. 냉정하게 근위 기사에게 나를 보호할 것을 명하는 황후 폐하와 그대를 감싸 안고 엎드린 후작 부인의 모습이 너무 달라 보여서…… 괜스레 화가 났던 것 같소. 어머니처럼 생각했던 분에게서 내쳐진 것 같아 마음이 아팠소."

"폐하……."

어쩐지 가슴이 시렸다. 어린 나이에 크나큰 충격을 받고 상처 입었을 그의 마음이 전해지는 듯했기에.

"후작 부인이야 친모니 그렇다 쳐도, 그 냉정한 황후 폐하마저 그대에게만큼은 이상하게 다정했소. 내게는 단 한 번도 미소를 지어 주지 않던 부황 폐하께서도 후작 부인과 그대가 입궁하는 날이면 부러 찾아와 함께 시간을 보내곤 하셨지. 내게는 그 누구의 사랑도 주어지지 않았는데, 그대는 내가 사랑받고 싶었던 모든 이들의 애정을 독차지하고 있었소."

"……."

"시간이 흐를수록 그런 마음은 점점 커졌소. 더 잘해야 한다고 채찍질하던 두 공작이 그대의 칭찬을 늘어놓을 때마다, 내게는 잘한다 한마디 해 주지 않으셨던 부황 폐하께서 그대의 성과에 기뻐하실 때마다 이 악물고 더 노력했지만…… 결과는 늘 똑같았지."

허공을 응시한 채로 씁쓸하게 미소를 지은 그가 말했다.

"그래서, 나는 그대가 밉고……."

"……."

"또한 부러웠소."

가슴 언저리가 욱신거렸다.

기억하지 못하는 어린 시절의 이야기. 과거의 그도 그래서 그토록 나를 증오했던 것일까.

그렇다고 해서 회귀 전 그가 내게 했던 일을 용서하거나 잊어버리겠다는 것은 아니지만, 그래도 왠지 조금은 그를 이해할 수 있을 것 같았다. 그때의 그는 지금보다 더했으리라. 당시 나는 완벽한 황후가 되기 위해 이를 악물고 공부했으니까. 그의 말이 사실이라면, 과거의 그 역시 끊임없이 마음속으로 자신과 나를 비교했을 테지.

 항상 무언가에 짓눌려 있는 것 같았던 마음이 조금은 가벼워지는 듯했다. 가슴속에 쌓인 것을 토해 내듯 크게 숨을 내쉬자, 나처럼 크게 심호흡을 한 그가 계속해서 말을 이어 나갔다. 조금 전보다는 한결 편안해진 목소리가 들려왔다.

 "언젠가는 나도 반드시 부황 폐하께 사랑받겠다고, 인정받고야 말겠노라고 생각했소. 그런데 단 하나 남은 혈육이던 그분마저 이렇게 세상을 뜨셨군."

 "송구합……."

 "한 번만 더 송구하다 하면 화를 내겠다 하였거늘. 대신관이 말하지 않았소. 부황 폐하께서는 이미 주어진 시간을 다 쓰신 상태였다고."

 "……."

 "고맙소. 그대의 이야기가 아니었다면, 나는 아직까지도 부황 폐하에 대해 많은 것을 오해하고 있었을 것이오."

 "아닙니다, 폐하. 그분의 진심을 조금이나마 전해 드릴 수 있어 다행이라 생각합니다."

 나무에 등을 기댄 그가 말없이 하늘을 올려다보았다. 상념을 방해하고 싶지 않아서, 나 역시 그저 하늘을 향해 시선을 옮겼다.

 까만 하늘 가득 반짝이는 별빛이 너무나도 아름다웠다. 사람이 죽으면 별이 된다고 하던데, 저들은 모두 지상에 남겨 둔 누군가가 보고 싶어 저리 열심히 반짝이며 빛을 내고 있는 것일까.

 하늘을 가르며 휙 떨어져 내리는 별똥별의 모습에 탄성을 지르는 순간, 어깨에 무언가가 얹히는 느낌이 들었다.

깜짝 놀라 옆을 돌아보았다.

어느새 눈을 감은 그가 내 어깨에 머리를 기대고 있었다.

편안하게 풀린 표정으로 잠이 든 그를 보자 복잡한 기분이 들었다. 어쩌다 이렇게 된 것일까. 처음부터 어긋난 인연이었는데, 지금도 계속 엇갈리기만 하는 운명인데. 그토록 바랐으나 미움만 받았던 과거, 그의 마음을 얻었으나 함께할 수 없는 현재. 이것이 바로 그와 내 사이가 아닌가.

깊은 한숨을 내쉬었다. 답답한 가슴을 콩콩 두드리는데, 갑자기 팔에 무언가가 툭하고 떨어졌다.

뭐지? 이렇게 날씨가 좋은데, 설마 비라도 오는 건가?

혹시나 하는 마음에 위를 올려다보았지만, 하늘은 구름 한 점 없이 맑기만 했다. 아무리 봐도 비가 올 날씨처럼 보이지는 않았다.

고개를 갸웃하며 시선을 내렸을 때, 또다시 물방울 하나가 툭 하고 떨어졌다. 아무래도 그를 깨워야겠다 싶어 돌아보자 뜻밖의 광경이 눈에 들어왔다. 짙게 드리운 속눈썹 아래에서 눈물이 흘러내리고 있었다.

"폐……."

황급히 입을 틀어막았다. 푸른 그늘 아래로 방울방울 물방울이 떨어져 내리고 있었지만, 그는 슬퍼하거나 괴로워하는 대신 행복하다는 듯 미소를 짓고 있었다. 그 모습이 너무도 애잔해서, 조금씩 아려 오던 심장에 눈물이 고였다.

흐릿해지는 눈을 빠르게 깜빡였다. 한참을 망설이다가, 조심스럽게 그의 어깨 위에 손을 얹었다. 이대로 있으면 불편할 거야. 조금이나마 행복한 꿈을 꾸게 해 줘야지.

잠이 깨지 않도록 조심조심 그를 무릎에 뉘었다. 그리고 흐트러진 머리카락을 부드럽게 정돈하며 자꾸만 떨어지는 물방울을 닦아 주었다. 방울방울 흐르는 눈물의 온기에 얼어붙었던 가슴이 조금씩 녹아내리는 듯했다.

미소 띤 얼굴을 하염없이 바라보다가, 천천히 나무에 몸을 기댔다. 자꾸만 감겨 오는 눈을 느리게 깜빡였다. 조금씩 몽롱해지는 시야에 얼핏 조금 벌어진 은빛 꽃봉오리가 들어온 듯했다.

'저거, 벌어진 거 맞나.'

고개를 갸웃하다가, 나는 나도 모르게 스르르 눈을 감았다.

눈을 떴다. 졸린 눈을 비비며 몸을 뒤척이는데, 평소와는 뭔가 다른 풍경이 눈에 들어왔다.

여긴 어디지?

멍한 머리로 열심히 기억을 떠올리고 있는 내게 누군가가 다가와 깊숙이 허리를 숙였다. 가슴팍에 수놓여 있는 궁내부의 표식이 유독 선명하게 보였다.

'응? 궁내부?'

소스라치게 놀라 벌떡 일어나자 카펫에 새겨진 문양이 눈에 들어왔다. 그것은 포효하는 금빛 사자의 문장이었다.

설마, 설마.

나는 차마 떨어지지 않는 입을 열어 떨리는 목소리로 물었다.

"여기가…… 어디지?"

"황제 폐하의 침실입니다, 모니크 영애."

맙소사.

등골을 타고 서늘한 기운이 흘렀다.

온갖 생각이 머릿속을 스쳐 지나갔다. 잔뜩 화난 아버지의 얼굴이 떠오르고, 이 일로 격렬하게 공방을 주고받을 양 계파의 모습 역시 떠올랐다. 아무 일도 없었다는 사실은 중요하지 않았다. 어차피 정치란 명분 싸움이니까.

"내가 어째서 여기 있는 것인가?"

"저는 잘 모릅니다. 단지 영애께서 기침하시면 시중을 들라는 명을 받았을 뿐입니다."

"그런가. 그럼, 폐하께서는 어디 계시지?"

"알현실에 계십니다."

"알현실? 이 시간에 말인가?"

고개를 갸웃하는 내게 시녀는 다시 한 번 허리를 깊게 숙여 보이고는 말했다.

"그렇습니다. 간밤에 후작가 이상 가문들의 대표를 부르시어 함께 밤을 새우셨다고 들었습니다."

"응? 대귀족을 전부 소환하셨단 말인가?"

"네, 그리 들었습니다. 저, 영애, 기침하시는 대로 함께 조찬을 들자는 황제 폐하의 전언이 있었습니다. 벌써 시간이 제법 흘렀으니 서두르시는 편이……."

"그런가. 알겠네."

나는 안도의 한숨을 내쉬며 자리에서 일어났다. 밤새도록 대귀족들과 함께 있었다면 엉뚱한 소문이 돌 일은 전무全無할 듯했다.

침대 밑으로 내려서는데, 문득 차림새에 신경이 미쳤다. 국장에 참석하기 위해 입었던 검은색 새틴 드레스도 코르셋도, 심지어는 페티코트도 없는 가벼운 슈미즈 차림.

'설마 그가 이 차림을 본 건 아니겠지?'

나는 확 달아오르는 얼굴을 감추며 세안을 마친 뒤 시녀가 건네는 옷을 입었다. 가벼운 소재의 물빛 드레스는 몸에 맞춘 듯 딱 들어맞았다. 처음 보는 옷이라 조금 의아했지만, 자꾸만 서두르는 시녀 때문에 나는 일단 의문을 접으며 밖으로 향했다.

"오랜만입니다, 모니크 영애."

"안녕하세요, 쥬느 경, 그리고 시모어 경. 오랜만에 뵙습니다."

방을 나서자 문 앞에 서 있던 두 기사가 내게 고개를 숙여 보였다. 익숙한 얼굴에 반가움을 표하는 내게 빙긋 웃어 보인 쥬느 경이 말했다.

"폐하께서 영애를 모셔 오라 명을 내리셨습니다. 가시지요."

"아, 감사합니다."

어차피 같은 궁 안인데 뭐 하러 그렇게까지 하나 싶었지만, 나는 조용히 감사를 표한 뒤 두 사람과 함께 걸음을 옮겼다.

"간밤에는 편히 주무셨습니까? 곤히 잠드신 것처럼 보이기는 했습니다만."

"네? 그게 무슨……?"

"그게 말입니다. 사실 어젯밤 근무라서 폐하께서 경과 함께 중앙궁에 도착하셨을 때부터 계속 지켜보았거든요."

"그런……."

갑자기 얼굴이 확 달아올랐다.

선황제 폐하께서 비타의 품으로 돌아가신 지금, 유일하게 남은 직계 황족인 그에게 근위 기사들이 따라다니는 것은 당연한 일이었다. 그의 일거수일투족을 지켜보는 것 역시도.

하지만 머리로는 이해했어도 막상 어젯밤 일을 전부 보았다는 말을 듣자 몹시 민망했다. 게다가 쥬느 경과 시모어 경은 근위 기사들 중에서도 나와 제법 친분이 있는 사람들이 아닌가.

"폐하께서 그토록 편하게 잠드신 모습은 처음 보았습니다. 아시는지 모르겠지만, 폐하께서는 불면증 때문에 잠을 잘 못 이루시거든요. 헌데 어제는 유독 편하게 주무시더군요. 그 때문에 사실 동료들 사이에서 의견이 분분했답니다. 봄이라고는 해도 아직 밤공기는 찬지라, 두 분을 깨워야 하나 말아야 하나 하고 말입니다."

"……그랬군요."

천천히 고개를 끄덕이자, 쥬느 경은 몹시 흐뭇한 어조로 계속해서 말을 이었다.

"해서 한참 의논을 하다가, 모처럼 편안해 보이는 폐하께는 죄송하지만 그래도 깨워 드려야겠다는 생각에 가까이 다가갔는데……."

"……."

"인기척을 느낀 것인지, 금세 눈을 뜬 폐하께서 물러가라 하시더군요. 그래서 다가가지도 못하고 멀리서 바라만 보았는데 글쎄, 한참 동안 영애를 바라보던 폐하께서 예복 상의를 벗어 걸쳐 주시고는 그대로 안아 올리셨지 뭡니까."

뭐라고?

절로 눈이 휘둥그레졌다. 잠들었던 곳과 깨어난 곳이 다르니 필시 누군가가 옮겼을 것이라 생각은 했지만, 설마하니 그가 직접 안아서 옮겼을 줄은 꿈에도 몰랐는데.

하지만 쥬느 경은 내가 놀라거나 말거나 아랑곳하지 않은 채 거듭해서 말을 이어 나갔다.

"그러고는 말입니다. 침실에 영애를 내려놓고서 한참을 바라보기만 하다 한숨을 푹 내쉬며 나오시지 뭡니까. 그 한숨이 얼마나 깊던지, 저는 땅이 꺼지는 줄만 알았습니다."

"……."

"이래서 젊음이 좋다는 거죠. 후우, 나는 언제쯤 연애를 해 보려나……."

"쥬느 경, 그쯤 하지."

"하지만……."

"그 정도면 충분하네. 자네는 항상 그게 문제야."

"알겠네, 알겠어. 그러니 그런 표정은 그만 짓게나."

경고가 담긴 시모어 경의 목소리에 쥬느 경은 고개를 절레절레 젓고는 침묵했다. 나는 화끈거리는 볼을 감싼 채 말없이 앞만 보고 걸었다.

조용해진 두 사람의 호위를 받으며 도착한 곳은 중앙궁에 여러 군데 존재하는 식당 중 하나였다. 크게 심호흡한 뒤 안으로 들어서자, 상석에 앉아 있던 푸른 머리카락의 청년이 말했다.

"좋은 아침이오."

"……제국의 태양, 황제 폐하를 뵙습니다."

평소였다면 아무렇지도 않았을 텐데, 오늘따라 사람들의 시선이 어쩐지 신경 쓰였다. 어쩌면 아버지와 두 공작 때문인지도 몰랐고, 어쩌면 자파뿐만 아니라 제나 공작 후계자와 미르와 영식마저 있어서 그런 것일지도 몰랐다.

"앉으시오."

"네, 폐하."

대화의 맥이 끊긴 탓인지 아니면 양 계파의 중진들이 모였기 때문인지, 내가 조심조심 걸음을 옮겨 자리에 앉은 뒤에도 무거운 침묵은 계속되었다. 그것은 첫 번째 접시를 물리고 두 번째 접시가 나왔을 때도, 또 그다음에도 거듭 이어졌다.

그렇게 얼마나 시간이 지났을까? 접시를 물린 미르와 영식이 정적을 깨며 입을 열었다.

"온밤 내내 정무 얘기를 하고도 또 이런 말씀드리기는 송구합니다만, 폐하, 근자에 수도를 뒤흔들고 있는 방화 사건은 어찌하실 요량인지요? 한동안 잠잠하다 또다시 기승을 부리고 있으니, 범인을 색출하는 데 좀 더 인력을 투입해야 하지 않겠습니까."

'방화 사건이 또 일어나고 있다고?'

고개를 갸웃했다. 그런 얘기는 못 들은 것 같은데. 분명 사소한 일까지 다 보고하라 했을 텐데, 카롯 남작은 어째서 그런 사실을 내게 알려 주지 않은 거지?

"짐도 그러고 싶으나 이미 투입된 인력도 상당하지 않은가. 더는 여력이 없을 것 같은데."

"허나 일반 백성도 아니고 귀족가를 상대로 출몰하는 자입니다. 자칫 잘못하여 백성들이 황실과 귀족을 업수이 여길까 걱정됩니다."

분명 그럴싸한 말이었지만, 에네실 후작만 고개를 끄덕일 뿐 그나 아버지, 그리고 두 공작은 별다른 반응이 없었다. 왠지 찜찜했다. 언젠가 선황제 폐하께서도 그러셨던 것 같은데, 뭔가 내막이라도 있는 걸까.

천천히 물잔을 내려놓은 제나 공작 후계자가 피식 웃고는 말했다.

"그자, 은랑銀狼이라도 되나 봅니다. 도무지 잡을 수 없는 것을 보면 말입니다."

"은랑이라니요?"

의아하다는 듯 묻는 미르와 영식에게 공작 후계자가 설명했다.

"아아, 자네는 잘 모르겠지만, 십여 년 전 수도를 들썩거리게 만들었던 자라네. 당시에도 이 비슷한 일이 있었으나 결국 잡지 못했지."

"그렇습니까?"

곰곰이 생각에 잠긴 미르와 영식을 일별한 베리타 공작이 말했다.

"설마하니 그럴 리가 있겠소? 흐른 세월이 한참이거늘."

"나이 들었다 하여 사냥을 멈추는 늑대 이야기는 들어 본 적이 없소만."

"그야 그렇다만, 은랑은 애초부터 소문만 무성할 뿐 정체조차 밝혀지지 않은 자가 아니오. 헌데 십 년도 넘은 지금, 이 사건을 그자의 소행이라고 모는 것은 지나친 억측 같소만."

"밝혀지지 않았다? 흥, 그거야말로 웃기는 소리……."

점점 강해지는 설전舌戰을 지켜보던 푸른 머리카락의 청년이 말했다.

"두 사람 모두 그만하시오. 짐이 치안대에 조금 더 신경 쓰라 이르겠소. 그래도 아니 된다면, 내 그때는 기사단의 투입을 진지하게 고려하리다. 이제 되었소?"

썩 마음에 차는 표정은 아니었지만, 제나 공작 후계자는 어쩔 수 없다는 듯 고개를 끄덕였다. 빙긋 미소 지은 베리타 공작 역시 수긍했다.

내내 관망하기만 하던 라스 공작이 포크를 내려놓으며 말했다.

"황제 폐하, 이번 대관식 절차는 어찌하실 요량인지요. 국장도 치렀으니 이제 슬슬 논의해야 할 듯싶습니다만."

"그렇잖아도 명일 정무 회의에서 논할 생각이었소. 절차야 그리 문제될 것이 없소만, 승작陞爵 건과 은사령恩赦令이 가장 문제로군."

순간 모두의 눈에서 빛이 번뜩이는 듯했다. 정계에 엄청난 영향을 미칠 수 있는 사안이니만큼, 이 문제야말로 양 계파가 가장 첨예하게 대립할 만한 성질의 것이었으니까.

"폐하, 어제도 말씀드렸지만, 신은 펜릴 백작의 승작은 아직 시기상조라 생각합니다. 다른 것도 아니고, 폐하를 지근거리에서 모시는 근위기사단장의 지위를 한 가문에 영구히 부여하는 사안이 아닙니까. 백작의 충심을 폄하하는 것은 아니나, 그 가문의 승작은 또 다른 문제라 할 것입니다."

제나 공작 후계자의 말에 슬쩍 입꼬리를 들어 올린 아버지께서 말씀하셨다.

"그것은 제나가의 견해인가, 아니면 공자의 견해인가?"

나는 순간 터져 나오는 웃음을 참으려 황급히 입을 틀어막았다. 얼핏 봐도 아버지 또래인 남자가 공자라는 호칭으로 불리니 왠지 우스웠다.

사실 제나 공작 후계자는 이미 작위를 물려받고도 남았을 나이었다. 여러 정무를 맡아 수행하는 제국 귀족의 특징상 보통 삼십 대 초중반쯤에는 작위를 넘겨받는 것이 관례였으니까.

"그게 무슨 소리요? 둘을 어찌 구분하는 건지 모르겠군. 내 뜻이 곧 가문의 뜻인 것을."

"호, 그리 자신하는 것을 보니 오늘은 공작에게 허락이라도 받고 온 모양이군."

순간 숨죽인 웃음소리가 들려왔다. 모든 이들의 시선이 소리가 들린 쪽으로 향했다.

"흠흠, 죄송합니다."

황급히 표정을 수습한 에네실 후작이 서둘러 사과했지만, 제나 공작 후계자의 얼굴은 이미 잔뜩 일그러져 있었다.

그 모습을 보며 가볍게 혀를 찬 푸른 머리카락의 청년이 말했다.

"모두 밤을 새운 탓에 신경이 날카로운 모양이군. 그만들 하시오."

"송구합니다, 폐하."

"……송구합니다."

마지못해 답하기는 했지만, 공작 후계자의 목소리에는 채 삭이지 못한 화가 녹아 있었다. 천천히 아버지에게서 떨어진 보랏빛 시선이 에네실 후작에게로 향하며 사납게 번뜩이는 것으로 보아 거의 확실했다.

"자, 복잡한 이야기는 그만하고 일단 마저 듭시다. 이런 이야기는 정무 회의에서 해도 충분하오."

여유로운 청년의 말에 모두는 고개를 끄덕이며 포크를 놀렸다. 나 역시 앞에 놓인 접시에 포크를 가져갔다.

'구운 버섯 요리네. 내가 무척 즐기는 건데.'

잠시 즐거운 마음으로 요리의 맛을 음미하고 있을 때, 조심스럽게 다가온 시종이 내 앞에 접시를 하나 더 내려놓았다. 나는 고개를 갸웃하며 작은 목소리로 물었다.

"웬 것인가? 내 몫은 이미 받은 것 같은데."

"황제 폐하께서 영애께 더 가져다 드리라 하명하셨습니다."

"폐하께서?"

고개 들어 그를 바라보자, 나를 빤히 바라보던 그가 슬쩍 입꼬리를 들어 올렸다.

절로 눈이 크게 뜨였다. 설마 내가 이 요리를 좋아한다는 걸 알고 있었던 건가?

어서 들라는 듯 눈짓해 보이는 모습에 왠지 얼굴이 달아올랐다. 황급히 그에게서 눈을 떼다, 나를 물끄러미 바라보던 미르와 영식과 눈이 마주쳤다. 알 만하다는 듯 빙그레 웃어 보이는 모습에 왠지 민망했다.

얼마나 시간이 지났을까?

다시 한 번 충돌이 있었다는 것 외에는 그럭저럭 편안한 분위기 속에서 조찬을 마쳤다. 모두 수고했노라는 말을 남긴 청년이 자리를 뜨자, 매섭게 아버지를 노려보던 제나 공작 후계자와 정중하게 허리를 숙여 보인 미르와 영식도 곧장 식당을 나섰다.

싱글거리며 그들의 뒷모습을 바라보던 베리타 공작이 나를 돌아보며 말했다.

"좋은 아침일세, 영애. 그래, 간밤엔 잘 잤는가."

"아, 그……."

"쯧, 루스, 왜 애먼 사람을 놀리고 그러나. 그러지 말고 그만 가세. 대관식 준비를 하려면 이러고 있을 시간이 없다네."

"알겠네, 알겠어. 그럼 영애, 다음에 또 보세."

두 공작과 에네실 후작이 자리를 뜨자, 홀로 남은 아버지께서 말씀하셨다.

"어찌 된 일이더냐?"

"그러니까, 선황제 폐하에 대해 이런저런 얘기를 하다가 그만 잠이 들어서……."

"잠이 들었다고?"

"그게, 정원에서요. 산책을 하다가 잠깐 앉았는데 그만……."

우물쭈물 답하는 나를 한참 동안 묵묵히 바라보던 아버지께서 슬쩍 한숨을 쉬며 말씀하셨다.

"티아, 내 너를 못 믿는 것은 아니다만, 이번 일은 너답지 않게 경솔한 짓이었다."

"……네. 죄송해요, 아버지."

"폐하께서 후속 조치를 취해 주신 덕에 별말이야 없을 것이다만, 앞으로는 조금 더 주의하도록 해라. 알겠느냐?"

"네."

"그래, 그럼 아비는 처리할 일이 있어 황궁에 머물러야 할 듯하니, 너는 먼저 돌아가 쉬도록 해라."

"네, 아버지."

그리 화나지는 않으신 것 같은 모습에 나는 속으로 안도의 한숨을 내쉬며 중앙궁을 빠져나왔다.

마차 보관소에 도착해 마부를 찾는데, 허겁지겁 다가온 시종 하나가 내게 작은 쪽지를 내밀었다.

"이게 무엇인가?"

"황제 폐하께서 보내신 것입니다."

"폐하께서? 알겠네."

나는 고개를 갸웃하며 고급스러운 하얀 종이를 펼쳤다. 그곳에는 황실 특유의 화려한 필기체로 몇 마디 문장이 적혀 있었다.

직접 만나 얘기하고 싶었는데, 보는 눈이 많아 그리할 수가 없군. 간밤에는 고마웠소. 잘 기억나지는 않지만, 그대 덕분에 행복한 꿈을 꾸었던 듯하오.

루블리스 카말루딘 샤나 카스티나.

조심스럽게 쪽지를 접은 뒤 마차에 올랐다.

다각다각.

경쾌한 말발굽 소리와 함께 마차가 부드럽게 출발했다. 미미한 진동을 느끼며, 나는 창밖으로 보이는 중앙궁을 바라보았다.

쪽지를 쥔 손에서 어쩐지 따스한 온기가 느껴지는 듯했다.

팔랑팔랑 종이를 넘겼다. 잔뜩 쌓여 있는 서류 뭉치들은 카롯 남작이 올린 것으로, 지난번에 지시했던 일에 대한 보고서였다.

어디 보자. 라니에르 백작을 설득하는 일은 실패했으나 대신 아피누 자작을 완벽하게 포섭했단 말이지?

 어차피 그리 쉽사리 넘어올 거라 생각하지는 않았으니, 이만하면 나쁘지 않은 성과였다. 아피누 자작이야 지난번 일도 있고 엔테아가 사전 작업을 해 두기도 했기에 성공한 모양이었지만, 어쨌든 덕분에 쓸 수 있는 패가 늘어난 것은 확실했다.

 '그런데 습격 얘기는 왜 없는 걸까?'

 미르와 후작이 언급할 정도면 작은 사안은 아닐 텐데, 왜 그런 보고를 하지 않는 것인지 영 미심쩍었다.

 '혹시 본가가 관련되어 있는 것은 아니겠지?'

 문득 생각 하나가 머릿속을 스치고 지나갔지만, 나는 피식 웃으며 상념을 털어 버렸다. 은랑이라는 말을 들어서 그런가, 나도 모르게 말도 안 되는 생각을 떠올린 것 같았다.

 다음에 남작을 보면 물어봐야겠다고 생각하며 라니에르가의 비밀 장소에 대해 조금 더 살펴보라는 내용의 지시문을 적고 있을 때, 노크 소리가 들리고 곧이어 엔테아가 안으로 들어섰다.

 "어서 와요, 엔테아. 생각보다 빨리 왔군요."

 "오랜만에 뵙습니다, 모니크 영애. 마침 찾아뵈려고 차비를 하던 참에 전갈을 받았답니다. 급히 찾으셨다고요."

 "네, 몇 가지 부탁할 것이 있어서요. 일단 앉아요."

 나는 엔테아가 자리에 앉기를 기다렸다가 말문을 열었다.

 "물어볼 것이 있습니다."

 "무엇이든 하문하십시오, 영애."

 "제나 공작가에 줄을 대고 있는 상단이 몇 군데나 되죠?"

 "크게는 두 군데 정도가 있습니다. 본디 라니에르 상단까지 해서 세 군데였습니다만, 아시다시피······.”

"그렇군요. 그 두 군데의 규모는 어떤가요? 샤리아 상단과 비교했을 때, 상대할 수 있을 정도인가요?"

"한 곳은 어렵지 않습니다만, 다른 한 곳은 아직 저희 상단으로 상대하기에는 조금 벅찹니다. 어찌 그러십니까?"

나는 의아하다는 듯 바라보는 엔테아를 향해 슬쩍 입꼬리를 끌어 올리며 말했다.

"샤리아 상단도 이제 비상할 때가 되지 않았나요? 적어도 수도의 상권 정도는 손에 쥐어야지요."

"진정이십니까?"

"네. 물론 황제파 소속 상단의 상권은 건드리지 않는다는 전제 하에서 하는 말입니다. 그 두 군데를 흡수할 수 있다면 충분히 수도에서 일정 지분을 확보할 수 있을 거라 생각하는데. 그렇지 않나요?"

"그렇긴 합니다만······."

"아아, 당장 하란 얘긴 아니에요. 상단의 일은 경쟁 상단이 잘 아는 법. 우선 그 두 상단의 비리나 탈세 내역을 조사하는 것부터 시작합시다. 모슬린을 매입하느라 자금을 잔뜩 끌어모았을 테니, 분명 어딘가는 허점이 있을 겁니다."

뭔가 깨달았다는 듯한 표정을 지은 엔테아가 조심스럽게 말했다.

"무슨 말씀이신지 알았습니다. 행정부를 이용할 생각이시군요."

"해산 명령이 나오면 좋겠지만, 수뇌부만 바뀌어도 할 만하지 않겠어요?"

"물론입니다. 최대한 빠른 시일 내에 가져다 드리겠습니다."

"좋습니다. 자금은 얼마든지 지원할 테니, 그 점은 걱정하지 않아도 될 겁니다."

"정말 감사합니다, 영애. 목숨을 다해 충성을 바치겠습니다."

나는 감격한 표정으로 고개를 숙이는 엔테아를 향해 환하게 미소를 지었다.

지금까지는 온건하게 행동했었지만, 다시 찾은 생生까지 위협하려 드는 이상 더는 저들을 두고 볼 이유가 없었다. 모름지기 불온한 싹을 제거하기 위해서는 뿌리까지 제거해야 하는 법. 저들이 두 번 다시 나를 위협하지 못하도록 하기 위해서는 재기할 수 없을 정도로 치명적인 타격을 입혀야 했다.

물론 그를 위해서는 해야 할 일이 아주 많지만, 지금 카롯 남작과 엔테아에게 지시한 일들이 그 초석이 되어 줄 터였다. 그렇다면 남은 것은 조금이라도 남아 있을 뿌리를 완전히 뽑아 버리는 일인데…….

가만 있자. 할 만한 일이 또 뭐가 있을까.

"아, 모슬린 건과 관련해서 말인데, 이득은 제법 보았습니까?"

"물론입니다. 지시하신 대로 제나가의 상단에 세 배의 값을 받고 전량 매도했습니다."

"세 배라. 좋군요. 흠, 요즘 비녀의 판매량은 어떻죠?"

"그럭저럭 판매되고 있습니다. 어찌 그러십니까?"

"기존의 것으로는 이제 식상할 때도 되지 않았습니까. 조금 변화를 줘 봅시다."

짙은 미소가 입가에 걸렸다. 세 배까지 주고 매입한 것을 보면 지은은 회귀 전의 기억을 믿고 성공을 확신하는 게 분명했다. 하지만 과연 그럴 수 있을까?

"변화라면, 어떤……?"

"지금껏 비녀는 화려한 포인트용 액세서리로 사용되지 않았습니까. 발상을 전환해 보죠. 장식은 최대한 단순하게, 대신 모양은 세련되게. 기존의 것과 크게 괴리감을 주지 않으면서도 색다른 느낌을 주는 거죠."

"아, 무슨 말씀이신지 알겠습니다. 좋은 생각이시군요."

회귀 전에는 이맘때쯤 모슬린 드레스가 유행했는데, 그것은 비슷한 시기에 비녀가 날개 돋친 듯 팔렸기 때문이었다. 단아한 머리 모양을 연출할 수 있는 비녀에 맞추기 위해 수수한 느낌이 나는 소재로서 모슬린이 눈에 띈 것.

하지만 지금은 달랐다. 비녀는 이미 이 년 전부터 꾸준하게 팔리고 있는 장신구였다. 그러니 굳이 지금 이 시점에서 모슬린이 그렇게 큰 인기를 끌 이유가 없었다. 거기에 덧붙여 비녀의 장식마저 단순해진다면 모슬린은 완전히 외면당할 것이 분명했다. 수수하게 맞추는 것도 정도껏이지, 액세서리와 드레스 모두가 단순하다면 그것은 소박한 것을 넘어 초라한 모양이 되어 버리니까.

"그리고 새로운 비녀를 출시하기에 앞서 최고급 공단을 미리 구매해 두도록 하세요. 뒤는 더 얘기하지 않아도 알겠죠?"

"물론입니다. 매번 감사드립니다, 영애."

어느새 잠에서 깬 것인지, 루나가 낮게 울며 무릎 위로 올라왔다. 황금색 눈동자를 마주 보며 천천히 눈을 감았다 뜨자 나를 말똥말똥 바라보던 루나의 눈도 천천히 감겼다가 뜨였다.

보드라운 털을 쓰다듬으며 루나를 끌어안는 나를 바라보던 엔테아가 살며시 미소를 지었다.

"이제는 거의 예전 모습을 회복하신 듯합니다. 이리 좋아지신 모습을 보니 기분이 좋습니다."

"고마워요. 그러고 보니, 이제 슬슬 사교계 활동도 다시 시작해야겠군요."

"외람된 말씀이지만, 괜찮으시겠습니까? 분명 이번 일을 가지고 말들이 많을 텐데……."

순간 눈썹이 슬쩍 찌푸려졌지만, 나는 아무렇지 않은 척 표정을 수습하며 말했다.

"하는 수 없지요. 그렇다고 이대로 숨어 살 수는 없는 노릇이잖아요?"

"음, 그래도 내심 걱정이 됩니다. 영애께서도 아시다시피 사교계에는 워낙 뒷말이 많지 않습니까. 조금 있으면 대관식 절차를 논하게 될 텐데, 그렇게 되면……."

"그 일은 내가 알아서 할 겁니다. 그대가 신경 쓸 일은 아니에요."

순간 흘러 나간 차가운 목소리에 움찔 몸을 굳힌 엔테아가 황급히 고개를 숙이며 사죄했다.

"죄송합니다, 영애. 제가 주제넘었습니다."

"……아닙니다. 그대가 나를 걱정해 그런 얘기를 한 것은 잘 알고 있습니다. 다만 앞으로는 조금 주의해 줬으면 좋겠군요."

"물론입니다. 너그러이 용서해 주셔서 감사합니다."

이쯤에서 화제를 돌리는 것이 나을 것 같아서, 나는 루나를 가볍게 쓰다듬으며 천천히 입을 열었다.

"흠, 사교계라. 확실히 걱정은 걱정입니다. 너무 오래 떠나 있었던지라 소문에도 어둡고……. 그간 뭔가 새로운 일이라도 있었나요?"

"최근 수도에 출몰하고 있는 방화범 얘기는 이미 아실 것 같고, 그것 외에 별다른 것은 없었습니다만……. 아, 그렇지. 디아스 백작가와 관련된 소문이 하나 있긴 했습니다."

"그래요? 그게 뭐죠?"

나는 호기심 어린 표정으로 엔테아를 바라보았다. 방화범 얘기도 궁금하기는 했지만, 십여 년 전에는 나와 마찬가지로 어린아이에 불과했을 엔테아가 은랑에 대해서 잘 알고 있을 것 같지는 않았다.

그래서일까? 방화범 얘기보다는 디아스가의 소문 쪽에 더 관심이 쏠렸다. 어차피 은랑에 관한 이야기야 카롯 남작에게 물어보면 될 일. 그보다 디아스가라면 귀족파의 중진 중 하나이니, 잘만 하면 쓸 만한 점을 건질 수 있을지도 몰랐다.

"몇 해 전 디아스 백작 부인이 낳은 아들이 백작의 아이가 아니라는 소문입니다만……. 그리 귀담아 들으실 내용은 아닌 듯합니다."

'백작의 아이가 아니라고?'

쉰을 조금 넘긴 백작의 나이를 고려해 보면 그런 얘기가 나올 법도 했지만, 디아스 백작과 그 부인은 나이 차가 제법 남에도 금슬 좋은 부부로 유명했다. 그런데 설마하니 그럴 리가.

하지만 본디 소문이란 아무리 뜬구름 잡는 이야기처럼 보인다 하더라도 어디엔가는 그 근거가 될 만한 내용이 숨어 있기 마련이었다. 일례로 몇 해 전 나와 카르세인 사이에 있었던 가십도 카르세인이 나와 함께 영지에 있었던 일과 당시에는 황태자였던 그가 영지를 방문했던 사건에서 촉발된 것이 아니던가. 그리 생각하면 디아스가의 일도 어딘가에는 꼬투리를 잡힐 만한 사실이 숨겨져 있을지도 몰랐다.

"분명 뜬소문처럼 보이지만, 한 번쯤 캐 볼 필요는 있을 것 같군요. 무엇 때문에 그런 소문이 도는지 한 번 알아봐 줘요. 본디 이런 이야기는 하급 귀족이나 하녀들 사이에서 많이 돌기 마련이니, 그쪽을 중점적으로 캐 보면 될 겁니다."

"알겠습니다, 영애."

정중하게 고개를 숙여 보인 엔테아가 자리에서 일어났다.

최대한 빠른 시일 내에 자료를 갖고 오겠다며 다짐하는 그녀를 배웅하고서, 나는 은빛 고양이와 놀아 주며 모처럼 한가한 시간을 보냈다.

일단 씨앗을 뿌려 두었으니, 어떤 싹이 나는지는 좀 더 지켜보면 될 일이었다.

며칠 뒤.

아버지께서는 대관식을 위해 찾아온 루아 왕국 사절단을 맞이할 사람으로 갑작스럽게 선정돼 수도를 떠나셨다. 그것은 급하게 일이 추진된 점이나 귀족파가 주도했다는 점으로 보아할 때 아무래도 아버지께서 부재중인 틈을 타 황후 건을 정리하기 위한 수작인 듯했지만, 거절할 만한 명분이 없던 탓에 어찌할 도리가 없었다.

아버지를 배웅한 뒤 울적한 마음으로 간신히 일과를 마쳤을 때, 집사가 손님의 내방을 알렸다.

"아가씨, 손님이 오셨습니다. 에네실 후작 각하라고 합니다."

"응? 각하께서?"

이렇게 늦은 시간에 무슨 일로 방문한 것인지 의아했지만, 나는 일단 서둘러 자리에서 일어났다.

응접실에 들어서자, 크림색 소파에 앉아 우아한 곡선을 그리며 찻잔을 기울이던 청년이 몸을 일으켰다. 가볍게 고개를 숙여 보이는 청년의 백금발이 노을빛을 받아 붉게 빛났다.

"늦은 시간에 기별도 없이 찾아온 무례를 용서하십시오."

"괜찮습니다. 앉으시지요."

나는 청년에게 자리를 권한 뒤 맞은편에 앉아 내 몫의 차를 따랐다. 투명한 찻물이 은찻잔으로 흘러내리자 로즈마리 특유의 강렬한 향이 공기 중으로 퍼져 나갔다. 내가 차를 따르는 모습을 말없이 바라보던 청년이 입을 열었다.

"몸은 좀 어떠하십니까? 국장 때는 경황이 없어 따로 안부를 여쭙지 못했군요."

"아, 괜찮습니다. 벌써 넉 달 가까이 된 걸요. 염려해 주셔서 감사합니다."

고개를 숙여 감사를 표하자, 에네실 후작은 빙그레 미소를 지으며 말했다.

"그렇군요. 다행입니다. 이제나저제나 기다리던 동료들이 기뻐하겠습니다."

"네?"

"조만간 전체 훈련이 있지 않습니까. 그래서 그런지 모두 영애께서 돌아오시기만을 기다리더군요. 그러고 보니 제2기사단으로 전출되셨다는 소문도 있던데, 사실입니까?"

"아, 네. 그렇게 될 것 같네요."

긍정의 답변을 들은 청년이 슬쩍 한숨을 내쉬었다.

"아쉽군요. 전략에서 뛰어난 면모를 보이신다기에, 한 번쯤 배워 보고 싶었는데 말입니다."

"과찬이십니다. 보잘것없는 능력을 그리 칭찬해 주시니 몸 둘 바를 모르겠군요. 저 역시 각하와 함께 일할 기회를 얻지 못한 점이 아쉽답니다. 배울 점이 많을 것 같았는데요."

"이런. 이거야말로 과찬이시군요. 그래도 좋게 봐주시니 기분은 좋습니다. 실은 요새 강력한 경쟁자가 등장하는 바람에 다소 의기소침해 있었거든요."

"강력한 경쟁자라니요?"

"음……. 어차피 알 만한 분들은 다 아는 사실이니 솔직하게 말씀드리자면, 본가는 제3기사단의 단장 자리를 원하고 있습니다."

"그렇군요. 짐작은 하고 있었습니다."

천천히 고개를 끄덕이자, 찻잔을 들어 입술을 축인 청년이 말했다.

"헌데 미르와 후작 영식 역시 그 자리를 원하는 것 같더군요. 처음에는 기사 서임도 받지 못한 자이니 가당치도 않다고 생각했는데, 보면 볼수록 만만치 않은 것 같아서 말입니다."

"그런가요?"

"그렇습니다. 정무 회의에서 하는 얘기만 들어도 보통내기가 아닌데다가 지난번 회의에서는……."

무어라 말을 하려던 후작이 멈칫했다. 그러고는 다소 머쓱한 표정으로 찻잔을 내려놓으며 말했다.

"음, 마침 정무 회의도 언급되었으니, 그냥 단도직입적으로 말씀드리겠습니다. 제가 이 늦은 시간에 방문한 이유를 말입니다."

"아, 네."

녹색 눈동자에 어린 결연한 눈빛에 마른침을 삼켰다. 대체 무슨 말을 하려고 저런 표정을 짓는 걸까.

"영존께서 제게 뒷일을 부탁하고 가신 것은 알고 계십니까?"

"그랬나요?"

"네. 두 공작 전하께서는 조금 곤란한 입장이라서요. 가급적 말하지 말라 당부하셨지만, 아무래도 당사자이시니만큼 영애께서도 이 일에 대해 아셔야 한다 생각되어 이렇게 찾아온 것입니다."

"그렇군요. 감사합니다."

고개를 숙여 감사를 표하자, 난처한 듯 미소를 지은 에네실 후작이 말했다.

"좋지 않은 소식을 들고 온 주제에 감사의 말씀을 들자니 영 민망하군요. 음, 현재 돌아가는 정세가 심상치 않은 것은 아시지요?"

"네, 자세한 내용은 모르나 그 정도는 알고 있습니다."

"라니에르 백작의 일도 있고 해서 조금은 주춤할 줄 알았는데, 의외로 공세가 심하더군요. 요즘 계파에서 휘르 백작가의 차녀를 밀고 있었던 것은 알고 계십니까?"

"네."

"그럼 얘기가 빠르겠군요. 요즘 귀족파는 영애를 황비로 삼자고 주장하고 있습니다. 영애께서 가지신 황위 계승권이나 신탁의 아이라는 지위 등을 운운하면서 말입니다. 그 의견을 낸 자가 바로 미르와 후작 영식이지요."

"뭐, 뭐라고요? 그런……."

소름이 쫙 끼쳤다. 무조건 나를 배제하는 데 치중할 줄 알았던 귀족파에서 그런 식으로 수를 쓰고 있을 줄이야.

멍하니 바라보는 나를 향해 난처한 미소를 지은 에네실 후작이 말했다.

"그 때문인지 계파 내부에서도 실제로 의견이 갈리고 있답니다. 원래대로 일을 추진하되 만일을 대비해서 휘르 영애를 후궁으로 넣자는 의견이 있는가 하면, 모니크가와 휘르가의 분쟁을 염려해 그냥 제나 공녀에게 황후 자리를 넘겨주고 휘르 영애를 황비로 삼자는 의견도 있고……. 후우, 힘을 합쳐도 모자랄 판에 의견까지 갈리니 여러모로 걱정입니다."

"……그렇군요."

"폐하께서도 어떻게든 저희 손을 들어 주기 위해 노력하고 계십니다만, 계파 내부에서도 의견이 갈리는데다 귀족파에서 거듭 그럴싸한 명분을 들고 나오는 탓에 여러모로 고전하고 계십니다."

'그래서 요즘 아버지의 기분이 영 좋지 않으셨던 거구나.'

합심해서 귀족파를 상대하기에도 벅찰 판국에 계파 내부에서도 의견이 갈리기 시작했다니, 아버지께서 그간 얼마나 고전하고 계셨을지 짐작이 갔다. 게다가 본가와 휘르가 사이에서 줄타기하는 자들도 상대하셔야 했을 테니 더욱 힘이 드셨을 테지.

"저들은 필시 영존께서 돌아오시기 전에 이 일을 매듭짓고자 할 것입니다. 최대한 막아 보겠습니다만, 아무래도 조만간 영애께 소환장이 갈지도 모르겠습니다."

"그런가요."

"네. 실은 그 때문에 실례를 무릅쓰고 방문한 것도 있습니다."

"네?"

"치열한 공방을 주고받는 상황인지라……. 어느 정도는 각오하고 오셔야 할 듯하다는 말씀을 전해 드려야 할 것 같아서 말입니다."

"……그렇군요. 알겠습니다. 감사합니다."

담담하게 감사를 표하자 후작은 걱정스러운 표정으로 자리에서 일어났다. 안심이 되지 않는 듯 거듭해서 돌아보는 그를 배웅하고서, 나는 무거운 마음으로 잠자리에 들었다.

에네실 후작이 다녀간 날로부터 이틀 뒤.

나는 두 통의 서찰을 받았다. 그것은 오후에 있을 정무 회의에 참석하라는 소환장과 어떻게든 자신이 알아서 처리할 테니 입궁하지 말고 집에 있으라는 내용이 적힌 황제 폐하의 편지였다.

오전 내내 서성이며 시간을 보냈다. 지금 내가 회의에 참석한다면 어떤 식으로든 길고 길었던 폐하의 정비 논란에 종지부가 찍힐 것이 분명했다.

그토록 기다려 오던 순간인데, 막상 그것이 코앞으로 다가오자 머릿속이 복잡했다. 동시에 두려웠다. 결론이 내려지는 과정에서 만만치 않은 싸움이 벌어질 것이 불 보듯 뻔했기에.

차갑게 식은 손으로 푸른색 종이를 다시 한 번 펼쳐 보았다. 어떻게든 해결할 테니 참석하지 말라는 편지. 이런 내용의 서찰을 보냈다는 것은 귀족파의 공세가 그만큼 어마어마하다는 뜻이 아닌가.

하지만 그렇다고 해서 마냥 피할 수는 없는 노릇이었기에, 나는 입술을 깨물며 마음을 다잡았다. 다소 고생하더라도 이제는 육 년 가까이 끌어온 이 일을 끝맺어야 했다.

"리나, 예복을 가져와. 문장 브로치도."

걱정스러운 표정으로 바라보는 리나를 외면한 채 새로 맞춘 검은 예복을 차려입었다.

옷깃에 달린 문장 브로치를 한번 쓸어 보고서, 나는 그 어느 날엔가 아버지께서 내게 주셨던 커프스단추를 손에 꼭 쥔 채 황궁으로 출발했다.

"제국의 태양, 황제 폐하께서 드십니다."

고개를 들자마자 바닷빛 눈동자와 시선이 마주쳤다. 서늘하게 빛나는 그 눈이 어째서 참석한 것이냐고 묻는 듯했다. 어색한 미소를 지으며 시선을 돌리자마자 마치 기다렸다는 듯 발언권을 요청한 하멜 백작이 말했다.

"그동안 내내 침묵을 지키던 모니크가이지만, 오늘은 부디 입장 표명을 해 줬으면 합니다. 이제는 슬슬 이 문제를 매듭지어야 하지 않겠습니까. 제국 제일의 충신가라면서 어찌 이리 불충한 행동을 일삼는지 모르겠군요."

"하멜 백작, 말을 삼가시오!"

"흥, 할 얘기는 해야겠습니다. 솔직히 더 논의할 필요도 없는 것 아닙니까? 제나 공녀께서는 모니크 영애가 없던 지난 반년 동안 훌륭하게 정비로서의 자질을 입증했습니다. 반면에 모니크 영애는 폐하의 약혼녀임에도 기사단에 들어가거나 가주 대리의 자격으로 대회의에 참석하는 등 이상한 행보를 보이고 있습니다. 마치 모니크가의 후계자가 되겠다는 것처럼 말입니다. 스스로 포기한 것이 아니라면, 어째서 조용히 폐하를 내조하는 일을 배우는 대신 검을 휘두르고 전술이나 전략 같은 것을 익히는 것입니까."

"하멜 백작의 말이 맞습니다. 이미 스스로 자질 부족을 깨닫고 포기한 것이 분명합니다."

할 말이 없어 입을 다물었다. 후계자로서의 길을 걷겠다고 생각한 것도 맞고, 황후로서의 길을 거부하고 있던 것도 맞으니까.

나와 황제파 귀족들 모두가 침묵하자, 하멜 백작은 의기양양한 표정으로 말했다.

"이쯤에서 당사자의 의견을 듣고 싶군요. 스스로 황후로서의 자격을 포기한 것인지, 그게 아니라면 무슨 이유로 그러는 것인지에 대해 말입니다."

수많은 눈길이 내게 쏠렸다. 귀족파뿐만 아니라, 황제파 귀족까지도. 하긴 그들도 궁금할 터였다. 내가 입장을 어떻게 취하느냐에 따라서 계파 전체의 향방이 결정될 테니까.

지금인가, 결정을 내려야 할 시간이.

질끈 눈을 감았다가 뜨는 순간, 나를 물끄러미 바라보고 있던 그와 시선이 마주쳤다. 속마음을 읽기라도 한 것인지, 잔잔하던 바닷빛 눈동자에 문득 파문이 일었다.

"저는……."

"그 전에 짚고 넘어가야 할 문제가 있는 것 같은데."

막 입을 떼었을 때, 갑자기 차가운 목소리가 말을 끊었다.

나를 향해 쏟아지던 시선이 단상으로 일제히 옮겨 갔다. 몹시 못마땅하다는 듯 주위를 둘러본 그가 싸늘하게 말했다.

"황후로서의 자질을 운운했는데, 그렇다면 제나 공녀는 어떠한가. 갑작스럽게 제국에 나타난 지도 근 일 년이 되어 가거늘, 그간 그녀가 모니크 영애보다 나은 모습을 보여 준 적이 단 한 번이라도 있던가? 무엇보다 제나 공녀는 부황 폐하께 인정받지 못한 여자라는 점을 상기시켜 줘야 할 것 같군."

차갑기 그지없는 말에 귀족파는 하나같이 침묵했다. 선황제 폐하께서 임종의 순간 지은을 부르지 않았다는 점은 확실히 크나큰 약점이었으므로.

'설마 일부러 막은 건가?'

문득 스치고 지나가는 의문에 나는 그를 멍하니 올려다보았다. 이렇게 되면 혼란만 가중된다는 걸 그가 모를 리 없는데. 일단 나와 본가의 입장이 정리가 되어야 계파 내에서도 의견을 통일하든지 할 것이 아닌가.

"그렇습니다. 그간 훌륭하게 자질을 검증해 낸 모니크 영애가 자질 부족이라면, 그를 뛰어넘는 능력을 보여 주지 못한 제나 공녀 역시 자질이 없다 할 것입니다."

"맞습니다. 무엇보다도 공녀에게는 선황제 폐하께 인정받지 못했다는 결격 사유가 있지 않습니까."

"결격 사유? 하, 아무리 그렇다 한들 모니크 영애만 하겠습니까? 영애에게는 그 무엇보다 큰 결격 사유가 있지 않습니까."

반격을 시도한 것도 잠시, 자파 귀족들은 하멜 백작의 발언에 일제히 침묵했다.

나는 그 모습을 보며 슬쩍 고개를 기울였다.

내가 가지고 있다는 결정적인 결격 사유가 뭐지? 가문의 후계자가 되려고 하는 움직임을 보이는 것을 결정적인 사유라고 보기엔 어려운데. 그렇다면……?

순간, 생각 하나가 머릿속을 스치고 지나갔다. 혹시나 하는 마음에 바라보자 하멜 백작은 비웃음을 잔뜩 머금은 얼굴로 나를 바라보며 말했다.

"자질, 성품, 출신을 떠나 황후로서의 가장 중요한 책무가 무엇입니까. 그것은 바로 후계자를 생산해 내는 일입니다. 영애에게 일어난 일은 안타까우나, 생산 능력이 의심되는 여인을 황후로 세울 수는 없습니다."

"맞습니다! 자고로 후계자란 정비의 몸에서 나와야 뒷말이 없는 법. 모니크 영애를 황후로 삼았다가 끝내 후계자를 생산하지 못하여 후일 내분이라도 일어난다면 어찌할 것입니까."

"동의합니다. 석녀에게 황후의 위를 주다니요. 있을 수 없는 일입니다!"

석녀石女.

반사적으로 주위를 돌아보았다. 의기양양하게 웃고 있는 귀족파와 시선을 회피하는 황제파 귀족들. 뒤통수를 세게 얻어맞은 듯했다. 조금씩 시야가 일그러지며 새까맣게 타들어 갔다. 자꾸만 헛웃음이 나왔다.

'그랬나. 너희들 역시 그리 생각하고 있던 거였나.'

저들이야 그리 나온다 쳐도, 최소한 같은 계파만큼은 편을 들어 줄 거라 믿었는데. 하지만 분위기를 보아 할 때 계파의 사람들 역시 나를 버릴 준비를 끝낸 것처럼 보였다.

참을 수 없는 배신감이 밀려왔다.

꼭 공식 석상에서까지 저런 태도를 보여야 했나? 지금 저들의 태도는 내가 생산 능력이 없는 여자라는 것을 공식적으로 인정하는 것과 마찬가지였다. 이제 나는 실제로 불임인지 아닌지 여부를 떠나서 이미 석녀로 낙인찍힌 것과 다름없었다.

"하……."

진정 이들에게는 나도, 그리고 아직 태어나지 않은 아이도 모두 체스의 말일 뿐이구나. 하긴 무엇을 바랄 것인가. 황제조차 종마 취급하는 저들인데, 이미 과거에도 나를 한 번 버렸던 이들일진대. 계파를 위해서라면 열과 성을 다했던 그때도 나를 저버렸던 이들인데, 사사건건 계파와 대립하며 내 의견을 주장했던 지금 새삼스럽게 나를 위해 줄 리가 없지 않은가.

큭.

터져 나오는 웃음을 참으려 어깨를 들썩였다.

같은 계파인 이들에게조차 나란 존재는 이제 그저 처치 곤란한 골칫덩이였을 뿐. 이미 나는 그 누구와도 함께할 수 없는, 아니, 그럴 자격조차도 없는 여자였다.

늪으로 빨려 들어가는 듯한 기분이었다. 까맣게 탄 세상 속에서 무언가 고성이 오간 듯도 하고, 나를 두고 뭐라 말하는 것 같기도 했지만, 그 모든 소리는 그저 귓가를 스쳐 지나갔을 뿐 와 닿지 않았다. 멍해진 정신은 그저 어딘가를 한없이 부유하고 있었다.

얼마나 시간이 지났을까?

어깨를 흔드는 강한 힘에 서서히 정신이 돌아왔다. 느릿느릿 눈을 깜빡이자 붉은 머리카락의 남자가 보였다.

"이제 정신이 드는가."

"……공작 전하."

"쯧, 그러게 왜 굳이 참석을 한 것인가. 뭐, 소환장이 가는 것을 막지 못했을 때부터 이러리라 짐작은 했네만……."

"아닙니다. 언젠가는 겪어야 했을 일이니까요."

"……미안하네. 영애에게는 이 말밖에 할 말이 없군."

나는 한숨을 쉬며 사과하는 라스 공작을 물끄러미 바라보았다. 화가 치밀어 올랐지만 그뿐, 더는 이들과 말을 섞고 싶지도 뭐라 답하고 싶지도 않았다.

입술을 꽉 다문 채 묵묵히 서 있을 때, 어느 사이엔가 나타난 중앙궁의 시종장이 깊게 허리를 숙이며 말했다.

"모니크 영애, 황제 폐하께서 잠시 뵙기를 청하십니다."

"……."

절로 한숨이 나왔다. 다 무시하고 집에 가서 쉬고 싶은 마음이 간절했지만, 달리 생각해보면 차라리 이번 기회에 확실히 이 일을 매듭짓는 편이 나을 것 같았다.

"후우."

나는 한숨을 내쉬며 축축 처지는 몸을 움직여 시종장을 따라나섰다.

알현실에 들어서자 초조한 기색으로 왔다 갔다 하고 있던 푸른 머리카락의 청년이 다급한 목소리로 말했다.

"그대, 괜찮은 것이오? 그러게 내 오지 말라 하지 않았……."

"황제 폐하, 드릴 말씀이 있습니다."

"……아리스티아."

"저와의 혼약을 파기해 주십시오."

차가운 정적이 흘렀다.

묵묵히 서 있는 시간이 길어질수록, 깊게 가라앉은 머리는 점점 서늘하게 식어만 갔다. 흐릿하던 머릿속이 맑게 개자 또다시 분노가 솟구쳐 올랐다. 꽉 움켜쥔 주먹이 부르르 떨렸다.

감히 대귀족의 딸, 그것도 개국 공신 가문 중 하나이자 다섯 손가락 안에 꼽히는 명문인 모니크가의 여식에게 그따위 발언을 지껄이다니. 시정 여인네도 아니고 대귀족가의 후계자를 암말 취급해 모욕을 주었다는 건가.

"……어찌 그러는 것이오?"

"이미 알고 계시지 않습니까. 저는 폐하의 곁에 설 자격이 없는 여자입니다."

"그렇지 않소. 그대는……."

"폐하."

"……."

"저는, 석녀라지 않습니까."

참을 수 없이 모욕적인 그 말을 한 자 한 자 씹어 뱉듯 토해 냈다. 손바닥을 파고든 손톱 사이로 뜨겁고 축축한 기운이 느껴졌다. 하지만 아픔보다는 그토록 심한 모욕에도 반박 한번 못하고 넋을 놓고 있던 나 자신에 대한 환멸감이 훨씬 컸다.

"그렇지 않소. 어찌 그런 말을 하여 스스로 상처를 입히는 것이오."

"……."

"대신관이 확언할 수 없다 하지 않았소. 허니 그리 단정 짓지 마시오."

"저들의 눈에는 이미 확정된 사실입니다. 무엇이 더 필요하단 말씀이십니까."

한심했다. 분명 불임일지도 모른다는 말을 듣지 않았던가. 냉정하기 짝이 없는 것이 정치인데, 아무리 같은 계파라 한들 최소한의 도리는 해 줄 거라는 믿음은 갖지 말아야 했다. 더욱이 나는 저들이 이미 나를 한 번 저버렸던 이들인 것을 알고 있지 않나.

그와 아버지, 심지어는 선황제 폐하마저도 그 일에 대해서는 너무 담담했다 하더라도, 모두가 가능성이 있다 믿어 줄 거란 생각은, 아니, 최소한 그렇게 보이도록 행동해 줄 거라는 생각은 너무 안일한 것이었다. 멍청하기 짝이 없는 짓이었다.

차가운 현실을 일깨워 준 귀족파에 대한 미움은 오히려 덜했다. 바보같이 굴지만 않았다면 충분히 예상 가능한 반응이었으니까. 그보다는 황제파에 대한 배신감이 더 컸다. 석녀라 단정 짓는 이들에게 반박하기는커녕 내 눈을 피하는 모습에 깊은 환멸감이 들었다.

그래, 하다못해 라스 공작조차도 아무 말이 없었지.

"내가 해결하겠소. 그러니……."

"아뇨. 그러시면 안 됩니다."

"아리스티아!"

"알고 계시지 않습니까. 즉위 직후에는 혼란이 일기 마련이라는 것을요. 폐하께서는 지금 지지 세력을 챙기시고, 선황제 폐하의 사람이던 이들을 폐하의 충신으로 만드셔야 합니다. 그런 상황에서 분란이 일어나면 곤란하다는 것쯤은 그 누구보다 잘 알고 계시지 않습니까."

　잠시 넋을 잃는 바람에 망각하고 있었지만, 나는 본디 파혼을 청하려고 회의에 참석한 것이 아니었나.

　게다가 지금 혼약을 파기하지 않는다면 귀족파에서는 나를 황비의 자리에 올려 그레이스를 막으려 들 것이 분명했다. 후에 그레이스를 후궁으로 받아들인다 하여도, 황비의 자식과 후궁의 자식은 그 무게가 다르니 감히 지은의 아이를 위협할 수는 없을 거라는 계산에서.

　에네실 후작의 말에 따르면, 계파 내부에서는 나를 황후로 밀자는 견해와 나를 포기하고 그레이스를 황비로 밀자는 의견이 대립한다고 했다. 그러니 자칫 잘못하다가는 휘르가나 그를 지지하는 자들이 돌아설지도 모르는 일이었다. 가뜩이나 즉위 직후라 귀족파에서 합심하여 기선 제압을 위해 기세등등하게 나오고 있는 현 시점에서 그를 보좌해야 할 황제파 내부에 문제가 생긴다면 그 후폭풍은 어마어마할 것이 분명했다.

　"그대를 얻기 위해서라면 그 정도쯤은 감수할 수 있소."

　"……어찌 이러십니까."

　"그대의 말을 부정할 수는 없으나, 그렇다고 해서 꼭두각시가 될 정도로 본인이 멍청하지는 않소. 단지 기반을 잡는 시간이 조금 더 걸릴 뿐."

　"송구하오나 폐하, 저는 그런 것을 바라지 않습니다. 그리고…… 다시 한 번 말씀드려야 하겠습니까? 저는 석녀라지 않습니까."

　조금 서글퍼졌다. 이렇게까지 붙잡을 정도로 그는 나를 마음에 담고 있었던 것일까. 이미 결격 사유가 있다 낙인찍힌 몸, 가능성

따위는 부정당해 버린 사람일진대.

공허한 웃음이 나왔다.

계파의 이익이고 뭐고 생각할 필요도 없이 진작 단호하게 못 한다 할 것을. 그랬다면 이런 모욕을 받지는 않았을 텐데.

황실에 매여 있는 아버지 때문에 차마 선황제 폐하의 뜻에 반反할 수 없다고 생각했던 내가 바보 같았다. 거꾸로 생각해 보면, 선황제 폐하 역시 반역 정도의 큰일이 아닌 이상 절대적인 충성을 바치는 모니크가를 쉽게 저버리지는 못했을 텐데. 실제로도 그분은 나를 어떻게든 묶어 두려 애쓰셨을 뿐 강제로 어찌한 적은 없지 않으셨나.

"……아리스티아."

"어리석게도 중독되고 있다는 사실을 몰랐던 그때 폐하와 소녀의 연은 이미 끊어진 것입니다. 이제 와 다시 이어 붙인다 한들 결코 온전해질 수 없음입니다."

"어찌 이러오?"

간절하게 바라보는 그를 마주하면 할수록, 깨어나 버린 이성은 이미 서늘해진 가슴을 점점 더 차갑게 만들었다.

지금 이 사람에게 손을 뻗으면 분명 잡아 주겠지. 대귀족으로서의 긍지에 상처받은 나를 더는 건드리지 못하도록 보호해 줄 것이다. 여자로서, 한 남자의 아내로서 그렇게 살 수도 있다.

하지만, 여기서 이 일을 매듭짓는 것이야말로 내게 남은 마지막 자존심을 지킬 수 있는 일이 아닐까. 게다가 나는 이미 혼약을 파기할 생각으로 회의에 참석한 것이 아니었나.

"일전에 약조하지 않으셨습니까. 이 혼약에 대해서는 제 의사를 존중해 주겠다고요."

"……."

"하여 말씀드리는 것입니다. 송구하오나, 소녀는 황실과 엮이고픈 생각이 없습니다. 그러니 부디 저와의 혼약을 파기하여 주십시오."

"……아직 그대의 성인식이 지나지 않았소."

"폐하."

한숨을 삼켰다. 그에게는 미안했지만, 오늘은 이 일을 매듭지어야 했다.

"참으로 송구하오나, 몇 달 사이 바뀔 마음이었다면 진작 변했을 것입니다."

"그대……."

간절하던 표정이 허물어졌다. 상처 입은 듯한 얼굴을 보자 가슴 한구석이 욱신거렸지만, 나는 애써 단호한 표정을 유지했다.

바닷빛 눈동자가 복잡한 감정을 머금고 흔들리고 있었다. 놀라움, 당혹스러움, 안쓰러움, 그리고 미안함. 한참 동안 나를 물끄러미 바라보던 그가 깊은 한숨을 내쉬며 말했다.

"……무슨 뜻인지 알겠소."

"……."

"일단 돌아가서 쉬시오. 내 한번 생각해 보리다."

"폐하."

"아리스티아, 내게도 시간을 좀 주시오. 당장 결정하라는 건 너무 갑작스럽지 않소."

"……알겠습니다. 그럼 이만 물러나겠습니다."

나는 우두커니 서 있는 그에게 예를 표한 뒤 알현실을 빠져나왔다.

문득 구역질이 나왔다.

한심했다. 계파를 위해서라면 어떤 희생도 감수하며 이리 뛰고 저리 뛰었던 내가. 그토록 물심양면으로 노력했음에도 결국은 버림받은 것이 아닌가. 이것저것 생각하다 실컷 이용만 당한 꼴이었다.

바보 같았다. 무얼 보고 믿었단 말인가? 그들은 이미 회귀 전에도 나와 우리 가문을 버렸는데. 황후로 키워 놓았으면서도 결국엔 자리를 지켜 주지 못했을 뿐만 아니라, 계파의 이익을 위해 싫다는 나를 억지로 황비로 밀어 넣지 않았던가. 심지어는 가문이 멸문당할 때조차 그 누구도 도와주지도 않았지.

마차에 올라 집으로 향하는 동안에도, 그리고 간단하게 씻고 침대에 몸을 뉘면서도 바보 같았던 나 자신에 대한 조소는 끊이지가 않았다.

이불 속으로 파고들며 몸을 동그랗게 말았다. 머릿속을 뱅뱅 맴도는 온갖 생각 때문에 가슴이 답답해졌다.

틈만 나면 내 목숨을 노리는 귀족파에게 진절머리가 났다. 이번에는 조금 편안한 삶을 살 수 있지 않을까 했더니, 같이 회귀를 하는 바람에 또다시 인생을 꼬여 버리게 만든 지은에 대해서도 화가 났다.

대체 그 계집애는 나를 얼마나 못살게 굴어야 직성이 풀릴까. 무슨 악연이 있기에 두 번째 생에서조차 이토록 집요하게 괴롭히는 건데. 애초에 황제파로 넘어왔으면 간단히 해결될 수 있는 일이었는데, 거기서 왜 귀족파로 넘어가서 이따위 상황을 만든 거냐고.

무엇보다도 그토록 알랑거리며 잘 보이려 했던 주제에 쓸모없는 패라 생각되자 단숨에 나를 버린 황제파에 대한 깊은 환멸감이 들었다. 어린 시절부터 꾸준히 나를 돌봐 주던 라스 공작과 베리타 공작마저 외면하는 모습에 짙은 배신감을 느꼈다.

아버지도 그래. 어째서 미리 알려 주지 않으셔서…….

'아냐.'

고개를 흔들었다.

정치판이란 본디 매정한 법. 모든 것은 처음으로 느껴 보는 사람 사이의 정에 이끌려 마음을 놓아 버린 내 탓이었다. 그렇게 쉽게 믿어 버린 내 잘못이었다.

입술을 잘근잘근 씹었다. 생각할수록 깊어만 가는 자괴감에 몸을 바르르 떨고 있을 때, 무언가가 이불을 툭툭 건드렸다. 신경질적으로 이불을 걷어 내자 아무것도 모른다는 듯 나를 말똥말똥 바라보는 은빛 고양이가 보였다.

"후우, 루나야. 오늘은 너랑 놀아 줄 기분이 아니야."

작게 속삭여 보았지만, 루나는 주인의 기분은 관심도 없다는 듯 낮게 울며 내 품속으로 파고들었다. 보드라운 털 사이로 전해져 오는 온기에 서늘하게 식어 버린 마음이 조금씩 데워졌다.

그 때문일까? 갑자기 몸이 물먹은 듯 무거워졌다. 나는 낮게 우는 은빛 고양이를 도닥이며 스르르 눈을 감았다.

기나긴 하루였다.

"아, 아가씨, 정말 이러고 가실 거예요?"

"이게 어때서?"

"그래도……."

나는 머뭇거리는 리나를 보며 비뚜름하게 입가를 끌어 올렸다. 아침나절부터 날아든 소환장 때문에 영 심기가 불편했다.

정말이지, 어이가 없어서. 그토록 몰아붙여 놓고도 더 할 말이 남았단 말인가.

하지만 이대로 당하고만 있을 수는 없었다.

무엇이건 받은 만큼은 갚아 줘야 하는 법.

그리 생각하면 차라리 잘됐다 싶어서, 나는 소환장을 받자마자 곧바로 로사 부인을 호출했다. 그리고 오전 내내 계속된 강행군 끝에 나온 완성품이 바로 지금 내가 입고 있는 것이었다.

"분명 말이 나올 텐데……."

"그렇겠지."

"근데 어찌 그리 태연하신……."

"그만, 거기까지. 마차는 준비됐겠지?"

"……네, 아가씨."

나는 리나의 말을 자르며 마지막으로 옷매무새를 점검했다. 그러고는 놀란 표정으로 나를 바라보는 가문의 기사들을 일별하며 마차에 올랐다.

일부러 이른 시간에 출발한 덕분에 누구의 눈에도 띄지 않고 입장한 나는 자리에 꼿꼿하게 앉아 오늘 해야 할 말을 다시 한 번 정리했다.

얼마나 시간이 지났을까?

어느새 하나둘 나타난 사람들이 자리를 채우기 시작하더니 드디어 황제 폐하의 입장을 알리는 의전관의 목소리가 들려왔다.

"제국의 태양, 황제 폐하께서 드십니다."

모두가 예를 표한 뒤 착석하자, 곧바로 발언권을 얻은 하멜 백작이 말했다.

"어제도 말한 바 있습니다만, 오늘은 반드시 모니크가의 확답을 들어야겠습니다. 언제까지 시간만 질질 끌 것입니까. 그런다고 해서 이미 존재하는 흠이 사라지는 것도 아닌데 말입니다."

"하멜 백작, 할 말이 있고 못할 말이 있는 거요."

"틀린 말은 아니잖습……."

"그렇지 않아도 말씀드리려 했습니다. 모니크가의 확답, 지금 드리지요."

나는 베리타 공작의 경고에 반박하려는 하멜 백작의 말을 자르며 툭 내뱉었다. 감정이라고는 하나도 실리지 않은 고저 없는 목소리가 귓가를 울렸다.

자리에서 일어나자, 모두의 시선이 내게 집중되었다.

"작일昨日, 어제 회의에서 여러분이 내주신 견해는 아주 잘 들었습니다. 뼈에 사무칠 정도로 말이죠."

입꼬리를 비뚜름하게 끌어 올리며 주위를 둘러보자, 어이가 없다는 듯 마주 바라보는 귀족파와 슬금슬금 시선을 회피하는 황제파 귀족들의 모습이 눈에 들어왔다. 모두 말속에 담긴 날카로운 가시를 알아차린 모양이었다.

단상을 향해 조용히 고개를 숙여 보인 뒤, 나는 그가 뭐라 말하기 전에 재빠르게 입을 열었다.

"해서, 황제 폐하께 모니크가와 맺은 혼약을 파기해 주십사 하고 청을 올렸습니다."

"뭐라. 그게 사실인가?"

"영애, 이게 무슨……."

"혼약 파기라니요? 어찌 상의도 없이 이런 말씀을……!"

나는 환하게 미소를 지으며 소란스러워진 장내를 둘러보았다. 멍하니 바라보는 귀족파나 혼란스러워 하는 황제파를 보자 입가에 만족스러운 웃음이 걸렸다. 꽉 막혔던 가슴이 조금은 뚫리는 듯한 느낌.

"정숙! 모두 정숙하시오!"

좌중을 조용히 시킨 베리타 공작이 나를 돌아보며 말했다.

"모니크 영애, 이게 다 무슨 얘기인가?"

"말씀드린 대로입니다만? 무슨 이야기가 더 필요하십니까."

"허……. 그것이 진정 모니크가의 뜻인가."

"그렇습니다. 가주께서 부재중이신 지금 저의 뜻은 곧 가문 전체의 의지. 저는 당사자로서가 아니라 모니크가의 대표자로서 말하고 있는 것입니다."

여전히 혼란스러워 하는 황제파와는 달리 상대적으로 빨리 평정을 되찾은 귀족파 측에서 발언권을 요청하려는 모습이 보였다.

나는 베리타 공작이 발언권을 넘기기 전에 목소리를 키워 경고의 말을 던졌다.

"그러니, 이제 비방은 그만하셔도 됩니다."

"비방이라니. 모니크 영애, 말을 삼가……."

"혼약을 파기한다는 말은 황실과의 인연 모두를 사양하겠다는 의미로 한 것임을 밝혀 두지요. 허니 저를 황비로 삼자는 주장은 그만두십시오. 미리 말씀드렸음에도 그런 주장이 나온다면, 그 즉시 이 요청을 철회하도록 하겠습니다. 한입으로 두말한다고 비난받는 한이 있어도 말입니다. 아시겠습니까?"

"그 무슨……."

"그리고 만일 그러한 일이 발생할 경우, 저는 전심전력을 다해 검증에 임할 것입니다. 결점이 있는 이 몸과 선황 폐하께 인정받지 못한 제나 공녀 중 어느 쪽의 자질이 더 뛰어난지, 어디 한번 제대로 비교해 보자 이 말씀입니다."

씹어 뱉듯 한 자 한 자 내뱉자, 귀족파 사람들은 이내 잠잠해졌다.

나는 침묵하는 그들을 일별하며 황제파 쪽을 돌아보았다. 그리고 한때는 든든한 동지라 믿었던 그들을 향해 얼굴 가득 화사한 미소를 지으며 말했다.

"이제 그만 그대들의 의견을 정리해서 마음껏 주장하도록 하십시오."

"영애."

"대신, 한 가지만 말씀드리지요. 모니크가는 이 일에 대해서 더는 개입하지 않을 것입니다. 그러니 협조 같은 건 바라지 마십시오."

"모니크 영애! 이 무슨……."

"흠, 휘르가에서는 정녕 본가와 척을 지고 싶은 겁니까? 한발 물러나 주니 이제는 만만해 보이는 모양입니다?"

"……그런 것이 아니잖습니까."

무언가 말하려던 휘르 백작이 당황한 표정으로 물러나자, 한숨을 삼킨 라스 공작이 말했다.

"모니크가의 뜻을 존중하겠네. 허니 영애도 이제 그만하게나."

"알겠습니다. 그리하지요."

나는 방긋 웃어 보인 뒤 황제파 귀족들에게서 눈을 떼었다.

천천히 고개를 돌리는 순간, 내게 고정되어 있던 바닷빛 눈동자와 시선이 마주쳤다. 그 속에는 책망과 간절함, 그리고 알 수 없는 무언가가 담겨 있었다.

"폐하, 모두 머리가 복잡한 듯하니 잠시 휴식 시간을 갖는 것이 어떠하신지요?"

마주친 두 눈 사이를 가르며 들려오는 목소리에 그제야 내게 못 박혀 있던 바닷빛 시선이 떨어져 나갔다. 천천히 베리타 공작을 돌아본 청년이 고개를 끄덕였다.

"그리하시오."

"그럼 지금부터 반 시간 동안 휴회하겠습니다."

나는 베리타 공작이 휴회를 선언하자마자 자리에서 일어나 문으로 향했다. 발걸음을 뗄수록 나를 향해 수많은 시선이 쏟아지는 것이 느껴졌다.

'어디 한 번 세 볼까.'

슬쩍 미소를 짓고서, 속으로 천천히 숫자를 셌다.

'하나, 둘, 셋.'

"모니크 영애, 이게 대체 무슨 짓이오?"

훗.

노기 띤 목소리에 진한 비웃음을 머금었다. 천천히 뒤로 돌아서자, 어이없다는 듯 나를 바라보고 있는 연보랏빛 머리카락의 남자가 보였다.

문득 즐거워졌다. 어쩌면 어제의 일까지 합쳐서 보복할 수 있을 거라는 생각이 들어서.

"하멜 백작이 아니신가요. 제게 무슨 볼일이라도 있으십니까?"

"정녕 몰라서 묻는 거요? 이런 자리에 그런 복장이라니, 이게 대체 무슨 짓이오."

"음? 저는 분명 관례에 따라 예복을 입었습니다만. 어찌 그러시는지 도통 영문을 모르겠군요."

고개를 갸웃하자, 그는 어이없다는 듯한 목소리로 말했다.

"하, 예복? 그 옷이 어딜 봐서 예복이란 말이오?"

"흠, 생각보다 시력이 좋지 않은 분이 많으시군요. 이 브로치나 옷깃에 수놓은 가문의 문장이 아니 보이십니까?"

나는 빙긋 웃음을 지으며 옷깃 부분을 가리켰다. 검은 공단으로 이루어진 옷에는 분명 은빛으로 창과 방패의 문장이 수놓여 있었다. 문제는 다른 부분이었지만.

이 옷은 본디 전형적인 여성용 예복으로 단정한 스타일이었지만, 오늘 아침 로사 부인의 손길 아래 재탄생한 이후 화려하기 짝이 없는 옷으로 변해 있었다. 윗부분은 기존의 것과 똑같았으나, 허리 부분 이하는 아래로 내려갈수록 붉은 공단을 덧대어 점점 붉게 변하는 스커트로 이루어져 있었다. 폭넓게 덧댄 붉은 공단 때문에 파니에 없이도 커다란 물결무늬를 그리는 붉은 스커트는 큐빅 장식이 촘촘히 달려 있어 영롱하게 반짝였다.

그러니, 분명 예복으로 보기에는 지나치게 화려하긴 했다.

그럼에도 내가 이런 옷을 입은 이유 중 하나는 제국법상 예복의 색상에 대한 규제가 없다는 점이었고, 또 다른 하나는…….

"브로치나 수가 있다고 전부 예복이란 말이오? 정숙해야 할 예복에 어디 그런 천박한 색을……."

"지금 말씀 다 하셨습니까, 하멜 백작?"

그래, 바로 이것이었다.

입가에 절로 미소가 걸렸다. 어제 회의에서 감히 대놓고 석녀 운운할 때 얼추 예상은 했지만, 이렇게 한 번에 걸려들 줄은 몰랐는데.

"어제부터 못 하는 말씀이 없으시군요. 지금 백작께서 하신 발언은 저를 크게 모욕하는 것임을 모른다 하지는 않으실 테지요."

"그건……."

"폐하의 대관식 절차를 논하는 자리에서 분쟁을 일으키지 않고자 거듭 관용을 베풀었거늘, 백작께서는 저와 가문의 명예를 계속해서 더럽히고 계시는군요. 아무래도 이제 더는 묵과할 수 없을 것 같습니다."

"그……!"

"무슨 일인데 이리 소란스러운 것인가."

갑자기 백작의 말을 자르며 서늘한 목소리가 들려왔다. 천천히 옆을 돌아보자, 내 차림새를 살핀 청년의 눈동자에 놀라움이 스치고 지나가는 것이 보였다. 하지만 그것도 잠시, 그는 언제 그랬냐는 듯 무표정한 얼굴로 내게 물었다.

"가문의 명예란 소리를 들은 것 같은데."

"그렇습니다, 폐하. 작일 회의에서 하멜 백작은 감히 입에 담을 수도 없는 말로써 소녀를 모욕했습니다. 그럼에도 한 번 관용을 베풀어 넘어가고자 하였으나, 그는 또다시 천박하다는 말로 소녀와 가문의 명예를 더럽혔나이다. 이에 저는 모니크가의 대표자로서 실추된 가문의 명예를 되찾고자 영지전황제의 허락하에 영지를 가진 귀족들끼리 대결을 벌이는 것. 보유 기사들 사이의 대장전이나 영주 저택, 성의 점령을 두고 벌이는 형태로 이뤄지며, 승자가 상대 영지에 대한 모든 권한을 취득하게 된다을 신청하려 합니다."

"여, 영지전!"

"모니크가와 하멜가의?"

주위를 둘러싸고 있던 자들 사이에서 웅성거리는 소리가 들렸다.

침음을 삼키는 귀족파와 흥미롭다는 듯 바라보고 있는 황제파. 객관적인 전력으로 보았을 때 본가와 일대일로 싸워 승리할 수 있는 곳은 그리 많지 않았기에, 영지전이 성사되기만 한다면 하멜가의 패배가 거의 확실시되는 상황이었다.

그때, 사람들 사이에 서 있던 미르와 영식이 한발 앞으로 나서며 말했다.

"모니크 영애, 부디 노여움을 조금만 가라앉혀 주실 수 없겠습니까. 폐하의 대관식 절차를 논하는 중요한 자리가 아닙니까. 경사스러운 일을 앞두고 피를 보았다가 황실에 누가 될까 두렵습니다."

"알고 있습니다. 그 때문에 본가에서는 그동안 무수히 많은 관용을 베풀어 오지 않았습니까. 라니에르 백작의 일부터 시작해서 어제 있었던 일까지 말입니다."

"물론 모니크가에서 그간 오래 인내하고 있던 것은 알고 있습니다. 그러니……."

"그만. 이대로라면 제대로 휴식 시간도 가지지 못할 듯하군. 이만 회의를 재개하고 이 문제부터 논하도록 하지."

미르와 영식을 저지한 푸른 머리카락의 청년이 몸을 휙 돌려 단상 위로 성큼성큼 걸어갔다.

모두가 제자리로 돌아가 착석하자, 청년은 나를 돌아보며 물었다.

"하멜가에 영지전을 신청하겠다는 말이 진정인가?"

"그렇습니다, 폐하. 가문의 명예를 회복하기 위해서라도 연이은 모욕을 이대로 참고 넘길 수는 없습니다."

"흠, 사유는 충분한 듯하고, 하멜가에서는 어찌하려는가? 백작의 의견을 듣고 싶군."

"……."

침묵하는 하멜 백작을 대신하여 발언권을 요청한 미르와 후작 후계자가 말했다.

"하멜 백작 역시 반성하고 있을 것입니다, 폐하. 부디 사죄를 받는 정도로 선처를 베풀어 주십시오. 사절단도 속속 도착하고 있는 이때, 외부 인사에게 제국 내 귀족 간의 분쟁을 보였다가 자칫 좋지 않은 영향이 갈까 저어됩니다."

"미르와 영식의 말에도 일리는 있네. 허나 개국 공신가 중 하나인 모니크가의 명예가 실추되는 모습을 이대로 두고 볼 수도 없는 노릇. 가뜩이나 라니에르 백작의 일로 짐이 면목이 서지 않던 차인데, 사죄를 받는 정도로 넘어가라 할 수는 없을 것 같군."

"폐하, 부디……."

"이렇게 하지. 하멜 백작은 하멜가의 이름으로 영애에게 정식으로 사죄하고, 영지에 있는 에메랄드 광산의 채굴권을 모니크가에 할양割讓하도록."

"폐하, 그건……!"

나는 놀란 표정으로 자리에서 벌떡 일어나는 하멜 백작을 보며 흡족한 미소를 지었다. 기선만 제압하려고 했는데, 이렇게 되면 예상외의 수입까지 올리게 된 것이 아닌가.

"짐의 제안이 마음에 들지 않는다면 영지전을 받아들여도 좋네."
"……아닙니다, 폐하. 선처에 감사드립니다."
"모니크가에서는 이 중재안을 받아들이겠는가."
"네, 폐하. 그리하겠습니다."
"그럼 됐군. 이 일은 이것으로 마무리 짓도록 하지."
만족스러운 결과를 얻었지만, 아직은 할 일이 더 남아 있었다.
나는 발언권을 요청한 뒤 단상 위를 올려다보며 말문을 열었다.
"황제 폐하, 안건에 다소 부합하지 않는 요청을 드림을 용서하십시오. 명일부터 모니크가는 회의에 참석할 필요가 없을 것 같아, 기회가 있는 지금 말씀드리려 합니다."
"……그것이 무엇인가?"
"라니에르 백작과 관련된 문제입니다. 아직도 그의 죄상에 대한 처벌이 이뤄지지 않고 있다는 사실에 통탄을 금할 수가 없습니다. 물론 선황제 폐하의 일과 대관식이 맞물려 피를 보는 일을 자제한 것은 알고 있습니다만, 그렇다 하여도 진상 조사까지 지지부진한 것은 너무하지 않습니까. 해서 요청드립니다. 라니에르 백작과 관련된 일의 수사권과 처벌권을 모니크가에 주십시오."
"그게 무슨 말도 안 되는 소리요!"
"안 됩니다, 폐하!"
나는 말이 끝나기가 무섭게 자리를 박차고 일어나는 귀족파 사람들을 보며 비뚜름하게 입술을 끌어 올렸다. 저들이 아무리 성화를 부려 봐야 소용없었다. 어차피 조금 전 발언은 저들의 기를 완벽하게 죽이기 위한 연극이었을 뿐, 이미 선황제 폐하께서 위독하실 무렵부터 폐하와 합의가 끝난 얘기였으니까.

그런 내 의도를 알아차린 것일까? 곰곰이 생각에 잠긴 듯한 표정으로 단상을 톡톡 두드리던 그가 오른손을 들어 좌중을 침묵시켰다.

"그것은 아니 되겠군. 혼약을 파기하든 그렇지 않든 간에 라니에르 백작의 일은 짐의 약혼녀에 대한 독살 시도가 아니었나. 이는 곧 황족에 대한 독살 시도였다고 볼 수 있는바, 이 일에 대한 처벌권은 황실에 두는 것이 옳을 것 같군."

"……."

"같은 이유로, 수사권을 넘기는 것 또한 허락할 수 없다."

"현명한 판단이십니다, 폐하."

그러나 한시름 놓았다는 듯 의기양양하던 귀족파 요인들의 미소는 이어지는 그의 말에 스르르 사라졌다.

"허나 모니크의 주장에도 일리가 있다. 그러니 이렇게 하지. 기본적인 수사권은 황실에서 갖되, 모니크가 역시 원하는 만큼 수사에 참여하도록."

"안 됩니다, 폐하!"

"공동 수사라니요! 이러실 수는 없습니다!"

"황공합니다, 폐하."

고개 숙여 감사를 표하고서, 나는 안 된다며 악을 쓰는 귀족파를 향해 눈길을 돌렸다. 그러고는 화사한 미소를 지으며 한 자 한 자 똑똑 끊어 분명하게 말했다.

"여기 계신 분 모두 그 사건은 라니에르 백작의 독단적인 일이라고 말씀하셨던 걸로 기억합니다만, 어째서 이리 반대를 하시는지 모르겠군요. 혹시 뭔가 찔리는 점이라도 있으십니까?"

"모니크 영애, 말을 삼가시오!"

"헌데 어찌 이리도 반대를 하신답니까? 정말 아무런 상관이 없다면, 누가 수사하건 간에 여러분께서는 무죄라고 밝혀질 텐데 말입니다."

"……."

저들도 더는 반박할 말이 없을 것이다.

라니에르 백작가의 일로 위축된 귀족파와 나의 돌발 선언으로 인해 혼란스러워진 황제파.

그 때문일까? 오후 내내 지지부진 늘어지기만 하던 회의는 결국 한숨을 내쉰 청년의 폐회 선언이 있고서야 간신히 끝이 났다.

관자놀이를 문지르며 자리를 뜨려는데, 두 공작과 에네실 후작이 내 곁으로 다가오는 것이 보였다.

나는 복잡한 표정으로 머뭇거리는 그들을 향해 고소苦笑를 지었다. 이제 와서 무슨 말을 하려고 그러는 걸까.

"제게 뭔가 하실 말씀이라도?"

"……."

"딱히 하실 말씀이 없다면 저는 이만 가 보겠습니다. 아, 베리타 공작 전하, 조만간 행정부로 자료를 가지러 사람을 보내도 되겠습니까?"

"……그리하게."

"감사합니다. 그럼."

나는 세 사람에게 정중하게 고개를 숙여 보인 뒤 휙 돌아섰다.

시원하기도 하고 허탈하기도 한 마음으로 집에 돌아와 집무실로 향했다. 한참을 책상 앞에 멍하니 앉아 허공만을 바라보았다. 회의에서 있었던 일들이 자꾸만 머릿속을 뱅뱅 맴돌았다.

갑자기 변한 내 모습에 혼란스러워 하던 황제파와 기막혀 하던 귀족파, 그리고…… 깊게 가라앉은 눈빛으로 나를 바라보던 청년.

"후우."

한숨을 내쉬며 서랍을 열자, 깊숙한 곳에 숨겨 둔 작은 상자가 보였다. 나는 천천히 손을 뻗어 그것을 꺼내 들었다.

뚜껑을 열자 새하얀 천에 수놓은 황금 사자의 문장이 눈에 들어왔다. 한참 동안 손수건만 내려다보고 있던 때, 갑자기 문이 벌컥 열렸다.

절로 눈이 휘둥그레졌다. 어째서 그가 여기에 나타난 거지?

"폐, 폐하?"

"아리스티아."

그제야 등장한 집사와 근위 기사들이 뭔가 말하려다 말고 재빨리 문을 닫았다. 가쁜 숨을 몰아쉬는 청년을 보자 절로 한숨이 나왔다. 얼마나 걸음을 재촉했기에 저들보다 먼저 왔단 말인가.

"폐하, 어찌 이곳까지 친히 왕림하신 것인지요?"

"그대와 할 말이 있어서 찾아왔소."

"설마 오늘 있었던 일 때문입니까?"

"그렇소."

"폐하, 알고 계시지 않습니까. 제 마음은 이미 확정되었습니다."

단호한 목소리로 답하자, 내 쪽으로 몇 걸음 다가온 그가 물었다.

"정녕 돌이킬 방법은 없는 것이오?"

"아시잖습니까. 소녀는 오늘 모니크가를 대표하는 자로서 발언을 하였습니다. 이제 와 돌이킬 수는 없습니다."

"요청을 했다고 하였을 뿐, 내가 허락했다 한 적은 없지 않소."

"어찌 이러십니까."

한숨 섞인 목소리에, 한 걸음 더 다가온 그가 말했다.

"내 마지막으로 한 가지 묻고 싶은 것이 있어 찾아왔소."

"……하문하십시오."

"나서부터 정해진 혼약을 줄기차게 거부할 만큼…… 결국은 이리 공식적인 자리에서 파혼하자 이야기할 만큼, 그대는 그리도 내가 싫소?"

"……폐하."

"국장이 있던 날, 날 대하던 그대의 태도를 보고 이제는 조금 희망이 있노라고 생각하였는데……. 그것은 그저 내 착각이었던 게요? 내게는 정녕 일말의 여지조차 없소?"

괴로운 듯한 목소리, 흔들리는 눈빛.

무어라 할 말이 없어 고개를 떨구었다. 그간 이런저런 방식으로 내게 마음을 표현해 왔지만, 그가 이리 직접적으로 물어 온 것은 처음이었기에.

그러나 뭐라고 답할 수 있겠는가. 과거의 일을 얘기할 수도, 그 때문에 이 심장은 누구를 향해서도 뛰지 않노라고 말할 수도 없을진대.

"아리스티아."

"……송구합니다, 폐하. 이것밖에는 드릴 말씀이 없습니다."

"하……."

한숨을 쉰 그가 손을 뻗었다. 저절로 몸이 움찔하며 굳었지만,

그의 팔이 향한 곳은 내가 아니라 책상 위에 놓인 상자였다. 백색 천 위에 수놓은 황금 사자의 문장과 그의 이니셜이 유독 선명하게 눈에 들어왔다.

이를 어찌한다? 이럴 줄 알았으면 치워 둘 것을.

어쩔 줄 몰라 하는 사이, 엄지로 손수건을 조용히 쓸어 보던 그가 나를 돌아보며 물었다.

"그렇다면 이 손수건의 의미는 무엇이오?"

"……."

"답해 주시오. 날 정인情人으로 생각하는 것이 아니라면, 어찌하여 이런 것을 가지고 있는 것이오?"

입술을 꽉 깨물었다.

이렇게까지 하고 싶지는 않았는데, 아무래도 이것밖에는 방법이 없을 것 같았다.

"폐하, 잠시 잠깐, 폐하께 연정을 가졌던 일이 없다고는 하지 않겠습니다."

그것은 과거에 그토록 하고 싶었던 말, 그러나 지금은 그저 과거의 일에 불과하게 되어 버린 서글픈 고백이었다.

"허나…… 지금은 아닙니다."

"하."

손수건을 움켜쥔 그의 손등에서 핏줄이 불거져 나왔다. 망연자실한 표정을 보자 눈앞이 뿌옇게 흐려졌다. 보답받지 못했던 과거의 아픔이, 그 상처를 되돌려 주고 있는 현재가 자꾸만 눈시울을 뜨겁게 했다.

얼마나 시간이 흘렀을까? 영원 같았던 순간이 끝나고, 움켜쥐었던 손수건을 내려놓은 그가 말없이 돌아섰다. 그러고는 문고리를 잡은 채 낮은 목소리로 말했다.

"……알겠소. 그대가 바라는 대로 해 주리다."

"……."

새하얀 옷자락이 자취를 감추고 발걸음 소리가 점점 멀어지다가 마침내 들리지 않게 되었을 때에야 비로소 참았던 눈물이 왈칵 쏟아졌다.

툭. 투둑.

구김이 간 새하얀 손수건 위에 눈물이 방울방울 떨어졌다. 심장이 터질 듯 죄어들며 욱신거렸다.

이대로 있다가는 엉엉 울어 버릴 것만 같아서, 거세게 눈물을 훔치며 자리에서 일어났다. 구겨진 손수건을 곱게 펴 서랍 깊숙한 곳에 집어넣는데, 노크 소리가 들리고 곧이어 들어온 리나가 말했다.

"저, 아가씨, 아침에 로사 부인에게 말해 두었던 옷이 도착했습니다."

"……그래? 알았어."

최대한 아무렇지 않게 행동하려 했지만, 리나는 이미 내 상태를 눈치챈 것 같았다.

나는 망설이는 표정으로 입술을 달싹이는 리나를 애써 무시한 채 드레스룸으로 향했다. 간단하게 옷 상태를 점검한 뒤 돌아서는데, 문득 **빽빽**하게 걸려 있는 드레스에 눈길이 갔다.

그래, 기왕 결심한 것, 이참에 저것들도 전부 정리하자.

"드레스 정리할 테니까, 전부 가져와 봐."

"전부요?"

"응."

"네, 알겠습니다."

고개를 갸웃하며 나를 바라보던 리나가 한 벌씩 옷을 꺼내 들었다.

나는 리나가 들어 보이는 물빛 드레스를 보며 움찔 몸을 굳혔다. 얼마 전, 황궁에서 하룻밤을 보내고 난 다음 날 내게 주어졌던 드레스. 당시에는 경황이 없어 미처 생각지 못했지만, 되짚어 보면 어딘가 이상했다. 사이즈며 디자인이며, 하나같이 내게 맞춰져 있던 것이었으니까.

'설마 나를 위해 맞춰 뒀던 건가?'

순간 머릿속을 스치고 지나가는 생각에 거세게 고개를 흔들었다. 이제 와 그게 다 무슨 소용이란 말인가. 어차피 이제 그와 나의 인연은 끊어졌는데.

"버려."

"네? 하지만 이건……."

"버리라고 했어."

"……네, 아가씨."

연분홍색, 군청색, 하늘색, 하얀색. 각양각색의 드레스가 드레스 룸 한쪽에 쌓이기 시작했다. 리나가 보여 준 옷 중에 원위치로 되돌아가는 것은 거의 없었다. 예복, 평상복, 승마복, 제복, 그리고 수련용 복장 정도만이 다시 제자리에 걸렸을 뿐.

"이건요, 아가씨?"

"후우."

갑자기 가슴이 답답해지는 것 같았다. 리나가 보여 주는 것은 새하얀 모슬린 드레스였다. 여러 겹의 붉은 주름과 장미 장식이 곳곳에 달려 있는 하얀 드레스, 카르세인이 처음으로 내게 선물해 주었던 것.

멈칫했다. 일말의 망설임도 없었던 지금까지와는 달리 쉽사리 입이 떨어지지가 않았다. 하지만 나는 고개를 세게 흔들어 남은 미련을 떨치며 단호하게 말했다.

"그것도."

"하지만 이건……."

"버리라고 했어."

"……알겠습니다. 그럼 이건요?"

이번에 리나가 들어 보이는 것은 크림색 드레스였다. 옅은 핑크색 스톤과 작은 다이아몬드가 치마에 촘촘하게 꿰어져 있어 은은하게 빛나는 드레스는 재작년 건국기념제에 폐하께서 내게 선물해 주셨던 것이었다.

나는 또다시 욱신거리는 가슴을 꽉 누르며 말했다.

"……그것도 버려."

"하지만 아가씨, 이건 폐하께서 선물하신 것이잖아요. 함부로 버렸다간……."

눈을 질끈 감았다. 전부 정리해 버리고 싶었지만, 리나의 말에도 일리는 있었다.

나는 한참을 고민하다 깊은 한숨을 내쉬며 답했다.

"……내 눈에 보이지 않도록, 깊숙한 곳에 보관해 두도록 해."

"네, 아가씨. 일단 이게 전부인데……. 정말 저거, 다 버리실 거예요?"

"아니."

"역시 그렇죠? 전부 버리기엔 너무 많긴 했어요. 그럼 도로 넣을……."

"그냥 버리지 말고, 다 태워 버려."

"네?"

"전부 태워 버리라고."

그래, 모두 태워 버려. 사자死者의 물건은 본디 태우는 법. 이 자리에 남은 것은 모니크가의 예비 후계자인 아리스티아 라 모니크뿐. 여자로서의 아리스티아는 이미 죽지 않았던가.

"아, 아가씨……."

"내 말 안 들려?"

"아, 알겠습니다, 아가씨."

머뭇거리던 리나가 드레스 뭉치를 한 아름 안아 들고 나간 후, 나는 소파에서 천천히 몸을 일으키며 휑해진 드레스룸을 한 번 둘러보았다.

검은색, 회색, 군청색.

어두운 색의 향연에 피식 웃음이 나왔다.

흐트러진 매무새를 정돈하며 드레스룸을 나서는데, 어느새 다시 나타난 리나가 말했다.

"아가씨, 카르세인 경이 찾아오셨습니다. 어찌할까요?"

"……돌아가시라고 해. 오늘은 몸이 좋지 않아 만날 수 없다고."

"그래도……."

"리나, 언제부터 내가 하는 말에 그렇게 토를 달기 시작했지?"

언제부턴가 카르세인을 마치 주인처럼 따르고 있다는 것은 알고 있었지만, 그래도 이건 조금 심했다.

나는 움찔하는 리나를 노려보며 차가운 목소리로 말했다.

"친구같이 여겨 그간 봐줬다 하나, 아까부터 너무 정도가 심한 것 같아. 조언 정도는 괜찮으나 지나친 참견이 되면 곤란해."

"……네, 아가씨. 주의하겠습니다."

고개를 꾸벅 숙이는 리나를 일별하는데, 갑자기 문이 벌컥 열렸다. 나는 성큼성큼 안으로 들어서는 붉은 머리의 청년을 노려보았다. 이게 무슨 무례한 짓이란 말인가.

"이게 무슨 짓이야. 허락도 없이 다짜고짜 들이닥치다니."

"이러고 있을 것 같아서 그냥 갈 수가 없었어."

"무슨 소리야?"

"너, 울고 있었잖아. 얼굴이 온통 빨개."

책상 앞으로 다가와서 걱정스럽다는 듯 나를 바라본 카르세인이 말했다. 푸른 눈동자를 마주하고 있노라니 자꾸만 가슴이 답답해졌다. 거친 숨을 몰아쉬는 내게 카르세인이 말했다.

"기분 상하게 했다면 미안해. 하지만, 네가 정말 걱정돼서 그랬어."

"……."

문득 미안해졌다. 첫 만남을 떠올려 봐도 그렇고, 사교계에서 떠도는 평을 생각해 봐도 그렇고, 카르세인은 분명 이렇게까지 세심한 사람이 아니었다. 아니, 세심하기는커녕 매사에 무관심한 축에 속했다. 오로지 관심 있는 것에만 집중하는 성격이랄까.

그런 그가 이렇게 잘해 주려고 애쓰고 노력하는데, 정작 나는 그에게 해 줄 수 있는 것이 아무것도 없었다. 공연히 화풀이만 하고 있었을 뿐.

"아냐. 화내서 미안해."

죄스러운 마음에 사과를 하면서도 나는 나도 모르게 그에게서 라스 공작의 모습을 찾고 있었다. 그토록 많은 인연을 맺었음에도 결국은 차갑게 계산한 끝에 나를 버린 라스 공작을.

"나 좀 봐, 티아."

"……."

"응? 고개 좀 들어 봐."

나지막하지만 강한 호소력을 담은 그 음성에 나도 모르게 고개를 들었다. 대체 무슨 말을 하려고 그러는 건가 싶어 나는 볼멘소리로 물었다.

"……왜, 무슨 말을 하고 싶은데."

"황궁에서 있었던 일은 들었어. 음……. 혹시 우리 아버지도 관여하신 거야?"

"……."

"맞구나."

다시 한 번 한숨을 내쉰 카르세인이 가라앉은 목소리로 말했다.

"아버지의 일은 내가 대신 사과할게. 기분 풀어."

"……이미 늦었어."

나는 카르세인의 시선을 외면하며 말문을 열었다. 그러지 않으려고 했지만, 자꾸만 날카로운 목소리가 입술 밖으로 튀어나왔다.

"오늘 내가 황궁에서 했던 이야기, 전해 들었다며. 그게 뭘 뜻하는 건지 정말 모르는 거야?"

움찔하며 몸을 굳히는 그를 보자 피식 웃음이 나왔다.

그래, 너도 알고 있잖아. 내가 어떤 결심을 한 건지, 무슨 생각을 하고 있는 건지 아는 거잖아.

"계파의 일에 더 이상 간섭하지 않겠다고 했어. 그러니 이 일에 대해 본가의 협조를 기대하지 말라고도 했지. 이게 무슨 뜻인지 모르겠어? 계파와 척을 지는 것도 감수하겠단 얘기야. 수장인 너희 가문과는 더더욱."

"그래서 눈조차 마주치지 않으려고 한 거야? 우리 가문과 행보를 달리할 수도 있으니, 나도 안 보려고?"

"……."

"후우……."

침묵하는 나를 보며 긴 한숨을 내쉰 카르세인이 말했다.

"넌 왜 그렇게 늘 막다른 곳에 서려고만 하냐."

"뭐?"

"그러지 마. 그렇게 사는 거, 너무 힘들잖아. 내가 도와줄게. 그러니까 너무 그렇게 자기 자신을 몰아세우지 않았으면 좋겠어."

침묵했다. 라스가와 노선을 달리할 수도 있는 지금, 그 가문의 일원인 카르세인이 내게 뭘 해 줄 수 있단 말인가. 아니, 솔직히 말해 그런 일이 없었다 하더라도, 오직 검술만 수련했을 뿐 정치에는 관심도 흥미도 없는 그가 이런 상황에서 무엇을 어떻게 도와줄 수 있겠는가.

그런 내 속마음을 알아차린 것인지, 카르세인은 한참 동안 나를 물끄러미 바라보다 깊은 한숨을 쉬었다.

"전혀 안 믿는 표정이네."

"……."

"그럼, 내가 이참에 분가分家하겠다고 하면 믿어 주겠어?"

"……분가라고?"

눈을 크게 떴다. 물론 작위를 물려받을 후계자도 아니고 이미 성년도 지난 이상 언제고 해야 하긴 했지만, 그래도 분가를 논하기에 카르세인은 아직 한참 어렸다. 게다가 후계자가 작위를 물려받을 때 나머지 형제들이 분가하는 것이 관례인 것을 감안하면 지금 그의 발언은 지극히 이례적인 것이었다.

놀란 눈으로 바라보자 그는 진지하게 가라앉은 눈빛으로 나를 보며 고개를 끄덕였다.

"그래."

"왜?"

"어차피 해야 할 일이기도 하고, 분가하게 되건 꼭 본가의 정치적 노선을 따르지 않아도 되니까."

"……그런 거라면 됐어. 이 일에 널 끌어들일 생각은 없는걸."

이것은 어디까지나 내 일이었다. 게다가 나 또한 좋아하지도 않고, 별로 좋지도 않은 일에 카르세인을 끌어들일 생각은 없었다. 그렇게까지 하면서 나를 도와주겠다는 마음은 고마웠으나 아무런 정치적 훈련도 되어 있지 않은 그가 나를 도와준다 하여 얼마나 큰 힘이 되겠는가. 검술이라면 또 모르겠지만.

단호한 표정으로 고개를 젓자 한참 동안 침묵하던 그는 제법 시간이 흐른 후에야 가라앉은 목소리로 말했다.

"알았어. 이 이야기는 다음에 하자."

"……세인."

"피곤해 보인다. 쉬어."

카르세인은 그 말만을 남긴 채 돌아섰다. 붉은색 그림자가 너울거리며 문 밖으로 사라졌다. 점점 작아지는 그의 뒷모습을 바라보며, 나는 깊은 한숨을 내쉬었다.

어쩐지 가슴이 답답했다.

사흘 뒤.

나는 회의 결과가 적힌 통보서를 받았다. 고급스러운 흰 종이에는 대관식 일정과 절차가 상세하게 적혀 있었지만, 정작 논란의 중심이었던 결혼식에 관한 것은 없었다.

기나긴 서찰에는 그가 나와의 혼약을 파기하는 것에는 동의했으나 당장 누군가와 결혼식을 올리는 것은 거부했다고 적혀 있었다.

그 때문일까? 통보서에 동봉된 다른 서찰에는 몇 가지 주의 사항이 적혀 있었다. 타국 사절단이 있는 상황에서 공식적으로 파혼 사실을 밝힐 수는 없으니 정식 문서에 기록되는 몇 달 뒤까지는 계속 그의 약혼녀로서 행동하라는 것, 그리고 대외적으로는 내가 성인이 되지 않은데다 독의 여파가 아직 남아 있어 완치가 된 이후에 결혼식을 치르기로 했다고 발표할 예정이니 실수하지 말라는 것 등.

두 장의 서신을 촛불에 가져다 대며 고개를 갸웃했다.

어째서 이런 결론이 나온 걸까. 이건 황제파와 귀족파 중 어느 누구도 바라지 않는 결과 같은데.

한 줌의 재가 되어 버린 서찰을 보자 문득 사흘 전에 있었던 일이 떠올랐다. 집까지 찾아와 재고해 줄 수 없겠느냐고 묻던 그와 간절했던 그 청을 매정하게 거절한 내가. 바라는 대로 해 주겠다며 돌아서던 뒷모습이 떠오르자 어쩐지 가슴이 시렸다.

씁쓸한 마음으로 업무를 보고 있는데, 조심스레 들어온 집사가 반가운 소식을 전했다. 그것은 루아 왕국의 사절단이 방금 수도에 입성했으며, 아버지께서 저녁때쯤 귀가하실 거라는 내용이었다.

먼 길에 고생하셨을 아버지를 위해 이것저것 지시하다 보니 어느새 저녁때였다.

모든 준비를 마치고서 잠시 숨을 돌리고 있다가, 나는 아버지께서 도착하셨다는 집사의 말에 서둘러 일 층으로 내려갔다. 곧이어 일정한 걸음걸이로 들어서는 은발의 기사가 보였다.

"어서 오세요, 아버지. 먼 길 다녀오느라 고생 많으셨죠."

"고생이랄 게 뭐가 있겠느냐. 그래, 너는 잘 지냈더냐."

"저야 뭐……."

씁쓸하게 미소를 짓자, 아버지께서는 말없이 내 어깨 위에 오른손을 얹으며 작게 토닥이셨다. 작은 손짓 하나에 섭섭했던 마음이 언제 그랬냐는 듯 사르르 풀어졌다. 이것이 바로 가족이라는 걸까.

오랜만에 함께 식사를 마친 뒤, 나는 원행을 다녀오느라 피곤하실 아버지를 위해 캐모마일에 민트를 섞어 진하게 우려냈다. 민트 특유의 향을 음미하고 있을 때, 은찻잔을 내려놓은 아버지께서 말씀하셨다.

"그간 있었던 일은 전해 들었다. 파혼을 청하였다고?"

"네, 아버지."

"그래……. 결국 그리되었구나."

고개를 숙인 채 찻잔만 만지작거렸다. 깊은 한숨 소리를 듣자 가

숨이 답답해졌다. 내가 조금만 더 주의를 기울였더라면 일이 이 지경까지 되지는 않았을 텐데.

"잘했다."

"……네?"

바보 같았던 나 자신을 책망하다가, 뜻밖의 말에 놀라 고개를 번쩍 들었다. 차갑게 굳어 버린 내 손을 꼭 감싸 쥔 아버지께서 말씀하셨다.

"그토록 싫어하던 자리, 결국은 벗어난 것이 아니더냐. 잘하였다."

"……네?"

"가문의 후계자 역시 하지 말거라. 이제는 황후의 자리를 떨쳐 내기 위해 맹세를 할 필요도 없어지지 않았느냐."

"아버지……."

"싫다는 아이를 억지로 등 떠밀 때마다 속상하였거늘. 이제는 원치 않는 운명을 피해 보겠다고 아등바등할 필요도 없게 되었구나. 차라리 잘되었다. 앞으로는 무엇이건 네가 하고 싶은 일을 하려무나."

갑자기 눈시울이 뜨거워졌다. 그동안 차마 입 밖으로 내지 못하고 심중에 담아 두기만 했던 말씀이라는 것을 깨달았기에.

본디 피의 맹세란 저주나 다름없다고 생각하는 분이 아니시던가. 내 결정을 지지한다고 말씀하셨지만, 속으로는 천형과도 같은 이 굴레를 넘겨주고 싶지 않으셨던 게다. 하긴, 하나밖에 없는 딸이 평생을 저당 잡힌 채 손에 피를 묻히고 사는 것을 바라는 아비가 어디 있을까.

"네 어미를 맞이할 때부터 가문을 잇겠다는 생각 같은 건 버렸다. 그럼에도 주신의 축복으로 너를 얻게 되었으니, 아비는 그것만으로도 충분히 만족한다."

"아버지……."

"그러니 굳이 가문을 이으려 고생할 필요는 없다. 이제는 네 마음 닿는 대로 고생 덜하면서…… 편하게 살거라."

말없이 나를 다독이는 손길, 한숨 섞인 나지막한 목소리에서 채 감추지 못한 고뇌가 뚝뚝 묻어 나왔다. 얇은 옷 사이로 전해지는 온기를 타고 깊은 슬픔이 흘러내렸다. 못난 딸자식 때문에 그간 숱하게 하셨던 마음고생이 전해져 오는 것 같아 심장이 욱신거렸다.

"아니에요, 아버지. 저는…… 가문의 후계자가 될 거예요."

하지만 죄책감에 떨면서도, 그 모든 것을 알고 있으면서도 나는 처음의 결심을 꺾을 수가 없었다. 이제 내게 남은 것은 그것뿐이니까.

회귀한 이후 언제나 손안에 있던 결정권을 처음으로 빼앗긴 지금, 상처받은 자존심은 가문의 후계자마저 되지 못한다면 내 존재 가치는 완전히 없어지는 것과도 같다며 비명을 지르고 있었다.

자존심, 긍지, 그리고 명예.

그깟 게 뭐길래 나는 끝끝내 후계자의 길을 걷겠다 말하고 있는 것일까. 쓸모없는 것에 집착해 소중한 사람을 상처 입히고 있는 자신이 밉고, 알고 있으면서도 포기할 수 없는 나 자신이 한심했다.

그리고…….

그런 나를 슬픈 눈으로 가만히 바라보기만 하시는 아버지.

뜨끈하게 달아오른 두 눈에서 자꾸만 눈물이 흘렀다.

"저……, 아가씨."

다음 날 아침, 자리에서 일어나 수련복으로 갈아입는 내게 리나가 머뭇머뭇 말을 건넸다. 얼마 전 따끔하게 야단친 이후로 그녀는 눈에 띄게 내 눈치를 보고 있었다.

"얘기해. 무슨 일이길래 그렇게 뜸을 들이니?"

"저……. 실은 어젯밤 각하께서 그 일에 대해 들으신 모양이에요."

"그 일이라니? 무슨 일?"

"그…… 폐하께서 찾아오셨던 날에 있었던 일 말이에요."

그날 있었던 일이라면 드레스를 전부 태워 버린 것을 말하는 건가?

드레스룸을 힐끔 쳐다본 뒤 리나를 향해 시선을 돌리자, 짐작이 맞다는 듯 고개를 끄덕여 보인 그녀가 말했다.

"네. 그 일 때문에 각하께서 마음이 많이 상하신 것 같아요."

"……그러니?"

"네. 술을 드시다가 잔을 너무 세게 쥐는 바람에 그만 손을 다치셨다고……."

"뭐라고? 그걸 왜 이제야 얘기해! 아버지, 지금 어디 계셔?"

"돌아가신 마님의 침실에……."

리나의 말이 채 끝나기도 전에 어머니의 방으로 달렸다. 노크를 할 틈도 없이 문을 열어젖히자, 창밖을 응시하던 아버지께서 놀란 눈으로 돌아보셨다.

칭칭 감긴 붕대를 보자 심장이 덜컥 내려앉았다. 내 눈길이 닿은 곳을 알아챈 아버지께서 어색한 미소를 지으며 말씀하셨다.

"아비도 이제 늙었나 보구나. 대련을 하다가 그만……."

"아버지."

삽시간에 눈물이 차올랐다. 아무 일도 아니라는 듯 웃어 보이시는 모습이 어찌 그리도 작아 보이는지, 자꾸만 죄책감이 들었다.

"그리 크게 다치지도 않았거늘, 어찌 그러느냐."

"죄송해요, 아버지. 정말 죄송해요……."

"별일 아니니 울지 말거라. 이런 일에 눈물을 보이면 어찌하누."

"정말 죄송해요, 아버지."

거듭 되뇌자, 말없이 나를 끌어당긴 아버지께서 다치지 않은 손으로 등을 쓸어 주셨다.

눈물이 방울방울 흘러 셔츠를 적셨다.

얼마나 답답했으면 즐기지 않던 술을 드셨을까. 오죽했으면 깨질 정도로 잔을 세게 쥐셨을까.

기나긴 세월 황제의 최측근으로 사신 분이시니 드레스를 전부 불태웠다는 것이 무엇을 의미하는지 정도야 금세 알아차리셨을 터. 하나밖에 없는 딸이 여성이기를 포기했다는, 자기 자신을 죽은 자로 취급했다는 사실을 알게 된 아버지의 심정은 어땠을까.

모든 것을 정리해야겠다는 생각에 행한 일이었다. 이미 선택해 버렸기에 돌아갈 방법도 없었다. 하지만 막상 불효막심한 딸자식 때문에 마음고생하시는 아버지를 보자 몹시 죄스러웠다. 싫어하시는 것을 알면서도 결코 후계자의 길을 포기하지는 않을 것이기에 더 그랬다.

얼마나 시간이 흘렀을까?

쉬어 버린 목에서 잔뜩 가라앉은 목소리가 새어 나오고, 퉁퉁 부어 버린 눈이 절반밖에 떠지지 않게 되었을 때에야 나는 비로소 아버지의 옷이 축축하게 젖어 있다는 사실을 깨달았다.

쑥스러운 마음에 고개를 푹 숙이자, 아무렇지도 않다는 듯 손을 뻗어 흐트러진 머리카락을 정돈해 준 아버지께서 말씀하셨다.

"이제 좀 괜찮느냐?"

"……네. 아버지께선……."

"아비는 괜찮다. 그리 깊게 베이지도 않았단다."

"죄송해요."

"괜찮다는데도."

부드럽게 등을 토닥이는 손길이 너무도 따뜻했다. 주의를 환기시키려는 듯, 아버지께서는 방 안을 둘러보며 말씀하셨다.

"이곳이 어딘지 아느냐."

"어머니의 방이 아니던가요?"

"그렇단다. 살아 있을 적, 네 어미는 아비가 집을 비울 때면 항상 저 창가에 앉아 책을 읽고 있었지. 먼저 잠드는 법 없이, 늘 환하게 불을 밝혀 두고서 말이다."

"……."

"아무리 늦은 시간에 돌아와도 불이 켜져 있는 방을 보며 아비는 몹시 미안하면서도 행복했단다. 피곤함을 무릅쓰고 기다리고 있는 그녀에게 미안하고, 내게도 돌아올 보금자리가 있는 것 같아 행복했지."

나는 말없이 아버지의 시선이 미치는 곳을 따라 눈길을 옮겼다.

그곳에는 어머니의 초상화가 걸려 있었다.

언젠가 리그 경에게 들었던 것처럼, 그림 속의 어머니는 나와 거의 흡사한 외모를 가지고 있었다. 다른 점이라면 오로지 구불거리며 물결치는 자홍색 머리카락뿐.

퉁퉁 부은 탓에 잘 떠지지 않는 눈을 들어 아버지를 바라보았다. 객관적으로 보았을 때 어머니는 아버지에 비해 여러 가지 면에서 훨씬 떨어지는 것이 사실인데, 아버지께서는 대체 어머니의 어떤 점이 그리도 마음에 들어 평생을 바칠 결심까지 하셨던 것일까.

"아버지."

"음?"

"어머니의 어떤 점이 그리 좋으셨어요?"

"……글쎄다. 첫눈에 반한 것은 아니었고, 황명으로 돌봐 주었을 뿐 그리 관심이 있던 것도 아니었거늘. 어쩌다 그리된 것인지는 아비도 잘 모르겠구나."

아버지께서는 추억에 젖은 눈으로 허공을 바라보며 말씀하셨다.

"그저 언제부터인가 조금씩 마음에 들어와 있었단다. 그리고 그 사실을 알게 된 순간, 이미 그녀 없이는 살 수 없게 되었음을 깨달았지."

"그렇군요. 그럼 맹세를 하시게 된 이유도……."

"……공연히 네 상처를 건들까 두렵다만, 네 어미 역시 중독되었던 적이 있지 않느냐. 당시 아비를 옭아매고 있던 언약 때문이기도 했지만, 맹세를 했던 주된 이유는 바로 그것이었단다."

"네? 그게 무슨……."

어머니께서 나와 같은 독에 중독된 적이 있다는 것은 이미 들어서 알고 있는 사실이었다. 그런데 그것과 맹세는 대체 무슨 관계가 있는 걸까.

"네 어미는 너보다 발견이 훨씬 늦었단다. 대신관을 비롯하여 수많은 의원에게 보였으나 대부분 가망이 없다 했지. 너도 알다시피 우리 가문은 직계, 방계 할 것 없이 자손이 극히 적은데다 후계자가 되기 위한 조건은 더더욱 까다롭지 않더냐. 해서 당대에 후계자가 될 수 있는 자는 아비가 유일했지. 때문에 네 어미는 천 년 명가의 대를 끊을 수는 없다 하여 아비를 거부했었다."

"아……."

가슴이 욱신거렸다. 당시 어머니의 심정이 너무나도 잘 이해가 되었기에. 사랑하는 남자를 앞에 두고도 거절해야 하는 그 심정은 어땠을까. 심장을 도려내는 기분이었을 테지. 매정하게 거절해야 하는 입장이기에 아프다 말하지도 못하고 그저 속으로만 피눈물을 삼켜야 했을 게다.

"그 마음을 이해하지 못하는 바는 아니었으나……. 아비에게 그런 사실은 중요하지 않았다. 닫혀 버린 그녀의 마음을 돌이키고자 무던히 노력했을 뿐. 그 결과 마침내 네 어미를 얻을 수 있었다. 게다가 신의 가호가 있었던 것인지 이렇게 예쁜 딸아이까지 갖게 되었지."

"……그랬군요."

"그러니 티아, 아비는 네가 쉽게 포기하지 않았으면 좋겠구나."

"아버지."

"네 어미도 너를 얻지 않았더냐. 네 결심을 막겠다는 이야기는 아니지만, 지금처럼 극단적으로 나가지는 않았으면 한다. 네겐 분명 가능성이 존재하지 않더냐."

따스한 빛을 머금은 군청색 눈동자를 마주하자 문득 궁금해졌다. 나를 갖기 전까지, 칠 년이라는 긴 세월 동안 두 분은 과연 불임이라는 그림자 속에서도 행복하셨을까.

"저…… 아버지."

"왜 그러느냐?"

"음, 아버지께서는 아이를 갖기 힘들다는 사실을 알면서도 어머니와 결혼하신 거잖아요."

"그랬지."

"그래도 내심 아이를 바라지는 않으셨나요? 아이를 갖지 못할 거라 생각하셨음에도…… 두 분께서는 행복하셨나요?"

"물론. 행복했다."

아버지께서는 조금의 망설임도 없이 내게 말씀하셨다. 단언하듯 말하는 목소리에는 확신이 가득 차 있었다.

"네 어미와 함께할 수 있다는 것만으로도 아비는 세상 그 누구보다도 행복했다."

"……."

"그리고 불가능하다 여겼던 아이가, 네가 생겼다는 사실을 알게 되었을 때…… 아비는 이 세상에서 가장 큰 행복을 맛보았단다. 그건 네 어미도 마찬가지였지."

따뜻한 눈빛, 애정이 흘러넘치는 목소리, 세상에서 가장 소중한 것을 보는 것처럼 나를 가득 담고 있는 군청색 눈동자.

공허하게 비어 있던 가슴 한구석이 조금씩 차오르는 듯한 기분이었다. 차갑게 얼어붙었던 심장이 따스하게 녹아내렸다.

"티아, 네 생각을 바꾸란 말을 하지는 않겠지만, 가능성 자체를 막아 두진 말거라."

"아……."

"세상엔 수많은 행복이 있으나 그 모든 것을 가질 수 있는 사람은 없다. 하지만 아비는 내 딸이 잡을 수 있는 한 모든 행복을 하나도 놓치지 않고 누리면서 살았으면 하는구나."

"……."

"그러니 그리 쉽게 포기하지 말렴. 아직 네게는 수많은 행복이 남아 있지 않더냐."

"……네, 아버지. 감사해요."

상처받은 자존심이 회복된 것은 아니었지만, 가문의 후계자가 되겠다는 생각이 바뀐 것도 아니었지만, 그래도 무거웠던 마음이 한결 가벼워지는 듯했다.

살며시 웃음을 짓는 나를 바라보던 아버지의 입가에 희미한 미소가 걸렸다. 열려 있는 창문 사이로 비치는 아침 햇살이 방 안을 환하게 밝히고 있었다.

며칠 뒤.

나는 한 번 들러 줬으면 좋겠다는 대신관의 요청을 받아 상크투스 비타Sanctus vita로 향했다.

미리 기다리고 있던 견습 신관의 안내를 받아 대신전의 가장 깊숙한 곳에 도착하자, 지은의 이름이 신탁으로 내려온 날 대신관을 따라 들어왔던 공간이 눈앞에 펼쳐졌다.

오로지 백색과 녹색으로만 이루어진 성스러운 장소.

주신의 여섯 뿌리와 그의 허락을 받은 자만이 들어설 수 있는 곳, 성소 산투아리움Sanctuarium.

회랑 한가운데 조성된 실내 정원으로 들어서자 테이블 앞에 앉아 찻잔을 기울이는 청년이 눈에 들어왔다. 천천히 다가가는 나를 발견한 그가 보일 듯 말 듯한 미소를 지으며 인사했다.

"생명의 축복이 함께하시기를. 오랜만에 뵙습니다, 영애."

"네. 정말 오랜만에 뵙는 것 같습니다."

고개를 끄덕이는 나를 보며 슬쩍 눈꼬리를 휜 대신관이 문득 생각났다는 듯 내게 차를 권했다.

"이런, 대접이 늦었군요. 드십시오."

"아, 감사합니다."

무심코 찻잔을 받아 들다 말고 눈을 크게 떴다. 연분홍색 찻물, 코끝을 감도는 달콤한 향기. 어라, 이건…….

"마음에 드십니까?"

"아, 네. 그렇긴 합니다만……."

"다행이군요. 실은 영애께 드리려고 따로 빼 둔 것이었거든요. 자, 받으십시오. 선물입니다."

"네?"

나는 눈을 동그랗게 뜨며 대신관이 내미는 주머니를 바라보았다. 지금 이 차를 내게 주겠다는 말인가? 그것도 이렇게 많은 양을?

"차를 좋아하신다는 이야기를 들었던 것 같아서 말입니다. 이

차를 보자 영애가 생각나지 뭡니까. 그저 작은 성의일 뿐이니 사양치 말고 받아 주십시오."

"아, 아닙니다. 이 귀한 것을 어찌……."

고개를 젓는 나를 보며 보일 듯 말 듯한 미소를 지은 대신관이 말했다.

"그리 놀라지 않으셔도 됩니다. 물론 희귀한 차이기는 합니다만, 영애께서 생각하시는 것만큼 그리 값비싼 것은 아니랍니다."

"그게 무슨……."

대신관이 건넨 것은 소노 왕국 특산 차로, 그 맛과 향이 뛰어나 극소량만 생산되는 데다 국경을 통과하면서 어마어마한 관세가 붙기에 황실에서조차 쉽사리 구할 수 없는 것이었다. 과거 황비이던 시절에도 어쩌다가 한 번씩 마셨을 정도로 귀한 차.

그런데 어째서 그리 귀한 게 아니라고 하는 거지?

"신전을 통해 들어오는 물품은 모두 무관세가 아닙니까. 그러니 그리 부담 가지실 필요는 없답니다."

"아……."

그러고 보니 그랬다. 국경 지역을 통과하는 모든 물품에는 관세가 붙지만, 신전에서 사용하는 물품만큼은 예외적으로 관세를 물지 않았다. 물론 동행하는 신관 등이 있어 신전의 물품이라는 것이 증명되었을 때로 한정되기는 했지만.

그렇다 해도 선물로 받기에는 여전히 부담스러운 액수였으나, 대신관 정도 되는 자가 베푼 호의를 무작정 거절할 수도 없는 노릇이었다. 나는 다음에 뭔가 다른 것으로 답례를 해야겠다고 생각하며 고개 숙여 감사를 표했다.

"그러하다면…… 염치 불고하고 받겠습니다. 호의를 베풀어 주셔서 감사드립니다."

"아닙니다. 요즘 이런저런 일이 많아 골치가 아프던 차였는데, 이리 흔쾌히 받아 주시는 모습을 보니 기분이 좋군요. 내내 쌓였던 피로가 싹 풀리는 것만 같습니다."

이런저런 일이라. 국장을 치른 것이나 대관식 준비를 일컬음인가? 그런 행사에 신전이 빠질 수는 없는데다 정권 교체와 같은 불안한 시기에는 신을 찾는 신도들이 더욱 늘어나기 마련이었으니까. 게다가 요즘 내가 제나가를 비롯한 귀족파 가문들을 들쑤시고 있으니, 그들과 유착되어 있는 신전에도 어느 정도 영향이 갔을지도 모르는 일이고.

뭔가 생각에 잠긴 듯, 슬쩍 눈을 내리깐 채 분홍빛 찻물을 응시하던 대신관이 불쑥 말했다.

"한 차례 시련을 겪고 난 후 더욱 빛을 발하시는 것 같습니다. 눈부시도록 아름다우시군요."

"……감사합니다, 예하."

"일전의 모습이 곱게 자란 화초와도 같았다면, 지금은 모진 비바람 속에 피어난 절벽 위의 꽃 같다고나 할까요. 꺾일 듯 말 듯 위태로운 모습이 애간장을 졸이니……. 영애를 생각하며 잠 못 이룰 분이 많을 것 같습니다."

"……."

나는 눈앞의 남자를 멍하니 바라보았다.

무슨 소리야, 대체. 이런 헛소리나 늘어놓으려고 오라 한 것은 아닐 텐데.

생각이 표정으로 드러나기라도 한 것인지, 나를 빤히 바라보던 대신관의 붉은 입술이 호선을 그렸다. 웃음기 어린 신비로운 목소리가 공기 중으로 울려 퍼졌다.

"아, 알겠습니다. 곧 성인식을 치르신다 알고 있는데, 아직도 이런 것에는 익숙지 않으신가 보군요. 바로 본론으로 넘어가겠습니다."

"……."

"흠, 일전에 신탁을 하나 받으신 적이 있지요? 새로운 뿌리의 탄생을 알리는 것 말입니다."

"아, 네."

"조만간 그때 태어났던 아이, 즉 주신의 여섯 번째 뿌리인 섹스투스Sextus가 이곳 상크투스 비타에 오게 될 것입니다."

"새로운 대신관 예하께서요? 하지만 그분께서는 아직 연치가……."

아무리 신성력을 사용할 수 있는 대신관이라 하나, 아직 돌도 지나지 않은 어린아이가 대체 뭘 할 수 있단 말인가? 그것도 하필이면 최고위 신관과의 대립이 극심한 이곳 상크투스 비타에서.

고개를 갸웃하자, 대신관은 보일 듯 말 듯한 특유의 미소를 지으며 말했다.

"이해되지 않는다는 표정이시군요. 하긴, 대신관에 대해서는 거의 알려진 바가 없으니 무리도 아닙니다만."

"아, 네."

"본디 한곳에 정착하지 않고 돌아다니며 주신의 뜻을 실천하는 것이 주신의 뿌리 된 자로서의 의무이기는 합니다. 허나 무엇이든 예외는 존재하는 법이죠. 지금과 같이 세대교체가 있을 경우에는 예외적으로 새로운 동료를 돌보며 특정 장소에서 일정 기간 머무르는 것이 허용된답니다."

"그렇군요."

"네. 덕분에 제국에 좀 더 머무르게 되었습니다. 다행이지 뭡니까. 영애의 아름다운 모습을 계속해서 볼 수 있게 되었으니 말이지요."

투명한 연둣빛 눈동자가 웃음기를 머금었다.

나는 그 모습을 바라보며 고개를 슬쩍 기울였다.

대신관이 제국에 좀 더 머무르게 되었단 말이지? 신성력이란 결코 흔한 힘이 아니니 여러모로 도움이 될 것 같기는 하지만, 그게 굳이 불러서 이야기할 정도로 큰일이던가?

"언제 봐도 참으로 아름다운 눈동자를 가지셨습니다. 마치 태양을 머금은 듯 황홀하게 빛이 나니, 계속해서 바라봤다가는 제 눈이 멀어 버릴 것만 같습니다."

"……예하."

"그런 눈동자를 가진 분이 한 분 더 계셨지요. 시린 달빛을 머금은 영애와는 달리 활활 타오르는 듯한 자홍색 머리카락을 갖고 계셨지만 말입니다."

참다못해 뭐라고 한마디 하려다가, 이어지는 말에 황급히 입을 다물었다. 황금빛 눈동자에 자홍색 머리카락이라면 내 어머니가 아닌가.

"그러고 보면 참으로 많이 닮으셨습니다. 마치 그분을 마주하고 있는 것 같은 기분이랄까요. 하긴, 처음 뵀을 때 겨우 열여덟이었으니, 영애를 보고 당시의 후작 부인을 떠올리는 것도 무리는 아니군요."

"……."

"그 당시 저는 영애의 어머니께 씻을 수 없는 죄를 지었습니다. 지금 생각해도 참으로 부끄럽고 죄송스럽기 그지없습니다."

"그게 무슨……."

"……자세한 내용은 말씀드릴 수 없으나, 그 일로 인하여 저는 평생을 바쳐도 갚지 못할 빚을 지게 되었습니다."

빚이라니, 대체 무슨 소리지? 어머니께서 중독되어 목숨을 잃을 뻔하셨다던 사건을 말하는 건가? 하지만 그건 그저 발견이 늦었던 탓일 뿐, 대신관은 어머니의 목숨을 구한 은인이 아닌가.

고개를 갸웃하는 나를 빤히 바라보던 대신관이 말했다.

"해서 제국에 머무르는 동안 빚을 조금이나마 갚을까 생각하고 있습니다. 오늘 영애를 뵙고자 한 것도 바로 그 때문이죠."

"네?"

"생명의 아버지께서 주신 아름다움을 찬미하라. 그대에게 우리 주 비타의 축복을 전합니다."

뭐라 물어볼 틈도 없이 새하얀 빛이 머리에 와 닿았다. 사방이 꽃향기로 가득 차더니, 곧이어 분홍빛 꽃잎이 하나둘 떨어지기 시작했다. 은은한 꽃향기를 맡자 청량감이 온몸을 감쌌다. 무거웠던 몸이 가벼워지는 듯한 기분.

"도움이 될지는 모르겠습니다만, 제국에 머무르는 동안에는 영애께 주기적으로 축복을 써 드리겠습니다. 그러니 바쁘시더라도 보름에 한 번씩은 신전에 찾아오십시오."

"보름에 한 번이라고요?"

절로 눈이 크게 뜨였다. 평생에 한두 번 받기도 어렵다는 축복을, 어찌 보면 치유보다도 더 받기 힘들다는 그것을 보름에 한 번씩 써 주겠다고?

눈꼬리를 휘며 나를 바라본 대신관이 공기를 울리는 신비로운 목소리로 말했다.

"부담스럽다 생각지 마십시오. 대가 같은 것을 바라고 한 말이 아닙니다."

"그래도……."

"후작 부인께 진 빚을 조금이나마 갚고 싶어 그러니, 그저 알았다 답해 주시면 됩니다."

"……알겠습니다. 감사합니다, 예하."

"별말씀을."

뭔가 찜찜한 기분이 들었지만 일단 고개를 끄덕였다.

얼마나 시간이 지났을까?

언제 진지한 이야기를 했냐는 듯 늘어놓는 찬사에 몸서리를 치다가, 나는 제법 긴 시간이 흐른 뒤에야 간신히 성소 밖으로 나왔다. 괜찮다는데도 굳이 신전 앞까지 배웅하며 다시 한 번 축복을 내리는 백발 청년의 모습에 영 미심쩍은 기분이 들었지만, 축복을 받아서 나쁠 일이야 있겠냐고 애써 마음을 가라앉히며 집으로 향했다.

어쩐지 몹시 피곤했다.

"……아."

"……."

"티아."

"……네?"

"무슨 생각을 그리하고 있더냐. 곧 예식이 시작될 터. 집중하도록 해라."

"아, 네. 죄송해요, 아버지."

나는 의아하다는 듯 바라보는 아버지를 향해 슬쩍 고개를 숙여 보인 뒤 눈길을 돌렸다. 며칠 전 있었던 대신관과의 만남이 떠오르는 바람에 잠시 여기가 어디인지 망각하고 있던 모양이었다.

주위를 둘러보자 높은 천장에 매달려 불을 밝히고 있는 샹들리에와 오색찬란하게 빛나고 있는 스테인드글라스, 그리고 여섯 개의 계단 위에 설치된 단상과 옥좌가 보였다. 곳곳에 정교하게 새겨져 있는 주신 비타의 상징도.

좌우로 늘어선 귀족들과 각국의 사절단이 침묵을 지키는 가운데 저 멀리서 환호하는 소리가 들려왔다. 함성이 점점 가까워지는 것을 볼 때 행렬이 조만간 입장할 것 같았다.

얼마나 시간이 지났을까?

웅성거리는 소리가 몇더니 곧이어 주신의 상징을 든 정식 신관들과 왕홀과 보주를 받쳐 든 최고위 신관들, 그리고 푸른 방석 위에 왕관을 받쳐 든 대신관이 차례로 입장하는 모습이 눈에 들어왔다. 그들이 각자의 위치에 자리 잡고 서자, 이날을 위해 금실로 특별한 문양을 수놓은 예복 위에 파란색 벨벳 망토를 두른 청년이 안으로 들어섰다.

장엄한 음악이 울려 퍼지는 가운데, 천천히 입장하는 청년의 뒤를 따라 의전관들이 망토를 받쳐 든 채 걸음을 옮겼다. 단상 아래 도착한 그가 멈춰 서자 세 계단 위에 서 있던 대신관이 둘둘 말린 두루마리를 펼쳐 들며 입을 열었다.

"그대, 루블리스 카말루딘 샤나 카스티나는 위대한 카스티나 제국의 제34대 황제로서 제국을 법과 관습으로 다스릴 것을 맹세하는가?"

"맹세합니다."

"그대, 루블리스 카말루딘 샤나 카스티나는 위대한 카스티나 제국의 제34대 황제로서 황권을 법과 공정함과 자비로 행사할 것을 맹세하는가?"

"맹세합니다."

"그대, 루블리스 카말루딘 샤나 카스티나는 위대한 카스티나 제국의 제34대 황제로서 주신 비타를 믿고 그 교리를 실천할 것을 맹세하는가?"

"교권이 제국을 어지럽히지 않는 한 맹세합니다."

"마지막으로, 위의 모든 맹세를 성실히 이행할 것을 주신 비타 앞에 맹세하는가?"

"네, 맹세합니다."

맹세를 마친 그가 대신관에게서 두루마리를 받아 서명했다. 대관식에서의 서약을 지키겠다는 의지의 표명이었다.

서명을 마친 그가 두루마리를 의전관에게 넘기며 돌아서자, 단상 아래 서 있던 최고위 신관들이 그에게 왕홀과 보주를 건네주었다.

"주신 비타의 가호가 함께하시기를. 받으소서, 위대한 제국의 태양이시여."

"영광스러운 제국의 태양에게 주신 비타의 가호가 함께하시기를."

무표정한 얼굴로 한 손에는 왕홀, 다른 손에는 보주를 받아 든 그가 다시 대신관을 향해 돌아섰다.

천천히 손을 뻗은 대신관이 두 손으로 엄숙하게 관을 들어 올렸다. 모든 이가 숨을 죽이는 가운데, 눈부시게 빛나는 다이아몬드 왕관이 푸른 머리카락 위에 놓였다. 여섯 개의 계단을 오른 그가 옥좌에 자리 잡고 앉자 단상에서 내려온 대신관이 그를 향해 깊숙이 허리를 숙이며 말했다.

"주신 비타의 이름으로 폐하께서 영광스러운 카스티나 제국의 주인이 되셨음을 선포합니다. 주신 비타의 가호가 함께하시기를."

"위대한 제국의 태양께, 주신 비타의 가호가 함께하시기를!"

"위대한 제국의 태양께, 주신 비타의 가호가 함께하시기를!"

"위대한 제국의 태양께, 주신 비타의 가호가 함께하시기를!"

신전에 있는 모든 이들이 허리를 숙이며 외쳤다. 세 번의 외침이 끝나자 서늘한 목소리가 홀 안에 울려 퍼졌다.

"나, 영광된 카스티나 제국의 주인이자 만백성의 어버이인 루블리스 카말루딘 샤나 카스티나는 선언한다. 짐은 위대한 카스티나 제국의 제34대 황제로서 법과 관습으로 제국을 다스릴 것이고, 공정함과 자비로 황권을 행사할 것이며, 사랑과 성실로 제국민을 아낄 것이다. 위대한 카스티나 제국에 무궁한 영광을."

"사자에게 충성을! 위대한 제국의 태양의 뜻을 받듭니다!"

그의 선언에 따른 모든 이들의 답창이 끝나자, 의전 서열 일 위인 라스 공작가의 일원들이 단상 앞으로 나아갔다. 새로운 주군에 대해 충성을 맹세할 시간이었다.

무릎을 꿇고 고개를 숙여 복종을 표한 라스 공작이 충성의 맹세를 읊조렸다.

"사자에게 충성을. 제국의 새로운 태양께 이 마음과 생명을 바치오니, 당신의 뜻대로 거두소서."

"그대의 충정을 받아들인다. 제국에 영광을."

공작이 깊숙이 허리를 숙여 인사하고 곧이어 베리타가의 충성 맹세가 끝나자, 다음은 우리 가문의 차례였다.

나는 하얗게 질린 손을 드레스 자락에 감추며 아버지와 함께 단상을 향해 나아갔다. 바라는 바대로 해 주겠다는 이야기를 들은 이후 처음으로 그와 대면하기 때문인지, 한 발짝 한 발짝 다가갈수록 심장이 점점 빠르게 뛰었다.

"사자에게 충성을. 이 몸에 흐르는 피와 생명을 바치오니, 위대한 제국의 태양이시여, 당신의 뜻대로 거두소서."

"제국에 영광을. 모니크가의 충정을 받아들이노라."

무덤덤한 목소리에 어쩐지 맥이 풀려서, 나는 다시 한 번 예를 표하고 물러 나오며 그를 힐끔 돌아보았다. 아무런 감정도 담겨 있지 않은 바닷빛 눈동자, 언뜻 지루함마저 보이는 듯한 모습.

어쩐지 가슴 한구석이 선득했다.

얼마나 시간이 지났을까?

모든 이들의 충성 맹세가 끝나자 옥좌에 앉아 있던 그가 여섯 개의 계단을 걸어 내려왔다.

그 모습을 멍하니 바라보는데, 문득 몇 가지 깨달음이 머릿속을 스치고 지나갔다. 언제부턴가 뒤돌아볼 때면 항상 나를 담고 있던 바닷빛 눈동자가 오늘은 단 한 번도 내게 닿지 않았다는 것과, 언제나 내 앞을 지날 때면 잠시 멈칫하던 발걸음이 오늘은 단 한 번도 멈추지 않았다는 사실이.

이제는 나를 보지 않는 눈동자, 멈추지 않는 발걸음.

더욱 서늘해지는 가슴을 끌어안고서, 나는 퍼레이드를 위해 나가는 그를 향해 허리를 숙였다. 연두색 카펫 위에 옷자락이 스치는 소리가 조금의 망설임도 없이 멀어졌다.

나부끼는 옷자락을 바라보며 새삼 실감했다. 이제 그와 나 사이에 남은 것은 주군과 신하로서의 지극히도 당연한 인연, 단지 그뿐이라는 것을.

3. 두 번째 성인식

"티아."

"네, 아버지."

일과를 마친 뒤 저녁을 들고 있는데, 내내 침묵하던 아버지께서 갑자기 나를 부르셨다. 뭔가 하실 말씀이라도 있나 싶어 포크와 나이프를 조심스럽게 내려놓자 와인잔을 들어 입을 축인 아버지께서 말씀하셨다.

"이제 네 성인식이 얼마 남지 않았는데, 슬슬 준비를 해야 하지 않겠느냐?"

"네. 그렇잖아도 염두에 두고 있었어요."

"미안하구나. 한 번뿐인 성인식인데 네 손으로 준비하게 해서. 네 어미만 있었어도……."

"무슨 말씀이세요, 아버지. 당연히 제가 해야 할 일인걸요."

"그리 말해 주니 고맙구나."

나는 희미하게 미소를 짓는 아버지를 향해 마주 웃음 지으며 말했다. 아무래도 이야기가 나온 김에 말씀드리는 것이 나을 것 같았다.
"그런데 아버지, 이번 연회는 수도가 아니라 영지에 있는 저택에서 열어도 될까요?"
"영지에서 열겠다고? 어찌해서?"
"지난번 일로 계파 내부에서도 파벌이 갈렸으니, 이번 기회에 본가에 우호적인 자와 그렇지 않은 자를 걸러 내는 게 좋을 것 같아서요."
"흠."
묵묵히 듣고만 계시는 모습에, 나는 물잔을 들어 마른입을 축인 뒤 계속해서 이야기를 이어 나갔다.
"그리고 이참에 후계자로서의 지위를 확실하게 굳히려고 해요. 그간 가문의 일을 꾸준하게 배워 왔다고는 해도 폐하의 약혼녀라는 신분 때문에 반신반의하는 자들이 많았잖아요? 지난번 일로 많이 나아졌다고는 하지만, 가신들 중에서도 아직 의심스럽게 보는 자들도 있고요."
"그랬지."
"해서, 조금 다른 방식으로 연회를 열어 볼까 해요."
"다른 방식이라고?"
"네. 후계자로서의 지위를 굳히려면 일반적인 귀족 영애의 모습이 아니라 무가의 여식다운 면모를 보여 줘야 할 것 같아서요."
시종들이 다가와 빈 접시를 치우고 달콤한 향을 풍기는 사과 타르트를 내려놓았다. 나는 먹음직스러워 보이는 타르트에 포크를 가져가며 아버지를 바라보았다.
"그래서 말인데, 사냥 대회를 열면 어떨까요? 영지를 지키는 기사들이나 먼 길을 오는 사람들에게 유흥거리를 제공할 겸, 얌전히 손수건이나 들고 기다리는 것이 아니라 직접 참여하는 모습을 보여 줄 겸 해서요. 이틀 정도 일정으로 잡고, 기념 연회는 대회 전날에 열면 될 것 같은데…….”

"흠, 괜찮은 생각이구나. 그리하거라.”

"감사해요, 아버지. 그럼 내일부터 당장 준비할게요.”

"그래.”

나는 활짝 미소를 지으며 아버지께 감사를 표했다.

후계자의 길을 걷는 것을 반기지 않는 아버지께서 이런 식으로 성인식을 치르는 것을 좋아하실 리 없었지만, 나는 내게 주어진 기회를 최대한 활용할 생각이었다. 이제부터는 슬슬 가신들을 단속하고 후계자로서의 입지를 만들어 나가야 했다.

밤늦게까지 대략적인 틀을 짜고 초대할 자들의 명단을 작성했다. 혹시라도 빠진 점이 있을까 봐 계획표를 살피고 또 살폈다.

'반드시 완벽하게 치러 내야 해.’

몹시 피곤했지만, 주먹을 불끈 쥐고 전의를 다졌다. 우리 가문의 권위와 명성을 다시 한 번 일깨워 줘야 할 때이니만큼 하나라도 허투루 넘겨서는 곤란했다.

며칠 뒤.

나는 리안 경과 페덴 경, 그리고 견습 기사인 스피아 경과 함께 근무지로 향했다. 한 달 전 기사단으로 복귀하면서 제2기사단으로 전출 명령을 받았기에, 이제는 단장 보좌관으로서가 아니라 일반 견습 기사로서 업무를 수행해야 했다.

오늘 해야 할 일은 별궁 중 한곳의 경계 업무로 비교적 쉽고 한가해서 많은 이들이 선호하는 일 중의 하나였다. 물론 사람이 잘 오지 않는 한적한 곳이라 지루하다는 단점은 있었지만.

그래서일까? 한참 동안 말없이 임무에만 충실하던 페덴 경이 불쑥 입을 열었다.

"저, 모니크 경."

"네?"

"성인식을 영지에서 치르신다는 얘기를 들었는데, 사실입니까?"

"들으셨군요. 네, 맞습니다."

천천히 고개를 끄덕이자, 어느새 우리를 바라보고 있던 리안 경이 말했다.

"엇, 그럼 성인식 연회와 함께 사냥 대회가 열리는 것도 사실입니까?"

"그렇습니다."

"이런. 근무가 끝나자마자 휴가 신청부터 하러 가야겠군요."

"네? 휴가 신청이라뇨?"

"별다른 일이 없는 한 수도를 벗어나기는 힘드니, 휴가를 신청해야 모니크 영지에 갈 수 있을 것 아니겠습니까. 으음, 그새 마감이 되면 안 되는데. 경쟁자들이 워낙 많으니 원……."

뭔가를 중얼거리는 리안 경과 곰곰이 생각에 잠기는 페덴 경을 의아한 눈으로 바라보는데, 내내 침묵하던 스피아 경이 슬그머니 말문을 열었다.

"저, 모니크 경."

"네?"

"이번에 제2기사단으로 돌아오신 것도 그렇고, 사냥 대회를 주최하시는 것도 그렇고……. 음, 그러니까……."

나는 망설이는 젊은 기사의 모습을 의아한 눈으로 바라보다 혹시나 하는 마음에 물었다.

"요즘 떠도는 소문 때문에 그러십니까?"

"그게, 그러니까……."

'맞구나.'

말끝을 흐리는 스피아 경을 보자 확신이 들었다.

하긴 궁금할 만도 했다. 아직은 쉬쉬하고 있는 모양이지만, 얼마 전 만난 엔테아의 말에 따르면 사교계에서도 폐하와 나를 두고 온갖 소문이 돈다고 했다. 파혼하겠다고 선언은 했으나 공식적인 관계는 아직 정리하지 않은 탓에 더 그런 듯했다.

난감했다. 사실을 얘기하고 싶어도 공식적으로 발표하지 않은 일에 대해 무어라 왈가왈부할 수는 없는 노릇이었으므로.

뭐라고 답해야 하나 망설이고 있을 때, 때마침 저 멀리에서 검은 제복 차림의 기사들이 걸어오는 것이 보였다. 마침 잘됐다는 생각에 나는 서둘러 입을 열었다.

"교대 시간인가 보네요. 인계 준비를 해야 할 듯합니다."

"엇, 정말 그렇군요. 어서 준비하죠."

"후우, 모처럼 한가한 업무인가 했더니 벌써 끝이로군요. 이것참 아쉽습니다."

일지를 적어 교대하러 온 기사들에게 넘긴 뒤, 나는 세 사람과 함께 걸음을 옮겼다.

리안 경과 함께 이런저런 대화를 나누며 걷는데, 갑자기 묵묵히 걸음을 옮기던 페덴 경이 멈칫 멈춰 서는 모습이 보였다.

'왜 그러지?'

그의 시선을 따라 고개를 돌리자 무척 다정한 모습으로 나란히 걷고 있는 남녀가 보였다. 무엇이 그리도 즐거운지, 청년을 바라보는 여인의 얼굴에는 미소가 함빡 걸려 있었다.

갑자기 기분이 확 가라앉아서, 나는 나도 모르게 얼어붙은 듯 그 자리에 멈춰 섰다. 과거에는 늘 지켜봤던 광경인데도 이상하리만큼 불쾌감을 감출 수가 없었다. 숨소리가 조금씩 거칠어지는 것이 느껴졌다.

"그래서 폐하께서는……. 응?"

재잘재잘 떠들며 머리카락을 쓸어 넘기던 여인의 눈이 내게 고정되었다.

나를 빤히 바라보던 여인이 짙은 웃음을 베어 물었다. 한껏 올라간 붉은 입술이 비뚜름하게 비틀어지는 순간, 여인의 시선을 따르던 바닷빛 눈동자가 나를 담았다. 무심한 듯도 하고 냉랭한 듯도 한 그 눈빛이 어쩐지 가슴을 찔렀다.

"……."

한참 동안 말없이 그를 마주하다, 나는 천천히 고개를 숙여 예를 갖춘 뒤 휙 돌아섰다. 무척 불경스러운 태도라는 것은 알고 있었지만 어쩔 도리가 없었다. 속에서 꿈틀거리는 알 수 없는 기운이 내게 당장 그 자리에서 벗어나라고 명령하고 있었다.
 이상하게도, 기분이 몹시 나빴다.

"아가씨, 행정부에서 서류가 왔습니다."
"아, 그래. 고마워, 집사."
"그리고 이것은 아가씨께 온 서신들입니다."
"그래? 이리 줘."
 아버지와 함께 아침을 들고 있을 때, 뭔가를 한 아름 안고 들어온 집사가 테이블 위에 그것들을 내려놓으며 말했다.
 나는 포크를 내려놓은 뒤 잔뜩 쌓여 있는 서찰을 훑어보았다.
 엔테아의 서신, 크고 작은 가문에서 보내온 연회 초대장들, 그리고 연보라색 봉투 하나.
 '이건 뭐지?'
 연보라색 봉투를 집어 들다 눈썹을 찡그렸다.
 자수정 티아라를 휘감고 있는 검은 장미. 그것은 다름 아닌 제나 공작가의 문장이었다.
 "어디서 보낸 것이기에 그러느냐?"
 "제나 공작가에서요."
 "흠, 요새 바쁘게 움직이는 것 같더라니. 그래, 뭐라더냐?"
 아버지의 물음에 나는 그냥 버리려던 서찰을 열어 내용을 확인했다. 곱게 접힌 편지지를 펼치자, 연보라색 종이에 보라색 잉크로 쓰여 있는 글씨가 눈에 들어왔다.

제국의 젊은 귀족들을 모십니다.
신황제 폐하께서 즉위하신 지금, 제국의 더욱 밝은 앞날을 위해 소소하나마 젊은 귀족들이 모여 정세에 대해 토론하는 시간을 가지고자 합니다.
일시는 초대장이 발송된 날로부터 일주일 뒤 오후이며, 장소는 본가의 후원입니다. 모쪼록 참석하시어 고견을 들려주시기 바랍니다.
지은 그라스페 데 제나.

……이건 뭐지?
눈썹을 찡그렸다. 젊은 귀족들을 모은다고? 본격적으로 황후가 되기 위한 행보를 시작하겠다는 건가?
요즘 들어 활발하게 활동하고 있다는 이야기는 전해 들었지만, 그 실체를 직접 눈으로 본 것은 처음인 것 같았다.
보라색 편지지를 잠시 노려보다가, 나는 그것을 반으로 쭉 잡아 찢었다. 그러고는 엔테아의 서신과 행정부에서 보내온 서류만을 집어 든 채 자리에서 일어났다.
"그럼 먼저 올라가 볼게요, 아버지. 집사, 나머지 서신은 다 버리도록 해."
"전부 말씀이십니까?"
"응. 그리고 앞으로 귀족파에서 보내오는 초대장은 내가 꼭 봐야 할 것을 제외하고는 적당히 잘라 줘."

"알겠습니다, 아가씨."

나는 정중하게 고개를 숙여 보이는 집사에게 미소를 지어 보인 뒤 방으로 올라왔다. 그리고 우선 엔테아의 편지부터 읽어 보았다.

모니크 영애께.

촌각을 다투는 일 같아 일단 서신으로 간략하게 보고합니다. 일전에 지시하신 일을 알아보았는데, 그녀가 선호하는 색은 검은색이고 가장 좋아하는 꽃은 장미, 그중에서도 봉오리라는군요. 포기 단계에서 우연찮게 알아낸 사실이긴 하나 가능성은 절반 이상입니다.

추후 지시를 기다리겠습니다.

엔테아 수 샤리아 올림.

손이 파르르 떨렸다.

이게 정말 사실일까? 만일 그렇다면, 나는 엄청난 패를 손에 넣게 된 것일지도 몰랐다.

일전에 지시한 일이라면 디아스 백작 부인의 일이 아닌가. 검은색, 그리고 장미 꽃봉오리라면 제나 공작 후계자를 가리키는 것이 분명하고.

'아무래도 이 일은 조금 더 지켜봐야겠어.'

터트리기만 하면 전대미문의 스캔들이 될 것이 뻔했지만, 이런 일일수록 신중을 기해야 하는 법. 가능성이 절반 이상이라고는 하나 그것만으로는 모자랐다. 이것은 자칫하면 역으로 내가 추락할지도 모를 정도로 엄청난 사건이었으니까.

자리에서 일어나 초에 불을 켰다. 날름거리는 불꽃 위에 편지지를 가져다 대고서, 나는 촛불이 삼킨 편지지가 완전히 재가 되어 사라진 후에야 행정부에서 보내왔다는 서류를 펼쳐 들었다.

한참 동안 내용을 검토하는데, 뭔가 이상한 점이 눈에 들어왔다. 서류에는 나를 중독시켰던 독의 입수 경로에 대한 것이 적혀 있는데, 타국 어딘가에서부터 시작된 경로는 아무리 봐도 정상적이지가 않았다. 그렇다고 해서 밀반입을 했다고 볼 수도 없었다. 공모자를 제거한 흔적 등이 보이지 않는 것으로 보아 거의 확실했다.

대체 어떻게 된 거지? 통상적인 경로나 밀반입이 아닌, 제국 내부로 타국의 물품을 들여올 수 있는 또 다른 방법이 존재한단 말인가?

눈썹을 찡그렸다.

어떻게 그럴 수가 있지? 그건 신전이 아니고서는 절대로 불가능한……. 응? 신전?

문득 얼마 전의 일이 떠올랐다. 그러고 보니 대신관이 줬던 차 역시 무관세 물품이라고 했었지.

제국법에 따르면, 신전에 들어가는 물품의 경우 동행하는 신관이 신전의 것이라고 증명하기만 하면 관세를 물리지 않는 것이 원칙이었다. 그 말인즉, 신관들은 국경을 넘나드는 것이 자유롭다는 얘기였다.

'만약 독을 가지고 들어온 사람이 신관이라면?'

등골이 서늘했다. 제아무리 국경수비대라고 해도 신관의 몸수색을 함부로 할 수는 없는 법. 독약병 두어 개쯤이야 품에 넣어서 가져오면 그만이 아닌가.

"하……."

설마 하는 마음으로 서류를 다시 훑어보자, 그동안은 보이지 않았던 사실이 하나둘 눈에 들어왔다. 아무리 조사해도 확실하지가 않고 어딘가 모호하던 부분들이 신전을 넣자마자 퍼즐 조각이 맞춰지듯 완벽하게 들어맞는 것이 아닌가.

순간 소름이 돋았다.

그렇다면 이 일에 신전마저 개입했단 말인가?

한참을 망설이다 황궁으로 향했다. 신전이 개입된 것이 정말 사실이라면, 이것은 이제 내가 해결할 수 있는 선을 벗어난 일이었다.

"모니크 영애가 아니십니까. 어인 일로 중앙궁을 찾으셨는지요?"
"폐하께 급히 드릴 말씀이 있네. 알현할 수 있겠는가?"
"지금은 다른 분을 알현 중이시나 아마 곧 끝날 것입니다. 잠시만 기다려 주시겠습니까?"
"그리하겠네."

고개를 끄덕이는데, 때마침 알현실의 문이 열리며 한 여자가 밖으로 걸어 나왔다. 노을빛 머리카락을 허리까지 늘어뜨린 여자는 바로 최근 황제파에서 황비로 밀고 있는 휘르가의 차녀, 그레이스 세 휘르였다.

짙은 갈색 눈동자가 나를 향했다. 반기는 것 같기도 하고 꺼리는 것 같기도 한 묘한 눈빛에 기분이 확 가라앉았다.

뭐지, 저 눈빛은? 지금 나를 견제라도 하겠다는 건가?

결례라는 것은 알고 있었지만, 나는 천천히 묵례하는 그녀를 무시한 채 알현실로 향했다. 어쩐지 심기가 영 불편했다.

"……제국의 태양, 황제 폐하께 아리스티아 라 모니크가 인사

올립니다."

"앉으시오."

황급히 다가온 시종들이 테이블 위에 놓여 있는 두 개의 찻잔을 치웠다. 은은하게 감도는 라벤더의 향기가 왠지 거슬렸지만, 나는 애써 무표정한 얼굴을 유지하며 들고 온 서류를 내밀었다.

"드릴 말씀이 있어서 알현을 요청했습니다. 라니에르 백작과 관련된 일입니다."

"그 일이라면 어느 정도 보고는 받고 있소만. 뭔가 새롭게 알아낸 사실이라도 있는 것이오?"

"그게, 아무래도 신전이 개입된 것 같아서……."

"신전이라."

그리 감흥이 없는 듯한 음성에 뭔가 좋지 않은 느낌이 들었지만, 나는 애써 그 느낌을 무시하며 이유를 설명했다. 한참 동안 이어지는 이야기를 듣던 그가 슬쩍 눈썹을 찡그리며 말했다.

"분명 일리 있는 얘기이긴 하나, 조금 더 조사를 해 봐야 할 것 같군."

"폐하."

"알잖소. 황권은 교권에 함부로 간섭해서는 아니 된다는 것을."

"……."

"그러니 일단 함구하고 좀 더 기다리시오. 조사가 진척되는 대로 모니크가에 통보하라고 지시해 두겠소."

"……네, 폐하."

뚝뚝 끊기는 음성에 담긴 내용은 참으로 냉정했.

어쩐지 가슴이 선득했다. 더는 손대지 않고 덮어 둘 것만 같은 예감 때문에 그런지도 몰랐다.

문득 섭섭해졌다. 이 일은 내게 해악을 끼치려고 했던 자들에 대한 조사이기도 하지만, 황가에 대대로 충성해 온 모니크가 위해를 가한 이에 대한 진상 규명이기도 하지 않은가. 그런데 어떻게 이럴 수가 있지? 묵과하지 않을 거라 했을 때는 언제고, 이제 와 말을 바꾸는 건가?

우선순위로 여겨 줄 것까지 바라지는 않았지만, 막상 그가 이 일을 그리 중요하게 여기지 않는 것처럼 보이자 기분이 확 가라앉았다.

허탈한 웃음이 나왔다.

귀족파에게 치이고, 같은 파벌에 배신당한 것으로도 모자라 이제는 황실에게도 버림받는 건가.

"아, 그리고……."

"하명하십시오."

"……아무것도 아니오. 그럼 그 건은 그리하도록 하고, 뭔가 더 할 얘기가 있소?"

물끄러미 눈앞의 청년을 바라보았다. 그러고 보니 언제부턴가 그는 귀찮다는 듯 한 손으로 이마를 짚으며 용건만 묻고 있었다.

그 모습을 보자 점점 더 기분이 나빠졌다. 제아무리 충성을 다한다 하더라도, 그에게 있어서 모니크가는 그저 수많은 귀족가 중 하나일 뿐이라는 걸까.

"……없습니다."

"그렇군."

"……그럼 이만 물러나겠습니다, 폐하."

"그리하시오."

천천히 허리를 숙여 예를 갖추고서, 나는 입술을 꽉 깨물며 알현실을 빠져나왔다. 그저 평범한 신하를 대하는 것과 같던 그의 무덤덤한 태도가 자꾸만 머릿속을 맴돌았다.

왠지 입맛이 썼다.

내가 너무 바라는 게 많은 걸까? 아냐, 그래도 이건 아니잖아. 아무리 내가 황후 후보에서 물러났기로서니, 다른 곳도 아닌 모니크가에 이런 대우라니.

우리 가문이 어떤 곳이던가? 이제는 셋밖에 남지 않은 개국 공신 가문 중 하나이자 황가에 절대적인 충성을 바치는 곳이 아니던가.

어디 그뿐인가? 본디 피의 맹세란 쌍방의 합의에 의해 한 가지 소원과 평생을 바꾸는 내용의 계약일 뿐, 그 주체에는 제약이 없었다. 그럼에도 본가는 항상 평생을 바치는 주체가 되었지 단 한 번도 소원을 이뤄 주는 쪽이 된 적은 없었다. 그리하여 이제는 모든 이들이 피의 맹세란 모니크가의 충성에 대한 대가로 황가에서 한 가지 소원을 이뤄 주는 것이라고 인식할 정도가 되지 않았나. 그런데 어떻게 이럴 수가 있지?

문득 서글퍼졌다. 아직 맹세를 하지 않은 나조차 이런 대접을 받는데, 이미 황가에 평생을 저당 잡힌 아버지께서는 얼마나 고생이 많으셨을까. 선황제 폐하의 인품을 생각해 보면 극히 부당한 대우를 받지는 않으셨겠지만, 그래도 알게 모르게 하기 싫은 일을 강요받은 적도 많으셨으리라.

"후우……."

긴 한숨을 내쉬며 마차에 올랐다.

무심코 문을 닫으려는데, 문득 엊그제 받았던 서찰이 생각났다.

그것은 축복을 받아야 할 시기가 다가오고 있으니 이삼 일 내로 신전을 방문해 달라던 대신관의 편지였다.

만사가 귀찮았지만, 약속된 기한은 오늘이 마지막이었다. 나는 하는 수 없이 마부에게 신전으로 가자고 말한 뒤 스르르 눈을 감았다. 심신이 너무 피곤했다.

"생명의 아버지께서 주신 아름다움을 찬미하라. 그대에게 우리 주 비타의 축복을 전합니다."

이제는 익숙해진 분홍색 꽃잎과 꽃향기가 주변을 맴돌았다. 나는 대신관을 향해 감사를 표하며 잠시 생각에 잠겼다.

'이 말을 해야 하나, 말아야 하나.'

귀족파와 친한 것은 최고위 신관들을 비롯한 신전의 중심 세력들. 최고위 신관들과 그토록 극명하게 대립하는 것을 생각해 보면 대신관이 이 사건에 개입되어 있을 리야 없었지만, 아무리 그래도 그 역시 신관이니 신전을 감싸려 들지도 모르는 노릇이었다.

몇 번이고 머뭇거렸지만, 아무래도 좀 더 신중을 기하는 편이 낫겠다는 생각이 자꾸만 머릿속을 지배했다. 그래서 나는 결국 아무런 말도 건네지 못한 채 대신관과 함께 성소를 빠져나왔다.

복잡한 마음으로 신전 입구에 도착했을 때, 최고위 신관으로 보이는 이들이 누군가를 둘러싸고 인사를 나누는 모습이 눈에 들어왔다.

'누구지?'

고개를 갸웃했다. 신전의 실세라 불리는 최고위 신관들이 저리도 환영할 만한 인사가 누가 있더라?

다소 궁금하기는 했지만, 그렇다고 해서 일부러 알아볼 마음까지는 없었다. 대신관에게 작별 인사를 건넨 뒤 견습 신관들의 인사를 받으며 두어 걸음 내딛었을 때, 갑자기 뒤에서 나를 부르는 소리가 들렸다.

"어머, 모니크 영애 아니신가요?"

내딛던 다리가 뚝 멈췄다. 익숙한 목소리에 절로 눈썹이 찌푸려졌다. 최고위 신관들이 그리도 챙기는 사람이 대체 누군가 했더니, 바로 그녀였나.

천천히 고개를 돌리자 어느새 나를 향해 다가오고 있는 검은 머리카락의 여자가 눈에 들어왔다. 최신 유행에 맞춘 드레스가 아름다운 물결무늬를 그려 내고 있었다.

"……안녕하세요, 제나 공녀."

"네. 정말 오랜만이군요, 모니크 영애. 그렇잖아도 꼭 한번 뵙고 싶었는데, 이런 곳에서 만나게 될 줄은 미처 몰랐네요."

"그렇습니까."

"네. 정무 회의의 일을 듣고 그간 얼마나 걱정했는지 모른답니다. 위로의 말씀을 꼭 전해 드리고 싶었어요. 이제는 괜찮으신가요?"

"네, 괜찮습니다."

석녀라는 소리는 잘 들었다며 간접적으로 비꼬면서도, 지은은 진심으로 걱정했다는 듯 근심 어린 표정으로 나를 바라보고 있었다.

오랜 지기知己에게 하는 것처럼 양손을 꼭 부여잡고 말을 건네 오는 모습에 기가 찼지만, 나는 일단 아무렇지도 않다는 듯 마주 미소를 지었다. 모르는 척 무시하기에는 지켜보는 눈이 너무 많았다.

"이렇게 만난 것도 인연인데, 제가 댁까지 모셔다 드려도 될까요? 그간 찾아뵙지 못한 것이 죄송해서요."

"그러실 필요는 없습니다만."

"부탁드려요. 이렇게 영애를 보내면 마음이 영 불편할 것 같아서 그래요."

"……알겠습니다. 그럼 신세를 좀 지겠습니다."

계속해서 친근한 척 달라붙는 모습에 짜증이 났지만, 나는 속으로 한숨을 삼키며 고개를 끄덕였다. 더 거절했다가는 사람들이 좋지 않은 시선으로 볼 것이 뻔했다.

하지만 이대로 지은을 따라가기에는 어쩐지 뒤가 당겼다. 이렇게 많은 증인들이 있는데 해코지야 못하겠지만, 그래도 왠지 찜찜했다.

슬쩍 뒤를 돌아보자 눈이 마주친 대신관이 보일 듯 말 듯한 미소를 지으며 고개를 끄덕였다. 그제야 나는 한결 편안해진 마음으로 지은과 함께 제나가의 마차에 올랐다.

"드디어 단둘이서 얘길 해 보네, 황비. 아니면 그냥 모니크 영애라고 해 줄까?"

생글거릴 때는 언제고, 지은은 마차가 출발하자마자 싸늘하게 표정을 굳히며 으르렁거렸다. 나는 속으로 헛웃음을 삼키며 담담하게 답했다.

"편할 대로 하시지요."

"요즘 보니 아주 가관이더군. 듣자 하니 영지에서 성인식을 치른다지?"

"그렇습니다만."

"큭. 그렇게 당당한 척하더니, 고작 숙덕거리는 소리가 듣기 무서워서 도망치는 건가?"

비웃음을 머금은 채 나를 바라보던 지은이 말했다.

"누가 뭐라고 해도 자기 할 일만 꿋꿋하게 할 때는 언제고, 주위에 질질 끌려다니면서 자기 의사 결정도 하나 제대로 못하는 몰골이라니. 웃겨, 정말. 설마하니 네가 이런 모습일 줄이야."

"……."

"게다가 지난번 그 태도는 뭐야? 설마 아직도 정신 못 차리고 그의 주변을 맴도는 거니? 하, 정말 많이 추락했구나, 너. 거부하는 척해서 그의 관심을 끌려는 싸구려 수법까지 동원하는 걸 보니 말이야."

"……함부로 얘기하지 마시지요. 나는 정말로 그 자리에 관심 없습니다."

"웃기시네. 날 그런 눈으로 봤던 주제에 어디서 헛소리니? 아주 질투심에 펄펄 끓더만."

뭐라고? 질투?

무언가에 한 대 얻어맞은 듯한 기분이었다. 얼마 전 지은과 함께 걷는 그의 모습을 보았을 때 이상하리만치 기분이 가라앉았던 기억이 떠올랐기에.

'정말 내가 지은을 질투하기라도 했던 걸까?'

고개를 흔들었다. 내가 지은 따위를 질투할 리가 없었다. 두 번 다시 사랑 같은 건 하지 않을 거라고 그렇게 다짐했던 내가 그를 다시 마음에 담을 리는 더더욱.

하지만 어딘가 석연치 않은 기분은 계속 마음 한구석에 남아 찌꺼기처럼 나를 괴롭혔다.

입술을 잘근잘근 깨무는 나를 빤히 쳐다보던 지은이 말했다.

"아, 짜증나. 이래서야 이기려고 돌아온 보람이 없잖아. 너무 재미가 없다고. 시시해, 너."

갑자기 정신이 번쩍 들었다.

방금 지은이 뭐라고 했지? 무엇 때문에 돌아왔다고?

"……방금 뭐라고 했습니까?"

"재미없다고 했다, 왜?"

"그것 말고요."

"뭐, 이기려고 돌아온 보람이 없다는 거? 왜, 매번 깔아 보던 내가 이런 소리 하니까 우습……."

"닥쳐!"

머리끝까지 화가 치밀어 올랐다.

뭐가 어쩌고 어째? 이기려고 돌아왔다고?

꽉 움켜쥔 주먹이 부들부들 떨렸다.

네가 언제는 내게 이기지 않았던 적이 있었나? 내 모든 것을 앗아 갔던 것으로도 모자라서 회귀 후 열심히 세워 온 계획을 송두리째 무너뜨린 것이 바로 너잖아. 이제는 좀 편하게 살려고 했는데, 겨우 그딴 이유로 돌아온 거였어?

치밀어 오르는 분노에 입술이 파르르 떨렸지만, 나는 자꾸만 올라가려는 목소리를 애써 낮추며 서늘하게 내뱉었다.

"나더러 뭘 어쩌라는 거지?"

"뭐라고?"

"너, 내게 이러는 이유가 뭐야? 황후 경합 따위, 물러나 주겠다고 했잖아. 나더러 뭘 더 어쩌라는 건데?"

"하, 이게 진짜?"

나는 활활 불타오르고 있는 검은 눈동자를 사납게 노려보았다.

뭐? 재미? 내 삶을 송두리째 망쳐 놓은 주제에 감히 재미를 운운해?

"과거에도 내 모든 걸 송두리째 앗아 간 주제에 여기까지 쫓아와서 괴롭히는 이유가 뭐냐고? 대체 내게 왜 이러는 건데?"

"하, 내가 네 모든 걸 앗아 갔다고?"

어이없다는 듯 노려보는 모습에 기가 찼다. 지금 누가 누구한테 큰 소리를 치는 거지? 네가 무슨 자격으로 날 그런 눈으로 보는 건데?

"가문도, 사랑도, 그리고 명예와 지위도. 내 모든 걸 앗아 갔잖아. 그런데, 뭐? 이기러 돌아와? 왜, 고작 그 정도로는 성에 안 찼어? 대체 나와 무슨 원수를 졌기에 이러는 건데?"

"하, 그래. 너는 그때까지만 살다 갔으니까 이렇게 속이 편할 수 있는 거겠지."

"무슨 소리야?"

"됐어. 알 거 없어."

알 수 없는 소리만 잔뜩 늘어놓은 지은이 신경질적으로 머리카락을 쓸어 넘겼다.

그 모습을 노려보며 뭔가 말을 꺼내려고 했을 때, 문득 마차가 멈춰 서는 것이 느껴졌다. 나는 크게 심호흡을 하며 창밖으로 시선을 돌렸다. 제나가의 문장을 본 가문의 기사들이 경계심 어린 눈초리로 마차를 노려보고 있었다. 다행히 제대로 오기는 한 모양이었다.

"너, 다시는 날 건드리지 마. 마지막 경고야."

싸늘하게 내뱉은 후 마차에서 내렸다.

놀란 얼굴로 자초지종을 물어 오는 기사들에게 적당히 대답해 준 뒤, 방에 돌아와 지은과의 대화를 곱씹었다. 생각하면 생각할수록 신경질이 났다. 어떻게든 한 방 먹여 줄 수 없을까. 어차피 진정한 흑막은 제나 공작가일 것이 뻔한데.

'일단 진정하자, 아리스티아.'

여러 번 심호흡하며 생각을 정리했다. 하지만 아무리 생각해 봐도 방법은 하나였다. 별로 그러고 싶지는 않았지만, 귀족파와 지은을 쳐 내기 위해서는 계파의 힘을 빌리는 것 외에는 다른 길이 없었다. 아무리 본가의 힘이 막강하다 해도 홀로 모든 것을 해결할 수 있는 건 아니었으니까.

한참 동안 고민하다 한숨을 삼키며 펜을 집어 들었다. 그리고 은빛 편지지 위에 글씨를 사각사각 적어 나갔다.

공작 전하께.

훌륭한 검 자루를 갖고 있음에도 활용하지 못하는 것이 아쉬워 부득이하게 도움을 요청하고자 합니다.

제게 검신劍身을 빌려 주시지 않겠습니까? 공작 전하의 손길이 미친다면 빼어난 명검으로 재탄생할 거라 믿어 의심치 않습니다.

도움의 대가로, 검의 공동 소유권을 드리겠습니다.

아리스티아 라 모니크.

같은 내용의 편지를 한 장 더 적어 은빛 봉투에 넣은 뒤, 밀랍 위에 가문의 인장을 찍어 봉인했다. 수신인의 이름을 적은 후 줄을 당기자 잠시 후 안으로 들어선 리나가 말했다.
"부르셨어요, 아가씨?"
"응. 이것 좀 보내 줄래? 수신인은 거기 적혀 있을 거야."
"알겠습니다. 더 필요하신 건 없나요?"
"음, 잠깐 앉아 볼래? 뭐 좀 물어보고 싶은 게 있어서."
잠시 고민하다 말하자, 리나는 고개를 갸웃하며 자리에 앉았다.
"무슨 일인데 그러세요?"
"저기, 혹시 말이야. 저택에서 일하는 시녀나 하녀들 중에서 디아스 백작가의 소식을 접할 수 있는 아이가 있을까?"
"네에? 그럴 리가요. 디아스가라면 우리 가문과는 대립하는 곳인데요."
나는 손사래를 치는 리나를 보며 한숨을 쉬었다. 그럴 거라고 예상하긴 했지만, 막상 확인하고 나자 가슴이 답답했다.
'대체 어떻게 해야 은밀하게 정보를 캐낼 수 있을까?'
관자놀이를 꾹꾹 누르는 나를 물끄러미 바라보던 리나가 머뭇머뭇 물었다.
"저, 아가씨, 주제넘은 질문인 줄은 알지만, 갑자기 디아스가의 이야기는 왜 꺼내시는 거예요? 혹시 저택의 사람들 중에 누군가가 그쪽이랑 접촉이라도 한 건가요?"
"응? 아냐, 그런 거."

고개를 저었지만, 리나는 여전히 불안한 눈초리로 나를 바라보고 있었다. 아무래도 여러 가지 사건이 있었던 탓에 내부에서 배신자라도 나온 것은 아닌가 하고 불안해 하는 듯했다.

어찌할까 고민하다 천천히 입을 열었다. 어차피 그녀의 조력을 얻을까 생각했던 일이기도 했고 자초지종을 전부 얘기해 줄 것도 아니니, 그중 일부를 설명해 준다 해서 크게 문제 될 일은 없을 것 같았다.

"음, 실은 디아스 백작 부인의 근황을 좀 알고 싶어서 말이야. 아무래도 그런 일들은 모시는 사람들이 가장 잘 알기 마련이잖아."

"아, 그런 거였어요?"

눈에 띄게 안심한 표정으로 가슴을 쓸어내린 리나가 뭔가 생각났다는 듯 말했다.

"그런 거라면 방법이 있을지도 모르겠어요."

"그래? 어떻게?"

"그 댁의 하녀들과 직접적으로 아는 것은 아니지만, 간접적으로 소식을 얻는 것쯤이야 가능하지 않을까요? 가끔 급하게 식재료가 필요할 때 들르는 식료품점이라든가 하녀들이 주로 이용하는 상점이라든가, 여하튼 그런 곳의 점원을 통하면 알아낼 수 있을 것 같기도 한데……. 음, 비밀리에 해야 하는 일인 거죠?"

"응. 그렇지."

"역시 그렇군요. 그럼 어떻게 할까요? 가능할지는 모르겠지만 그래도 한번 알아볼까요?"

"그래 줄래? 대신 절대로 본가의 이름이 노출돼서는 안 되는 것 알지?"

"그럼요. 맡겨만 주세요."

나는 가슴을 팡팡 두드리는 리나를 향해 빙긋 미소를 지었다. 가벼운 성격처럼 보여도 맡은 일 하나만큼은 똑 부러지게 하는 그녀이니만큼 그리 걱정할 필요는 없을 듯했지만, 혹시나 하는 마음에 마지막으로 한 번 더 기밀 엄수를 당부했다. 그리고 신이 나서 달려 나가는 리나의 뒷모습을 바라보며 짙은 미소를 지었다.

주사위는 던져졌으니, 이제는 어떤 눈이 나올지 지켜보는 일만 남아 있었다.

다음 날.

요즘 들어 매일같이 황궁에 출근하시는 아버지를 배웅한 뒤 성인식 계획을 검토하고 있는데, 노크 소리와 함께 등장한 집사가 말했다.

"아가씨, 손님이 오셨습니다."

"손님? 누구?"

"베리타 공작 전하이십니다."

"응? 나를 찾아오신 거야? 아버지가 아니라?"

"네, 아가씨를 만나고 싶다고 하셨습니다. 그리고 이건 라스가에서 온 서신입니다."

"아……. 그래, 알았어."

눈을 크게 떴다. 구미가 당기는 제안일 거라고는 생각했지만 설마 이 정도로 빨리 반응이 돌아올 줄이야.

서둘러 응접실로 내려가려다가, 우선 라스가에서 보내왔다는 편지부터 열어 보았다. 검과 장미의 문장이 새겨진 붉은색 편지지를 펼치자 단정한 글씨체가 눈에 들어왔다.

영애의 결정을 환영하네.

불감청不敢請이언정 고소원固所願이라, 기꺼이 검신檢身을 빌려 주도록 하지. 명검을 만드는 일인데 내 어찌 한손 보태지 않을 수가 있겠나. 원하는 것을 얘기해 주면 내 언제든 날카롭게 갈아서 보내 주도록 하겠네.

대가는 필요 없네. 누가 소유하건 간에 검날의 방향은 이미 정해져 있지 않은가.

그럼, 명검의 탄생을 기대하지.

아르킨트 데 라스.

검날의 방향은 정해져 있다고?

피식 웃음이 나왔다. 역시 그다운 발언이라고나 할까. 어쨌든 라스가를 끌어들였으니 이제 남은 것은 베리타가뿐이었다.

붉은색 편지지를 접어 두고서, 나는 자리에서 일어나 응접실로 향했다. 크림색 소파에 앉아 있던 녹색 머리카락의 남자가 빙긋 웃으며 말했다.

"오랜만이군. 그래, 몸은 좀 괜찮은가?"

"네, 괜찮습니다."

"영애의 서신은 잘 받아 보았다네. 흠, 그간 많이 섭섭했던 모양이군."

"……"

"길게는 얘기하지 않겠지만, 하나만 기억해 주지 않겠나. 나나 아르킨트 역시 계파의 이익만을 우선시한 건 아니라는 것을 말일세. 우리가 진정 계파만을 생각했다면, 그 어떤 상황과 이유를 막론하고서라도 영애를 황후의 자리에 올렸을 것이야."

조곤조곤 말을 건넨 베리타 공작이 찻잔을 내려놓으며 말했다.

"그래, 검신을 빌려 달라고 했는가."

"그렇습니다."

"좋네. 모처럼 얻은 명분이니 최대한 활용해야겠지. 원하는 정보는 무엇이든 제공해 줄 테니, 검은 장미를 단칼에 베어 낼 정도로 날카로운 명검을 만들어 보게나."

"감사합니다, 공작 전하."

"감사는 이쪽에서 해야겠지. 훌륭한 명분을 얻었다고는 하나 그를 얻기 위해 영애가 치른 대가가 너무 크지 않은가. 허나 너무 상심하지는 말게. 아직 확실한 것은 아니잖나."

안쓰럽다는 듯 바라보는 모습에 작게 감사를 표하자 공작은 가볍게 고개를 끄덕여 보이고는 말했다.

"우선 주요 몇몇 가문의 탈세나 밀수 혐의부터 건드려 보도록 하지. 어떤가?"

"좋습니다. 실은 이미 조사하고 있던 것이 있습니다만, 베리타 가의 정보력이 더해진다면 더 좋은 결과가 나올 것 같네요."

"허, 케이르안이 전권을 맡겼다 하기에 다소 놀랐거늘, 아직 어린 영애가 이리 치밀할 줄이야. 그 친구가 그리 자신할 만한 이유가 있었군. 알겠네. 다소간 시간이 걸리더라도 이참에 확실하게 뿌리를 뽑을 수 있도록 하세나."

"감사합니다, 공작 전하."

다시 한 번 감사를 표하고서, 나는 그만 돌아가 보겠노라며 일어나는 공작을 저택 입구까지 배웅했다.

앞으로 바빠질 것을 생각하니 한숨부터 나왔지만, 막강한 두 공작가의 협조를 얻어 낸 만큼 이제부터는 정말로 바쁘게 움직여야 했다.

며칠 뒤.

수련을 마치고 아침을 드는데, 묵묵히 포크를 놀리던 아버지께서 말씀하셨다.

"티아, 사냥 대회 말이다. 아무래도 장소를 황실 사냥터로 바꿔야 할 것 같구나."

"네? 그게 무슨 말씀이세요?"

"폐하께서 그리하라 명하셨단다. 연회는 근처에 있는 별궁에서 열라고 하시더구나."

"그런……."

절로 눈이 휘둥그레졌다.

황실 사냥터와 별궁을 쓰라니, 이게 대체 무슨 소리란 말인가.

"갑자기 그런 명은 왜 내리신 건가요?"

"즉위 초기에 기사단장을 비롯한 많은 귀족들이 오래 수도를 비우는 것은 허락할 수 없다고 하셨다만, 글쎄다. 그게 정확한 이유인지는 모르겠구나."

아버지의 말씀처럼 무언가 석연치 않은 기분이 들었다.

물론 수도에서 이틀 거리에 있는 우리 영지보다야 반나절 정도 거리에 있는 별궁이 더 가깝기는 하지만, 고작 그런 이유로 황실 사냥터를 개방해 준다는 게 말이나 되는 소린가? 게다가 그곳은 오직 직계 황족만이 사용할 수 있는 장소가 아니던가.

절로 눈썹이 찌푸려졌다. 공연히 이 일로 또 꼬투리가 잡히는 것은 아닐까. 제아무리 그럴싸한 명분을 든다 하더라도, 어떻게든 나를 깎아내리려는 귀족파가 이 일을 그냥 넘길 리가 만무한데.

아무래도 안 되겠다 싶어서, 나는 아침 식사를 마친 뒤 곧장 황궁으로 향했다. 하지만 오늘따라 알현을 청한 자가 많은 탓에 오후 늦게야 그를 만날 수 있을 것 같았다.

하릴없이 중앙궁을 빠져나와 터벅터벅 걸었다. 권력을 앞세우면 순서를 당길 수야 있겠지만 그렇게까지 하기는 좀 그랬다.

정처 없이 걷다 기사단을 향해 방향을 틀었을 때, 문득 저쪽에서 익숙한 제복 차림의 기사가 걸어오는 것이 보였다. 나를 향해 반가운 듯 미소를 지은 남자가 고개를 숙여 인사를 건넸다.

"안녕하십니까, 모니크 경. 좋은 아침입니다."

"안녕하세요, 프레이아 경."

"이거 이거, 아침부터 자랑할 일이 하나 생겼군요. 오늘은 왠지 좋은 일이 있을 것 같은데요?"

"네?"

"아, 아무것도 아닙니다. 그보다 경의 성인식을 위해 황실 사냥터와 별궁을 개방한다는 이야기가 있던데, 그게 사실인가요?"

나는 눈을 빛내는 남자를 향해 난처한 미소를 지었다.

벌써 소문이 다 퍼진 건가? 이래서야 철회해 달라고 요청해도 소용없겠는데.

왠지 한숨이 나왔다. 이렇게 유난스럽게 치를 생각은 없었는데. 물론 영지에서 사냥 대회로 여는 것 자체가 유별난 행동이긴 했지만, 별궁을 사용하는 것은 그것과는 차원이 다른 문제이지 않은가.

한숨을 내쉬는 모습을 어떻게 해석한 것인지, 프레이아 경은 고개를 슬쩍 기울이며 물었다.

"음……. 실례되는 질문인지는 알고 있습니다만, 폐하와의 파혼은 이제 철회된 겁니까?"

"네? 그게 무슨……."

"아, 혹시 거슬리셨다면 죄송합니다. 그렇지 않고서야 황실 직계만이 사용할 수 있다는 사냥터와 별궁을 개방해 주실 리 없다는 생각에 그만……."

"아, 아뇨. 괜찮습니다."

"이해해 주셔서 감사합니다."

나는 고개를 슬쩍 숙여 보이는 프레이아 경을 보며 잠시 생각에 잠겼다.

'파혼 철회라.'

생각해 보면 그렇게 생각할 수도 있을 것 같았다. 그러고 보니 공식적인 발표는 대체 언제 하는 걸까? 각 왕국의 사절단도 거의 돌아간 걸로 알고 있는데.

아무래도 조만간 다시 한 번 짚어 봐야겠다고 생각하고 있을 때, 시종 하나가 다가와 내게 말을 걸었다.

"모니크 경이십니까?"

"그렇네만, 무슨 일인가."

"혹 시간이 괜찮으시다면 행정부에 들러 주십시오. 재상께서 모니크 경을 찾고 계십니다."

"공작 전하께서? 알겠네. 지금 가 보도록 하지."

조금 의아했다. 지난번 그 일로 부르시는 건가? 하지만 그건 귀족파의 눈에 띄지 않게 처리해야 할 일인데.

어쨌든 부른다니 가 봐야 할 것 같아서, 나는 프레이야 경에게 작별 인사를 건넨 뒤 행정부로 향했다. 수많은 사람이 서류 뭉치를 든 채 왔다 갔다 하고 있는 복도를 걷자니 문득 알렌디스와의 추억들이 하나둘 떠올랐다.

그러고 보면 그가 있을 때는 행정부에도 종종 들르곤 했었는데.

얼마 전 가문의 정보 조직을 통해 보고받은 바에 따르면, 베리타가 내부에서 대공자 알렉시스의 자질 문제가 거론되고 있다고 했다. 이제는 나은 줄 알았던 대공자가 일리아와 결혼을 한 이후로 건강이 다시 나빠지고 있으며, 그 때문에 공작이 비밀리에 사람을 풀어 알렌디스를 찾고 있다고도 했다. 병세가 계속해서 악화되고 있는 대공자가 만에 하나 후계자의 지위를 박탈당하거나 사망하기라도 한다면, 베리타가를 이을 직계 혈손은 알렌디스밖에 존재하지 않으니까.

가슴이 답답해졌다.

대체 그는 어디 있는 걸까? 제국에서 가장 폭넓은 정보망을 자랑하는 베리타가에서 총력을 기울여 찾고 있음에도 종적조차 찾을 수 없다니.

크게 한숨을 내쉬는데, 저 멀리 공작의 집무실이 보였다.

널찍한 방에 들어서자 녹색 머리카락의 남자와 보좌관으로 보이는 세 명의 남녀가 눈에 들어왔다. 뭔가를 중얼거리며 서성거리던 공작이 나를 돌아보며 반색했다.

"어서 오게, 모니크 영애."

"찾으셨다고 들었습니다, 공작 전하."

"그랬네. 별궁과 황실 사냥터의 사용 건 때문에 할 얘기가 좀 있어서 말일세. 비용 문제도 있고."

"비용 문제라니요?"

"황명으로 인해 장소가 바뀌게 된 것이니, 모니크가에서 애초에 배정했던 예산을 초과하는 부분은 황실에서 지원해 주라 하시더군."

"네? 아, 아뇨. 그러실 필요는 없습니다."

절대로 안 될 말이었다. 별궁과 황실 사냥터를 사용하는 것 자체도 문제인데, 일개 후작 영애의 성인식을 위해 황실에서 지원금까지 주겠다니. 만일 이 사실이 새어 나가기라도 한다면 반발이 엄청날 것이 분명했다.

당황하는 기색이 역력한 나를 바라보며 피식 웃은 공작이 말했다.

"본인도 같은 생각이네만, 폐하께서 그리 명하시니 어쩌겠나."

"잠시만 보류해 주실 수 있겠습니까? 그렇잖아도 폐하를 찾아뵙고 없던 일로 하려던 참이었거든요."

"이미 소문이 파다한데, 이제 와 철회한다 한들 달라질 것이 무엇 있겠나. 그냥 받아들이게."

깊은 한숨을 내쉬었다. 후폭풍을 생각하면 가슴이 답답했지만, 공작의 말에도 분명 일리는 있었다.

나는 한참을 고민하다 재차 한숨을 내쉬며 말했다.

"알겠습니다. 대신 비용 문제만큼은 철회해 주십시오. 공작 전하께서라면 가능하실 거라 믿습니다."

"허, 믿는다 하니 뭐라 할 말이 없군그래. 알겠네. 그럼 그 문제는 폐하께 다시 말씀드려 보기로 하고, 우선은 세부적인 사항을 논의하도록 하지."

아무리 황명으로 인해 대여받은 것이라고는 해도 일개 귀족가가 황실의 사유재산을 사용하는 일이니만큼, 논의할 것은 참으로 많고도 많았다. 그 기간 동안 별궁과 사냥터에서 일하는 고용인들의 봉급은 어찌할 것인지, 관리 비용은 어찌 분담할 것인지, 훼손된 것이 있다면 어찌할 것인지 등, 온갖 잡다한 문제가 산적해 있었다.

그 때문일까? 간신히 한숨을 돌렸을 때는 이미 점심시간을 훌쩍 넘긴 때였다.

그만 돌아가야겠다 싶어 자리에서 일어나는데, 잠시 기다리라며 나를 붙든 공작이 두툼한 서류 뭉치를 건넸다. 미처 끝내지 못한 부분에 관한 것이라며 굳이 첨언하는 모습에 나는 그저 알았다 답한 뒤 행정부를 빠져나왔다.

곧장 집에 돌아가려다가, 중앙궁에 들러 알현 요청을 취소했다. 별궁 건을 받아들이기로 한 이상 그와 만날 필요는 없었으니까.

터덜터덜 집에 돌아와 베리타 공작이 넘겨준 서류를 펼치자 예상했던 대로 귀족파 가문들의 온갖 정보와 문제 삼을 만한 점들이 빼곡하게 적혀 있는 것이 보였다.

나는 한결 즐거워진 마음으로 두터운 서류를 한 장 한 장 읽어 내렸다.

'응?'

뭔가 이상했다. 제나 공작가, 하멜, 라니에르, 홀텐, 디아스, 레슬랭을 위시한 크고 작은 백작가, 얼마 전 포섭한 아피누 자작가를 비롯해서 수도에는 발조차 거의 들이지 않는 후작가들에 대한 내역까지 있는데, 어째서 미르와 후작가에 관한 것은 없는 거지?

털어서 먼지조차 나오지 않는 자는 없다고 했다. 상대적으로 탈세나 비리에 엄격한 황제파의 가문들마저도 마음먹고 조사하면 꼬투리 한두 개 정도는 잡힐 텐데, 귀족파의 중심 세력 중 하나인 미르와 후작가가 먼지 한 톨 없이 깨끗하다고?

물론 제국법을 엄정하게 지키는 공정한 가문이라고 생각할 수도 있었다. 하지만 그렇게 생각하고 무심하게 넘기기엔 뭔가 찜찜했다.

과연 그런 가문이 제나 공작 밑에서 일을 하려고 할까? 추구하는 이상이야 비슷할 수도 있겠지만, 그를 만들어 가는 과정에서 사사건건 충돌을 일으킬 것이 뻔한데.

'아무래도 이 일도 조사하라 시켜야겠어.'

한숨을 내쉬며 서류를 내려놓았다.

그때, 갑자기 노크 소리가 들리더니 곧이어 들어온 리나가 조심스럽게 말했다.

"저, 아가씨, 바쁘세요?"

"아니, 괜찮아. 왜?"

"음, 지난번에 분부하신 일 말인데요."

"아, 그거. 뭐 좀 알아낸 거야?"

반색하며 묻자, 리나는 걱정스러운 표정으로 우물쭈물 말했다.

"그게, 알아내긴 했는데 정말 별것 없어서……."

"괜찮으니까 일단 전부 얘기해 줄래?"

잠시 망설이던 리나는 내가 다시 한 번 부드럽게 재촉한 뒤에야 간신히 이야기를 시작했다.

"음, 일단 측근 시녀는 아니지만 백작 부인을 가까이에서 모시는 시녀의 얘기라니까 믿을 만할 거예요. 백작 부인은 보통 아침 늦게 일어나서 백작가의 안살림을 돌보고 도련님의 일과를 챙긴 뒤, 아무리 바빠도 백작님과 함께 식사를 하신다나 봐요. 무척 금슬이 좋으셔서 백작님의 식사며 의복이며 하는 것들을 전부 직접 챙기신대요. 그리고 집안사람들에게 몹시 자상해서, 그 댁에서 일하는 사람들 모두가 부인을 좋아한다고 해요."

"음, 그리고?"

"주로 홀텐 백작 부인이나 아젠타 자작 부인과 어울리고, 신앙심이 깊어 신전에도 자주 들르신다고 들었어요. 봉사 활동에도 관심이 많으셔서 신전에 막대한 기부금을 낼 뿐만 아니라 일주일에 한 번씩은 평민 지구에 들러 직접 봉사를 하신다고 해요."

"응? 잠깐만. 평민 지구에서 봉사 활동을 한다고? 어떤 일을 하는데?"

"그것까지는 잘……. 주위에 알리고 싶지 않다고, 그럴 때는 주로 친정에서 데려온 측근 시녀 하나만을 데리고 가신다고 들었어요."

그렇단 말이지?

빙긋 미소를 지었다. 겉보기에는 아주 완벽해 보이는 귀부인이었지만, 어딘가 미심쩍은 냄새가 났다. 베리타 공작이 넘겨준 비리 내역을 보고 난 뒤라 더 그랬다. 그녀가 정말로 그렇게 평민들을 아끼는 사람이라면, 어째서 디아스 영지에서 제국법이 정해 둔 비율을 초과하여 세금을 걷는 것을 묵인하고 있단 말인가. 물론 바깥일이라 정말로 모를 수도 있겠지만 아무리 봐도 그럴 것 같지는 않았다.

나는 걱정스레 바라보는 리나에게 활짝 웃어 보이며 말했다.

"그렇구나. 알았어. 고생 많았어, 리나."

"아니에요, 아가씨. 별로 도움이 못 되어 드려서 죄송해요."

"아냐. 정말 많은 도움이 됐어. 자, 그럼 이제 성인식 준비를 해 볼까? 별궁에서 열려면 시간이 빠듯할 것 같네."

"어머, 결국 별궁에서 여는 걸로 된 건가요?"

"응. 어쩌다 보니 그렇게 됐네. 그러니 너도 그렇게 알고 준비해 줘."

"네, 아가씨."

리나는 언제 시무룩했냐는 듯 밝은 표정으로 답했다.

어서 준비해야겠다며 서두르는 그녀를 내보내고서, 나는 카롯 남작에게 보내는 서신을 적었다. 그것은 디아스 백작 부인의 봉사 활동에 대한 모든 것을 최대한 빠른 시일 내에 조사해서 올리라는 내용이었다.

'어디, 어떤 봉사 활동을 하는가 한번 볼까.'

직접 전해 주고 싶으나 당일에는 얼굴을 볼 수 없을 것 같아 미리 선물을 보내오.

성년을 축하하오, 아리스티아.
루블리스 카말루딘 샤나 카스티나.

긴 한숨을 내쉬며 푸른색 편지지를 접었다.

금빛으로 은은하게 빛나는 편지 봉투 옆에는 정교하게 세공된 보석함이 놓여 있었다. 백금으로 만들어진 그것은 다이아몬드와 사파이어로 장식해 무척 화려하면서도 우아한 자태를 자랑하고 있었다.

뚜껑에 세공된 델라꽃 모양을 보자 다시 한 번 한숨이 새어 나왔다. 어째서 선물 같은 걸 보낸 거지? 그렇게 차갑고 무심하게 대할 땐 언제고, 이제 와 이런 걸 왜 보내오는 건데.

물론 형식적인 선물이라고 생각할 수도 있겠지만, 그러기에는 서신이 마음에 걸렸다. 언제부터 황제가 일개 신하의 성인식을 축하한다며 직접 서신까지 작성했단 말인가.

"후우……."

세 번째로 한숨을 내쉬며 보석함을 집어 들었다. 불빛을 받아 반짝이는 뚜껑을 열자 태엽이 돌아가는 소리와 함께 잔잔한 음악 소리가 들렸다.

고요한 선율에 맞춰 드레스 차림의 여자 인형이 나붓이 춤을 추고 있었다.

'오르골이었구나.'

한참 동안 잔잔한 선율에 귀 기울이다 뚜껑을 덮으려 했을 때, 문득 음악에 맞춰 빙글빙글 도는 인형의 모양새가 눈에 들어왔다.

이건……?

떨리는 손으로 오르골을 끌어당겨 인형을 뚫어져라 바라보았다. 물빛 드레스를 곱게 차려입은 여자 인형은 구불거리며 흘러내리는 은빛 머리카락에 반짝이는 황금색 눈동자를 가지고 있었다. 마치 나를 축소하여 만든 것처럼.

하지만 중요한 점은 그것이 아니었다. 곱게 늘어뜨린 인형의 머리카락 위에는 사파이어로 장식된 티아라가 놓여 있었다. 오직 황족 여인만이 착용할 수 있는 바로 그 티아라가.

한참 동안 멍하니 티아라만을 바라보았다.

나와 똑 닮은 인형, 그리고 보석 티아라.

이것은 단순한 우연의 일치일까, 아니면 의도된 것일까. 만일 의도된 것이라면, 그는 대체 무엇을 바라 내게 이런 선물을 보낸 것일까.

자꾸만 혼란스러워지는 마음을 진정시키며 깊은 한숨을 쉬었다.

'생각하지 말자, 아리스티아.'

저건 그냥 단순한 선물일 것이다. 아니, 그래야만 했다. 이미 파혼하겠노라고 공개 석상에서 선언했고, 그 역시 받아들이지 않았던가. 그러니 이제 와 깨어진 관계를 다시 회복하자고 하는 일은 없어야만 했다.

거세게 고개를 흔들어 상념을 털어 냈다.

이제 얼마 남지 않았는데, 성공적으로 성인식을 마치고 가문의 후계자로서 입지를 굳히는 일만 남았는데 또다시 복잡하게 신경 쓰고 싶지는 않았다.

아직까지도 빙글빙글 돌고 있는 은발 인형을 바라보다가, 천천히 오르골의 뚜껑을 덮었다. 훅 촛불을 불어 끄고서, 나는 베개 속에 얼굴을 파묻으며 스르르 눈을 감았다.

　여러 겹의 크리스털로 장식된 샹들리에의 불빛이 아른아른 춤을 추고, 투명한 거울로 이루어진 벽은 흔들리는 불빛을 받아 노란 빛무리를 뿜어냈다. 발코니에 드리워진 군청색 커튼이 밤바람을 받아 하늘하늘 흔들리고, 보드라운 천의 움직임에 따라 은사로 수놓은 창과 방패의 문장이 은빛 달무리를 만들고 있었다.
　평소였다면 그 아름다운 풍경에 취할 법도 한데, 아무리 시선을 줘 봐도 도무지 집중할 수가 없었다. 악사들이 연주하는 은은한 선율마저도 무심하게 귓가를 스치고 지나가고 있었다.
　자꾸만 한숨이 나왔다. 왜 이렇게 복잡하게 일이 꼬이는 걸까.
　"어찌 그리 한숨을 쉬십니까?"
　"……아무것도 아닙니다."
　"그렇습니까?"
　가뜩이나 혼란스러운 머리를 더 복잡하게 만드는 원흉은 바로 눈앞의 남자였다.
　나를 물끄러미 바라보던 남자가 벌꿀색 머리카락을 쓸어 올리며 빙긋 웃었다. 그 모습을 보며 다시 한 번 한숨을 삼키는데, 문득 그의 옷깃에 달려 있는 브로치가 눈에 들어왔다.
　수평을 이루고 있는 저울, 그리고 그것을 둘둘 휘어 감고 있는 삼안의 뱀과 담쟁이덩굴.

대체 그가 왜 내 성인식 연회에 찾아온 걸까? 작위상으로는 귀족파에서 제나 공작 다음으로 높은 지위를 차지하고 있는 미르와 후작가의 후계자가.

"영애의 성인식을 기념하는 연회가 아닙니까. 즐거운 날인데 어째 안색이 썩 좋지 않으십니다."

"······조금 피곤해서요."

"이런. 하긴, 안주인이 계시지 않으니 이 큰 연회 준비를 홀로 하셨겠군요. 고생이 많으셨겠습니다."

"괜찮습니다. 걱정해 주셔서 감사합니다."

"별말씀을."

자꾸만 말을 붙이며 친근하게 구는 모습이 영 부담스러웠다. 슬쩍 빠져나가기 위해 주위를 둘러보았지만 마땅한 상대가 보이지 않았다. 아버지께서는 베리타 공작과 함께 어디론가 사라지신 뒤였고, 지난번 회의 이후로 서먹해진 계파 사람들은 미르와 영식과 나를 주시하고만 있을 뿐 다가오려고 하지는 않았다.

그때, 또 다른 남자가 내 앞을 교묘하게 막아서며 인사를 건넸다.

"성년을 축하드립니다, 모니크 영애."

"······감사합니다, 홀텐 영식."

"선남선녀라 그런가, 나란히 서 계시는 모습이 무척 잘 어울리십니다."

"······네?"

기가 찼다.

'지금 누구랑 누굴 엮는 거지?'

뭔가 반박을 하려 했지만, 자꾸만 다가와 말을 거는 귀족파 사람들 때문에 그럴 수가 없었다.

나는 축하한다며 인사를 건네 오는 남자들을 보며 속으로 한숨을 삼켰다. 대체 무슨 꿍꿍이로 이러는 것일까.

그때, 입구에서 뜻밖의 소리가 들려왔다.

"제국의 태양, 루블리스 카말루딘 샤나 카스티나 황제 폐하께서 드십니다."

뭐라고?

귀를 의심하며 돌아보자 모두 놀란 표정으로 서로의 얼굴을 바라보고 있는 것이 보였다.

'그럼 전부 사실이란 말이야? 내가 들은 소리가?'

순간 머릿속이 뒤죽박죽 엉망으로 헝클어졌다. 어찌할 바를 모르고 멍하니 서 있다가, 나는 황급히 머릿속 안개를 털어 내며 입구 쪽으로 걸음을 옮겼다.

경악 섞인 침묵 속, 좌우로 갈라선 사람들 사이로 들어서는 푸른 머리카락의 청년이 보였다.

주변을 쓱 훑어보던 바닷빛 눈동자가 내게 고정됐다. 마지막으로 봤던 때처럼 차가운 것이 아니라 어딘가 온기를 머금은 듯한 눈빛에 문득 가슴이 울렁거렸다.

"제국의 태양, 황제 폐하께 아리스티아 라 모니크가 인사 올립니다."

조심스럽게 다가가 인사하자, 청년은 가볍게 고개를 끄덕이며 답했다.

"오랜만이오."

"네, 폐하. 헌데, 어인 일로 이 먼 곳까지 행차하셨는지요?"

"문득 사냥을 해 본 지도 무척 오래되었다는 생각이 들어서 말이오. 마침 사냥터를 개방한 지금이 낫겠다 싶어 겸사겸사 찾아왔소."

틀린 말은 아니었다. 황제가 사냥터에 한 번 거동하려면 수많은 수행원이 함께 이동하는 것이 정석인데, 이유야 어쨌든 이미 많은 수의 귀족들이 별궁에 내려와 있는 상황이었으니까. 게다가 프레이아 경이 말해 준 파혼 철회설 때문인지 애초의 목적과는 다르게 정계의 핵심 세력들까지 대부분 내려와 있는 상황이기도 했고.

하지만 뭔가 찜찜했다. 당일에는 보기 힘들 것 같아 미리 주는 것이라며 알쏭달쏭한 선물을 보내온 것이 바로 며칠 전 아니었던가. 게다가 그는 아버지를 비롯한 주요 귀족들이 오래 수도를 비우게 할 수는 없다는 이유로 별궁을 내준 것이 아니었나. 이럴 거였으면 뭐 하러 그런 말을 한 거지? 그가 이곳까지 왔다면 결과적으로 수도는 텅 빈 것과 마찬가지가 아닌가.

'대체 그가 여기까지 온 진짜 이유가 뭐지?'

가뜩이나 혼란스러웠던 머릿속이 더 복잡해졌지만, 나는 애써 상념을 털어 내며 담담하게 말했다.

"원행에 노고가 많으셨을 터, 속히 처소를 마련하라 이르겠습니다."

"고맙소. 성년을 맞이한 것을 축하하오."

"황공합니다, 폐하."

"보아하니 연회를 시작한 지 그리 오래된 것 같지는 않은데, 성년의 춤은 춘 것이오?"

"아직……."

"그렇군."

가볍게 고개를 끄덕인 그가 연회장 안으로 걸음을 옮겼다.

시종장을 불러 그와 수행원들을 위한 처소를 마련하라 이르고 연회장의 상태를 점검하는데, 음악을 연주하던 악단에서 사인을 보내왔다. 그것은 곧 성년의 춤을 시작할 시간이니 준비하라는 신호였다.

한숨을 쉬며 주위를 둘러보자 저 멀리 서 있는 푸른 머리카락의 청년이 눈에 들어왔다. 그의 곁에는 아버지와 베리타 공작, 그리고 에네실 후작도 있었다.

무거운 마음으로 그쪽을 향해 발걸음을 옮겼다. 그가 찾아온 이상 파트너는 이미 정해진 것이나 다름없었다.

본디 성년의 춤이란 성인식을 맞이해 새롭게 태어난 주인공이 처음으로 세상에 자신을 선보인다는 뜻을 담고 있었다. 따라서 그 파트너가 되는 사람에게 부여되는 의미 역시 상당했다. 그렇기에 성년의 춤을 함께 추는 파트너는 주인공이 임의로 고를 수 있고, 신청을 받은 상대는 무조건 받아 줘야 하는 것이 원칙이었다.

하지만 그것도 같은 귀족끼리나 가능한 이야기이지, 지금과 같은 경우는 달랐다. 누가 감히 황제 폐하가 있는 앞에서 다른 상대에게 춤을 신청할 수 있겠는가. 자칫 잘못하면 황실의 체면이 구겨질 수도 있는 일인데.

그러니 이건 어쩔 수 없는 일이었다.

하지만 불가피한 일이라고 거듭 되뇌며 마음을 다잡았음에도, 춤을 신청하기 위해 그에게 한 발 한 발 다가갈수록 손끝이 차갑게 굳는 것이 느껴졌다. 조금씩 심장이 빠르게 뛰었다.

수군거리는 소리가 잦아드는가 싶더니 어느새 사람들의 시선이 하나둘 나를 향하기 시작했다. 희미하게 미소 짓고 있는 베리타 공작과 에네실 후작, 걱정스러운 눈빛으로 바라보고 있는 아버지를 지나친 발걸음이 마지막으로 푸른 머리카락의 청년 앞에서 멈추었다. 터져 버릴 듯 뛰는 가슴 위에 손을 얹은 채, 나는 청년을 향해 조심스럽게 입을 열었다.

"황제 폐하."

"……."

"……폐하께, 감히 제 성년의 첫 춤을 신청해도 되겠습니까?"

"영광이오."

절로 눈이 휘둥그레졌다.

방금 그가 뭐라고 했지? 영광이라니?

관례상의 답변과는 너무도 다른 답례에 여기저기서 수군거리는 소리가 들려왔다.

가뜩이나 혼란스러웠던 머릿속이 점점 더 복잡해졌지만, 나는 일단 아무렇지도 않은 듯 미소를 지으며 그의 손을 잡았다. 울렁거리는 가슴을 꾹 누르며 댄스플로어에 오르자 나와 마주 보고 선 그가 나지막한 목소리로 물었다.

"그간 잘 지냈소?"

"……네, 폐하. 음…… 폐하께서는 무탈하십니까?"

"괜찮소. 걱정해 줘서 고맙소."

근 일 년 만에 함께 추는 춤이어서일까? 아니면 며칠 전부터 계속해서 머릿속을 맴돌고 있는 의문 때문일까?

그와 마주하는 것이 몹시 어색했다. 그동안 함께 수없이 많은 춤을 추었음에도, 오늘따라 그것이 무척 힘들었다.

뻣뻣하게 굳은 채로 팔을 뻗었지만, 차가워진 손끝에는 아무것도 와 닿지가 않았다. 허공을 휘저은 손을 끌어당겨 맞잡은 그가 첫 박자에 맞춰 발을 내딛으며 말했다.

"성년의 춤이라 긴장하기라도 한 것이오? 영 그대답지 않군."

"……송구합니다, 폐하."

머뭇머뭇 답하며 슬쩍 몸을 뒤로 뺐다. 하지만 허리를 단단하게 감은 팔 때문인지 거리는 자꾸 좁혀지기만 했다.

"헌데 이곳에 없어도 될 사람이 많이 보이는 것 같소. 그대가 부른 것이오?"

"그렇습니다."

"아, 하긴. 초대장이야 다 돌렸겠지."

당연한 이야기를 왜 묻는 거지? 의아한 눈으로 올려다보는 순간, 시선이 마주쳤다. 엷게 미소 띤 얼굴과 바닷빛 눈동자 가득히 담긴 내 모습을 보자 또다시 머릿속이 뒤죽박죽 엉망으로 헝클어졌다.

황급히 눈을 아래로 내리깔았다. 의아한 듯 나를 내려다보는 시선이 고스란히 느껴졌지만, 갈 곳 잃은 눈길은 그의 목깃 근처만 배회할 뿐 결코 그 위로 올라가지 않았다. 차마 그를 다시 마주 볼 용기가 나지 않았다.

"그러고 보니, 삼 년 전 내 성년의 춤도 그대와 함께했었군."

"……네, 폐하."

"그땐……."

"네?"

"……아무것도 아니오."

무슨 얘기를 하려 한 걸까? 고개를 갸웃하다가, 때마침 연주되는 절정 부분에 맞춰 손을 놓았다.

오른쪽으로 두 바퀴, 다시 왼쪽으로 두 바퀴.

사람들의 시선을 받으며 빙글빙글 도는데, 문득 그와 마지막으로 춤을 추었던 날이 떠올랐다. 중독된 줄도 모르고 이것만 버티자며 이를 악물다 결국 쓰러지고 말았던 작년 건국기념제의 마지막 날이.

갑자기 오한이 들었다.

"……괜찮소."

"폐하?"

"두 번 다시 그런 일은 없을 것이오."

무슨 생각을 하고 있는지 알아차리기라도 한 것일까?

바르르 떠는 나를 끌어당긴 그가 말했다. 나지막한 목소리와 맞잡은 손에서 전해져 오는 온기에 떨림이 차츰 사그라졌다. 조금씩 가빠 오던 호흡도 가라앉았다.

'어째서 내게 이렇게 잘해 주는 거지?'

한결 나아진 듯한 기분에 감사하다고 말하려다가, 문득 스치고 지나가는 생각에 또다시 몸을 떨었다. 갑자기 왜 이러는 것일까. 파혼해 달라고 얘기한 이후로 불과 얼마 전까지만 해도 무심하고 차갑게 대하던 그였는데.

그렇다면 정말 그 오르골이 그런 의미로 보낸 거였을까?

또다시 머릿속이 복잡해졌다. 내게 그걸 보낸 이유가 뭐냐는 질문이 혀끝을 뱅뱅 맴돌았지만, 나는 끝끝내 입술만 달싹였을 뿐 물음을 입 밖으로 토해 내지 못했다.

그리고 음악이 멎었다.

"폐하, 제 성년의 첫 춤을 함께해 주셔서 영광입니다. 황은에 감사드립니다."

고개 숙여 예를 갖춘 뒤, 그에게서 몸을 떼었다. 아니, 떼려고 했다.

"……폐하?"

당혹스러운 기분으로 올려다보자, 말없이 나를 바라보고 있는 바닷빛 눈동자가 눈에 들어왔다. 깊게 가라앉은 그 눈에서 알 수 없는 파도가 일렁거리고 있었다.

흠칫 몸이 굳어서, 나는 어색한 미소를 지으며 최대한 조심스럽게 몸을 비틀었다. 거의 다 빠져나갔나 싶은 순간, 맞잡은 손에 힘을 준 그가 나를 도로 끌어당겼다.

왜, 왜 이러는 거지?

"폐, 폐하?"

"……아, 미안하오. 즐거운 시간이었소."

떨리는 목소리로 부르자, 그제야 내 손을 놓아준 그가 깊은 한숨을 내쉬며 말했다.

나는 복잡한 심정을 감추며 먼저 돌아가겠다 말하는 그를 향해 예를 취했다. 혼란스러운 마음으로 돌아서는데, 어느새 다가온 벌꿀색 머리카락의 남자가 말했다.

"아름다운 춤이었습니다, 모니크 영애."

"……감사합니다, 미르와 영식."

"그래서 말입니다만, 제게도 영애와 함께 춤을 출 수 있는 영광을 주시겠습니까."

슬슬 짜증이 났다. 가뜩이나 머리도 복잡해 죽겠는데, 왜 이렇게 집요하게 달라붙는 거야.

"죄송합니다. 오랜만에 춤을 췄더니 조금 더워서요."

"그렇다면 잠시 바람이라도 쐬시겠습니까? 제가 에스코트하겠습니다."

"……아뇨. 죄송합니다만 잠시 홀로 있고 싶네요. 마음만 감사히 받겠습니다."

예의가 아니라는 것은 알고 있지만, 이만하면 많이 참아 줬다는 생각에 딱 잘라 거절한 뒤 돌아섰다. 갑자기 등장한 폐하와 친근한 척 다가오는 귀족파 사람들, 그리고 무엇보다 그가 선물했던 오르골의 의미 때문에 머리가 복잡했다.

슬쩍 주위를 둘러본 뒤 연회장 밖으로 향했다.

여름밤 특유의 포근한 공기를 들이마시며 잘 꾸며진 정원을 걸었다. 그러나 한참 동안 정원을 걸어도 잔뜩 뒤엉킨 머릿속은 쉽사리 정리되지가 않았다. 그저 조금 전의 일이 자꾸만 떠올랐을 뿐.

어째서 그에게 오르골의 의미에 대해 묻지 못했던 걸까.

곰곰이 머릿속을 정리하면 할수록 나오는 답은 하나였다.

그랬다. 나는 그의 답을 듣기가 두려웠다. 그래서 차마 그 의미에 대해 묻지 못했던 것이었다. 처음 티아라를 보고 떠올렸던 것과 같은 그런 의미라면 그를 어떻게 대해야 할지 모를 것 같아서, 그리고 아무 의미 없는 것이었다면…….

미쳤구나, 아리스티아. 무엇이 그리 두려워 그에게 아무 말조차 하지 못한 건데?

갑자기 화가 났다. 이것은 마치 과거 그를 바라 전전긍긍하던 때의 내 모습 같지 않은가.

짜증스레 입술을 깨물며 걸음을 옮기는데, 문득 정원 한쪽 구석진 곳에서 대화를 나누고 있는 세 명의 남자가 눈에 들어왔다.

누구더라? 카르세인을 따르는 무리 중 하나였던 것 같은데.

무심코 남자들을 스쳐 지나가려다가, 나는 바람결을 타고 들려오는 말소리에 멈칫 멈춰 섰다. 방금 그들이 뭐라고 했지? 뭔가 나와 관련된 얘기 같은데.

"기분이 썩 좋지는 않군요. 영애에게도, 모니크가에도."

"그러게 말입니다. 지난번 일로 우리와는 거의 인연을 끊다시피 했으면서, 어째서 귀족파와 그리 친근하게 대화를 나누는 걸까요."

'지금 뭐라고 하는 거지?'

너무 머리를 쓴 탓인지 저들이 하는 말의 의미가 잘 파악되지가 않았다. 나는 머릿속에 가득 낀 안개를 털어 내려 애쓰며 세 남자를 바라보았다.

"애초에 시험하듯 여기까지 부른 것도 마음에 안 들었는데, 저런 말도 안 되는 모습이라니요. 제아무리 모니크가라고 해도 정도가 심한 듯합니다. 솔직히 말해서 분명하지 못한 영애의 태도 때문에 계파가 입은 손해가 얼마입니까."

"그러게 말입니다."

회색 머리카락의 남자가 동조하듯 고개를 끄덕이자, 내내 관망하듯 묵묵히 서 있던 또 다른 남자가 말했다.

"흠, 그나저나 모니크가도 이제 갈 때까지 갔군요. 하나밖에 없는 여식이 석녀라니. 그럼 그 작위는 어떻게 되는 걸까요?"

"그야 그 부군夫君되는 사람에게 넘어가지 않겠습니까? 왜요, 영식께서 한번 도전해 보시렵니까?"

"무슨 큰일 날 얘기를 하시는 겁니까. 오늘 폐하께서 오신 것을 보고도 그런 소리가 나옵니까?"

"에이, 그거야말로 어불성설이지요. 폐하께서 어디 여자가 없어 석녀 따위를 취하시겠습니까. 그러지 말고 한번 도전해 보시지요? 당대에 불과하다고는 해도 후작으로 살 수 있는 기회가 아닙니까. 어차피 귀족파 영식들도 그걸 노리고 접근한 게 아니겠습니까?"

노골적인 비웃음에 멍하던 머릿속이 비로소 조금 맑아졌다. 나는 낄낄 웃어 대는 세 남자를 보며 크게 심호흡을 했다. 꽉 움켜쥔 주먹 사이로 화끈한 기운이 느껴졌다.

뭐가 어쩌고 어째?

석녀?

도전해 봐?

'하, 이것들을 어떻게 처리해야 하지?'

이를 악물며 언제쯤 나서는 것이 좋을까 속으로 계산하고 있을 때, 갑자기 멀리서 익숙한 목소리가 들려왔다.

"흠? 알고 보면 나도 꽤 괜찮은데. 그렇다면 나는 어떤가?"

새까만 어둠 속에서 무언가 붉은빛이 어른거리는가 싶더니, 곧이어 붉은 머리카락을 어깨까지 늘어뜨린 검은 제복 차림의 기사가 걸어오는 것이 보였다. 도저히 믿을 수가 없어서, 나는 그 자리에서 못 박힌 듯 얼어붙은 채 청년의 얼굴만을 멍하니 바라보았다.

너는 또 왜 이러는 건데, 세인. 설마 여태껏 그런 생각으로 내 곁을 지키고 있었던 거야?

그때, 충격으로 뻣뻣하게 얼어붙은 귓가에 무척 즐겁다는 듯한 목소리가 들렸다.

"이런, 카르세인 경이 아니십니까. 뜻대로 하시지요. 저희가 어찌 감히 경의 상대가 되겠습니까."

"그런가?"

"물론입니다."

"흠."

고개를 끄덕인 카르세인이 품에서 작은 단검을 꺼냈다. 그러고는 지루하다는 듯한 표정으로 검집에서 단검을 빼내어 달빛에 이리저리 비춰 보았다.

"그런데 괜찮으시겠습니까? 아무리 후작가라고는 해도 석녀가 아닙니까."

"글쎄."

"하긴 뭐, 다른 곳도 아니고 모니크가이니 괜찮을 듯도……. 거, 경?"

무언가 번쩍하더니, 곧이어 몹시 당황한 듯한 목소리가 들려왔다.

'뭐였지, 방금?'

황당한 마음에 멍하니 눈만 깜빡였다. 어느새 카르세인의 손을 떠난 단검이 나무에 박혀 있는 것이 아닌가. 어찌나 세게 던져진 것인지, 남자가 서 있던 곳에서 불과 손가락 한 마디도 떨어져 있지 않은 자리에 깊숙이 박힌 단검은 손잡이를 부르르 떨고 있었다.

시퍼렇게 질린 세 남자를 바라보며 태연하게 어깨를 으쓱해 보인 카르세인이 말했다.

"쯧, 요즘 연습을 조금 게을리했더니 실력이 녹슬었나 보군. 엉뚱한 곳으로 날아간 것을 보면 말이지."

"카, 카르세인 경?"

"요망하게 놀리는 혀를 끊어 버리려 했는데 아쉽군. 감히 누구를 함부로 입에 올리는 건가."

"저희는 그저……."

"시끄럽다. 정녕 혀가 끊어져 봐야 정신을 차리겠나?"

싸늘하기 그지없는 말에 사색이 된 남자들이 황급히 고개를 저었다.

"아, 아닙니다."

"정말이지, 같은 계파라는 사실이 부끄럽군. 한 번만 더 입을 함부로 놀린다면, 내 이름을 걸고 너희를 가만두지 않을 것이다. 알았나?"

"네, 넷!"

"알았으면 그만 꺼져."

차갑게 노려보는 카르세인을 향해 허둥지둥 인사를 한 세 남자가 빠른 걸음으로 사라졌다.

그들이 사라진 후에도 한참 동안 그쪽을 노려보던 카르세인이 긴 한숨을 내쉬며 단검을 뽑아 들었다.

"그냥 베어 버릴 걸 그랬나."

작게 중얼거리며 돌아서던 그가 멈칫했다. 크게 뜨인 푸른 눈동자가 나를 곧게 응시했다.

"……봤냐?"

"……응."

"그래?"

천천히 고개를 끄덕이자, 그는 싸늘하게 표정을 굳히며 내게 다가왔다.

꽉 다물린 입술을 보자 왠지 한숨이 나왔다. 잔뜩 화난 모습으로 보아 한참 동안 뭐라 할 것 같은데, 그걸 듣기에는 지금 내 상태도

썩 좋지가 않았다. 머리가 지끈지끈 쑤셨다.

"너 말이야. 저런 소리를 들으면서도 참고 있었던 거야? 엉?"

"……참고 있진 않았어."

"그래? 정말로?"

물끄러미 나를 바라보던 카르세인이 크게 심호흡한 뒤 말문을 열었다.

"그럼 설명해 봐. 왜 멍하니 듣고만 있었던 건지."

"그건……."

"그건, 뭐?"

"……나설 때를 재 보고 있었을 뿐이야."

"재 본다고? 그런 모욕을 당하고 있는데, 재 보고 말고 할 게 어디 있는데?"

차갑게 가라앉은 목소리로 일갈한 카르세인이 머리카락을 거칠게 쓸어 넘겼다. 마음을 가라앉히려는 듯, 여러 번 숨을 들이쉬고 내쉬기를 반복하던 그는 한참 후에야 한풀 가라앉은 음성으로 말했다.

"……네가 너무 싫어하는 것 같아서, 바라는 대로 그냥 지켜봐 주려고 했어. 그런데 말이야, 티아."

"……."

"도저히 못 보겠다. 네가 이런 대접을 받으면서 사는 것 따위, 더는 지켜보고만 있을 수가 없어."

나는 이마 위에 슬쩍 손을 얹으며 카르세인을 바라보았다. 뿌옇게 흐려진 머리 때문에 그가 무슨 말을 하는 건지 알아들을 수가 없었다. 뭔가 목소리가 들리기는 하는데, 대체 무어라 하는 건지 그 의미까지는 파악되지 않았다.

"……세인."

"왜 그리 매번 배수진을 치면서 사는 건데. 넌 언제나 자신을 극한으로 끌고 가려는 것 같아. 알아?"

"저기, 세인."

"너도 무섭잖아."

"세……."

"벼랑 끝에 서 있는 거, 사실 너도 무섭잖아. 그런데 왜 그렇게 자신을 몰아세워."

깊은 한숨을 쉬었다. 나중에 다시 얘기하자고 말하고 싶은데, 카르세인은 거듭되는 부름을 무시한 채 계속해서 이야기하고 있었다.

"갈 곳이 없다고 생각하지 마. 내가 널 끌어 올려 줄게. 돌아갈 수 있도록 손잡아 줄게. 응? 티아."

"후우……."

"내 아버지 때문이라고 핑계 댈 생각은 하지 마. 분가分家하겠다고 얘기했을 때, 이미 아버지와 정치적 노선을 같이하겠다는 생각은 버렸어."

"……응? 잠깐만."

흐릿한 머릿속으로 파고드는 한 단어, 분가.

순간 정신이 번쩍 들었다. 그답지 않게 계속해서 무어라 말을 한다 했더니, 또다시 그 얘기를 하고 있는 거였나?

"그 얘기라면 지난번에 끝난 거 아니었어?"

"말했잖아. 더는 지켜보고만 있을 수가 없다고."

"……세인. 너는 내게 단둘밖에 남지 않은 소중한 사람이야. 그런 너를 나 때문에 희생하게 하고 싶지는 않아."

"희생하는 게 아니야. 내가 바라는 일이라고 했잖아."

한숨이 나왔다. 나라고 그가 도와준다는 게 싫다는 건 아니었다. 만일 그가 내게 조금만 덜 소중했더라면, 처음 얘기를 꺼냈을 때 이미 이기적인 마음으로 받아들였을지도 몰랐다. 거절할 이유가 어디 있겠는가. 제 가문과 척을 질 각오를 하면서까지 나를 도와주겠다는데. 하나라도 내 편이 더 필요한 상황에서 절대적으로 나를 지지해 주겠다는데.

하지만 그럴 수는 없었다. 그때도, 그리고 지금도.

"진심이야? 너는 정치 같은 것, 복잡하다고 싫어하잖아. 나중에 분가를 하더라도 본가의 일을 도우며 검만 수련하고 싶다고 했었잖아. 그런 네가 정계에 입문하겠다고? 갑자기 관심이 생겨서?"

"……."

"그건 아니잖아, 세인. 그러니까 이 얘기는 이제 그만하자. 작은 도움 하나 얻겠다고 네가 희생하는 걸 보고만 있을 수는 없어."

"……작은 도움이라. 내가 그렇게 믿음을 주지 못하는 사람이었냐."

떨리는 목소리에 움찔했지만, 나는 애써 침묵하며 그를 외면했다. 상처 입힌 것은 미안하나 소중한 친구가 두고두고 후회하는 모습을 지켜보는 것보다는 나았다.

얼마나 시간이 흘렀을까?

어색한 침묵 속에서 어찌해야 하나 고민하고 있을 때, 멀리서 나를 부르는 소리가 들려왔다. 너무 오래 자리를 비운 탓에 시종들이 찾으러 나온 모양이었다.

"……먼저 가 볼게."

머뭇머뭇 말하자, 카르세인은 아무 말 없이 한 걸음 옆으로 비켜섰다. 그 모습이 어쩐지 마음에 걸렸지만, 나는 애써 그를 외면하며 걸음을 뗐다.

살랑살랑 불어오는 바람 속에서 흙내음이 묻어 나왔다. 가슴 가득 그 공기를 들이마시며 복잡한 심정을 덜어 내는데, 문득 시원한 느낌이 드는 향이 코끝을 감돌았다. 희미하게 느껴지는 그것은 분명 익숙한 향이었으나 아무리 주위를 둘러봐도 주위는 온통 깜깜하기만 할 뿐 향기의 주인을 보여 주지는 않았다.

'기분 탓인가?'

그렇다고 보기에는 왠지 찜찜했지만, 이제 더는 지체할 시간이 없었다.

긴 한숨을 내쉬고서, 나는 허둥지둥 달려오는 시종들을 향해 서둘러 걸음을 옮겼다.

"날씨가 참 좋군요."

"정말 그렇습니다, 모니크 영애. 사냥하기에 아주 적당한 날씨로군요."

다음 날은 다행히도 아침부터 유독 하늘이 맑았다. 청명한 하늘을 올려다보자 입가에 미소가 걸렸다.

'이제 남은 것은 괜찮은 성과를 올리는 것뿐인가?'

갑자기 등장한 황제 폐하 때문에 원래의 목적이 조금은 퇴색했지만, 본디 오늘 사냥 대회는 후계자로서의 능력 검증을 위한 것이었다. 그러니 반드시 좋은 성과를 거둬야 했다.

"그나저나 괜찮으십니까?"

"아, 네. 괜찮습니다."

"참으로 독란(瀆亂)한 자들이 아닙니까. 미리 발견하셨기에 망정이지, 하마터면 큰일 날 뻔하지 않았습니까."

나는 격앙된 목소리로 말을 건네는 백금발 청년을 향해 슬쩍 고개 숙여 감사를 표했다.

본디 이런 대회에서는 여러 가지 사고가 발생하기 마련이기에, 나는 혹시나 하는 마음에서 출발하기 직전 다시 한 번 무구와 말을 점검시켰다. 그리고 그 결과 이상한 점을 발견했다. 분명 새벽녘에 확인했을 때까지만 해도 괜찮았는데, 어느새 말고삐와 안장끈이 반쯤 잘려 있는 것이 아닌가.

어쩌면 목숨을 잃었을 수도 있는 일이었다. 실제로 매해 낙마 사고로 사망하는 제국 귀족만 해도 열 손가락이 넘어가지 않던가. 만일 그대로 사냥을 나갔더라면 아차 하는 순간에 말에서 떨어졌을 것이 분명했고, 그랬다면 나 역시 통계에 숫자 하나를 보탰을지도 모르는 일이었다.

"이번 일 또한 반드시 범인을 찾아 응분의 대가를 내려야 할 것입니다."

"물론이지요."

분개하는 에네실 후작을 따라 시선을 돌리자, 홀텐 영식을 비롯한 몇몇 귀족파 영식들과 대화를 나누고 있는 미르와 영식의 모습이 보였다.

'아무래도 저쪽에 심증이 간다는 건가.'

당연히 귀족파의 소행일 확률이 높았지만, 예전처럼 장담할 수는 없었다. 어쩌면 최근 본가의 행보에 대해 불만을 품고 있는 황제파의 짓일지도 모르는 일이었으니까.

물론 그럴 가능성은 적었다. 카르세인에게 호되게 당한 영식들은 어땠는지 몰라도, 계파의 다수는 어젯밤 이후로 본가와의 친분을 다시 다지기 위해 노력 중이었으니까. 아무래도 황제 폐하께서 내 성인식 연회에 오셨다는 사실이 크게 작용한 것 같았다.

"그나저나, 자신은 있으십니까? 저는 도통 사냥과는 거리가 멀어서요."

"저도 그리 능숙한 편은 아닙니다만……. 아, 깃발이 올랐습니다. 이제 시작인가 보군요."

"그렇군요. 그럼 좋은 성과 있으시길 바라겠습니다."

빙긋 웃어 보인 에네실 후작이 종자들과 함께 숲 속으로 향했다. 그 모습을 잠시 바라보다가, 나 역시 주위 사람들과 함께 말에 박차를 가했다.

"모니크 경, 오늘 성적이 좋으신데요?"

"칭찬 감사합니다. 오늘은 운이 따라 주는 모양이네요."

'이로써 다섯 마리째인가?'

나는 빙그레 웃는 리안 경을 향해 마주 미소를 지었다. 쓰러진 사슴을 끌고 오는 종자들을 보며 잠시 활을 점검하는데, 저만치에서 풀숲이 흔들리는 소리가 들려왔다. 몇 년 동안 쓰지 않아서인지 사냥감이 넘치는 것 같았다.

"뭔가 또 나타나는 모양인……. 이런!"

"고, 곰?"

"일단 조금씩 물러나서 일시에 쏘는 게 어떨까요?"

"그게 나을 것 같습니다."

수풀을 헤치고 등장한 것은 커다란 곰이었다. 다수의 사람을 보고서도 어슬렁거리며 다가오는 모습이 영 심상치 않아 보여서, 모두는 프레이아 경의 의견에 따라 말을 조금씩 뒤로 물렸다. 한 방에 잡지 못하면 위험할지도 몰랐다.

나는 크게 심호흡을 한 뒤 곰의 심장을 향해 활을 조준했다. 화살을 동시에 발사하기 위해 다른 기사들과 눈빛을 교환하고 있을 때, 시위를 떠난 한 발의 화살이 곰을 향해 날아가는 것이 보였다. 스피아 경이었다.

"스피아 경, 이 멍청아!"

"이런, 모두 산개해!"

상처를 입은 곰이 날뛰기 시작했다. 모두는 포효하며 달려드는 곰을 피해 좌우로 흩어지며 활시위를 당겼다.

그러나 이리저리 날뛰는 곰을 맞추기란 여간 어려운 것이 아니었다. 포효 소리에 흥분한 말이 거품을 물기 시작하자, 화살을 날리던 리안 경이 안 되겠다는 듯 크게 소리쳤다.

"모니크 경, 일단 이곳을 안전하게 빠져나가십시오!"

"하지만 다른 분들은?"

"곧 뒤따르겠습니다. 그러니 어서!"

"알겠습니다. 모두 무사하시길."

나는 황급히 말머리를 돌려 두 명의 종자와 함께 그곳을 빠져나왔다. 이럴 때는 머뭇거리지 않고 빠져 주는 것이 상책이었다.

대체 이게 무슨 일이야. 날뛰는 곰이라니.

안전거리를 확보하기 위해서, 나는 제법 먼 곳까지 달린 후에야 말을 멈춰 세웠다. 그러고는 다음 지시를 내리기 위해 뒤를 돌아보다 깜짝 놀랐다. 두 명의 종자 중 한 사람의 어깨에서 피가 뚝뚝 흘러내리고 있는 것이 아닌가.

"어찌 된 것인가. 다쳤으면 진작 말을 했어야지."

"워낙 사정이 급박했던 탓에……."

"자초지종은 나중에 듣고, 상처가 깊어 보이니 일단 돌아가세."

"하지만 모니크 경, 그리하셨다가 사냥을 포기한 거라고 구설에 오르기라도 하면 어찌합니까. 다시 한 번 생각해 주십시오."

"음……."

고민스러웠다. 맞는 말이기는 했지만, 그렇다고 해서 이대로 방치해 둘 수도 없는 일이었기에.

그럼 어찌한다? 가장 좋은 방법은 이들을 돌려보내고 새로운 종자들이 올 동안 다른 무리에 합류하거나 흩어진 기사들과 다시 만나는 건데, 혹시 누구 지나가는 사람 없으려나?

그때, 마침 가까운 거리에서 뿔피리 소리가 들렸다. 아무래도 에네실 후작의 뿔피리 같아서, 나는 마침 잘됐다고 생각하며 두 사람을 돌아보았다.

"일단 돌아가서 상처를 치료하도록 하게. 자네는 휴식 중인 다른 종자를 찾아 데려오도록 하고. 방금 들은 뿔피리 소리를 따라

오면 될 걸세."

"하지만 모니크 경."

"어서. 지금 이러고 있는 것이 더 위험하다는 것쯤은 알고 있지 않나. 본인은 저쪽으로 합류할 테니, 최대한 빨리 돌아오도록 하게."

"아, 알겠습니다."

"좋네. 그럼 어서 출발하도록."

머뭇거리는 종자 둘을 보낸 뒤, 조금씩 멀어지는 뿔피리 소리를 따라 박차를 가했다. 놓치기 전에 빨리 따라가 합류하는 것이 여러모로 안전했다.

하지만 힘차게 달린 것도 잠시, 갑자기 드는 이상한 기분에 나는 고삐를 당겨 속도를 늦췄다.

뭐지? 아무래도 다리를 저는 것 같은데.

안장에서 내려 꼼꼼하게 살펴보자 말의 발목 부분에 상처가 생긴 것이 보였다. 아무래도 곰을 피할 때 생긴 것인 모양이었다. 멀쩡해 보이길래 아무렇지도 않은 줄 알았는데, 그때는 말도 놀란 탓에 제가 다쳤다는 사실을 미처 인지하지 못한 듯했다.

'이 일을 어쩐다지?'

진작 알았다면 종자들과 함께 숲을 빠져나갔을 텐데, 이제 와 그러기에는 너무 많은 시간이 지나 있었다.

이제는 들리지 않는 뿔피리 소리에 귀 기울이다 한숨을 쉬었다. 제법 거리가 떨어진 것 같으니, 아무래도 저쪽으로 합류하는 것보다는 숲 밖으로 나가는 편이 나을 것 같았다.

주위를 경계하며 한참을 걸었을 때, 저 멀리서 달려오는 일련의 무리가 보였다. 반갑기도 하고 불안하기도 한 마음에 그들을 살피다 나는 나도 모르게 신음을 내뱉었다.

'왜 하필이면…….'

혹시나 하는 마음에 길 한쪽으로 비켜섰지만, 그들은 바로 앞까지 다가와 말을 멈춰 세웠다. 그냥 지나가길 바란 것은 역시 무리였던 듯했다.

"……제국의 태양, 황제 폐하를 뵙습니다."

"그대, 어째서 홀로 있는 것이오?"

"사정이 좀 있었습니다. 헌데 폐하께서는 어째서 근위 기사만을 대동하고 있으십니까?"

"홀가분하게 있고 싶어 모두 따로 행동하라 했소. 흠, 보아하니 말도 다친 것 같은데, 그대는 괜찮은 것이오?"

"네, 저는 괜찮습니다."

"다행이군."

고개를 끄덕인 그가 손을 내밀었다.

'무슨 의미지, 이건?'

영문을 알 수가 없어 눈만 깜빡이자, 슬쩍 한숨을 내쉰 그가 말했다.

"오르시오."

"폐, 폐하."

"막사까지 거리가 상당한데 홀로 가게 둘 순 없소. 그렇다고 해서 다친 말에 오를 순 없는 노릇이 아니오."

"정 그러시면 예비용 말을……."

"어서. 그대에게 명령을 하고 싶지는 않소."

"……알겠습니다, 폐하."

나는 몰래 한숨을 삼키며 그가 내민 손을 잡고 말 위에 올랐다. 근위 기사에게 실비아를 데려오라 명을 내린 그가 박차를 가하자, 거칠게 투레질한 말이 새하얀 갈기를 휘날리며 달리기 시작했다.

　등을 타고 전해져 오는 온기에 몸이 움찔거렸다. 코끝에 와닿는 시원한 향에 조금씩 심장이 빠르게 뛰었다. 말이 땅을 박찰 때마다 맞닿은 옷자락이 사락사락 소리를 냈다. 그 소리에 귀 기울이며 눈처럼 흐트러지는 갈기에 시선을 고정하다, 나는 갑자기 들려오는 목소리에 놀라 몸을 굳혔다.

　"대체 어찌 된 일이오. 실력 좋은 기사들과 함께 가는 것을 보았거늘."

　"아, 사고가 좀 있었습니다."

　"그런가. 무사해서 다행이오."

　"심려를 끼쳐 드려 송구합니다, 폐하."

　귓가에 와 닿는 숨결에 솜털이 오스스 솟았다. 자꾸만 몸이 움츠러들었다.

　"뿔피리 소리를 듣자 하니 성적이 좋은 것 같던데, 본디 사냥에 취미가 있었던 것이오?"

　"그런 것은 아닙니다만, 벗들과 함께 종종 다닌 적은 있습니다."

　"⋯⋯벗이라. 그렇군."

　그 말을 마지막으로 그는 침묵했다. 나 역시 묵묵히 앞만을 응시했다.

　초록의 바다 속에서 새하얀 파도가 흩날리고 있었다. 싱그러운 숲 향기가 코끝을 감돌고 시원한 바람이 얼굴을 스치고 지나갔다. 다각다각 경쾌한 말발굽 소리가 여름을 찬미하며 탄주彈奏하고, 악사의 연주에 감탄한 황금색 태양이 눈부신 빛을 뿌렸다.
 어느새 스르르 풀려 버린 머리끈이 바람을 타고 날아갔다. 그 결에 느슨하게 묶어 두었던 머리카락이 눈발처럼 휘날렸다.
 히히힝!
 아름다운 그 선율에 취해 있을 때, 갑자기 말이 거칠게 투레질을 하며 앞다리를 번쩍 들었다.
 순간 몸이 뒤로 확 쏠렸다. 휘청거리는 내 허리를 한 손으로 휘감은 그가 말고삐를 움켜쥐며 신음을 삼켰다. 맞닿은 몸에 힘이 잔뜩 들어가는 것이 느껴졌다.
 "폐하!"
 조금 뒤에서 따라오던 근위 기사들이 황급히 외치는 소리가 들리고, 흥분이 채 가시지 않은 말이 푸르릉거리며 뒤로 물러서는 모습이 보였다. 때아닌 소란에 놀란 토끼가 화닥닥 수풀 속으로 뛰어들었다.
 나는 저만치 앞에서 깡충깡충 뛰어가는 토끼를 보며 한숨을 내쉬었다. 허탈하긴 했지만, 이만하길 다행이었다. 만에 하나 저것이 토끼가 아니라 상처 입고 날뛰던 좀 전의 곰이기라도 했다면, 한바탕 소동이 일어났을 것이 분명했으니까.
 "무탈하십니까, 폐하."
 "괜찮다."
 "폐하, 언제 또 이런 일이 발생할지 모르니, 본디의 호위 대형으로 돌아갈 수 있도록 윤허하여 주십시오."
 "알았다. 그리하도록. 다만 거리는 좀 멀리 유지하도록 하라."
 "명을 받듭니다."

그제야 나는 아까 전부터 들던 위화감의 정체를 깨달았다. 뭔가 이상하다 했더니, 대형에 문제가 있던 것이었나.

야외에서 황제를 호위하기 위해서는 근위 기사들이 선두와 후미, 그리고 좌우에 각각 자리하는 것이 정석. 그런데 어째서 다들 뒤에서 따라오고 있었던 거지? 근위 기사들이 일부러 위험을 초래했을 리는 없으니 그가 명령했을 것이 분명한데, 이런 대형을 만들라고 한 이유가 뭘까?

"말도, 경들도 놀랐을 터. 근처에 잠시 휴식을 취할 만한 공간이 있는지 찾아보라."

"즉시 시행하겠습니다."

예를 표한 근위 기사가 자리를 떠나자, 그는 언제 그런 일이 있었냐는 듯 평온한 목소리로 물었다.

"그대, 괜찮은 것이오? 많이 놀라지는 않았소?"

"괜찮습니다. 폐하께서는 진정 무탈하신지요?"

"괜찮소. 걱정해 주어 고맙군."

"아닙니다, 폐하. 당연한 일인 것을요."

예를 갖춰 답한 뒤 바쁘게 움직이는 근위 기사들을 바라보는데, 문득 허리를 감고 있는 팔에 신경이 미쳤다. 숨을 훅 들이쉬며 손부채질을 하자 잠시 침묵하던 그가 물었다.

"덥소?"

"아, 아닙니다, 폐하."

"하긴 벌써 한여름이군. 그래도 작년처럼 폭염이 쏟아지지는 않아 다행이오."

"그러게 말입니다. 모든 것이 폐하의 은덕인 듯합니다."

이제 그와 나 사이에 남은 것은 군신 관계밖에 없다고 생각했는데, 어제부터 계속되는 그와의 대화는 자꾸만 지난날의 추억을 불러일으켰다. 아니, 비단 추억뿐만이 아니라 다른 무엇도.

그 때문일까? 그와 말을 섞으면 섞을수록 점점 더 불편한 마음이 들었다. 어쩌면 문제의 그 오르골 때문일지도 몰랐다. 인형의 머리카락 위에 놓인 티아라를 발견했던 그때부터 내내 머릿속이 복잡하고 혼란스러웠으니까.

이제라도 물어볼까 생각했지만, 또다시 굳어 버린 입술은 몇 번 벙긋거리기만 했을 뿐 쉽게 떼어지지가 않았다. 몇 번이고 거듭해서 마음을 다잡아도 마찬가지였다.

답답한 나 자신에게 분노하며 애꿎은 입술만 물어뜯고 있을 때, 나지막한 목소리가 들려왔다.

"사냥복을 입은 모습은 처음 보는 것 같군. 잘 어울리오."

"……감사합니다, 폐하."

정수리에 와 닿는 숨결에 몸이 움찔거렸다. 자꾸만 드는 어색한 기분에 나는 고개를 숙인 채 새하얀 갈기만 쓰다듬었다. 어쩐지 몹시 피곤했다.

그냥 돌아갔으면 좋겠는데, 무리겠지? 잠시 휴식을 취했다가 간다고 했으니.

"음……."

"……."

"그러고 보니, 그 은색 꽃 말이오."

'응? 은색 꽃?'

갑자기 귀가 번쩍 뜨여서, 나는 조금 전까지 움찔거렸던 것도 잊고 고개를 홱 돌려 그를 바라보았다. 은색 꽃이 왜? 설마 그새 피기라도 했나?

 "은색 꽃이오? 피었나요? 마지막으로 보았을 때 얼핏 벌어진 것처럼 보이기도 했는데, 설마 그게 사실이었나요? 아니면 혹시……."

 폭포수처럼 질문을 쏟아 내다 깜짝 놀라 입을 다물었다. 어느새 가까워진 바닷빛 눈동자가 바로 코앞에서 나를 바라보고 있는 것이 아닌가.

 "소, 송구합니다, 폐하."

 고개를 숙이며 우물쭈물 말하는데, 갑자기 머리 위에서 낮은 웃음소리가 들려왔다. 그것은 한 번도 들어 본 적 없는, 그러나 어딘가 익숙한 울림이었다.

 혹시나 하는 마음에 올려다보자 무척 즐거워 보이는 표정으로 웃고 있는 그가 보였다. 당혹스러운 기분에 나는 말없이 눈만 깜빡였다. 회귀 전후를 통틀어 난생처음 들어 보는 그의 웃음소리에 문득 가슴이 두근거렸다.

 "폐하, 하명하신 장소를 찾았습니다. 그리 멀지 않은 곳에 연못이 하나 있습니다."

 "……그런가. 안내하도록."

 멍하니 그를 바라보다가, 갑자기 들려오는 목소리에 비로소 정신을 차렸다. 황급히 표정을 고치며 고개를 숙이자 고삐를 고쳐 쥔 그가 말에 박차를 가했다.

 "그 꽃에 관심이 있는 줄은 알았지만, 이 정도일 줄은 미처 몰랐소. 이럴 줄 알았으면 진작 얘기할 걸 그랬군."

 "……송구합니다, 폐하."

"얼마 전에 보니 조금 벌어진 것도 같던데, 아직 피지는 않았다오. 꽃이 피거든 내 얘기해 주리다."

그렇구나. 몇 달 전 그와 함께 정원에서 밤을 새우던 날 얼핏 봉오리가 벌어진 것처럼 보였는데, 그게 사실이었나 보네. 당시에는 졸음에 겨워 그냥 그런가 보다 하고 넘어갔는데.

봉오리가 벌어졌다면 조만간 꽃이 필까?

그토록 보고 싶어 했으나 단 한 번도 직접 보지 못한 꽃. 내 머리카락 색과 같다는 그 은색 꽃이 몹시 궁금했다.

화사하고 아리따울까? 청초하니 수줍을까? 아냐, 델라꽃과 닮았다니 우아하고 기품 있지 않을까.

머릿속으로 이런저런 모양을 상상하고 있을 때, 말이 멈춰 서는 것이 느껴졌다.

높은 나무로 둘러싸인 숲 가운데 햇살을 받아 거울처럼 빛나는 연못이 있었다. 잔물결 하나 일지 않는 새파란 수면에는 하얀 구름이 흐르고, 바람결에 흩날리던 하얀 꽃잎들이 구름 한 조각을 더했다. 지저귀던 새들이 푸드득 소리를 내며 날아오르자 초록빛 나뭇잎이 팔랑거리며 춤을 추었다.

일제히 말에서 내린 근위 기사들이 연못가를 겹겹이 에워쌌다. 어느새 훌쩍 뛰어내린 청년이 내게 손을 내밀었다. 그 손을 잡고 내려서자, 까만 눈망울을 깜빡이던 새하얀 말이 천천히 연못가로 걸어가 물을 마시기 시작했다. 그 모습을 물끄러미 바라보던 그가 말했다.

"황실 사냥터에 이런 곳이 있었는지는 미처 몰랐군."

"그러하십니까."

"그렇소. 몇 해 동안 바빠서 내려올 틈이 없었던 탓인지 기억이 영 가물가물하다오."

"그런 곳을 개방해 주셨으니, 황은에 그저 감읍할 따름입니다."

"아니오. 그 덕에 실컷 활도 당겨 보았으니 오히려 내가 그대에게 감사해야 할 것이오."

부드럽게 답한 그가 물었다.

"이제 몸은 괜찮은 것이오?"

"네? 아, 네. 괜찮습니다. 벌써 한참 전 일이 아닙니까."

"흠, 듣자 하니 대신관이 각별히 신경 써 준다고 하던데, 아무리 바빠도 신전에 들르는 일정만큼은 반드시 챙기도록 하시오. 대신관이 이토록 오래 머무르는 일은 흔치 않으니 말이오."

"네, 폐하. 유념하겠습니다."

가볍게 고개를 끄덕인 뒤, 그를 따라 걸음을 옮겼다. 연못가라 그런지 자박자박 밟히는 흙이 몹시 부드러웠다. 말들이 찰박찰박 물 마시는 소리를 들으며 걷는데, 갑자기 부드러운 손길이 머리카락에 와 닿았다. 나는 나도 모르게 몸을 움츠리며 그를 돌아보았다.

"폐, 폐하?"

"나뭇잎이 붙었더군."

"아……. 감사합니다."

기다란 손가락 사이에 끼어 있는 나뭇잎을 보자 얼굴이 화끈 달아올랐다. 왠지 민망한 기분에 황급히 시선을 돌리려 했지만 옴짝달싹할 수가 없었다. 바람결을 타고 전해져 오는 시원한 향기에 조금씩 심장이 빠르게 뛰었다.

"어찌 그러오?"

"아, 아무것도 아닙니다, 폐하. 저는 잠시 말을 살피고 오겠습니다."

결례라는 것도 잊고서, 허락을 채 듣기도 전에 황급히 돌아섰다. 그리고 물을 마시고 있는 실비아를 향해 도망치듯 걸음을 옮겼다.

"후우……."

은빛 갈기에 얼굴을 푹 파묻자, 빠르게 뛰던 심장박동이 그제야 조금씩 가라앉았다.

나는 실비아에게서 몸을 떼어 상처 난 부분을 살폈다. 그리 심한 것은 아니었던 듯, 발목에서 흐르던 피는 이미 멎어 있었다.

'후우, 다행이다.'

안도의 한숨을 내쉬는데, 어느새 가까이 다가온 그가 말했다.

"아끼는 말인가 보오."

"……네, 폐하. 실비아라 합니다."

"예쁜 이름이군. 그대와도 잘 어울리는 듯하고."

"황공합니다."

"어느 정도 휴식을 취한 것 같으니 이제 그만 돌아갑시다. 애마의 치료도 해야 하지 않겠소."

"네, 폐하."

그가 내민 손을 잡는 순간, 갑자기 맞닿은 부분이 뜨겁게 달아오르며 피가 빠르게 돌았다.

슬슬 짜증이 났다. 내가 생각하기에도 요 며칠 간의 나는 어딘가 이상했다.

내 마음대로 제어되지 않는 몸, 그리고 복잡하기만 한 머릿속.

피가 배어 나올 정도로 입술을 깨물었다. 자꾸만 과거의 한때를 떠올리게 하는 내 모습에 소름이 돋을 지경이었다. 대체 왜 이러는 것일까. 도대체 왜, 무엇 때문에.

"자, 어서 오르시오."

"……네, 폐하."

나는 답답한 가슴을 콩콩 두드리며 그를 따라 새하얀 말 위에 올랐다. 주위를 경계하던 근위 기사들 역시 일제히 말에 올랐다.

히히힝!

크게 울음을 토해 낸 말들이 동시에 땅을 박찼다.

초록빛 세상을 다시 한 번 경쾌한 선율로 물들이며, 모두는 막사를 향해 힘차게 말을 달렸다.

4. 올가미를 조여라

수도로 돌아온 다음 날.

나는 근무를 서기 위해 황궁으로 향했다. 제2기사단 건물에 들어서자 익숙한 밤색 머리카락의 기사가 인사를 건넸다.

"이제 출근하십니까, 모니크 경."

"안녕하세요, 페덴 경. 제 성인식에 참석해 주셔서 감사드립니다. 정식 답례는 내일 안에 도착할 거예요."

"당연한 일이었는걸요. 다시 한 번 성년이 되신 것을 축하드립니다."

"감사합니다."

"헌데 그날은 어찌 된 겁니까? 폐하께서 함께 돌아오셨다는 소식을 듣고 모두 얼마나 놀랐는지 모릅니다."

뭐라고 할 말이 없어 그저 침묵했다.

그날, 예상했던 대로 큰 소동이 벌어졌더랬다. 어찌 아니 그럴 수 있겠는가. 사냥 대회의 주인공이 황제 폐하와 같은 말을 타고 온데다, 그 주인공은 다름 아닌 그의 전 약혼녀였으니.

모두가 경악스러운 눈초리로 바라보았지만, 그는 태연하게 말에서 내린 뒤 나를 내려 주었다. 게다가 시상을 마친 뒤에는 성년을 기념하는 사냥 대회에 끼어들어서 미안하다며 은빛 여우 모피까지 하사했다. 그 바람에 나는 그날 밤 별궁에 내려와 있던 계파의 모든 귀족에게서 서신을 받아야 했다. 뿐만 아니라, 요 며칠 계속해서 쏟아지는 서찰 때문에 정신이 하나도 없는 상태였다.

"아, 제가 너무 개인적인 질문을 했군요. 죄송합니다."

"아닙니다. 그보다 이제 슬슬 이동해야 하지 않나요? 근무 시간이 다 된 것 같은데."

"그렇군요. 서둘러야겠습니다."

일지에서 근무 장소를 확인한 뒤 돌아서자, 복장을 한번 점검한 페덴 경 역시 빠르게 걸음을 옮기며 말했다.

"그건 그렇고, 공고는 보셨습니까?"

"네? 공고라니요?"

고개를 갸웃하며 묻자 페덴 경은 차분한 목소리로 설명했다.

"소문으로만 돌던 제3기사단과 제4기사단의 창설 공고입니다. 그에 따라 정식 기사를 대거 선발한다고 하더군요."

"그게 정말인가요?"

"그렇습니다. 이미 단장을 맡을 가문도 발표되었더군요."

"두 개의 기사단을 창설한다면, 에네실과 미르와 후작가인가요?"

"그렇습니다."

"음……. 폐하께서 아무래도 한 곳은 내어 주실 생각이신가 보네요."

"저도 그렇게 생각합니다. 두 개 기사단을 증설하는 대신 거래를 하신 것이겠지요."

나는 속으로 입맛을 다시며 페덴 경을 바라보았다. 처음에는 그저 전형적인 기사인 줄만 알았는데, 아무리 봐도 그는 생각보다 괜찮은 인재였다. 정치 감각도 있는 것 같고.

'한번 꼬드겨 봐?'

저 정도 인재라면, 가신으로 삼지는 못한다 해도 친분을 쌓아 둬서 나쁠 건 없을 것 같았다.

하지만 내가 그리 생각하는 것을 모르는 밤색 머리카락의 기사는 담담한 목소리로 계속해서 말을 이어 나갔다.

"얼마나 뽑을 것인지는 아직 확정되지 않은 것 같습니다만, 선발 기준은 나왔습니다. 총 네 가지를 시험한다 합니다."

"어떤 것인가요?"

"검술, 마창술, 전술 및 전략, 그리고 행정 능력입니다. 각 백 점씩 사백 점 만점이고, 어느 한 분야에서 사십 점 미만을 받을 경우 무조건 탈락이라고 합니다. 총점을 합산하여 등수를 매긴 뒤 일등부터 필요한 인원수만큼을 정식 기사로 선발한다고 들었습니다."

"그렇군요. 상세한 설명 감사합니다."

모퉁이를 돌자 저 멀리 근무를 서고 있는 기사들이 보였다. 나는 재빨리 그들에게 다가가 근무 일지를 넘겨받았다.

성년을 축하한다며 인사를 남긴 프레이아 경과 몇몇 기사들이 사라지자, 먼저 와 있던 리안 경과 스피아 경이 가볍게 묵례했다. 심드렁해 보이는 리안 경과는 달리 내내 들뜬 표정이던 스피아 경이 말했다.

"모니크 경도 보셨습니까? 정식 기사 선발 공고 말입니다."

"공고는 보지 못했습니다만, 페덴 경께서 설명해 주신 덕에 내용은 알고 있습니다."

"지원하실 거지요? 경께서는 가산점도 있고 하니 쉽게 통과하실 테지만, 저는 행정과 전술은 영 젬병이라……. 후우, 걱정입니다."

"좋은 결과가 있을 겁니다. 힘내세요, 스피아 경."

나는 스피아 경에게 격려의 말을 건네며 속으로 생각을 정리했다.

어디 보자. 행정과 전술이야 자신 있는 분야고, 마창술도 그럭저럭 괜찮은 편이니, 남은 건 검술인가.

앞으로 남은 시간은 약 한 달. 아무래도 오늘부터는 특훈을 해야 할 것 같았다.

속으로 이런저런 계획을 짜고 있는데, 나와 스피아 경의 대화를 묵묵히 듣던 리안 경이 말했다.

"그럼 그 얘기도 들으셨겠군요. 미르와 후작가 말입니다."

"아, 네."

"조금 이상하지 않습니까? 미르와 영식은 기사 작위도 없는 것으로 아는데, 과연 단장직을 제대로 수행할 수 있을까요?"

"글쎄요. 아무리 기사 작위가 없다 해도 국경 지역을 책임져야 하는 후작가의 후계자이니만큼 어느 정도의 무력은 갖추지 않았을까요? 음, 하지만 어차피 영식과는 상관없는 얘기 아닌가요? 단장 자리는 보통 가주에게 돌아가는 법이니……."

"아, 미르와 후작은 얼마 전 낙마하는 바람에 위중한 상태라는 말을 들었습니다. 조만간 영식이 후작 위를 승계할지도 모른다고 하더군요."

이건 또 무슨 소리야. 미르와 후작이 위독하다니.

만일 영식이 작위를 계승하게 된다면, 에네실 후작에 이어 또 다른 젊은 후작의 탄생인가?

문득 알 수 없는 미소를 짓고 있던 벌꿀색 머리카락의 남자가 떠올랐다. 그렇다면 그도 이번에 선발 시험을 보는 것일까. 혹시 그것 때문에 내 성인식 연회에 참석했던 건가?

하지만 아무리 생각해 봐도 그건 아닌 것 같았다. 기사단장의 업무를 잘 모른다 하더라도, 귀족파의 수뇌부 중 하나인 미르와가의 후계자가 나나 우리 가문에 도움을 요청하려 할까? 고개를 숙이고 들어오는 것이나 마찬가지인데.

아무리 뒷조사를 해 봐도 지나치리만큼 깨끗한 점이나 자꾸만 친근하게 굴며 접근해 오는 점, 그리고 제나가와 행보를 같이하고 있음에도 묘하게 다른 구석이 있는 점 등 미르와 후작가에 대해 파헤칠수록 뭔가 찜찜했다. 분명 어딘가 거슬리는 구석이 있는데, 그게 뭔지 알 수가 없어서 답답했다.

얼마나 시간이 지났을까?

몸은 편안하지만 지루하기 짝이 없던 근무를 마치고서, 나는 쏜살같이 집으로 향했다. 언제 또 이렇게 대규모 선발이 있을지 모르니, 이번 기회를 놓치면 최소한 몇 년이라는 세월을 더 기다려야 할 터. 내게 모처럼 주어진 기회를 잡기 위해서는 검술을 강화하는 것이 관건이었다.

한숨이 나왔다. 그동안 꾸준히 수련해 오긴 했지만, 아무리 그래도 검술은 조금 불안했다. 다른 기사들에 비해 재능이 특출한 것도 아닌 데다 절대적인 수련 기간도 짧았으니까.

하지만 서둘러 집에 돌아왔어도 나는 검술 수련을 할 수가 없었다. 그간 부탁했던 일에 대한 서류를 한 아름 안은 채 나를 기다리던 엔테아와 카롯 남작 때문이었다. 아무래도 엔테아에게 부탁한 일들이 보다 간단할 것 같아서, 나는 남작에게 잠시 기다려 달라고 말한 뒤 엔테아와 함께 집무실로 향했다.

"남작께서 기다리고 계시니 그간의 일만 빠르게 보고 드린 후 물러가겠습니다. 우선 비녀 말씀입니다만, 다소 수수하게 만든 결과 잠시 주춤했던 판매량이 다시 늘고 있습니다. 모든 것이 영애의 덕분입니다."

"제가 뭐 한 게 있나요. 전부 엔테아가 수고해 준 덕분이지요."

"감사합니다, 영애. 늘 좋게 봐주시니 몸 둘 바를 모르겠습니다."

나는 고개를 숙여 감사를 표하는 엔테아를 바라보며 생각에 잠겼다.

그렇다면 예상했던 대로 공단도 유행하고 있으려나? 과거에는 장식이 화려한 비녀 때문에 수수한 모슬린이 인기를 끌었으니, 단조로운 비녀가 많이 팔리는 지금은 화려한 공단이 주목받아야 할 터인데. 게다가 그를 위해 또 다른 미끼까지 던지지 않았던가.

궁금해 하는 것을 알아차리기라도 한 듯, 내 표정을 유심히 살피던 엔테아가 재빨리 말했다.

"그 덕인지 요즘 공단이 유행하고 있는 것 같습니다. 정말 감사합니다, 영애. 미리 일러 주신 덕분에 공단으로도 제법 많은 이윤을 남길 것 같습니다."

"그런가요? 잘됐군요. 흠, 공단이라. 답례품은 모두 잘 받았는지 모르겠군요."

"분부하신 대로 영애의 성인식에 참석한 가문 중 서열 오십 위 이상 가문에는 파벌을 막론하고 공단 드레스와 비녀를, 그 이하에는 비녀만을 모두 보냈습니다. 참으로 통이 크십니다, 영애. 이 일로 소모된 재물이 어마어마합니다만……."

"그쯤이야 본가의 재력으로 충분히 감당할 수 있습니다. 흠, 공단이 유행한다면 모슬린은 잘 팔리지 않겠군요."

"그렇습니다."

화사하게 미소를 짓는 나를 향해 마주 웃음 지은 엔테아가 말했다.

당황하고 있을 지은의 모습이 눈에 선했다. 왜 모슬린이 유행하지 않는지에 대해 고민하고 있으려나? 아니지, 이쯤 됐으면 정말 바보가 아닌 이상 내가 꾸민 일이라는 것쯤은 알아차렸을 테니, 아마도 지금쯤 몹시 화를 내고 있지 않을까.

"제나 공작가 산하 상단 문제는 어찌 되었죠?"

"영애께서 조치해 주신 덕분에 한 군데는 제법 큰 타격을 입은 것 같습니다. 다른 한 곳은 그럭저럭 버티고 있고요."

"그렇군요. 알겠습니다. 나머지는 제가 알아서 하지요. 수고했어요, 엔테아."

"천만의 말씀이십니다. 그 일이야 저희 상단을 위한 것이기도 했으니까요."

감사를 표하면서도, 엔테아는 제게 약속한 몫을 잊지 말라고 돌려서 말하고 있었다. 나는 그런 그녀를 향해 안심하라는 듯 미소를 지으며 말했다.

"요즘 제나 공녀는 뭘 하고 있답니까?"

"모슬린이 실패한 이후로 조금 주춤하기는 했지만, 여전히 활발하게 활동하고 있는 모양입니다. 모임도 꾸준히 나가고, 간간이 황후 후보임을 앞세워 정무 회의에도 참석하는 것 같습니다. 신전에도 꾸준히 드나들고요. 아, 최근에 크게 벌인 일이 하나 있던데……. 혹시 들으셨습니까?"

"그게 뭔가요?"

"신전과 연계하여 빈민 구제 사업을 한다고 합니다만, 자세한 사항은 미처 조사해 보지 못했습니다. 알아볼까요?"

그러라고 할까 하다가 고개를 저었다. 지은의 일거수일투족을 보고하라 했으니, 그 일이라면 아무래도 조금 뒤 만날 카롯 남작 역시 언급할 것 같았다.

"아닙니다. 조만간 제나 공작가 산하 상단이 모두 정리될 터이니, 그대는 당분간 상권을 늘리는 데에만 집중하도록 해요. 그 일은 내가 알아서 조사하죠."

깊숙이 허리를 숙여 보인 엔테아가 집무실을 나서자, 잠시 후 카롯 남작이 안으로 들어섰다. 나는 왠지 침울해 보이는 중년인을 의아하게 바라보며 인사를 건넸다. 뭔가 좋지 않은 소식이라도 있나?

"오래 기다리게 해서 미안해요, 남작."

"아닙니다, 아가씨."

"헌데 표정이 영 좋지가 않네요. 무슨 일이라도 있나요?"

"아닙니다. 그저……."

그는 보기 드물게 망설이는 기색이었다. 아무래도 일이 잘 안 풀렸나 보다라는 생각에, 나는 곧장 지시했던 일에 대해 묻는 대신 요즘 들어 계속 궁금했던 일을 먼저 꺼내 들었다.

"남작, 혹시 은랑銀狼이라는 자에 대해 들어 본 적 있나요?"

"은랑…… 이요? 아가씨께서 은랑을 어찌 아십니까?"

멈칫하는 모습에 눈을 가늘게 떴다. 표정 변화가 거의 없는 남작이 저 정도 반응을 보인다면 뭔가 있는 것이 분명했다.

"어쩌다 보니 듣게 되었는데, 다들 남작처럼 반응이 미묘하더군요."

조금 망설이다가, 나는 최근 들어 내내 머릿속에서 맴돌고 있던 가정 하나를 꺼냈다.

"혹시 그자, 우리 가문과 관계가 있기라도 한 건가요?"

"……."

"남작?"

고개를 갸웃하며 묻자, 잠시 침묵하던 남작이 말했다.

"으음, 그렇긴 합니다만, 그것이……."

"……."

"죄송합니다, 아가씨. 제가 말씀드릴 수 있는 것은 여기까지입니다. 각하께서 함구령을 내리신 사안이라서요."

"아버지께서요?"

"그렇습니다."

무겁게 고개를 끄덕이는 모습에, 나는 궁금증을 일단 접어 둔 뒤 본론을 꺼내 들었다. 내가 궁금해 하는 것을 알면서도 아버지께서 말씀해 주지 않으신 것을 보면, 아직까지는 내게 알려 주실 만한 일이 아닌 모양이었다.

"그래, 알아낸 일들은 조금 있나요?"

"그렇습니다. 그런데 그것이 좀……."

"음? 뭔가 잘 안 풀리기라도 한 건가요?"

고개를 갸웃하며 묻자 잠시 망설이던 남작은 우선 살펴보라는 듯 서류를 집어 내게 건넸다.

그것은 지난번에 포섭한 아피누 자작에게서 받아 낸 문서였다. 시간순으로 정리되어 있는 몇 개의 문서들은 각각 수단과 방법을 가리지 않고 각국의 왕녀들을 회유할 것, 경제적 원조를 대가로 협력 체계를 구축하기로 한 이트 왕국의 왕녀를 적극적으로 지원할 것, 그리고 이트 왕녀가 태자빈이 되는 즉시 사돈 관계라는 명분을 들어 관세를 낮추고 이트 왕국에서 요구하는 철광석의 수출을 증가시키자고 주장할 것 등의 사항이 적혀 있었다.

친필로 적혀 있기만 했다면 필적 대조라도 해 볼 수 있었겠지만, 들쑥날쑥한 삐침이나 그림 그리듯 펜을 굴린 모양새를 보아 하건대 이것은 글을 읽을 줄 모르는 아랫사람에게 원본을 똑같이 베끼라고 지시해서 만든 필적 위장용 기밀문서가 분명했다.

한숨을 내쉬며 살펴본 문서들을 치우는데, 문득 끄트머리에 찍힌 인장이 눈에 들어왔다. 방패와 검, 그리고 장미 아래 새겨진 문구는 다름 아닌 볼렌테 카스티나_Volente Castina, 카스티나의 뜻대로_였다.

이, 이게 뭐야.

절로 눈이 휘둥그레졌다. 어째서 이 기치_旗幟_가 여기에 쓰여 있는 거지?

"이건 뭐죠?"

"그것 때문에 조금 곤란하게 됐습니다. 제아무리 아피누 자작이 있다 한들, 필적을 비롯하여 아무런 증거가 없는 이상 제나가와의 연관성을 증명할 수는 없지 않습니까. 게다가 아가씨께서도 아시다시피, 볼렌테 카스티나는······."

"라스가의 기치죠. 후우, 난감하게 됐네요."

긴 한숨을 내쉬었다.

물론 지금은 백작이 숨겨 둔 기밀문서가 있는지조차 알 수 없는 상황이었지만, 이래서야 라니에르 백작의 비밀 서류를 입수해도 아무런 소용이 없었다. 저 인장이 제나가의 것임을 증명하지 못하는 이상 자칫 잘못하다가는 엉뚱한 라스가에 불똥이 튈 수도 있는 일이었으니까.

나는 지끈지끈 쑤시는 관자놀이를 꾹꾹 누르며 다른 서류들을 넘겨 보았다. 그것은 라니에르 백작을 지속적으로 감시하고 있지만 별다른 점을 발견하지는 못했다는 내용과 독약 건에 대해 지난번 조사 이후로 그다지 진척된 점은 없다는 것, 그리고 최근 신전에서 아직까지 일반 백성들에게는 잘 알려지지 않은 지은을 진정한 신탁의 아이로 만들기 위해 대대적인 행사를 계획하고 있다는 사실 등에 대한 보고서였다.

"일단 이게 다인가요?"

마지막 장을 덮으며 묻자, 카롯 남작은 무척 미안한 듯한 표정으로 고개를 끄덕였다. 별다른 성과가 없었다는 사실이 못내 마음에 걸리는 것 같았다.

"수고했어요. 동시에 이만큼 일을 진행하기도 힘들었을 텐데, 자꾸만 일감을 안겨 주는 것 같아 미안하군요."

"아닙니다, 아가씨. 좋은 소식을 전해 드리지 못해 죄송할 따름입니다."

"괜찮습니다. 그리 쉽게 걸릴 만한 자들이었으면 감히 이런 짓도 못했겠죠. 집사에게 얘기해 둘 테니, 고생한 정보원들에게 두둑하게 보상을 해 주도록 해요. 조금만 더 힘내 달란 얘기도 전해 주고요."

빙긋 웃어 보이며 말하자, 남작은 다소 안심한 듯한 표정으로 고개를 숙여 감사를 표했다.

"감사합니다, 아가씨."

"음, 혹시 디아스 백작 부인의 일은 진척이 좀 있나요?"

"아, 그 일이라면 계속 신경 쓰고 있습니다만, 아직 확실하지가 않아 일단 보류해 두었습니다. 윤곽이 잡히는 즉시 보고를 올리겠습니다."

"그렇군요. 알겠습니다. 그럼 이제 일어나 볼까요? 수련을 하러 가 봐야 할 것 같군요."

"아, 그렇잖아도 정식 기사 선발 공고가 붙었다는 이야기는 들었습니다. 힘내십시오."

"고마워요, 남작."

남작을 내보내고서, 나는 곧바로 검을 들고 연무장으로 향했다.

정식 기사 선발 시험까지는 앞으로 한 달.

그날까지 나는 죽을힘을 다해 검술 실력의 향상을 위해 노력해 볼 생각이었다. 이것은 내게 주어진 몇 안 되는 소중한 기회 중 하나였으니까.

다음 날.

나는 오전 업무를 마치자마자 곧장 제2기사단의 연무장으로 향했다. 한참 동안 수련하다 집으로 돌아가려는데, 입구에서 드레스 차림의 여자가 서성이고 있는 모습이 보였다.

어디서 많이 본 듯한 노을빛 머리카락의 여자는 휘르가의 차녀인 그레이스였다. 나를 발견한 그녀가 반색하며 인사를 건넸다.

"안녕하세요, 모니크 영애. 오랜만에 뵙습니다."

"그렇군요. 오랜만입니다, 휘르 영애."

고개를 까딱해 보이자, 잠시 멈칫하던 그녀는 난처한 듯한 표정으로 조심스레 말했다.

"영애께 드릴 말씀이 있어서 찾아왔습니다. 혹 제게 시간을 좀 할애해 주실 수 있으신가요?"

"그렇게 하죠. 잠시만 휴게실에서 기다려 주겠어요?"

"그리하겠습니다."

나는 정중하게 고개를 숙여 보이는 그레이스를 일별한 뒤 기사단 건물로 향했다.

'할 말이 있으면 집으로 올 것이지, 왜 황궁으로 찾아온 거람.'

잠시 드는 생각에 피식 웃음이 나왔다. 설마하니 그녀가 날 보러 황궁까지 왔겠는가. 명색이 황비 후보이니, 폐하를 알현하러 입궁했다가 겸사겸사 날 찾아온 것이겠지.

땀에 젖은 몸을 씻고 휴게실에 들어서자, 먼저 와 있던 그레이스가 서둘러 자리에서 일어났다. 나는 대대적인 개편이 얼마 남지 않은 탓에 텅 비어 있는 휴게실을 둘러보며 말했다.

"보다시피 이곳은 기사단인지라 대접할 만한 것이 별로 없군요. 차라도 들겠어요?"

"아, 아뇨. 괜찮습니다."

"그래요, 그럼."

고개를 까딱하며 자리에 앉자, 얌전하게 드레스 자락을 정리하고 앉은 그레이스가 말했다.

"영애의 성인식 때 제대로 인사를 드리지 못한 것에 대해 사죄하고자 찾아뵈었습니다. 늦었지만 성년이 되신 것을 진심으로 축하드립니다."

"고마워요. 그렇잖아도 몸이 좋지 않아 불참한다는 서신은 받았습니다. 이제는 괜찮은가요?"

"네. 염려해 주신 덕분에 다 나았습니다."

"다행이군요."

'아팠다고?'

피식 웃음이 나왔다. 확실히 가장 좋고 무난한 핑계이긴 했지만, 몸져누웠던 사람치고는 지나치게 혈색이 좋지 않은가.

그렇잖아도 내 성인식 연회에 그레이스가 불참하는 바람에 휘르가에서 모니카를 노골적으로 견제하는 것이 아니냐는 소문이 돌고 있는 터였다. 아무리 황후 후보에서 물러났을지언정 일개 백작가 따위가 어찌 감히 본가에 견줄 수 있느냐고 가신들이 분개하는 소리도 들었다.

애초에 본가에 친화적인 자들을 걸러 내기 위한 자리이기는 했지만, 막상 겪고 보니 기분이 그리 좋지는 않았다. 애초에 그녀를 발탁한 것이 누구였는데.

그런 마음이 반영되었던 것일까? 시선이 썩 곱지는 않았던 듯, 난처한 미소를 지은 그레이스가 쭈뼛거리며 작은 상자 하나를 내밀었다.

"약소하지만 사죄의 뜻으로 준비한 것입니다. 부디 하찮다 마시고 받아 주세요."

"뭘 이런 걸 다……. 고맙군요. 감사히 받지요."

형식적인 인사를 주고받고 나자 또다시 적막이 흘렀다. 어색한 침묵 속에서 한참을 앉아 있다가, 이게 뭐하는 짓인가 싶어 한숨을 쉬었다.

생각해 보면 새삼 기분 나빠할 필요도 없었다. 어차피 자업자득, 내가 뿌린 씨앗이 아니던가.

"이미 한참 지난 얘기입니다만, 작년 건국기념제에서의 일에 대해 제대로 인사를 전하지 못했군요. 당시 그대에게 많은 도움을 받았지요. 고마워요, 휘르 영애."

"아, 아닙니다. 많은 것을 배울 수 있는 유익한 시간이었는걸요. 그러니 저야말로 감사를 드려야 할 것 같습니다."

"부족한 것투성이였는데, 그렇게 얘기해 주니 고맙군요."

"아닙니다, 영애. 음……. 믿으실지는 모르겠지만, 사실 전 영애를 무척 좋아하고 존경하고 있답니다."

눈을 빛내며 바라보는 모습에 조금 당황했다. 겸연쩍은 기분에 멀쩡한 제복을 가다듬는 나를 물끄러미 바라보던 그레이스가 물었다.

"힘들지 않으세요?"

"어떤 것 말인가요?"

"기사 일까지 하시는 것 말이에요. 여기사가 아예 없는 것은 아니지만, 그렇다고 해서 흔한 것도 아니잖아요? 아무래도 불편한 점이 많으실 텐데…….”

"뭐, 가업이니까요."

"하지만 영애께서는…….”

"네?"

"아, 아무것도 아니에요. 그나저나 기사단을 새로 개편한다면서요? 사교계에서도 온통 그 이야기로 난리랍니다."

선황제 폐하 시절에 있었던 대규모 숙청 작업으로 인해 본디 다섯 개였던 기사단이 세 개로 줄어들면서 여러 가지 문제점이 야기되고 있었다. 무력 위주로 선발하는 바람에 행정 업무에 있어서는 전반적으로 약하다든가, 기사 지망생이 넘침에도 자리가 없어서 받아들이지 못한다든가와 같은 문제가 한두 가지가 아니었던 것.

개편의 필요성이야 모두 느끼고 있었지만, 그간 계파 간의 알력으로 인해 손대지 못했던 것이 이제야 간신히 받아들여졌으니 사람들이 흥분할 만도 했다. 젊은 영식들에게는 그야말로 황금 같은 기회가 아닌가.

"그럴 만도 하죠. 그간 다들 벼르고 있었을 테니까요."

"그런가요? 사실 저는 이런 쪽은 전혀 몰라서요."

"아무래도 영애들은 보통 관심을 두지 않는 분야니까요. 어쨌든 이번 일로 두 개 후작가가 수도에 정착하게 되었으니, 사교계에도 많은 변화가 있겠군요."

"두 개의 후작가라면……?"

"에네실가와 미르와가 말입니다. 그 두 가문에서 각각 단장을 맡는다 하더군요."

"에네실 후작 각하께서요?"

무심코 한 말이었을 뿐인데, 그레이스는 눈에 띄게 반색했다. 나는 눈매를 가늘게 좁히며 그녀를 바라보았다.

'뭐지, 저 반응은?'

그러고 보니 얼굴도 조금 붉어진 것 같았다.

"그리 젊은 나이에 기사단장이라니, 정말 대단하신 것 같아요. 일전에 한 번 뵌 적이 있는데, 어찌나 품위가 넘치시던지요. 녹색 눈동자를 빛내며 조곤조곤 말씀을 하실 때면 여러 영애들이 마음 졸이곤 한답니다."

"……그런가요?"

"그럼요. 게다가 찬란한 백금발이 불빛에 반사될 때면 마치 금을 녹인 것처럼 반짝반짝 빛나는 모습이 정말이지……."

볼을 발그레하게 물들인 그녀는 누가 봐도 사랑에 빠진 여자의 표정을 짓고 있었다.

나는 에네실 후작의 칭찬을 늘어놓는 그레이스를 보며 속으로 한숨을 삼켰다. 자신이 어떤 처지인지 잊고 있는 건가? 황비 후보가, 그것도 지은을 견제하기 위해 실질적으로 황후의 권한을 행사하게 하려는 여자가 폐하가 아닌 다른 남자에게 열을 올리고 있다니.

"휘르 영애."

"네?"

"다른 곳에서는 에네실 후작 각하의 이야기를 꺼내지 않는 것이 좋겠습니다."

"아……."

"주기적으로 부름을 받아 알현할 정도로 폐하께서 관심을 보이고 계시는 만큼, 귀족파에서 그대를 깎아내리기 위해 벼르고 있을 것이 분명합니다. 그런 상황에서 공연히 책을 잡힐 필요는 없겠지요."

"아, 네. 그렇지요……."

그레이스는 고개를 끄덕이며 천천히 입을 다물었다.

나는 또다시 흐르는 어색한 침묵 속에서 재차 한숨을 삼켰다. 어느 정도 야심이 있어 보여서 밀었던 것인데, 이렇게 순진해서야 귀족파의 공세를 잘 버텨 낼 수 있을까.

조금 미안했다. 그녀를 지금 이 상황까지 밀어 넣은 것은 다름 아닌 나였으니까.

지은이야 그렇다 쳐도, 그레이스에게 이렇게 해도 되는 걸까. 어쩌면 나는 내 운명을 피하자고 또다시 엉뚱한 이를 희생시키고 있는 것은 아닐까.

"……미안해요, 휘르 영애."

"네? 아, 아뇨. 그러실 필요는 없습니다. 오히려 감사드리고 있는 걸요. 덕분에……."

"네?"

"아, 아무것도 아닙니다. 그런데 영애, 사교계에는 복귀하지 않으시나요? 일전에는 그래도 간간이 참석하셨던 것 같은데, 요새는 아예 얼굴조차 비추지 않으시는 것 같아서요."

"성인식이다 뭐다 해서 바빴기에 그랬을 뿐 일부러 참석하지 않은 것은 아니었습니다만, 그리 보였을 수도 있겠군요. 그런데 이상하군요. 분명 프린시아에게 사정을 설명해 뒀는데……."

의아한 마음에 얘기한 것이었지만, 그레이스는 그제야 알았다는 듯 고개를 끄덕이고는 말했다.

"아, 그럼 그럴 수도 있겠네요. 라스 부인은 사교 활동을 하지 않으신 지 조금 되었으니까요."

"음? 그게 무슨 소린가요? 프린시아가 왜 사교 활동을 하지 않는다는 거죠?"

"네? 그야 회임 중이시라 그런 것 아닐까요? 거의 만삭이시라고 들었던 것 같습니다만……."

"잠깐, 프린시아가 회임을 했다고요?"

황급히 말을 자르며 묻자, 그레이스는 아차 하는 표정을 지으며 고개를 숙였다. 그 모습을 보자 문득 생각 하나가 머릿속을 스치고 지나갔다.

'그랬구나.'

프린시아와 나는 적어도 보름에 한 번씩은 편지를 교환하고 있는 사이. 그럼에도 만삭이 되도록 내가 그녀의 회임을 몰랐다는 것은, 그녀가 편지에 그 일을 적는 것을 의도적으로 누락했다고 봐야 하지 않을까?

어쩐지 한숨이 나왔다.

'아마도 나를 배려하고자 했던 것이겠지.'

다정한 성격이니, 평생 아이를 가질 수 없을지도 모른다는 판정을 받은 내게 회임했다 말하기가 꺼려졌을 것이 분명했다. 그러다 보니 언급할 때를 놓쳤을 테고.

가슴 한구석이 무겁게 가라앉았지만 부러 환하게 미소를 지었다. 이 일이 전해져서 몇 안 되는 친구 중 하나인 프린시아가 공연히 죄책감에 시달리게 하고 싶지는 않았다. 그녀가 대관절 무슨 잘못을 했기에 내 눈치를 봐야 한단 말인가. 마땅히 축복받아야 할 일일진대.

"그랬군요. 잘됐네요. 그간 이런저런 일이 많아 미처 듣지 못했던 모양입니다."

"……."

표정이 흔들리기라도 한 것일까?

최대한 밝은 목소리로 얘기했음에도 그레이스는 못내 걱정스러운 표정으로 나를 살폈다.

"다음에 프린시아를 만나면 크게 사죄해야겠습니다. 명색이 친구인데 만삭이 되도록 소식조차 몰랐다니. 어떻게 해야 섭섭한 마음이 풀릴지 모르겠네요. 뭔가 좋은 방법이 없을까요?"

담담하게 말하고 있었지만, 가슴속에서는 바람 소리가 들려오고 있었다.

왜 이러는 것일까. 과거에는 아이를 잃었어도 그와의 연결 고리가 사라졌다는 사실에 절망했을 뿐 그 자체에 대한 서글픔은 없었는데.

그런 심정을 눈치챈 것인지, 복잡한 표정으로 입술만 달싹이던 그레이스는 한참 후에야 머뭇머뭇 말문을 열었다.

"……라스 부인은 그런 걸 가지고 섭섭해 하실 분이 아니니 그리 걱정하지 않으셔도 될 거예요."

"그럴까요? 그래도 그간 너무 무심했던 것 같아 걱정이네요. 고마워요, 휘르 영애. 그대가 아니었다면 프린시아에게 더 큰 죄를 지을 뻔했군요."

"아, 아닙니다."

"이런, 그러고 보니 일전에 내게 이름으로 불러 달라고 했었죠. 깜빡하고 있었네요. 내가 요즘 이렇게 정신이 없답니다. 미안해요, 그레이스."

 부드럽게 말하자, 그레이스는 눈에 띄게 환한 표정으로 아니라며 손사래를 쳤다. 갑자기 밝아진 표정을 보아하건대, 아무래도 내가 불편한 심기를 드러내기 위해 일부러 이름 대신 성으로 부르고 있었다는 걸 알아차리고 전전긍긍하고 있었던 것 같았다.

 이런저런 얘기를 늘어놓던 그레이스가 돌아간 뒤, 나는 입궁하면서 가져왔던 서류를 챙겨 행정부로 향했다. 집무실에 들어서자 조금 피곤해 보이는 얼굴로 서류를 검토하던 녹색 머리카락의 남자가 말했다.

 "오랜만이군, 영애. 내 급히 처리할 일이 있어서 그러니 잠시만 기다려 주겠나?"

 "네, 알겠습니다, 공작 전하."

 나는 가볍게 고개를 끄덕인 뒤 집무실 가운데 있는 소파에 앉았다. 잠시 후 읽고 있던 서류에 인장을 찍어 결재를 마친 공작이 내게 다가왔다.

 "기다리게 해서 미안하군. 그래, 무슨 일로 직접 찾아온 건가?"

 "한 가지 의문점이 있어서 찾아왔습니다."

 "의문점?"

 본디 이런 것은 백 번 말하는 것보다야 한 번 보는 게 빠른 법. 의아하다는 듯 바라보는 베리타 공작에게 서류 뭉치를 넘기자, 그는 말없이 그것을 받아 쓱 훑어보았다.

 팔락팔락 종이를 넘겨 보던 공작의 눈에 문득 이채가 어렸다.

 "허, 이건 뜻밖의 사실이로군. 어째서 이런 걸 몰랐을까?"

"보통은 잘못한 일을 찾지, 잘한 일을 조사하지는 않으니까요. 어쨌든, 조금 이상하지 않습니까?"

"확실히 그렇군. 제나가에 이어 귀족파 서열 이 위를 차지하고 있는 미르와 후작가가 이토록 깨끗할 수가 있나. 뭔가 수상쩍은 냄새가 나는군그래."

"제 생각도 그렇습니다."

"물론 그저 청렴하다 생각할 수도 있겠지만, 어쩐지 미심쩍다는 느낌이 강하게 오는군. 알려 줘서 고맙네. 내 상세히 조사해 보도록 하지."

"아닙니다. 그저 조사 과정에서 얻은 작은 소득일 뿐인걸요."

날카로운 눈빛으로 서류를 다시 한 번 쭉 훑어본 그가 안경을 추어올리며 물었다.

"그래, 내가 뭔가 또 도울 것이 있는가?"

"제나 공작가 산하 상단에 대한 정보가 필요합니다."

"어째서? 파산이라도 시킬 생각인가?"

"그 정도까진 아니더라도, 일단은 장미를 키울 거름을 없애 볼까 생각 중이라서요."

답변을 들은 베리타 공작은 빙그레 미소를 지으며 말했다.

"그 정도라면야 자체적으로 보유하고 있는 자료만으로도 충분하니, 굳이 영애를 번거롭게 할 필요 없이 행정부 선에서 처리하도록 하겠네. 그럼 되었는가."

"충분합니다. 아 참, 상권의 일정 비율은 보장해 주셔야 합니다."

"허, 알겠네. 일 처리 한번 똑 부러지게 하는군. 나머지 비율에 대해서는 알아서 가져가란 뜻으로 받아들여도 되겠지?"

"물론입니다."

"좋네. 모두 좋아라 하겠군."

베리타 공작은 흐뭇한 표정으로 고개를 끄덕였다. 그 모습을 보며 나 역시 스르르 미소를 지었다. 다소 느리긴 해도 뭔가 조금씩 이뤄지고 있다는 생각에, 그레이스를 만났던 이후로 우울했던 기분이 약간 나아지는 듯했다.

'이제 시작이야.'

집무실을 나서며 속으로 작게 중얼거렸다. 조만간 있을 반격의 날이 몹시 기대되었다.

며칠 뒤.

아침 수련을 마치고 식당에 들어서자, 눈썹을 찌푸린 채 뭔가를 읽고 계시는 아버지의 모습이 눈에 들어왔다.

무슨 내용이기에 저리 불편한 기색이신 걸까?

고개를 갸웃하며 다가가자, 들고 있던 종이를 내려놓은 아버지께서 말씀하셨다.

"왔느냐."

"네. 헌데 아버지, 그건 뭔가요?"

"미르와 후작이 세상을 떴다는구나. 장례는 영지에서 조촐하게 치르되 후계자는 여기 남아 작위 승계식을 하겠다고 한다. 이건 그 승계식의 초대장이고."

"네? 그게 무슨……."

"제4기사단의 창설이 얼마 남지 않았으니, 혹 수도를 비웠다가 단장 자리를 빼앗길까 저어되는 모양이다. 흠, 어지간히도 바라는 모양이구나."

"……그렇군요."

아무리 그래도 그렇지, 부친상을 당했는데 너무 매정한 것 아닌가?

조금 의아했지만, 나는 곧 상념을 떨쳐 버리며 내 앞으로 온 서신들을 살펴보았다. 여전히 수북한 편지 더미의 꼭대기에는 긴급을 요하는 표시가 찍힌 봉투가 하나 있었다.

서둘러 봉인을 뜯자, 그 안에는 간단하게 한 줄의 문장만이 적혀 있었다.

장미 꽃봉오리 발견. NEC5-R. 개화 시간은 불명.

절로 탄성이 새어 나왔다.

그럼 그것이 정말로 사실이었단 말인가?

환희를 주체하지 못한 입꼬리가 하늘 높이 치솟아 올랐다. 이것은 그간의 부진을 한 번에 만회할 수 있는 중차대한 발견이었다.

나는 떨리는 가슴을 부여잡은 채 짤막한 문장을 다시 한 번 훑었다.

NEC5-R, 북동쪽 평민 구역 다섯 번째 블록의 빨간 지붕 집이라. 두 사람의 접촉 시간만 알아낼 수 있다면 완벽할 텐데.

'남들의 눈을 피해 만날 수 있는 날이 언제지?'

곰곰이 이것저것을 따져 보다가, 문득 머릿속을 스치고 지나가는 생각에 슬쩍 고개를 끄덕였다. 확신할 수는 없지만 한 번쯤 시도해 볼 가치는 있을 것 같았다.

"저, 아버지."

"왜 그러느냐?"

"미르와가의 작위 승계식에 참석해도 될까요?"

"음? 어찌 그러느냐. 대리인을 보내면 될 것을."

"뭐 좀 알아볼 것이 있어서요."

"흠, 알았다. 그리하거라. 대신 아비와 약속 하나만 해 주지 않겠느냐?"

"약속이오? 그게 뭔가요?"

고개를 갸웃하며 묻자 아버지께서는 희미한 미소를 지으며 말씀하셨다.

"요즘 내 딸이 너무 바빠 함께 시간을 보내지 못하는 것이 영 섭섭해서 말이다. 당장은 정식 기사 선발 때문에 정신이 없을 테니 어쩔 수 없다 하더라도, 모든 일정이 끝난 후에는 아비와 함께 오붓하게 시간을 좀 보내 줬으면 하는구나."

"아……. 그럼요. 그렇게 할게요, 아버지."

가슴 가득 번지는 따뜻한 기운에 생긋 웃으며 답하자, 아버지께서는 엷은 미소를 지으며 말씀하셨다.

"그리고, 만일을 대비해 리그 경을 대동하도록 해라."

"네? 하지만 리그 경은……."

"아비가 직접 동행하면 좋겠지만, 괜스레 미르와가의 위상을 올려 줄 수는 없잖느냐."

"음, 네. 그렇게 할게요."

어찌할까 잠시 생각하다 순순히 고개를 끄덕였다. 확실히 옳은 말씀인데다가 적의 둥지에 들어가는 데 조심해서 나쁠 건 없었으니까. 게다가 지금 예상하고 있는 것이 들어맞게 된다면, 협상 과정에서 어느 정도의 무력을 동원해야 할지도 모르는 노릇이었다.

나는 포크를 집어 들며 짙은 미소를 지었다. 며칠 뒤에 있을 작위 승계식이 무척 기다려졌다.

며칠 뒤.

나는 리그 경과 함께 미르와 후작가로 향했다. 난생처음으로 가 보는 미르와가의 저택은 우리 집에서 아주 멀지는 않은 곳에 자리하고 있었다.

마차에서 내리자 잘 꾸며진 저택이 눈에 들어왔다.

조금 의외였다. 우리 가문을 제외한 일곱 개의 후작가는 멀리 국경 지역에 기반을 두고 있는 탓에 수도에는 그리 신경을 쓰지 못한다고 알고 있었는데, 미르와가의 저택에서는 그런 사정이 전혀 느껴지지 않았다. 눈앞의 저택은 크기도, 꾸밈새도 모두 중앙 정계에서 제법 세력을 떨치는 가문들의 그것과 닮아 있었다. 그런 것을 보면, 수도에 올라온 지 제법 시간이 되었다고는 해도 생각보다 영식의 수완이 좋은 듯했다.

저택에 들어서자 입구에서 손님들을 맞이하던 벌꿀색 머리카락의 남자가 시름에 잠긴 표정으로 인사했다.

"어서 오십시오, 모니크 영애. 참석하신다는 답장을 받고 많이 놀랐습니다. 귀한 시간 내주셔서 감사합니다."

"아닙니다. 선고장의 명복을 빕니다."

"……위로의 말씀, 감사드립니다."

의아했다.

저렇게 슬퍼할 것이면서 어째서 장례식조차 참석하지 않고 수도에 남아 있는 거지? 아무리 중요한 시기라고 해도 그렇지, 고작 몇 주 동안 자리를 비웠다 해서 귀족파 서열 이 위인 가문에서 기사단장 자리를 앗아 가려 할 자가 있을까? 혹시 귀족파 내부에서도 보이지 않는 알력이 존재하는 건가.

따끔따끔한 시선이 느껴졌지만, 나는 곳곳에서 쏟아지는 적의를 무시한 채 주위를 둘러보았다. 삼삼오오 무리지어 있는 귀족파 사람들 속에 화사하게 차려입은 디아스 백작 부인의 모습이 보였다.

좋아. 일단 절반은 성공한 건가.

자연스럽게 시선을 돌려 다른 곳을 훑어보자, 대다수의 귀족파 사이에 간간이 무리를 이루고 있는 황제파 영식과 영애들이 보였다. 아무래도 의전 서열 육 위인 가문이니 아예 무시할 수는 없었던 모양이었다.

누구와 먼저 대화를 나눠 볼까 생각하고 있을 때, 갑자기 등 뒤에서 날카로운 목소리가 들렸다.

"이게 누구야. 모니크 영애 아닌가요?"

천천히 몸을 돌리자 눈썹을 추켜세운 채 나를 노려보고 있는 지은이 보였다.

"안녕하세요, 제나 공녀."

"안녕? 지금 내가 안녕한 것처럼 보여요?"

여차하면 한 대 칠 것처럼 살벌한 모습에 절로 비뚜름한 미소가 걸렸다. 잔뜩 치켜 올라간 눈꼬리가 범상치 않아 보였지만, 왜 저렇게 화가 났는지 짐작하고 있기 때문인지 그저 웃음만 나왔다.

"리그 경, 죄송합니다만 자리를 좀 피해 주시겠어요? 제나 공녀와 단둘이 할 얘기가 있어서요."

"……알겠습니다, 아가씨."

탐탁지 않은 목소리로 답한 리그 경이 몇 발짝 뒤로 물러났다. 그가 대화가 들리지 않을 정도로 물러난 것을 확인한 지은이 그제야 인상을 잔뜩 찌푸리며 으르렁거렸다.

"너, 요새 무슨 짓을 하고 있는 거야?"

"무슨 말씀이십니까, 제나 공녀?"

"시치미 떼지 마. 내가 모슬린을 사들이고 있다는 사실을 알고 훼방 놓은 것도, 우리 가문 산하 상단을 행정부에 고발한 것도 모두 네 짓이잖아."

"뭘 말씀하시는 건지 도통 모르겠군요. 모슬린을 사들이고 계셨습니까? 그리고 고발이라니요? 제나 공작가 산하 상단이 뭔가 비리라도 저질렀나 보지요?"

"시치미 떼지 말라고 했지?"

검은 눈동자가 활활 불타오르고 있었다.

나는 불같이 화를 내는 지은을 빤히 바라보며 피식 웃었다. 그러고는 주위 사람에게는 보이지 않을 정도로만 비뚜름하게 입꼬리를 끌어 올리며 말했다.

"겁도 없이 날 건드렸을 땐 그 정도쯤은 각오했어야지."

"뭐라고?"

"조용히 살려던 날 들쑤신 건 너야. 전생의 내가 어땠는지 유일하게 알고 있는 사람이 지은, 바로 너잖아. 새삼스럽게 뭘 놀라지?"

"너……."

"너 말이야, 뭘 착각하고 있는 거 아냐? 화를 낼 사람은 이쪽이 아닌가? 억울하게 모든 것을 빼앗겼던 쪽도, 독을 마셨던 쪽도 네가 아니라 난데 말이지."

"닥쳐! 네가 뭘 안다고 큰소리야?"

지은은 몹시 화난 표정으로 씩씩거렸지만, 어차피 그녀의 반응 따위는 상관없었기에 나는 아랑곳하지 않은 채 비웃듯 말했다.

"요즘 빈민 구제 사업을 하고 있다지? 그것도 신전과 연계해서 말이야."

"그게 어때서? 너같이 뼛속까지 귀족인 사람은 모르겠지만, 제국에서 가장 살기 좋다는 이 수도에조차 빈민은 존재해. 하루하루 먹고살기도 힘든 이들에게 무상으로 한 끼 제공하는 게 뭐가 어때서? 네가 무슨 짓을 한 건지 알아? 넌 그 일을 위한 자금을 끊어 버리려 했다고. 네 사욕만을 채우기 위해서!"

"사욕? 흥, 제대로 관리도 못 하는 주제에 큰소리는."

"뭐라고? 그게 무슨 소리야?"

나는 이해할 수 없다는 듯 바라보는 지은을 향해 혀를 차며 말했다.

"일만 벌여 놓고 제대로 관리도 못 하는 주제에 어디서 화풀이를 하는 거야? 네 자금줄이 멀쩡했다고 해도 신전 배불리기밖에 안 됐을 거거든?"

"무슨 소리야?"

"내가 포크를 쥐어 준 걸로도 모자라서 떠먹여 주기까지 해야 해? 네게 그런 친절을 베풀 마음 따윈 없어. 궁금하면 직접 알아봐."

나는 몹시 혼란스러워 보이는 그녀를 향해 차갑게 쏘아붙였다.

얼마 전 카롯 남작에게서 받은 보고서에는 지은의 빈민 구제 사업에 대해 상세하게 적혀 있었다. 막대한 자금을 내놓고 부탁을 했건만 신전은 대부분의 금전을 착복한 것도 모자라 음식을 무상으로 제공하는 대신 돈을 받고 팔기 시작했다는 것과 그 덕분에 빈민 대신 보다 싸게 끼니를 해결하려는 평민만 혜택을 받고 있다는 내용이.

도대체가, 일을 벌였으면 관리를 할 줄 알아야지 그게 뭐란 말인가.

솔직히 말해 지은이 조금 다르게 보인 것은 사실이었다. 생각이라곤 하나 없는 멍청한 여자인 줄만 알았는데 의외로 괜찮은 생각도 해내는구나 싶어서.

하지만 그건 그거고 이건 이거였다. 나만 보면 증오심을 불태우는 그녀에게 사정 설명을 해 주고 해결 방안을 알려 줄 친절한 마음 따위는 없었다. 이만큼 알려 준 것만 해도 충분히 은혜를 베푼 것이 아닌가.

그때, 황제 폐하를 대리하여 방문한 의전관이 단상 위로 오르는 것이 보였다.

본디 모든 작위는 황제 폐하께서 내려 주시는 것. 그렇기에 작위를 승계 받는 경우 환수된 작위를 황제 폐하께서 다시 내려 주시는 모양새를 취하는 것이 관례였고, 미르와 후작가 역시 예외는 아니었다.

한쪽 무릎을 꿇고 고개를 숙인 미르와 영식 앞에서 종이를 펼쳐 간단한 축사를 읽은 의전관이 브로치를 집어 들었다. 거리 때문에 잘 보이지는 않지만 아마도 미르와가의 문장이 새겨져 있을 그것을 영식의 옷깃에 달아 주는 것으로 작위 승계식은 끝이 났다.

이제는 명실상부한 후작으로 거듭난 영식에게 앞다퉈 인사를 건네는 무리를 바라보고 있을 때, 화사한 드레스 차림의 금발 여인이 슬그머니 연회장을 빠져나가는 모습이 보였다.

순간, 지루함에 늘어져 있던 몸에 생기가 돌아오는 것이 느껴졌다. 나는 들고 있던 잔을 서둘러 내려놓은 뒤 리그 경에게 다가가 말했다.

"그만 돌아가죠, 리그 경. 이만하면 예의는 충분히 차린 것 같군요."

"네? 벌써요? 뭔가 목적이 있어서 오신 것 아니었습니까?"

"음, 네. 절반은 이뤘으니 이제 나머지 일을 하려고요."

"네? 그게 무슨 말씀이십니까?"

"자세한 얘기는 가면서 설명할게요. 일단 나가죠."

서두르는 기색을 알아차린 것인지, 리그 경은 더는 묻지 않고 말없이 나를 따라나섰다.

그만 자리를 뜨겠노라며 인사를 건네자, 미르와 후작은 몹시 아쉬워 보이는 표정으로 고개를 끄덕였다. 아무리 그래도 주위의 시선을 의식하지 않을 수는 없었던 건지, 그는 평소와는 달리 끈질기게 붙들지는 않았다.

나는 리그 경과 함께 마차에 오른 뒤 거의 집 근처에 다다랐을 때쯤에야 마부에게 올바른 행선지를 말했다.

마차가 방향을 바꿔 달릴 때까지도 침묵하던 리그 경은 수도 북동쪽에 있는 평민 지구에서 하차한 후에야 조심스럽게 질문을 던졌다.

"아가씨, 평민 지구에는 대체 무슨 볼일이십니까?"

"음, 실은 디아스 백작 부인의 뒤를 밟고 있어요. 최근에 재미있는 소문을 한 가지 들었거든요."

만에 하나 있을 사태에 대비하기 위해서라도 이제는 귀띔을 해 줘야 했다. 나는 슬쩍 주위를 살핀 뒤 조용히 설명을 시작했다.

"하급 귀족들 사이에서 우스갯소리처럼 돌던 소문인데, 디아스가의 후계자가 실은 백작 부인이 외도해서 낳은 자식이라는 거예요. 백작하고는 전혀 안 닮았기 때문이라는데, 마침 백작의 나이도 있고 하니 그럴 법도 하다며 그런 얘기가 돌더라고요."

"흠. 그래서요?"

"경께서도 아시겠지만, 백작과 백작 부인은 금슬 좋은 부부로 무척 유명하잖아요? 그래서 저도 혹시나 하는 마음에 조금 알아봤을 뿐이었는데, 막상 살펴보니 수상한 점이 한두 가지가 아니더군요. 지금 가는 곳은 부인의 밀회 장소인데, 현장을 적발해 낼 수 있을지는 모르겠어요."

"그렇군요. 그런데 아가씨, 그 사실이 아가씨와 무슨 상관입니까? 설마 단순한 호기심에서 이러시는 것은 아닐 테고……."

"쉿, 잠시만요."

어느새 저 멀리 빨간 지붕이 보였기에, 나는 검지를 입술에 가져다 대며 집의 동태를 살폈다. 거리 탓에 잘 보이지는 않았지만 창밖으로 희미하게 새어 나오는 불빛으로 보아 사람이 있는 것은 확실했다.

카롯 남작의 말에 의하면 평소에는 비어 있는 집이라 했으니 절반 이상은 성공한 건가?

나는 스르르 입꼬리를 끌어 올리며 빠르게 설명했다.

"왜 이렇게 백작 부인의 뒤를 밟느냐고 하셨죠? 그건 아이의 아버지가 검은 장미 꽃봉오리로 추정되기 때문이에요."

"……뭐, 뭐라고요?"

리그 경은 눈을 크게 뜨며 황급히 되물었다. 나는 그에게 다시 한 번 주의를 준 뒤 말했다.

"혹시 무력을 동원할 일이 생길지도 모르니 주의를 기울이셔야 합니다. 아시겠지요?"

리그 경은 무겁게 고개를 끄덕였다.

잠시 신호를 교환한 뒤, 나는 그와 함께 빨간 지붕 집으로 향했다.

최대한 비밀을 아는 사람을 줄이고자 한 것인지, 집을 지키고 있는 인원은 얼마 없었다. 리그 경과 나는 시종과 시녀로 보이는 사람들을 모두 기절시킨 뒤 불빛이 새어 나오는 곳으로 향했다.

가만히 문에 귀를 대어 본 리그 경이 작게 속삭였다.

"아가씨는 여기 계십시오. 제가 먼저 들어가겠습니다."

"네? 하지만……."

"……아가씨께서 보실 만한 장면이 못 됩니다. 그러니 잠시 후에 들어오십시오."

"아, 네."

나는 확 달아오르는 볼을 손으로 감싸며 두어 걸음 뒤로 물러났다. 그런 나를 보며 빙그레 웃음을 지은 리그 경이 한 발짝 앞으로 나섰다.

쾅!

"꺄악!"

"누, 누구냐?"

문이 부서지는 소리가 들리고, 곧이어 날카로운 여자의 비명과 함께 놀란 기색이 역력한 남자의 목소리가 들려왔다.

"네, 네 이놈! 여기가 어딘 줄 알고 감히……!"

"그런 건 관심 없고, 일단 옷부터 입으시는 게 어떻겠소? 보기 썩 좋은 모습은 아니오만."

비웃는 듯한 리그 경의 말에 남자는 몹시 노기 어린 음성으로 고함쳤다.

"감히 이런 짓거리를 벌이고도 살아남을 성싶으냐? 당장 물러가지 못할까!"

"쯧, 명색이 공작가의 후계잔데, 상황 판단이 매우 느리군. 지금 처분을 운운할 때가 아닐 텐데 말이지. 뭐, 됐소. 일단 옷부터 입으시오. 당신을 만나고자 하는 분이 계시니."

"큭……."

억누른 신음이 들리고 곧이어 부스럭거리며 옷 입는 소리가 들려왔다.

사락거리는 소리가 멈추기를 기다렸다 천천히 방 안에 들어서자, 흐트러진 차림새로 리그 경을 노려보고 있는 남녀가 보였다. 불빛 아래 드러난 내 모습을 알아챈 남자의 눈동자가 크게 뜨였다.

"너, 너는……!"

"오랜만입니다, 제나 공자."

"그딴 식으로 나를 부르지 마라!"

"그럼 작위도 없는 분을 제가 뭐라고 불러야 할까요?"

입꼬리를 비뚜름하게 끌어 올리자, 남자는 활활 타오르는 눈으로 나를 노려보았다. 하지만 자신에게 불리한 상황임을 파악한 것인지 이성을 잃고 덤벼들거나 하지는 않았다.

한참 동안 이만 득득 갈던 그가 잔뜩 가라앉은 목소리로 말했다.

"……바라는 게 뭐냐?"

"흠, 얘기가 빨라서 좋군요. 하긴, 공자께서도 디아스가의 후계자가 실은 제나가의 사생아임을 만천하에 알리고 싶지는 않으시겠지요."

"뭐라고요? 사생아?"

얼굴을 가리는 데 급급하던 백작 부인이 뾰족한 음성으로 외치자, 남자는 그런 그녀를 힐끗 돌아보고는 말했다.

"그녀는 보내 줘라. 어차피 네년이 원하는 사람은 내가 아닌가."

"뭐, 저야 상관없습니다만, 공자께서는 괜찮으시겠습니까? 이대로 부인만 쏙 빠져나가면 어쩌시려고요?"

"그녀는 그런 사람이 아니다. 네년의 기준으로 판단하지 마라."

"기준으로만 따지면 공자가 저보다 더할 텐데요. 뭐, 어쨌든 좋습니다. 부인께서는 이만 돌아가셔도 좋습니다. 이곳에서 저를 본 사실은 함구하시고요. 이유는 굳이 말하지 않아도 아시겠지요?"

"……."

말없이 노려보기만 하던 여자는 나를 슬쩍 몸으로 가리는 리그경을 싸늘하게 지나쳐 방 밖으로 나갔다. 사박사박 옷자락 끌리는 소리가 완전히 사라지고 나자, 공작 후계자는 팔짱을 낀 채 차가운 목소리로 말했다.

"말해. 바라는 게 뭐냐?"

"협조입니다만."

"하, 협조?"

나는 기가 차다는 듯 빈정거리는 남자를 향해 빙그레 웃었다. 비아냥거리는 것쯤이야 이미 예상했던 반응이었다.

"공자께도 그리 나쁜 얘기만은 아닐 겁니다. 일단 한번 들어나 보시지요."

"……."

"공자께서 제게 이렇게 불리는 이유가 뭡니까. 아직까지도 작위를 물려받지 못했기 때문이 아닙니까. 억울하지 않으십니까? 미르와 영식마저도 이제 후작 각하라고 불리는데 말입니다."

그것은 일전에 황제 폐하와 함께했던 조찬을 생각해 보면 충분히 먹힐 법한 이야기였다. 아버지의 별것 아닌 도발에도 발끈하는 모습을 보였던 그가 아니던가.

아니나 다를까, 남자는 눈썹을 꿈틀거렸을 뿐 별다른 말은 하지 않았다. 계속해 보라는 듯 침묵하는 모습에 나는 슬쩍 입꼬리를 끌어 올리며 말을 이었다.

"저를 도와주시면, 저도 공자께서 작위를 물려받으실 수 있도록 돕겠습니다."

"……어떤 식으로 말인가?"

"솔직히 말씀드리죠. 제게 독을 먹이라고 지시한 사람이 제나 공작 전하임을 압니다. 증거도 확보하고 있습니다. 그것들을 공개하면 어찌 되는지는 잘 알고 계시겠죠? 계파는 물론이거니와, 황제 폐하께서도 절대 묵과하지 않으실 겁니다. 그렇게 되면 제아무리 제나가라 한들 심한 타격을 받겠죠."

반쯤은 떠보려고 던진 말이었는데, 그는 역시 공작가의 후계자답게 그리 호락호락하게 넘어오지는 않았다. 나는 속으로 입맛을 다시며 침묵하는 남자에게 말했다.

"저와 손을 잡으신다면, 공작 전하께서 책임을 지고 물러나는 선에서 이 일을 덮어 드릴 수도 있습니다. 그렇게 되면 자연스럽게 작위가 넘어가게 되겠죠."

"흥, 그 일은 아버님께서 하신 일도 아니거니와, 설사 그렇다 하더라도 겨우 그깟 일로 무너질 본가가 아니다. 네 말대로 기껏 해야 아버님께서 물러나시는 선에서 마무리가 되겠지. 그렇다면 내가 무엇 때문에 널 도와야 하지? 가만히 있기만 해도 작위는 넘어올 텐데 말이다."

'그런 식으로 나오시겠다 이거지?'

나는 입가에 비뚜름한 미소를 건 채 말했다.

"자연스럽게 작위를 물려받을 거라고요? 글쎄요, 과연 그럴까요?"

"무슨 소리냐. 후계자인 내가 아니면 누구에게 작위가 넘어간다는 거지?"

몹시 심기가 불편하다는 듯한 표정을 보자 왠지 웃음이 나왔다.

저리 민감한 것을 보아 할 때 그가 내 말에 넘어올 확률은 매우 높았다.

"요즘 공녀의 행보가 심상치 않더군요. 입양된 지 몇 달 만에 귀족파 중진들의 마음까지 사로잡은 데다, 신전에서는 성녀로까지 추앙받고 있다지요?"

"……무슨 말을 하고 싶은 거냐. 설마 그 천박한 것에게 내가 작위를 빼앗기기라도 할 거란 소린가?"

"아아, 물론 정상적인 경우라면 불가능하겠죠. 어디서 뚝 떨어졌는지 모를 존재에게 공작 위라니, 말도 안 되는 소리가 아닙니까."

"그런데 왜 그 얘기를 꺼내는 거지?"

"만약에 말입니다. 오늘 일이 세상에 알려진다면 어떨까요? 제나가의 가신들이 과연 디아스가와 척을 지면서까지 공자를 후계로 세우려고 할까요?"

"……지금 나를 협박하는 것인가."

"아뇨. 현실을 말하는 겁니다. 그런 상황이라면, 저라면 차라리 방계의 인재를 후계로 밀 것 같습니다만. 성녀라 불리는 공녀와 결혼이라도 시킨다면 금상첨화일 테고요. 아니 그렇습니까."

"하."

기가 차다는 듯한 얼굴로 한참 동안 나를 노려보던 남자가 말했다.

"……좋다. 원하는 걸 얘기해 보도록. 내게 바라는 게 뭐지?"

"별것 아닙니다. 그냥 제게 '그것'을 주시기만 하면 됩니다."

"'그것'이라니?"

"아시잖습니까. 바로 '그것' 말입니다."

나는 경악으로 물드는 남자의 눈을 바라보며 달콤한 미소를 지었다. 생전 처음이라고 할 만큼 짜릿한 느낌이 온몸을 타고 기분 좋게 흘렀다.

'돌려줄 것이다. 내게 아픔을 준 이들에게. 이건 시작일 뿐이야.'

정식 기사 선발 시험을 일주일 앞둔 어느 날 아침, 여느 때와 마찬가지로 등장한 집사가 아버지와 내게 우편물을 건넸다.

나는 수북한 편지 더미 속에서 연녹색 봉투를 골라냈다. 교차된 두 개의 열쇠 문장 아래 적혀 있는 이름은 베리타 공작의 것이었다.

봉인을 뜯은 뒤 편지지를 펼치자 고풍스러운 글씨체가 눈에 들어왔다.

일주일 뒤 일을 시작할 생각이네. 이제 슬슬 열심히 벼려 온 명검을 한번 휘둘러 봐야 하지 않겠나.

허나 검의 소유권은 영애에게 있으니, 영애의 허락을 기다리도록 하지. 이건 나뿐만 아니라 아르킨트를 비롯한 우리 모두의 뜻이기도 하다네.

그럼, 답변을 기다리겠네.

루스 데 베리타.

드디어!

절로 탄성이 터져 나왔다. 드디어 검을 뽑아 들 때가 온 것인가?

환희를 감추지 못하는 나를 물끄러미 바라보던 아버지께서 물으셨다.

"무엇이기에 그리도 기뻐하는 것이냐?"

"아, 베리타 공작 전하께서 보내신 건데, 직접 보시는 게 좋을 것 같아요. 여기요."

"어디 보자꾸나."

내게서 편지지를 받아 쓱 훑어보신 아버지의 입가에도 평소와 다르게 또렷한 미소가 걸렸다.

"드디어 때가 온 것인가."

"네, 아버지."

"그래. 그동안 모은 자료만으로도 귀족파의 세력을 삼 할 이상 줄여 버릴 수 있을 게다. 그간 고생이 많았구나, 티아. 수고했다."

"아니에요, 아버지. 두 공작 전하를 비롯한 계파의 적극적인 지원이 없었다면 불가능했던 일인걸요."

"네가 다시 계파의 손을 잡기로 결심하지 않았더라면 불가능했을 일이 아니더냐. 어차피 계파를 아예 외면하고 살 수는 없는 터. 쉽지 않은 결정이었을 텐데, 잘하였다."

편지지를 내려놓은 아버지께서 빙그레 웃으며 말씀하셨다. 손놀림 하나하나에도 힘찬 기운이 가득한 것으로 보아 아버지께서도 그간 잔뜩 벼르고 계셨던 것이 분명했다.

"그나저나 일주일 뒤라. 기밀 유지를 위해 다들 애를 쓰고 있는 모양이군."

"네?"

"정식 기사 선발 시험을 치르는 날이 아니더냐. 아마도 그곳에 시선이 집중된 틈을 타서 일을 추진하려는 것이겠지."

"그러고 보니 그렇군요. 이런, 이번 회의에는 꼭 참석하고 싶었는데……."

"흠, 그날 기사단장 중 최소 둘 이상은 시험을 감독해야 할 터. 되도록이면 아비가 회의에 참석하는 쪽으로 힘써 보겠다만, 그렇지 못하더라도 너무 걱정하지는 말거라. 루스에게 맡겨 두어도 충분할 게다."

"네, 아버지."

아쉽기는 했지만, 기밀 유지를 위해 내린 결정인 이상 따라야 했다. 귀족파의 세력을 대폭 축소시킬 수 있는 사안이니만큼 기밀 엄수는 기본. 정보가 새어 나간다면 어떤 식으로 역공이 들어올지 모르니 최대한 신중을 기해야 했다.

"일단 너는 일주일 뒤에 있을 시험에만 집중하거라. 네 실력이라면 충분히 통과할 수 있을 거라고 믿는다."

"감사해요, 아버지. 반드시 통과해 보일게요."

"그래. 흠, 오늘은 한가하니, 아비와 함께 그간의 성취를 점검해 보겠느냐?"

"정말요? 그럼 당장 준비할게요."

나는 활짝 미소를 지으며 자리에서 일어났다. 얼마 남지 않은 시간 동안 최대한 실력을 향상시키려면 촌음을 아껴 써야 했다.

일주일 후.

나는 떨리는 마음으로 황궁으로 향했다.

시험이 치러지는 연무장은 오늘을 기다려 온 견습 기사들로 가득 차 있었다. 긴장된 가슴을 가라앉히려 애쓰고 있을 때, 제2기사단의 부단장인 버트 백작이 단상 위로 올라오는 것이 보였다.

"모두 주목. 지금부터 정식 기사 선발 시험을 시작하겠다."

두근두근.

심장이 거세게 뛰었다. 회귀한 이후 줄곧 바라 온 꿈을 실현할 시간이 드디어 다가왔다는 생각에 설레는 마음을 좀처럼 가라앉힐 수가 없었다.

잔뜩 긴장한 탓에 조금씩 떨리는 두 손을 맞잡고서, 나는 백작의 설명에 귀를 기울였다.

모든 승급 신청자는 네 개 조로 나뉘어 각각 시험을 치른 후 다음 장소로 이동하게 되어 있었고, 내가 소속된 곳은 제2조로 첫 번째로 마창술을 평가받게 되어 있었다.

'잘 부탁드립니다, 베리타 공작 각하.'

저 멀리 보이는 중앙궁을 향해 속삭이고서, 나는 시험을 보기 위해 제3기사단의 연무장으로 걸음을 옮겼다.

이를 악물고 시험에 임하기를 한참.

순조롭게 마창술 시험을 마친 뒤, 전술 및 전략과 행정 업무도 완벽에 가깝게 끝냈다. 어쩐지 예감이 좋은 것이, 왠지 검술만 무난하게 넘긴다면 충분히 통과할 것 같았다.

마지막 시험을 치르기 전, 나는 잠시 휴식을 취하며 같은 조에 속한 스피아 경과 함께 간단하게 요기를 했다. 그러고는 자꾸만 중앙궁을 향해 돌아가는 눈길을 붙들며 마지막 시험 장소인 제1기사단 연무장으로 향했다.

오랜만에 와 보는 제1기사단의 연무장은 내가 단장 보좌관으로 있던 때와 그리 달라진 바가 없었다.

그 때문일까? 어디선가 그렇게 하는 게 아니라며 야단을 치는 카르세인의 목소리가 들려오는 듯했다. 당시에는 많은 시간을 함께 보냈는데, 제2기사단으로 옮긴 이후에는 자주 만날 수가 없어 섭섭했다. 어쩌면 중독 사건 이후 이리저리 바쁘게 움직이느라 더 그런 것일지도 몰랐다.

"다음. 메이어 경, 모니크 경."

어쩐지 울적한 기분으로 서 있을 때, 내 이름을 부르는 소리가 들렸다.

나는 잠시 풀어 두었던 검을 집으며 자리에서 일어났다.

투박한 검집을 보자 문득 옛 추억이 떠올랐다. 내가 지금 들고 있는 것은 견습 기사가 되었을 때 훌륭한 기사가 되라며 아버지께서 주신 검으로, 그때보다 키도, 팔 길이도 자란 지금의 내게 완벽하게 들어맞는 것은 아니었지만 이날을 위해 일부러 가지고 온 것이었다.

나는 메이어 경과 마주 보고 선 채 아버지께서 손수 달아 주셨던

은색 수술을 엄지로 슬쩍 쓸어 보았다. 엷게 미소를 짓던 그날의 아버지가 떠오르자, 왠지 불안했던 마음이 고요하게 가라앉았다.
"시작!"
카아앙!
검과 검이 부딪히는 소리가 귀를 울렸다.
손아귀가 얼얼하게 아파 왔지만, 입술을 깨물며 검을 고쳐 잡았다. 생사를 놓고 다투는 것은 아니라 해도 시험에 통과하기 위해서는 괜찮은 점수를 받아야 했다. 쉽게 물러나는 모습을 보여 줘서는 곤란했다.
침착하자, 아리스티아. 그동안 연습했던 대로만 하면 돼. 회귀한 이후 내내 꿈꿔 왔던 자유가 눈앞으로 다가왔잖아.
검을 맞대면 맞댈수록 손바닥이 찢어질 듯 아파 왔지만, 나는 이를 악물며 버텨 냈다. 너무나 차이 나는 힘 때문에 밀리고 있다고는 해도 메이어 경은 아버지나 카르세인에 비하면 한참 떨어지는 실력이었기에 그럭저럭 겨뤄 볼 만했다.
다시 한 번 검을 맞대는 순간, 허점이 보였다.
크게 비어 버린 옆구리를 노리며 달려들자 깜짝 놀란 메이어 경이 검을 횡으로 강하게 휘둘렀다. 오른팔을 들어 다가오는 검을 막았을 때, 찢어지는 듯한 금속성과 함께 반짝이는 무언가가 내게 날아들었다.
나는 비명을 삼키며 오른팔을 감싸 쥐었다. 손가락 사이로 뜨거운 액체가 주르르 흘렀다.
"시합 중지!"
"모니크 경, 괜찮으십니까!"

"어서 의무실로!"

다급한 외침이 들리고, 뒤이어 제2기사단의 동료들이 달려오는 모습이 보였다.

나는 천천히 그들에게서 시선을 떼어 오른손을 내려다보았다. 아버지께 받은 검이 반 토막 나 있었다.

'어째서 이게 부러진 거지?'

불길한 예감이 엄습했다. 붉게 물들어 버린 은색 수술을 보자 온몸이 부르르 떨렸다.

뚝뚝 떨어지는 붉은 피를 멍하니 내려다보다 고개를 드는 순간, 어서 치유해야 한다며 난리법석을 피우는 기사들 사이에서 안절부절못하고 서 있는 시종의 모습이 눈에 들어왔다.

나는 깔깔한 입술을 축이며 가라앉은 목소리로 물었다.

"거기 자네, 내게 볼일이 있는가."

"그, 그렇긴 합니다만, 우선 치료부터 하셔야……."

"괜찮네. 그것인가?"

"네? 아, 네. 재상께서 보내신 것입니다."

망설이던 시종이 쪽지를 건넸다.

나는 왼손으로 종이를 펼친 뒤 불안하게 뛰는 심장을 억누르며 빠르게 내용을 읽어 내렸다.

마지막 문장을 읽는 순간, 가슴이 철렁 내려앉았다. 구겨진 종잇조각이 팔랑거리며 바닥으로 떨어졌다. 주위를 둘러싼 기사들이 걱정 어린 표정으로 뭐라 말했지만 아무것도 들리지가 않았다. 머릿속이 윙윙 울렸다.

어떻게 이럴 수가. 그렇게 신중을 기했는데, 왜, 어째서.

황급히 중앙궁으로 향하려는데, 누군가가 어깨를 꽉 붙들었다. 짜증스러운 기분으로 고개를 돌리자 딱딱하게 표정을 굳힌 카르세인의 얼굴이 보였다. 낮게 가라앉은 목소리가 공기를 울렸다.
 "어디 가는 거야, 지금."
 "이거 놔. 중앙궁에 가야 해."
 "상처 치료부터 하고 가."
 "그럴 시간 없어. 어떻게 된 일인지 당장 확인해야 해."
 "그래도 치료부터 하고 가."
 "그럴 시간 없다니까?"
 몸을 비틀어 빼내려 했지만, 카르세인은 좀 더 힘을 주어 나를 꽉 붙든 채로 싸늘하게 말했다.
 "당장 들쳐 업고 가고 싶은 걸 봐주고 있는 거야. 일단 의무실로 가서 치료부터 해."
 "하지만……."
 "이대로 가면 꼬투리만 잡힐 뿐이라는 건 너도 알고 있잖아. 내 말 들어. 고집 그만 부리고."
 "……."
 품에서 새하얀 손수건을 꺼낸 카르세인이 조심스럽게 상처 부위를 싸맸다. 나는 붉게 물들어 가는 백색 천을 바라보다 한숨을 내쉬며 고개를 끄덕였다.
 "알았어. 그렇게 할게."
 "잘 생각했어. 가자. 일단 응급처치는 했으니까 그리 오래 걸리지는 않을 거야."
 "응. 고마워. 그런데 네 손수건, 이렇게 얼룩져서 어떡하지?"

"됐어. 정 미안하면 하나 새로 주던가."

나는 그깟 손수건이 중요한 게 아니라며 재촉하는 카르세인을 따라 걸음을 옮겼다.

생각보다 깊게 베인 것인지, 상처를 싸맨 손수건은 의무실에 가는 짧은 시간 사이 온통 붉은색으로 물들어 있었다. 카르세인의 감시하에 치료를 마치고서, 나는 도톰하게 묶은 붕대 아래에서 전해져 오는 홧홧한 느낌에 눈썹을 찡그리며 중앙궁으로 향했다.

"대체 무슨 일인데 그래?"

"베리타 공작 전하께서 전갈을 보내셨어. 오늘 열린 회의에 대한 내용이야."

"음, 그런데?"

"표면적으로는 기사단 개편에 관한 토론을 위해 회의를 소집한 거지만, 사실 오늘 안건은 따로 있었어. 그런데 본론에 들어가기 전 귀족파에서 먼저 다른 안건을 제시했다고 해. 그리고 그건……."

"그건?"

"그동안 미뤄 왔던 황후를 결정하자는 안건이야. 귀족파 전원이 만장일치로 주청했대."

나와 카르세인은 삼삼오오 걸어 나오고 있는 사람들의 시선을 받으며 무서운 속도로 내궁을 가로질렀다.

중앙궁에 들어서 한참을 걷자, 기다란 복도 저편에 서 있는 네 사람이 보였다. 서둘러 다가서는 나를 보며 깊은 한숨을 내쉰 아버지께서 말씀하셨다.

"왔느냐, 티아."

"네, 아버지. 전갈을 받자마자 달려왔습니다. 이게 대체 어떻게 된 일인가요?"

"이곳은 듣는 귀가 많으니, 일단 자리를 옮기자꾸나."

아버지의 말씀에 고개를 끄덕인 라스 공작이 말했다.

"그게 좋겠군. 헌데 세인, 너는 여기 어쩐 일이냐?"

"어, 그러니까……. 저 녀석이 조금 다쳐서요. 곧장 달려가겠다는 걸 의무실로 데려가려다 보니 같이 오게 됐네요."

순간, 아버지의 곧게 뻗은 은색 눈썹이 꿈틀거렸다. 매서운 기세로 나를 돌아본 아버지께서 말씀하셨다.

"다쳤다고?"

"그게, 검술 시험을 보다가 그만……."

머뭇거리는 나를 대신해서 한발 앞으로 나선 카르세인이 말했다.

"시합 도중 검날이 부러지면서 오른팔을 베고 지나갔습니다. 제법 출혈이 컸습니다만, 지금은 의무실에서 치료를 받아 지혈된 상태입니다."

"……그런가. 딸아이를 챙겨 줘서 고맙네, 카르세인 경."

"아닙니다, 각하. 당연한 일을 했을 뿐인데요. 그럼 말씀 나누십시오. 저는 아직 업무가 남아 있어서 먼저 가 보겠습니다."

고개를 숙여 인사를 건넨 카르세인이 몸을 돌려 사라졌다.

나는 걱정 어린 눈빛으로 바라보는 아버지께 괜찮노라 말씀드리며 비어 있는 방으로 향했다. 모두가 안으로 들어서자, 푹신한 의자에 털썩 주저앉은 베리타 공작이 지친 목소리로 말했다.

"후우, 미안하게 됐군. 전부 내 불찰일세."

"그게 무슨……."

"일이 이토록 공교롭게 어그러진 것으로 보아 아무래도 정보가 새어 나간 것이 아닌가 싶네. 최대한 은폐하기 위해 노력했거늘, 무엇이 문제였는지 모르겠군. 곤란하게 됐어."

안경을 벗고서 관자놀이를 꾹꾹 누르는 공작을 바라보던 에네실 후작이 말했다.

"다소 곤란하게 된 것은 사실이나 그것이 어찌 공작 전하의 탓이라 할 수 있겠습니까. 너무 심려치 마십시오. 그보다는 당장 당면한 과제부터 해결해야 하지 않겠습니까."

"그야 그렇네만."

"그게 무슨 말씀이십니까? 당면한 과제라니요?"

고개를 갸웃하며 묻자, 에네실 후작은 난처한 미소를 지으며 말했다.

"그러니까…… 일단 전말부터 설명하자면 대략 이렇습니다. 본디 기사단 개편에 관하여 간단하게 논의가 있은 후 라니에르 백작의 문제를 비롯한 여러 가지 일들을 처결하려 하였습니다만, 영애께 드린 쪽지에도 적혀 있듯이 저들이 먼저 황후 문제를 들고 나왔습니다. 선황제 폐하께서 주신 유예 기간이 끝났다는 것이 명분이었죠. 아시다시피 황후 문제는 영애께서 성년이 되실 때까지 미루기로 한 것이었으니까요."

"……그렇군요."

"아무래도 공작 전하의 말씀처럼 정보가 새어 나간 것 같습니다. 일이 터지면 크게 타격을 입을 것이 분명하니, 어떻게든 저희의 입을 막기 위해 노력하는 것 같았습니다. 오죽했으면 그런 큰 미끼를 던졌을까요. 덕분에 계파 내부에서도 동요가 엄청나더군요. 휘르가를 지지하는 쪽마저도 흔들리는 기색이었습니다."

가볍게 입술을 축인 백금발 청년이 다시금 말문을 열었다.

"폐하께서 기사단의 개편이 끝난 이후에 다시 논의하자고 하셔서 일단 미뤄지기는 했습니다만, 저들도 그만큼 시간을 번 것이 아닙니까. 어쩌면 이것을 의도한 것일지도 모르겠습니다. 음, 그런데 영애, 죄송한 말씀이나 일이 이렇게 된 이상 한 번만 다시 여쭤 보겠습니다. 정녕 황후가 되실 생각은 없으십니까?"

"……없습니다. 어찌 그러십니까? 혹여 일전에 했던 말 때문에 그러시는 건가요?"

"아, 이런. 자세한 내용까진 못 들으신 모양이군요. 뭔가 오해가 있는 것 같습니다."

"네? 오해라뇨?"

고개를 갸웃하며 묻자, 난처한 표정으로 망설이는 에네실 후작을 대신해서 입을 연 아버지께서 내 손을 가볍게 쥐며 말씀하셨다.

"놀라지 말고 듣거라, 티아. 저들은 널 황비로 삼자 주청드린 것이 아니란다."

"네? 그럼 설마……."

"그래, 오늘 회의에서 귀족파 전원은 만장일치로……."

"……."

"티아, 너의 입후入后를 주청했다."

온몸의 피가 싸늘하게 식었다.

설마 설마 했는데, 정말 황비가 아니고 황후로 주청을 올렸다니. 하, 체크메이트checkmate, 체스 게임에서 킹이 완전히 붙잡히게 된 상황, 완전히 패배한 상황을 가리킨다인 줄 알았는데, 스테일메이트stalemate, 모든 수가 막혀 승자 없이 게임이 끝나는 것. 체스에서는 킹이 자살하거나 불리하게 움직이는 수는 둘 수 없도록 금지되어 있는데, 그 때문에 킹은 적이 공격할 수 있는 칸으로 이동하는 것이 불가능하다. 또한 체스에서는 자신의 차례가 되었을 때 무조건 말을 움직이게 되어 있다. 따라서 자신의 차례가 되었을 때, 현재는 체크, 즉 킹을 잡을 수 있는 상태가 아니나 말을 움직였을 때 체크 상태가 될 경우를 스테일메이트라고 하는데, 그 때문에 체스를 어느 정도 둘 줄 아는 사람들은 자신이 불리할 경우 패배를 면하기 위해 일부러 스테일메이트를 유도하기도 한다. 황제파의 대대적인 공세를 막고자 귀족파가 티아의 입후라는 카드를 꺼내어 무승부를 유도한 상황을 빗댄 것를 당한 꼴인가.

허탈한 웃음이 나왔다. 완벽하게 허점을 잡아 거꾸러뜨릴 일만 남았다고 생각했는데, 그새 이런 방법을 만들어 내다니. 누구의 머리에서 나온 것인지는 모르겠지만, 적대하고 있는 세력만 아니라면 박수를 쳐 주고 싶을 정도로 훌륭한 한 수였다.

"입후라……. 그렇다면, 계파 내부에서도 분열이 일어나고 있겠군요."

씁쓸하게 미소를 지은 베리타 공작이 고개를 끄덕이며 말했다.

"그렇다네. 휘르가를 지지하는 쪽에서야 반대하고 있네만, 나머지 사람들은 혹하고 있는 판국이지. 정확한 사정을 모르는 자들이 대부분이기에 더 그럴 걸세. 기밀 유지를 위해서 주요 인물을 제외하고는 알리지 않았거든."

"그렇군요."

대체 누굴까, 이렇게까지 모니크가에 대해 적개심을 갖고 있는 자가. 어머니와 나, 이 대에 걸쳐 본가의 대를 끊어 놓고자 이토록 집요하게 노력하는 자가 대체 누구지?

귀족파의 속셈은 불 보듯 뻔했다. 아마도 여러 가지 효과를 동시에 노렸으리라. 황제파를 휘르가의 지지 세력과 모니크가의 지지 세력으로 분열시키려는 계산도 했을 것이고, 석녀가 되어 버린 내게 황후 자리를 양보하는 대신 지은을 황비로 밀어 넣어 그녀의 몸에서 황태자를 보겠다는 심산도 있겠지.

어디 그뿐이랴? 그 속에는 틀림없이 본가의 작위를 환수하려는 목적도 포함되어 있을 것이다.

다른 가문이야 양자를 들여 작위를 잇게 할 수 있다지만, 우리 가문은 다르지 않은가. 모니크가의 가법에 의하면 황실과의 언약, 즉 피를 타고 내려오는 맹세를 할 수 있는 자만이 가문을 이을 수 있는데, 천 년 전 이뤄진 최초의 언약에 따르면 그 자격을 나타내는 징표는 바로 은발이었다. 본가의 역대 가주들이 모두 은발이었던 이유도 거기에 있었다.

현재 제국에서 은발인 사람은 오직 아버지와 나.

어머니께 평생을 바친 아버지께서 이제 와서 재혼을 하실 리도 없으니, 내가 아이를 낳지 못하는 이상 가문의 대는 끊긴 것과 마찬가지였다. 내가 후계자 대신 황후가 될 경우 아버지의 사망과 동시에 작위가 환수될 것이 분명했다.

"그래서, 모두 찬성이라도 한 것입니까."

"……안타깝지만 그렇습니다, 영애. 여기 계신 두 공작 전하와 영존, 휘르가를 지지하는 몇몇 귀족을 제외한 모든 이들이 찬성의 뜻을 표했습니다."

실소가 터져 나왔다.

그렇겠지. 모니크가가 사라지는 것이야 어차피 제삼자의 일이니, 계파로서는 일단 나를 내세워 황후 자리를 확보한 다음 어떻게든 지은을 견제하려 노력하는 것이 가장 좋은 일일 테지.

갑작스러운 소식에 충격을 받은 탓일까, 아니면 피를 많이 흘린 탓일까. 엄습해 오는 현기증에 머리를 짚자, 왼손을 토닥이고 있던 아버지께서 나를 붙잡아 일으키며 말씀하셨다.

"오늘은 여기까지 하지. 아직 시간이 있으니 그 일에 대해서는 천천히 얘기하도록 하세."

"아, 그래. 영애가 다쳤다고 했지. 미안하네, 케이르안. 나중에 다시 얘기하도록 하세나."

"음. 그럼 먼저 가 보겠네. 가자, 티아."

"네, 아버지. 그럼 모두 다음에 뵙겠습니다."

나는 세 사람에게 정중하게 인사를 건넨 뒤 아버지와 함께 집으로 향했다.

내내 걱정스러운 표정으로 나를 바라보던 아버지께서는 집에 도착하자마자 의원을 부르셨다.

곧바로 달려온 의원은 제법 깊게 베이긴 했으나 팔을 쓰는 데 지장은 없을 거라 말해 아버지를 안심시켰다. 하지만, 그럼에도 아버지께서는 당분간 검을 휘두를 생각은 하지 말라며 내게 엄포를 놓으셨다.

어딘가 멍한 기분으로 방에 올라왔다. 오랜만에 놀아 줄까 해서 루나에게 다가갔지만, 코를 찡긋한 은빛 고양이는 약 냄새 때문인지 저 멀리 도망가 버렸다.

매번 놀아 달라고 할 때는 언제고 이제 와 도망이람. 루나, 이 배신자 같으니.

한참 동안 은빛 고양이를 잡기 위해 애쓰다가, 나는 결국 루나와 노는 것을 포기하고 홀로 침대에 누웠다.

온갖 생각이 머릿속을 스쳐 지나갔다.

황후, 황후란 말이지.

지은은 이 사실을 알고 있을까? 그녀 역시 귀족파의 주청에 동조한 것일까, 아니면 모르고 있었던 걸까.

쓴웃음이 나왔다. 참으로 얄궂은 운명이 아닌가. 과거에는 내가 계파의 강권으로 황비가 되었는데, 이번에는 지은이 그 신세라니.

그를 중심으로 돌고 도는 운명의 실타래.

대체 언제쯤이면 엉킨 매듭을 풀어낼 수 있을까?

나는 씁쓸한 입맛을 다시며 스르르 눈을 감았다. 약기운 탓인지 무척 나른했다.

집무실에 앉아 느긋하게 찻잔을 기울이고 있는데, 노크 소리가 들리고 곧이어 집사가 안으로 들어섰다. 평소와 다름없이 무표정한 얼굴이었지만 묘하게 심기가 불편해 보이는 모습에 나는 고개를 갸웃하며 물었다.

"왜 그래, 집사? 무슨 일이라도 있어?"

"아가씨께 손님이 찾아오셨습니다."

"손님? 누구?"

"제나 공녀이십니다."

"제나 공녀라고?"

눈썹을 찡그렸다.

지은이 여긴 왜 온 거지? 혹시 어제 회의에서 있었던 일 때문인가? 아무리 그래도 그렇지, 방문 요청도 없이 다짜고짜 찾아왔단 말인가.

회귀 이후에는 그래도 제법 교양을 갖췄나 했더니, 지난번 미르와가에서의 일을 생각해도 그렇고 오늘 일도 그렇고, 무례하기 짝이 없었다.

조금은 짜증스러운 기분으로 일어나려다가, 나는 문득 떠오르는 생각에 도로 자리에 앉으며 빙그레 미소를 지었다.

"음, 집사, 손님이 오셨으니 곧바로 내려가 보는 것이 예의겠지만, 내가 지금 눈코 뜰 새 없이 바빠서 말이야. 아무래도 당장은 어렵겠는걸?"

"아아, 그렇군요. 제가 보기에도 무척 바쁘신 것 같습니다. 당장 처리하셔야 할 일이 산더미로군요."

"응. 그렇지."

활짝 웃으며 답하자, 무뚝뚝하기 짝이 없는 집사의 얼굴에도 미소가 번졌다. 그와 나는 처리해야 할 서류 하나 없이 깨끗하기만 한 책상 위를 바라보며 한차례 즐겁게 웃음을 터트렸다.

"시녀를 시켜 곧 내려갈 거라고 전해 주고, 집사는 나랑 체스 한 판 어때? 어제부터 이상하게 체스가 끌리네."

"좋은 생각이십니다, 아가씨."

자고로 무례에는 무례로 대응해 주는 것이 예의인 법. 나는 내리세 판을 이기고 난 다음에야 자리에서 일어났다. 피식 웃음이 나왔다.

지금쯤 약이 바짝 올라 있으려나.

홀로 외롭게 서 있는 백색 킹 옆에 퀸을 내려놓은 뒤, 나는 퀸의 머리에 씌워진 왕관 모양 티아라를 한번 쓸어 보고서 응접실로 향했다.

"자주 보는군요, 제나 공녀. 열흘만이던가요."

"……굉장히 많이 바쁘셨나 봅니다, 모니크 영애."

"네. 아시다시피 제가 맡고 있는 일이 좀 많아서요."

안절부절못하며 응접실 근처를 배회하는 기사들에게 멀리 떨어져 있으라 지시하고서, 나는 응접실 문이 꼭 닫히는 것을 확인한 후 다시 지은을 바라보았다.

예의상 짓고 있던 미소를 싹 지운 지은이 눈꼬리를 치켜세우며 말했다.

"일부러 그런 거지, 너?"

"내가 그렇게 한가해 보이십니까? 본인의 기준을 타인에게 일률적으로 끼워 맞추는 건 좋지 않은 버릇이랍니다."

"이게 진짜?"

"좀 더 조심하는 편이 좋을 텐데요. 뭔가 착각하고 있는 모양인데, 여긴 내 집이랍니다. 본디 예법에 그리 밝은 분이 아니라는 것은 알고 있었지만, 최근 공녀가 보여 주는 행동은 정말이지 불쾌하기 짝이 없군요."

"시시껄렁한 말다툼 따위나 하자고 찾아온 거 아니거든? 아, 됐고, 나도 너랑 길게 얘기하고 싶은 생각 없으니 본론만 말하겠어. 너, 대체 무슨 짓을 한 거야?"

"무슨 짓이라니요? 그나저나 한두 번 말해서는 못 알아듣는 것도 여전하군요. 분명 그런 말투, 불쾌하다 했습니다만."

적대하는 세력, 그것도 그토록 미워하는 나를 직접 찾아온 걸 보아 할 때 지은은 내게 다급한 용건이 있는 것이 분명했다. 무슨 일인지 궁금하긴 했지만 시간을 끌면 끌수록 답답해지는 것은 그녀일 터. 그러니 나로서는 최대한 느긋하게 시간을 끄는 편이 유리했다.

여유롭게 미소를 짓는 나를 보며 이를 악문 지은이 말했다.

"말 돌리지 마. 어제 회의에서 있었던 일 말이야."

"어제 회의에선 많은 일들을 다뤘다고 알고 있습니다만, 뭘 말씀하시는 겁니까?"

"장난해? 당연히 황후 얘기잖아. 설마 못 들었다고 하진 않을 테지?"

"아아, 그 얘기라면 전해 듣긴 했습니다. 그런데요?"

"무슨 짓을 했기에 우리 파벌에서 내가 아니라 널 황후로 세우자고 한 거지?"

"글쎄요. 그건 내가 묻고 싶은 얘기입니다만."

역시 어제 있었던 얘기는 지은의 동의 없이 나왔던 얘기였나. 하긴, 나를 이기기 위해 돌아오기까지 했다는 그녀가 이렇게 순순히 포기할 리는 없지. 혈통을 그토록 중시하는 제나 공작이나 그 후계자가 진심으로 받아들였을 리가 없으니, 황제파에서 자신들의 약점을 쥐고 있단 얘기를 해 줬을 리도 만무하고.

"어째서 자파의 일을 내게 묻죠? 설마 자파의 일조차 제대로 파악하지 못할 만큼 신뢰받지 못하고 있는 건가요?"

"……그건 너도 마찬가지 아냐? 매번 계파와 가문의 이익을 위해 휘둘리고 있잖아."

"그런 말로 흔들려고 해 봤자 안 통하니 그만두시죠. 최소한 나는 돌아가는 정황 정도는 파악하고 있답니다. 당신과 같이 취급하면 곤란해요."

"좋아, 됐어. 어차피 네가 거기에 대해 얘기할 거라곤 생각도 안 했어. 근데, 이건 정확하게 짚고 넘어가야겠어."

"말씀하시죠."

"너, 뭐야? 네 입으로 황후 경합에서 물러나겠다고 했잖아. 그런데 왜 또 이런 식으로 나와? 어째서 단칼에 거절하지 않은 거지? 아직도 그에게 미련이 남은 거야?"

깊은 한숨이 나왔다. 그녀의 말처럼 모든 게 간단하다면 얼마나 좋을까.

침묵하는 나를 향해 사납게 눈을 빛낸 지은이 어이가 없다는 듯 말했다.

"너, 미친 거 아냐? 그렇게 당하고도 그에게 미련이 남았어? 지금 조금 달라 보인다 해서 과거에 그가 했던 일은 모두 잊은 거야?"

"무슨 얘기죠?"

"널 강제로 취하고, 네 아버지를 죽이고, 가문을 멸문시키고, 아이마저 유산되게 한 남자야. 널 죽인 남자라고. 그런데도 좋아? 제정신이야?"

"……그 모든 일에 공녀도 일조했을 텐데요. 이제 와서 그렇게 얘기하는 저의가 뭐죠?"

"그래. 내 책임도 있다는 건 인정해. 하지만 최소한 나는 그의 본모습은 알거든."

씹어 뱉듯 말한 지은이 팔짱을 끼며 소파에 등을 기댔다. 한쪽 다리까지 꼬며 느긋한 태도를 가장한 그녀가 말문을 열었다.

"볼 때마다 느끼는 건데, 넌 예전이나 지금이나 참 미련하기 그지없어. 너는 스스로 네가 달라졌다고 느낄지 몰라도 내가 보기엔 과거와 크게 달라진 게 없거든. 뭐랄까, 음……. 그래, 넌 사람 보는 눈이 참 없어. 정확하게 말하자면, 마음 준 사람에 대해서는 보고 싶은 면만 본다고나 할까."

"하고 싶은 얘기가 뭐죠?"

"궁금하지 않아? 네가 그토록 사랑하는 남자의 본모습이. 네가 죽은 후에 있었던 일이."

검은 머리카락을 쓸어 넘기며 지은이 물었다. 붉은 입술이 유혹적인 곡선을 그렸다. 나는 조금씩 울렁거리는 속을 진정시키며 담담한 척 물었다.

"그의 본모습이라뇨?"

"일전에 네가 말했지? 가문도, 사랑도, 명예와 지위도, 모든 걸 앗아 갔으면서 그 정도로는 성에 안 찼느냐고."

"분명 그랬습니다만, 그게 어쨌다는 거죠?"

"사랑? 사랑 좋아하시네. 지금 그가 네게 속삭이는 사랑이 영원할 거라 생각해? 겨우 사 년이었어. 고작 그거밖에 안 되는 사랑 때문에 그 난리를 쳤던 사람이라고, 그는."

생각만 해도 분하다는 듯, 신경질적으로 머리카락을 쓸어 넘긴 지은이 말했다.

"그토록 사랑한다고 속삭인 주제에 고작 사 년 만에 등을 돌렸어. 죽도록 노력했지만 늘 너와 비교했지. 하, 웃기지 않아? 그렇게 미워했으면서, 온갖 짓을 다 저지르고 제 손으로 죽이기까지 한 여자를 그리워하다니."

"……무슨 소리죠?"

"그가 너를 죽도록 미워했던 건 알고 있을 텐데? 네가 죽고 나서 한동안 그는 몹시 홀가분해 보였어. 눈엣가시였던 너도, 지긋지긋 하게 옭아매던 두 공작도 모두 사라졌으니 살 것 같았겠지. 하지만 막상 죽이고 나니 네가 해 왔던 일들이 아쉬웠던 모양이야? 언제부턴가 슬금슬금 찾기 시작하더군."

지은의 목소리가 점점 높게 올라갔다.

"모르겠어? 너도, 그리고 나도 결국 그에게 이용당했을 뿐이야. 넌 살아 있는 내내 그에게 봉사했고, 난 죽도록 미워했던 네게 상처 주기 위한 도구였지. 그뿐인 줄 알아? 그가 뒤늦게 깨달은 것은 결코 너를 향한 사랑이 아니었어. 그저 유능한 여자가, 그리고 네 파벌의 지지가 아쉬웠던 게지."

"흠. 그래서요?"

"뭐가 그래서야? 아직도 모르겠어? 그렇게 사랑한다고 해 놓고 고작 사 년 만에 변심한 사람이야. 이미 없는 여자의 흔적만 좇다 반미치광이가 될 정도로 자기 편한 것만 찾던 작자야. 이기적이기 짝이 없는 남자라고."

한숨을 쉬었다.

'그랬던가.'

더 듣지 않아도 과거의 그와 지은이 어떻게 파경을 맞이했는지 알 것 같았다. 사랑을 제대로 주지도 받지도 못했을 그와 받기만 했을 뿐 제대로 돌려주지 못했을 지은. 두 사람은 그렇게 한없이 이기적이었으니까.

 자신의 모습이 어땠는지는 인식조차 하지 못한 채 과거의 그에 대해 악담을 퍼붓는 모습에 절로 쓴웃음이 나왔다. 반미치광이가 될 정도로 내 흔적을 좇았다는 말에 후련하면서도 동시에 씁쓸했다. 그토록 원했을 땐 단 한 번도 돌아봐 주지 않더니, 이미 모든 일이 끝난 뒤에서야 나를 바랐단 말인가.

 놀라웠다. 궁금하지 않느냐고 물었을 때까지만 해도 내심 동요했는데, 과거의 일을 듣고 나니 오히려 신기하리만큼 마음이 가라앉았다. 미친 듯 화가 나지도, 분하지도, 원망스럽지도 않았다. 그토록 사랑했던 그가 뒤늦게나마 나를 바랐다는 사실을 알게 되었음에도 그다지 기쁘지도 서글프지도 않았다. 씁쓸한 뒷맛만이 입 안을 맴돌았을 뿐.

 "……이기적인 사람이라는 건 애당초 알고 있었어. 그가 잘했다는 것도 아냐. 하지만 말이야."

 "하지만, 뭐?"

 "이기적인 건 지은, 너도 마찬가지잖아? 너 역시 그와 다를 바 없었어. 지금도 그렇고."

 "뭐라고?"

 "과거의 그가 그런 사람이었다는 건 잘 알겠어. 하지만 지금은 달라. 아직도 모르겠어? 네가 살고 있는 이곳은 예전의 그곳이 아니야."

 "아니야, 같아. 그리고 그도 같은 사람이야."

 착잡한 기분이 들었다.

 만일 내가 돌아온 뒤 감정에 젖어 아버지께 달려가지 않았더라면, 주위의 눈치를 보며 예전의 나처럼 행동했다면, 곁에 있는 사람들의 소중함을 깨닫지 못하고 과거처럼 하나만 보고 달려갔더라면, 그랬더라면 아마도 지금쯤 저런 모습이 아니었을까.

"정말로 같다고 생각해? 돌아온 뒤 지난 일 년간 겪어 본 현재가 정말로 과거와 같다고 생각하느냐고. 인정하고 싶지 않을 뿐, 그 둘이 다르다는 건 너도 알고 있잖아."

"아냐, 같아! 같다고!"

"좋아. 네 말처럼 예전과 지금이 같다고 치자. 그렇다면, 네가 황후가 된다 해도 결국에는 또다시 불행해질 뿐이 아니던가? 어째서 그렇게 집착하지? 지금의 삶도 과거처럼 불행하게 끝난다면 그땐 어쩔 거지? 또다시 돌아올 건가?"

"……."

"지금 네 모습은 어딘가에서 보상받고 싶어 징징대는 어린아이 같아. 하지만 그건 알아 둬. 넌 지금 전혀 엉뚱한 곳에다 하소연하고 있다는 거."

"……웃기지 마."

잠시 말문이 막힌 듯 입만 벙긋거리던 지은이 이를 갈며 말했다.

"넌 그저 그를 다시 사랑하고 싶어서 다르다고 합리화하고 있을 뿐이야."

"합리화라고?"

"그래. 강간하고, 유산시켰고, 네 아버지와 식솔들을 다 죽이고, 가문을 멸문시키고, 급기야는 너마저 죽여 버린 남자야. 죽도록 미워하고, 복수하겠다고 외치는 게 정상이잖아. 그런데 어떻게 그렇게 담담할 수가 있지? 미친 거 아냐?"

그래, 나도 그 생각을 해 보지 않았던 것은 아니었다.

다만 처음에는 회귀 후에야 알게 된 아버지의 사랑을 또다시 잃고 싶지 않아 복수 같은 건 꿈꾸지도 못했을 뿐이고, 과거의 그 사람과 현재의 그가 다르다는 것을 깨달은 이후에는 최대한 마음을 비워 보고자 노력했을 뿐. 아무것도 기억하지 못하는 그를 보며 억울하기도 했지만, 그 기억에 매여 또다시 과거와 같은 아픔을 반복하지 말자며 결심하게 되었을 뿐이었다.

도무지 이해할 수 없다는 듯 지은이 던진 말에, 나는 그간 수없이 많은 고민 끝에 내렸던 답을 꺼냈다.

"……당시 내겐 가족도 식솔도 그 외의 어떤 것도 보이지 않았어. 지금은 다르지만, 그때는 아버지조차도 전혀 중요하지 않다 생각했었지. 내게 소중했던 건 오직 그뿐이었어."

"그래서?"

"날 취했을 때에도 무섭거나 두려웠던 게 아니었어. 사랑해서 그런 것이 아니라는 사실이 서글펐을 뿐. 좀 더 다정하게 대해 줬으면 하고 바랐지만, 용건이 끝나면 차갑게 돌아서는 뒷모습이 가슴 아팠을 뿐이었지. 아이를 잃었다는 것을 알게 되었을 때나 회임할 수 없는 몸이 되었다는 걸 알게 되었을 때에도 그저 다시는 그의 관심을 받을 수 없다는 사실에 슬펐을 뿐, 마지막 순간 내겐 전혀 소중하지 않다 생각했던 아버지의 사랑을 깨닫기 전까지 나는 단 한 번도 그를 증오했던 적이 없었어."

"하……. 너 정말 제대로 미쳤구나."

"그럴지도. 그렇지만 지금은 달라. 나도, 그리고 그도."

크게 심호흡을 했다. 그리고 어이없다는 듯 바라보는 지은을 향해 천천히 말을 이어 나갔다.

"돌아온 이후, 난 처음으로 깨달았어. 아버지, 식솔들, 그리고 내 주위를 메우고 있는 수많은 사람들의 소중함을."

"무슨 궤변이야? 그랬으면 더더욱 그를 다시 사랑해서는 안 되는 거 아냐? 네 소중한 사람들을 위해서 복수했어야 하는 게 아니냐고."

"내가 왜 그렇게 했어야 하지? 어째서 중요하지도 않았던 과거의 사람들과 아직 일어나지 않은 불확실한 일 때문에 소중하게 여기는 현재의 아버지와 주변인의 목숨을 걸고 복수심을 불태워야 하는데? 더욱이 지금의 그는 아무것도 모르고 있는데도? 네 말대로라면, 아무 일도 저지르지 않은 현재의 그를 상대로 혹시 그럴지도 모른다는 이유를 들어 하지도 않은 일의 죄과를 물어야 한단 말인가?"

"너, 미친 거 아냐? 그 둘은 같아. 같은 사람이라고."

"아냐, 달라. 현재의 내가 과거의 내가 아니듯, 현재의 그들은 과거의 그들과는 달라. 그도 마찬가지야."

팔짱을 푼 지은이 코웃음을 치며 말했다.

"웃기지 마. 사람의 본성은 그렇게 쉽게 변하지 않아. 넌 그저 네가 보고 싶은 면만 보고 있을 뿐이야. 지금이야 잘해 줄지도 모르지. 하지만 네게서 마음이 떠난 후에도 그럴까? 그때 가서 본색을 드러내지 않는다고 어떻게 장담하지?"

"최소한 과거에 있었던 일이 되풀이되진 않을 거라 믿어."

"어떻게 그렇게 확신하지?"

활활 타오르는 검은 눈동자를 바라보며, 나는 확신을 담아 천천히 말했다.

"내가 변했으니까."

"뭐라고?"

"너도 여러 번 말했잖아? 주변에 질질 끌려다닌다고, 과거와는 사뭇 다른 모습을 보여 실망이라고. 네 말대로 사람의 본성이 변하지 않는 것이라면, 나 역시 과거와 같은 모습이었어야 하는 것 아닌가? 그렇다면 본성이란 변하는 게 아닐까? 아니, 애초에 본성이란 게 존재하긴 할까?"

"헛소리하지 마. 궤변이야. 그리고 너, 전부 깨달은 사람처럼 행동하지 마. 과거와 현재가 다르다고 주장하고 있지만 사실은 너 자신부터가 믿지 못하고 있잖아. 그러니 그토록 그를 거부하는 거겠지."

"……뭐라고?"

"내 말이 틀렸어? 흥, 네가 뭐라고 하건 내 마음은 변치 않아. 그러니 이제 그만 그에게서 떨어져. 과거를 되풀이할까 봐 두려워하고 있는 주제에 잘난 척은."

비뚜름하게 입꼬리를 끌어 올린 지은이 자리에서 일어났다. 사락사락 소리를 내며 그녀가 응접실을 빠져나갔다.

나는 지끈지끈 쑤셔 오는 이마를 꾹꾹 눌렀다. 마지막으로 그녀가 던지고 간 말이 자꾸만 머릿속에서 맴돌았다.

정말, 왜 그랬던 걸까? 분명 과거와 현재는 다르다고 생각했는데, 어째서 나는 과거와 같은 길을 걸어서는 안 된다며 무작정 피하려고만 든 것일까.

혼란스러웠다. 과거와 같은 일이 반복되는 것을 막는 게 운명을 개척하는 방법이라고 생각해 왔는데, 과연 맞게 생각한 것일까.

어쩌면 운명은 이미 개척된 것이 아닐까? 이미 과거와 현재는 많이 달라졌는데, 그럼에도 어느 순간부턴가 나는 더 변해야 한다는 강박관념에 젖어 있던 것은 아닐까. 그래서 그토록 과거와는 다른 일을 만들기 위해 집착한 것이 아닐까? 그 언젠가 했던 말처럼 나는 나도 모르는 사이 과거의 그림자를 떨쳐 내기 위해 그늘 속에 숨으려 했던 것이 아닐까. 잠시 보이지 않을 뿐, 그렇게 한다고 해서 그림자가 사라지는 것은 아닐진대.

그렇다면 과거를 되풀이하기 싫다는 이유로 그를 무작정 피할 필요도 없는 것 아닌가?

문득 떠오르는 생각에 황급히 고개를 젓다가, 어깨에 와 닿는 손길에 놀라 고개를 돌렸다. 찰랑이는 은색 빛무리가 눈에 들어왔다.

"여기 있었구나, 티아."

"다녀오셨어요, 아버지?"

"그래."

평소답지 않게 말없이 손을 잡아 오시는 모습에 고개를 갸웃했다. 혹시 황궁에서 뭔가 또 좋지 않은 일이 터지기라도 한 건가?

"어찌 그러셔요? 황궁에서 무슨 일이라도 있었나요?"

"아무 일도 없었단다. 그보다, 제나 공녀가 다녀갔다고 들었다."

"아, 네."

"제법 긴 시간 대화를 나눴다고 들었다. 무슨 얘기를 그리 나눴더냐."

"걱정해 주신 거예요? 저는 아무렇지도 않아요, 아버지. 별 얘기 안 했는걸요."

담담하게 미소 지었음에도, 군청색 눈동자에는 여전히 걱정스러운 빛이 역력했다.

나는 말없이 든든한 품에 안겨 들며 넓은 가슴에 얼굴을 비볐다. 어깨를 감싼 손에서 전해져 오는 온기와 머리카락을 쓰다듬는 부드러운 손길에 복잡했던 마음이 차분하게 가라앉았다.

"저, 이제 한가해요."

"음?"

"정식 기사 선발 시험이 끝나면 아버지와 함께 시간을 보내기로 했잖아요. 내일은 어떠세요?"

"내 딸이 오랜만에 함께 오붓한 한때를 보내자는데, 없는 시간도 만들어야 하지 않겠느냐. 물론 괜찮다."

흐뭇한 미소와 목소리에 가슴 가득 따뜻한 기운이 번졌다.

모진 세파로부터 지켜 주는 단단한 울타리 안에서, 나는 모든 근심과 걱정을 잠시 내려놓은 채 활짝 미소를 지었다.

5. 후계자, 그리고 맹세

시험 결과 통보.

아리스티아 라 모니크(제2기사단 소속)

검술: 48, 마창술: 79, 전술·전략: 88, 행정: 92

기타: 10(집단 전투 가산점)

총합: 317/400

결과: 합격

간단하게 몇 줄만이 적혀 있는 하얀 종이를 읽고 또 읽었다.

이게 꿈이야, 생시야.

벅차오르는 감동에 온몸이 부르르 떨렸다. 검술 시험을 보다가 다쳤던 일 때문에 포기하고 있었는데, 다행히 낙제점은 면한 듯했다.

"……가씨. 아가씨?"

지난 육 년간 노력해 왔던 일들이 헛수고는 아니었다는 생각에 한없이 기뻐하다가, 익숙한 목소리에 정신을 차렸다. 리나가 어딘가 넋 나간 듯한 표정으로 나를 부르고 있었다.

"응, 불렀어? 근데 표정이 왜 그래?"

"아, 아가씨께 손님이 찾아오셨는데, 그분이……."

"응? 왜? 누군데 그래?"

"대신관 예하이십니다."

"뭐라고? 예하께서 여길 왜? 아버지께서 초청하신 거야?"

"아뇨. 아가씨를 뵈러 왔다고 하셨습니다."

"날 보기 위해 직접 찾아오셨다고?"

그제야 리나의 표정이 이해가 갔다.

대륙 전체를 통틀어 단 여섯밖에 존재하지 않는 대신관은 설사 황제라고 할지라도 함부로 건드릴 수 없는 존재였다. 실제로 신전과 사이가 극도로 좋지 않았던 선황제 폐하조차 대신관에게는 최소한의 예의를 갖추지 않으셨던가. 헌데 그런 대신관이 방문해 주십사 요청한 것도 아닌데 직접 몸을 움직였다니.

서둘러 응접실로 향하자, 오늘도 변함없이 순백으로 둘러싸인 미청년이 고아한 자태로 앉아 있는 것이 보였다.

"생명의 축복이 함께하시기를. 갑작스럽게 찾아뵈어 송구합니다, 영애. 시중인들이 많이 놀란 듯하더군요."

"아, 저희 집 사람들이 결례를 범한 모양입니다. 대신 사죄드리겠습니다."

"이런, 그런 의미로 한 말은 아니었습니다만. 그나저나 좀 어떠하십니까?"

"네? 글쎄요. 별로 몸이 무겁거나 하지는 않습니다만……."

"그렇습니까? 그런데 안색이……. 이런, 다치셨군요. 어째서 절 찾아오지 않으셨습니까."

얼굴을 딱딱하게 굳힌 대신관이 내게 다가왔다. 그러고는 잠시 실례하겠다며 소매를 걷어 붕대를 풀어낸 뒤 기도문을 외웠다.

"생명의 주 비타의 대지에서 피어나는 꽃내음이 그대를 감싸 안을지니, 그대의 아픔은 생명의 아버지께, 생명의 사랑을 그대에게."

두 번째 듣는 것이지만 여전히 쉽게 적응되지는 않았다.

정말이지, 무슨 기도문이 저렇담.

하얀빛이 스치고 지나가자 이미 아물어 가던 오른팔의 상처가 흔적 하나 없이 사라졌다. 고개 숙여 감사를 표하는 내게 특유의 보일 듯 말 듯한 미소를 지은 대신관이 말했다.

"앞으로는 바로 절 찾아오십시오. 이리 내버려 두지 마시고요."

"그렇지만……."

"흉이라도 지면 어쩌려고 그러십니까. 물론 그깟 상처 하나 따위가 감히 영애의 찬란한 미모를 가릴 수는 없겠지만, 만에 하나 그리되기라도 한다면 제 가슴이 너무도 아플 것 같습니다."

그럼 그렇지, 어쩐 오늘은 잠잠하다 했더니.

한숨을 삼키는 나를 본 투명한 연두색 눈동자에 웃음기가 어렸다. 나긋나긋하기 짝이 없는 목소리가 공기를 울렸다.

"보통은 금세 적응하는데, 영애께서는 늘 이리 질색하시는군요. 이래서야 대체 연애는 어찌하려고 그러십니까. 뭐, 그런 면이 매력이긴 합니다만."

"예하."

"이런, 생각해 보니 가슴 아프군요. 이제 성년이 되셨으니, 그간 기회만 노리고 있던 분들께서 슬슬 적극적으로 나오시지 않겠습니까. 이런 때에 잠시나마 자리를 비워야 하다니, 영 아쉽습니다."

못 들은 척 침묵하다가, 문득 뭔가 걸리는 점이 있어 고개를 번쩍 들었다.

이게 무슨 소리야.

"어디 떠나기라도 하신단 말씀이신가요?"

"그렇습니다. 놀라실 걸 알면서 찾아온 것도 바로 그 때문입니다. 당장 떠나는 것은 아니지만, 여장을 꾸리고 하다 보면 미처 축복을 드릴 시간이 없을 것 같아서요."

"하지만 여섯 번째 뿌리를 돌보셔야 한다고……."

"그 때문에 더더욱 다녀와야 합니다. 이번에 네 번째 뿌리가 된 녀석이 정신 나간 소리를 하고 있어서 말입니다."

"네?"

'이건 또 무슨 소리지?'

고개를 갸웃하며 묻자, 대신관은 괘씸하다는 듯 가볍게 이를 갈며 말했다.

"얼마 전 한 자리가 비는 바람에 가뜩이나 머릿수가 모자란 상황이 아닙니까. 섹스투스는 아직 갓난아이고, 그를 돌보느라 저 역시 제대로 활동하지 못하고 있는 탓에 사실상 임무를 수행하고 있는 자는 넷밖에 없지요. 그런데 하필이면 이런 상황에서 소원을 빈다니 너무하지 않습니까."

"네? 소원…… 이오?"

"아, 이런."

눈에 띄게 과장된 태도로 한숨을 내쉰 대신관이 곤란하다는 듯한 표정으로 말했다.

"어차피 영애께는 알려 드리려고 했으니, 이번 기회를 빌려 말씀드리는 것도 좋겠지요."

"네?"

"새로운 이름을 받아 다시 인사드렸을 때의 일을 기억하십니까? 세대교체가 있기는 했지만, 엄밀히 말하면 다른 대신관이 주신의 곁으로 돌아간 것은 아니라고 했던 것 말입니다."

"네, 기억납니다."

확실히 그런 적이 있었다. 중독 때문에 생사를 헤매다가 대신관에 의해 목숨을 구했을 때, 감사 인사를 드리는 과정에서 분명히 그런 대화가 오고 갔었지. 극비 사항이라 못 가르쳐 주겠다는 것도 아니고 나중에 말해 주겠다는 건 뭐지, 라고 생각했던 탓에 똑똑히 기억이 났다.

"대신관에게는 한 가지 비밀이 있습니다. 평생에 단 한 번 자신이 바라는 소원을 빌 수 있다는 것이죠. 어째서 그게 비밀인지 궁금하시겠지요? 그 이유는 바로 소원의 대가가 신성력이기 때문입니다. 즉, 자신의 모든 것이라 할 수 있는 신성력을 걸고 한 가지 소원을 성취하는 것이지요. 흠, 그러고 보니 모니크가의 맹세와 비슷한 면이 있군요."

"신성력을, 소원과 교환…… 한다고요?"

"그렇습니다. 소원을 성취한 자는 모든 신성력을 잃고 일반인으로 돌아가게 됩니다. 대신관의 상징인 눈동자와 머리카락 색깔도 바뀌니 누구도 알아볼 수 없게 되는 데다, 신성력이 없으니 당연히 대신관으로서의 직무를 수행할 수도 없습니다. 그러니 살아 있으나 죽었다고 봐도 무방하겠죠."

"……그렇군요."

"이것은 오로지 대신관만 알고 있는 비밀입니다. 최고위 신관조차 모르는 얘기지요. 그러니 영애께서도 반드시 비밀을 엄수해 주셔야 합니다."

무겁게 고개를 끄덕였다. 어째서 대신관끼리만 공유하는 비밀인지 알 것 같았기에.

이 사실이 알려진다면 파급효과가 엄청날 것이 분명했다. 주신의 축복이라는 신성력과 교환할 정도라면 빌 수 있는 소원의 크기 역시 상당할 터. 권력을 쥐고 있는 자들이라면 너 나 할 것 없이 어떻게든 그들을 이용하고자 할 것이 뻔했으니까.

그런데 이런 엄청난 사실을 왜 내게 알려 주는 거지?

왠지 모르게 엄습해 오는 한기에 나는 조금 떨리는 목소리로 질문을 던졌다.

"……그런 엄청난 사실을 왜 제게 가르쳐 주시는 것입니까?"

"음, 그저 영애의 찬란한 아름다움에 대한 제 존경의 표시라 생각해 주십시오."

"예하!"

"그러고 보니, 이번에 정식 기사로 서임되신다지요? 그간의 노력에 대한 성과를 드디어 얻으셨군요. 축하드립니다."

"……감사합니다."

"흐음, 아쉽군요. 모쪼록 서임식에 참여할 짬이 나면 좋을 텐데요. 영애의 또 다른 매력을 볼 수 있는 좋은 기회인데 말입니다."

"……."

할 말을 잃고 침묵하는 나를 향해 특유의 미소를 지어 보인 대신관이 자리에서 일어났다.

"생각보다 시간이 많이 지체되었군요. 이제 그만 가 봐야 할 것 같습니다. 그럼 다시 뵙는 날까지 건강하시기를."

보일 듯 말 듯하게 미소를 지은 대신관이 내 오른손을 잡으며 허리를 숙였다. 사르르 흘러내린 새하얀 머리카락이 손등을 간질이는가 싶더니, 부드러운 입술이 살짝 닿았다가 떨어졌다.

나는 망설임 없이 돌아서서 사락사락 소리를 내며 사라지는 순백의 미청년을 멍하니 바라보았다. 왠지 석연치 않은 기분이 들었다.

제국력 964년 아홉 번째 달의 첫 번째 날.

드디어 그토록 기다려 왔던 정식 기사 서임식이 열렸다. 이번에 정식 기사로서 서임을 받는 이들은 시험에서 이백팔십 점 이상을 받은 자들 중 이백 등 안에 드는 사람들이었다.

생각보다는 선발된 이가 적었지만, 기준 이하인 자까지 뽑을 수는 없었다는 설명에 모두 수긍하는 분위기였다. 한 해에 많아야 십여 명이 뽑히던 과거에 비하면야 엄청난 수이기도 했고.

따뜻한 물에 몸을 담그자 잔뜩 긴장되었던 마음이 비로소 풀어졌다. 서임식에 참석하기 전 몸을 정결히 하는 이 시간은 자신을 돌아보는 시간이었기에 그 누구의 시중을 받는 것도 허용되지 않았다. 그래서 나는 어쩔 수 없이 홀로 몸을 씻었다.

서투른 손놀림으로 머리를 감고 수건으로 감싸자, 수건 아래로 물방울이 계속해서 뚝뚝 떨어졌다.

어라, 이렇게 하는 게 아닌가?

한참을 낑낑대며 수건으로 비벼 보았지만 물기를 가득 머금은 머리카락에서는 여전히 물방울이 떨어졌다. 아무래도 안 되겠다 싶어서, 나는 하는 수 없이 그대로 옷을 껴입고 욕실 밖으로 나왔다.

좁은 방 안에는 정복을 멋들어지게 차려입은 청년이 있었다. 늘 조금씩 흐트러져 있던 붉은 머리카락이 오늘은 단정하게 정돈되어 있었다. 항상 어딘지 모르게 삐딱해 보이던 제복도 흠잡을 데 없이 완벽했다.

왠지 모르게 어색한 기분에 멈칫하자, 나를 돌아본 그가 싱긋 웃으며 말했다.

"안녕, 티아."

"……안녕, 세인. 설마 너야? 내 인도자가?"

우물쭈물 물었다.

어째서 카르세인이 내 인도자가 된 거지? 같은 기사단도 아닌데?

정식 기사로 서임 받는 자에게는 전통적으로 도우미가 따라붙었다. 의장을 갖추는 것부터 시작해서 각종 절차를 알려 주는 등, 당사자와 같이 서임식을 준비하고 함께 예식에 참석하는 인도자는 대부분 직속상관이나 친분이 두터운 이가 맡는 것이 관례였다. 그러니 아버지께서야 바빠서 못 오신다 하더라도, 제2기사단의 기사 중 한 사람이 올 거라 생각했는데.

의아해 하는 나를 보며 다시 한 번 싱긋 웃어 보인 카르세인이 말했다.

"엉. 각하께서 부탁하셨어."

"……아버지께서?"

"응."

"그렇구나."

그러고 보니 두 사람, 사이가 좋았었지. 최근에는 카르세인이 집까지 찾아오는 일이 거의 없었기에 깜빡하고 있었네.

가볍게 고개를 끄덕이자, 슬쩍 입꼬리를 끌어 올린 그가 말했다.

"축하해, 티아. 이제 너도 정식 기사네."

"……고마워."

"흠, 아무리 그래 봐야 이 오라버니가 선배라는 건 알고 있지? 후, 아슬아슬했어. 하마터면 최연소 타이틀을 빼앗길 뻔했잖아."

지난번 일 이후로 내심 걱정하고 있었는데, 평소와 다름없는 장난스러운 태도를 보자 조금 안심이 되었다. 그가 희생하는 모습을 보기 싫어 일부러 그런 것이기는 했지만, 어쨌든 소중한 친구를 상처 입혔다는 생각에 내심 마음 한구석이 무거웠는데.

"뭐야. 관심 없는 척하더니, 은근히 신경 쓰고 있었구나?"

부러 장난스럽게 대답하자, 카르세인은 주먹을 꽉 움켜쥐고는 내 머리를 쥐어박는 시늉을 했다.

"어허, 꼬맹이 주제에 건방지게. 정식 기사가 됐다고 슬슬 기어오르겠다 이거지?"

"뭐래."

"아, 그건 일단 됐고, 어서 앉아 봐. 시간 없다."

나를 끌어당겨 거울 앞에 앉힌 카르세인이 마른 수건을 가져와 머리에 덮어씌웠다. 그러고는 움찔하는 내 어깨를 가볍게 눌러 제지하며 말했다.

"이게 뭐야. 다 젖었네. 으휴, 이러니 내가 널 가만히 둘 수가 있냐."

수건을 감싸 쥔 그가 젖은 머리카락을 부드럽게 털어 내기 시작했다.

당혹스러운 기분에 만류하려는데, 문득 거울에 비친 그의 모습이 보였다. 살짝 내리깐 눈, 굳게 다문 입술. 검을 들고 있을 때를 제외하고 카르세인이 뭔가에 이토록 집중하고 있는 모습은 처음 보는 것 같았다.

왠지 방해하면 안 될 것만 같은 기분이 들어서, 나는 그를 제지하려던 손을 스르르 내리며 얌전히 입을 다물었다. 머리카락에 부드럽게 와 닿는 손길에 경직되어 있던 몸에서 조금씩 힘이 빠져나갔다.

얼마나 시간이 지났을까?

깔끔하게 말린 머리카락을 그러모아 한데 묶어 준 카르세인이 마지막으로 재킷을 털어 주며 말했다.

"어떤 식으로 진행되는지는 알지?"

"응. 아버지께 대충 들었어."

"됐네, 그럼. 지위가 높을수록 늦게 서약하는 건 알고 있지? 네 차례는 마지막이니까, 혹시 기억나지 않는 게 있거든 앞사람을 참고하면 될 거야."

"아, 그럴게. 고마워."

"그래. 그럼 가자."

서임식 장소에 도착하자 줄을 맞춰 서 있는 기사들이 보였다. 아직 조금 시간이 남았음에도 이렇게 모여 있는 것을 보면 전부 기대감에 부풀어 있는 것이 분명했다.

하지만 한참을 기다려도 폐하께서는 모습을 드러내시지 않았다. 라스 공작 전하와 아버지도, 심지어는 오늘 함께 서임을 받아야 할 미르와 후작조차도 보이지 않았다.

이게 어찌 된 일이지? 급한 일이라도 생긴 건가?

뭔가 이상하다는 사실을 알아챈 사람들이 웅성거리기 시작했다. 모두 대기하라 명을 내린 부단장이 자초지종을 알아보려 몸을 돌렸을 때, 저 멀리서 미르와 후작이 걸어오는 것이 보였다. 아버지와 라스 공작 전하께서 모습을 드러내시고, 곧이어 황제 폐하의 입장을 알리는 소리가 들려왔다. 뭐가 뭔지 알 수는 없었지만 어쨌든 다행이었다.

무표정한 얼굴로 들어온 청년이 단상 위에 착석하자 새하얀 정복을 차려입은 근위 기사들이 주위를 빙 둘러쌌다.

나는 어느새 내 옆으로 다가와 묵례하는 미르와 후작에게 가볍게 고개를 숙여 답례를 했다. 그라면 왜 늦었는지 이유를 알고 있을 것 같았지만, 곧바로 예식이 시작된 탓에 물어볼 수는 없었다.

첫 번째로 서약할 자가 앞으로 나서는 것을 시작으로 모든 이들이 단상을 향해 무릎을 꿇었다. 카르세인의 서임식 때와는 달리, 시녀 대신 인도자들이 각자 맡은 이에게 다가갔다. 내게 조심스럽게 어깨끈을 달아 준 카르세인이 뒤이어 금빛 사자를 수놓은 망토를 둘러 주었다.

 인도자들이 한 걸음 뒤로 물러나는 것을 확인한 푸른 머리카락의 청년이 자리에서 일어났다. 단상 아래로 내려와 멈춰 선 그의 앞에 무릎을 꿇은 기사가 검을 뽑아 제 몸 앞에 세우며 외쳤다.

 "이 생명을 주신 분은 비타이나 이 생명을 바칠 분은 주군이실지니. 이 몸에 흐르는 피와 이 몸을 이루는 살을 바치오니, 당신의 뜻대로 거두소서. 사자에게 충성을."

 "제국에 영광을, 그리고 그대에게 영예榮譽를."

 주군이 되실 분에게 바치는 피를 상징하는, 루비로 만든 의식용 검을 쥔 청년이 기사의 어깨를 세 번 두드렸다. 서약을 끝낸 기사가 그의 옷자락을 들어 가볍게 입을 맞춘 후 세 걸음 뒤로 물러나자 두 번째 기사가 앞으로 나섰다.

 그리고 다음, 또 다음.

 거듭되는 서약 끝에 마침내 내 차례가 다가왔다.

 몇 발자국 앞에 서 있는 그를 보자 갑자기 긴장감이 훅 밀려왔다. 심장이 미친 듯 빠르게 뛰고 손끝과 발끝이 차가워지는 것이 느껴졌다.

 크게 숨을 들이쉬고서, 나는 뻣뻣하게 굳은 다리를 움직여 그에게 다가갔다. 그러고는 천천히 무릎을 꿇으며 고개를 숙였다. 곧게 뻗은 눈썹이 미미하게 찡그려진 것 같았지만, 스치듯 본 것이었기에 확실하지는 않았다.

 "사자에게 충성을. 이 생명을 주신 분은 비타이나 이 생명을 바칠 분은 주군이실지니. 이 몸에 흐르는 피와 이 몸을 이루는 살을 바치오니, 당신의 뜻대로 거두소서."

미미하게 흔들리는 검 끝이 보였다.

고개를 숙인 탓에 주변을 살펴볼 수는 없었지만, 그와 나를 주시하는 따끔따끔한 시선이 느껴졌다. 신기하기야 하겠지. 황제의 전 약혼녀가 가신으로서 충성을 맹세하는 것은 분명 흔치 않은 일일 테니까.

"……제국에 영광을, 그리고 그대에게 영예를."

착 가라앉은 목소리로 답례한 그가 느릿하게 의식용 검을 들어올려 내 어깨를 두드렸다.

다음 순서는 서약의 키스였지만, 나는 옷자락을 들어 입 맞추는 대신 자리에서 일어났다. 소리가 들릴 정도로 빠르게 뛰고 있는 심장 위에 손을 얹고서, 최대한 차분한 표정으로 입을 열었다.

"폐하."

"……."

"저, 아리스티아 피오니아 라 모니크는 모니크가의 쉰네 번째 가주가 될 자로서……."

"그대, 설마……."

"황실과의 오랜 언약을 이행하고자 합니다."

"……그러지 마시오. 듣지 않겠소."

딱딱하게 굳어 버린 얼굴이 보였다. 눈에 띄게 흔들리는 바닷빛 눈동자도 보이고, 의식용 검을 쥐고 있는 손이 하얗게 질린 모습도 보였다. 늘 차분하던 목소리가 파르르 떨리고 있었다.

다급하게 부르는 그를 외면하며 천천히 무릎을 꿇었다. 푸른 망토 자락을 들어 가볍게 입 맞추면서, 싸늘하게 굳어 버린 혀를 움직여 한 음절 한 음절을 내뱉었다. 모니크가와 황가의 피를 타고 내려오는 굳은 언약, 피의 맹세를.

"제 몸 안에 흐르는 피와……."

"그대……."

약속된 첫 문구를 말하자, 여기저기에서 탄성을 지르는 소리가 들려왔다.

깊숙이 고개를 숙여 표정을 감추었다. 굳게 닫힌 눈꺼풀 위로 회귀 전, 마지막 순간에 올려다보았던 그의 얼굴이 떠올랐다. 끝끝내 차갑기만 하던 바닷빛 눈동자에 서러웠던 기억도 생각났다. 다시 태어나면 절대로 당신을 사랑하지 않겠다 했던, 절규에 가까운 최후의 다짐도 기억났다.

"제 몸 안에서 뛰는 심장으로……."

"……그만하시오. 듣지 않겠소."

회귀 후 굳게 했던 결심도 떠올랐다.

신탁으로 이름을 부여받은 뒤 몇 날 며칠을 고민한 끝에 간신히 발견해 낸 해결책. 그것은 바로 모니크가의 피의 맹세였다. 파혼해 달라고 소원을 비는 대신 평생을 바치겠다고, 그리한다면 황가에 거역할 수 없는 몸이 되니 황위 계승권은 문제 될 것이 없다고 생각했다.

이를 악물며 검술을 수련했다. 맹세할 수 있는 자격을 얻기 위해서. 그리고 지금, 나는 마침내 그토록 바라던 자격을 손에 넣었다.

"이 생명과 마음을 걸고……."

"아리스티아."

단죄할 수가 없었다, 아무것도 모르는 그를. 어느새 소중해진 이들의 목숨을 걸 수는 없었기에 그저 피하겠다고만 생각했다.

하지만 그는 어느새 닫혀 버린 마음의 문을 거듭해서 두드리고 있었다. 언제부터인지는 모르겠지만, 결코 열지 않으리라 생각했던 빗장이 조금씩 헐거워지고 있었다.

"당신에게 평생을 바치오니……."

"그만하시오, 제발!"

어느새 얼어붙은 심장이 조금씩 녹아내리고 있었다. 가끔씩 보이는 외로운 모습이, 간절히 바라는 바닷빛 눈동자가, 하나둘 꺼내 보여 주는 마음과 거듭해서 내미는 손이, 한 걸음 뒤에서 기다리는 배려가 조금씩 나를 흔들었다. 어느새 나도 모르게 그와 함께하는 미래를 가정해 보고 깜짝 놀라 생각을 지우는 날들이 늘어갔다.

"부디 제 소원을 허락하옵소서."

"하……."

알고 싶지 않았다, 이 감정이 무엇인지. 지은과 함께 있는 그를 보았을 때 느꼈던 불쾌감과 오르골을 받고 함께 말을 달렸을 때 조금씩 빠르게 뛰던 심장이 무엇을 말하는 것인지 결코 알고 싶지 않았다.

나는 사랑을 할 수 없는 몸이니까. 두 번 다시 누군가에게 마음을 주지 않겠노라고 굳게 다짐했으니까.

"나의 주군…… 이시여."

"……."

이제는 흔들리는 마음을 다시 다잡아야 했다. 육 년이라는 긴 세월 동안 바라 오던 것을 드디어 손에 넣지 않았던가. 그러니 그를 위해서도, 그리고 나를 위해서도 이 방법이 최선이었다. 이제 더는 귀족파에 놀아날 이유도, 암울한 미래를 그리며 괴로워할 필요도 없지 않은가. 그 역시도 돌려받지 못할 감정 때문에 마음 상할 필요도, 양 계파의 심한 압박을 받을 필요도 없지 않은가.

천천히 고개를 들어 그를 올려다보았다.

사람들이 경악한 눈으로 쳐다보는 것도 잊은 채 맹세를 만류하던 그가 차갑게 얼어붙은 얼굴로 나를 내려다보았다. 바닷빛 눈동자에서 얼음 같은 분노가 활활 타오르고 있었다.

"……그래서, 소원은?"

한참 동안 침묵하던 그의 입에서 한마디 말이 흘러나왔다. 평소처럼 조금 차가운 느낌이 드는 것도, 기분이 좋지 않을 때처럼 낮게 가라앉은 것도 아닌 그 음성은 어딘가 나른하게 들리기까지 했다.

어디 한번 들어 보자는 듯 팔짱을 낀 그가 얼음장 같은 눈으로 나를 내려다보며 재촉했다.

"어디 한번 말해 보시오. 그토록 바라는 소원이 뭔지."

"제 소원은……."

"……."

"모니크가의 쉰네 번째 가주로서 살다가 죽었노라고…… 사서에 기록되는 것입니다."

"하……."

기가 차다는 듯 한숨을 흘린 그가 거칠게 목 부분을 잡고 흔들었다.

단정하던 모습이 순식간에 흐트러지는 모습에 주변의 웅성거림이 더욱 커졌다. 예법에서 한 치의 어긋남도 없던 그가 사적인 자리도 아니고 공식 행사 장소에서 보인 이런 행동에 모두 적잖이 놀란 듯했다. 맹세를 만류할 때부터 이미 그랬던 것 같긴 하지만.

"그것참 간단하고도 소박한 소원이군."

"……."

"본인과 엮이는 일이 없을 것이라 확인만 해 주면 되는 일이 아닌가. 그대 하나 포기하여 이 대에 걸친 모니크가의 절대적 충성을 얻어 낼 수 있다니, 몹시 수지맞는 장사로군. 게다가 황위 계승권 문제도 깔끔해질 테고. 현명한 황제라면 당연히 이 맹세를 받아들일 테지. 아니 그러한가."

"그렇…… 습니다, 폐하."

흐트러진 모습과 어우러져 더욱 권태롭게 들리는 목소리에 몸이 점점 서늘하게 식어 내렸다. 얼어붙은 입술을 간신히 떼어 답하는 내게 그가 차갑게 선언했다.

"그러나 나는 그리하지 않겠다."

"폐하?"

"비록 황가에서 단 한 번도 받아들이지 않은 역사가 없다고는 하나, 피의 맹세란 본디 쌍방의 동의가 있어야 성립하는 법. 나는 그대의 맹세를 받아들이지 않겠다."

순간 귀를 의심했다.

방금 그가 뭐라고 한 거지?

모니크 왕가가 왕실과 나라의 보전을 위해 초대 황제 폐하께 마법의 힘을 빌려 맹세를 한 이래, 천 년에 가까운 제국 역사상 그 어떤 황제도 모니크가의 맹세를 거부한 경우는 없었다. 소원 하나만 이뤄 주면 절대적인 충성을 받을 수 있었으니까.

그런데 지금, 그는 본가의 모든 것을 손에 쥘 수 있는 맹세를 아무렇지도 않게 팽개쳐 버렸다.

"피의 맹세? 웃기는군. 그깟 맹세 따위, 받아들이지 않겠다. 절대 동의해 주지 않을 것이다. 내 이름에 걸고 거부하겠다."

"폐……."

몸을 휙 돌린 그가 성큼성큼 걸음을 옮겨 서임식장을 빠져나갔다. 입만 벙긋거리고 있던 근위 기사들이 황급히 그의 뒤를 따랐다. 몹시 흉흉한 기세에, 줄줄이 늘어서 있던 이 중 누구도 감히 그를 붙잡을 생각을 하지 못했다.

뭐라 정의할 수 없는 기묘한 침묵 속에서, 나는 멍하니 그의 뒷모습만을 바라보았다. 예상치 못한 일 때문에 하얗게 변해 버린 머리가 생각하는 것을 거부하고 있었다.

이제 어떻게 해야 하지, 이제 어떻게 해야 하지, 이제 어떻게…….
오직 그 물음만이 뇌리를 지배했다.

아직 겨울이 오지도 않았는데, 마치 매서운 바람에 얼어 버린 것처럼 손끝에서 힘이 빠져나갔다.

"……아."
"…….."
"티아."
"……아버지."

얼마나 시간이 지났을까?
어깨를 흔드는 힘에 간신히 정신을 차렸다.
천천히 눈을 깜빡이자 군청색 정복을 단정하게 차려입은 은발의 기사가 보였다. 태연한 표정을 가장하고 있지만, 군청색 눈동자에는 당황과 걱정, 그리고 안도 등의 복잡한 감정이 휘몰아치고 있었다.

그제야 주위 상황이 눈에 들어왔다. 우왕좌왕하는 이, 삼삼오오 모여 무언가를 수군거리는 자, 아버지와 나를 주시하고 있는 사람 등, 어수선하기 그지없는 모습.

시선을 의식하신 것인지, 아버지께서는 작은 목소리로 말씀하셨다.

"일단 이곳을 좀 수습해야 할 듯하니, 너는 먼저 단장실에 가 있도록 해라. 아비와 얘기 좀 하자꾸나."

"……."

"어찌 답이 없는 것이냐?"

"……네, 아버지."

"흠. 행여나 해서 하는 말이다만, 폐하를 다시 찾아뵙거나 할 생각은 하지 말거라. 그럼 잠시 후에 보자."

다시 한 번 다짐을 받은 아버지께서 기사단장들이 있는 곳으로 향하시고 나자, 잠시 후 기사단별로 집합하라는 소리가 들렸다.

서임식을 망쳤다는 생각이 들자 왠지 눈치가 보여서, 나는 서둘러 연무장을 빠져나왔다.

안개 낀 머리로 제2기사단 건물을 향해 발걸음을 옮기다 멈칫 멈춰 섰다. 이렇게 되면 결국 또다시 원점이 아닌가. 어떻게든 지금 이 일을 매듭짓지 않는다면 같은 상황이 몇 번이고 반복될 것이 분명했다.

잠시 망설이다가 방향을 틀었다. 그러지 말라고 당부받긴 했지만, 지금 그를 설득하지 않으면 앞으로는 더 힘들어질 것 같았다.

중앙궁에 들어서자마자 지나가는 시종에게 그의 소재를 물었으나 모른다는 답변만이 돌아왔다. 뭔가 이상했지만 나는 우선 알겠노라고 답한 뒤 집무실로 향했다.

고급스러운 문 앞에는 황태자 시절부터 그를 모시던 시종장이 서 있었다.

"오랜만이군. 늘 수고가 많네. 혹 폐하께서 오셨는가?"

"오랜만에 뵙습니다, 모니크 영애. 폐하께서는 서임식에 가신 이후로 아니 오셨습니다만……."

"그런가? 알겠네. 수고하게."

한숨이 나왔다.

'집무실이 아니라면 대체 어디에 있는 걸까.'

하릴 없이 기나긴 복도를 따라 쭉 걸어 보았지만, 그를 만나기는 커녕 근위 기사의 제복 자락 하나 보이지 않았다.

점점 초조해졌다. 지금쯤이면 아버지께서 단장실에 들르셨을지도 몰랐다. 빨리 이 일을 마무리 짓지 않으면 아버지께서는 맹세하는 것을 만류하려 드실 게 분명했다.

무거운 발걸음으로 모퉁이를 도는데, 갑자기 무언가가 나를 잡아챘다. 나는 절로 튀어나오는 비명을 간신히 삼키며 앞을 막아선 자를 확인했다.

벽처럼 버티고 서 있는 사람은 바로 그였다.

그토록 열심히 찾아다니고 있었음에도, 막상 그와 마주하자 두려운 마음이 물밀듯 밀려왔다. 차갑게 타오르는 눈빛을 마주하자 가뜩이나 놀란 심장이 급속도로 빠르게 뛰었다.

"폐, 폐하."

"어딜 그렇게 급히 가나, 모니크 경. 잠시 나와 얘기 좀 하지."

왠지 모를 위압감에 주춤주춤 뒤로 물러서는데, 갑자기 등에 차가운 것이 닿았다. 나는 반사적으로 흠칫 몸을 떨며 그를 올려다보았다. 점점 용기가 사그라지는 것이 느껴졌지만, 침착하자고 거듭 되뇌며 입을 열었다.

"……그렇잖아도 폐하를 뵈러 가는 길이었습니다."

"무슨 일로?"

"부디 돌이켜 생각하시어, 제 맹세를 받아……."

"그 맹세 소리 한 번만 더 입에 담기만 하오."

"하오나 폐하."

온몸에 그늘이 드리워졌다.

어느새 다가온 그가 양손으로 기둥을 짚은 채 나를 내려다보고 있었다. 전신에서 뿜어져 나오는 강렬한 존재감에 몸이 굳어서, 나는 하려던 말도 잊고 천천히 입을 다물었다. 오직 떨리는 눈으로 그를 올려다보는 것 외에는 아무것도 할 수가 없었다.

"아리스티아."

"……."

"사랑하오."

"……폐하."

"만인의 시선조차 신경 쓰지 못할 만큼, 누르고 또 눌러도 감추지 못할 만큼…… 그대를 연모하고 있소."

입술은 사랑한다 속삭이는데, 바닷빛 눈동자는 아직도 얼음 같은 분노로 타오르고 있었다.

그 눈을 마주하자 옴짝달싹할 수가 없었다. 머리는 도망치라고 명령하는데, 얼어붙은 손과 발은 지시를 거부했다. 마치 웅크리고 있는 사자 앞에 던져진 듯한 기분이었다.

느릿하게 어깨를 끌어당긴 그가 천천히 고개를 숙였다.

점점 가까워지는 거리.

마음먹으면 충분히 밀어낼 수 있을 것도 같은데, 어쩐지 몸이 움직여지지 않았다. 얼굴에 와 닿는 따뜻한 숨결에 마른침을 삼켰다. 심장이 점점 빠르게 뛰었다.

바닷빛 눈동자가 눈꺼풀 아래로 사라지고, 푸른 속눈썹이 드리운 그림자가 그 자리를 대신했다. 곧이어 입술에 무언가 부드러운 것이 와 닿았다. 맞닿은 입술 사이로 느껴지는 따뜻한 숨결에 볼이 발갛게 달아올랐다.

사라락.

어느새 정수리로 다가온 손이 머리끈을 풀어냈다. 폭포수처럼 쏟아져 내리는 머리카락을 어루만지는 느릿한 손길에 뻣뻣하게 굳어 있던 몸에서 힘이 빠져나갔다. 크게 뜨여 있던 눈이 서서히 감겼다.

푹 꺾이는 다리를 지탱하려 그의 옷을 붙드는 순간.

가볍게 지분거리던 입술에 힘이 실렸다. 허리를 거칠게 휘감은 그가 나를 바짝 끌어당겼다. 강하게 밀어붙이는 뜨거운 숨결과 부드럽게 입술을 핥아 올리는 무언가에 머릿속이 하얗게 비었다. 소중하다는 듯 뺨을 매만지는 손길에, 나도 모르게 입술이 스르르 열렸다.

작은 공간을 비집고 말캉한 무언가가 들어왔다. 생소한 그 감각에, 굳게 감긴 속눈썹이 파르르 떨렸다. 입천장과 치열을 훑어 내리는 간질간질한 혀와 등을 쓰다듬는 부드러운 손길에 단단하게 얼어붙었던 몸이 녹아내렸다.

말캉한 것이 얽혀 드는 느낌에 나도 모르게 목을 그러안으며 매달리자, 등줄기를 훑어 내리던 그가 나를 꽉 끌어안았다.

뜨겁게 얽힌 몸 사이로 빠르게 뛰고 있는 심장박동이 느껴졌다. 점점 더 격렬해지는 입맞춤에 젖은 신음이 절로 새어 나갔다. 강하게 몰아붙이는 그 때문에 차츰차츰 숨이 막혔다. 머릿속이 몽롱하게 변했다.

불경스러운 행동이라는 것도 잊고서, 온몸을 비틀며 그를 밀어냈다. 목을 타고 넘어오는 숨넘어가는 소리에 단단하게 맞닿았던 입술이 떨어져 나갔다.

턱까지 차오른 숨을 몰아쉬며 호흡을 고르는 나를 끌어당긴 그가 가볍게 등을 쓸어 주었다. 나와 마찬가지로 바쁘게 오르락내리락거리는 탄탄한 가슴을 보자 갑자기 얼굴이 확 달아올랐다.

내, 내가 대체 지금 뭘 한 거야.

다소 무례해 보일 정도로 허겁지겁 몸을 떼었음에도 그는 아무 말이 없었다. 무어라 형언할 수 없는 표정으로 나를 바라보고만 있었을 뿐. 얼음장 같은 분노가 사라진 바닷빛 눈동자는 몹시 혼란스러워 보였다.

그 눈빛을 보자 정신이 번쩍 들었다.

맙소사. 이러려던 게 아니었는데.

"아리스티아."

"……네, 폐하."

"그……."

무슨 말을 해야 할지 모르겠다는 듯 몇 번이고 입술만 달싹이던 그는 한참 후에야 간신히 말문을 열었다.

"미안하오. 그대가 바라지 않는 일은 억지로 하지 않겠노라고 약조하였는데, 내 잠시 이성을 잃었소."

"……아닙니다, 폐하."

"허나……."

무어라 말을 하려다 삼킨 그는 잠시 후에야 다시 입을 열었다.

"허나 아리스티아, 좀 전에 했던 말만큼은 진심이오. 나는 그대를 충성스러운 수하가 아니라 은애하는 여인으로서 곁에 두고 싶소."

"……."

"그대, 정녕 내 곁은 아니 되겠소? 모니크 후작 대신, 내 하나뿐인 반려로서 함께할 수는 없는 거요?"

"폐, 폐하?"

진지하게 물어 오는 목소리에 말문이 막혔다. 머릿속이 뒤죽박죽 엉망으로 헝클어졌다.

이게 아닌데. 어쩌다가 일이 이렇게 된 거지?

그가 맹세를 거부할 줄은 정말 몰랐다. 이성적인 판단에서는 선황제 폐하보다도 한 수 위라고 평가받는 사람이 아니던가. 그런 그가 한순간의 감정 때문에 재위 기간 내내 절대적으로 자신을 지지해 줄 기반을 걷어찰 것이라고 어찌 생각할 수 있었겠나.

몹시 혼란스러웠다. 무엇을 해야 할지, 어떻게 행동해야 할지 도무지 알 수가 없었다.

어쩔 줄 몰라 하는 나를 바라보던 그가 한숨을 쉬며 말했다.

"그대는 나를 항상 조급하게 만들어."

"……."

"감정 조절만큼은 그 누구에게도 뒤지지 않는다고 생각했는데, 그대에게만은 그럴 수가 없소. 한 발 물러서 주면 두 걸음씩 도망가니, 놓칠까 두려워 자꾸만 다가가게 되지. 아직 때가 아님을 알면서도 어리석은 행동을 하게 되오."

"……폐하."

"이번만큼은 그저 뒤에서 지켜보려 하였는데, 그대는 또다시 이토록 극단적인 방법으로 날 벗어나려 하는군. 어찌 그러는 것이오. 도대체 무엇 때문에 이렇게까지 날 거부하는 거요."

진지한 목소리, 간절한 표정. 좀처럼 속마음을 드러내지 않는 그가 조금씩 꺼내 보이는 심중의 말에 자꾸만 말문이 막혔다.

"아리스티아."

"……네, 폐하."

"시기상조라는 것은 나 역시 알고 있소. 그대가 날 꺼린다는 것도. 더는 곁에 와 달라고 하지 않으리다. 다가오라 하지 않을 테니……. 그대, 제발 도망만 치지 말아 주시오."

슬쩍 시선을 회피했다.

늘 당당하고 오만해야 할 그가 이렇게 저자세로 나올 만큼 나를 원한다는 사실에 온갖 감정이 교차했다. 두려움, 기쁨, 씁쓸함, 그리고 설렘. 씁쓸하기만 하던 가슴속에서 솟아오르는 한 조각 기쁨이 두려워서, 나는 두근거리는 가슴을 꾹 누르며 떨리는 눈으로 그를 올려다보았다.

"어찌하여 제게 이렇게까지 하십니까. 폐하, 부디 돌이켜 생각하시어 현명한 판단을 내려 주십시오. 찰나의 연정 때문에 영원한 충성을 저버리려 하시다니, 폐하답지 않으십니다."

"찰나의 연정과 영원한 충성이라. 어쩐지 그대는 내 마음이 금세 변할 것이라 확신하고 있는 것 같군."

답답하다는 듯 한숨을 내쉰 그가 내 어깨 위에 손을 얹으며 시선을 맞춰 왔다.

"무엇 때문에 그리 생각하는 것인지는 모르겠지만, 아리스티아. 그토록 가벼운 마음이었다면 내 진작 부황 폐하나 귀족파의 제안을 받아들였을 것이오. 제나 공녀를 맞아들이기만 했다면 손쉽게 그대를 데려올 수 있었을 터인데, 대관절 무엇 때문에 내가 이렇게 압박을 받으면서까지 버티고 있다 생각하오?"

"……."

"이 모두가 그대의 마음을 얻기 위함이었소. 금세 변심할 만큼 가벼운 마음이었더라면, 내 그대의 의사를 물을 필요도 없이 이미 오래전에 곁으로 데려왔을 것이오. 게다가……."

뭔가 말을 하려던 그가 멈칫했다. 그러고는 몸을 돌려 내 앞을 슬쩍 막아서며 말했다.

"무슨 일인가?"

"폐하, 제2기사단장이 이쪽으로 오고 있습니다. 어찌할까요?"

"후작이? 알겠다. 통과시켜 주도록."

"명을 받듭니다."

흠칫 몸이 굳었다. 어쩐지 이 넓은 복도에 인기척이 하나도 느껴지지 않는다 했더니, 근위 기사들이 길을 막고 있던 것이었나.

'설마 본 것은 아니겠지?'

하지만 중요한 것은 그게 아니었다.

아버지께서 오시고 있다니. 큰일 났네. 폐하와 함께 있었다는 것을 알면 분명히 뭐라 하실 텐데.

당황하는 나를 보며 피식 웃음을 지은 그가 말했다.

"여기 있으시오. 기둥 뒤라 잘 보이지 않을 테니."

"……네, 폐하."

"맹세를 할 생각일랑 접어 두시오. 후작도 그건 바라지 않을 것이오."

"하오나……."

"한 번만 더 맹세 운운한다면, 내 조금 전처럼 그대의 입을 막아 주리다."

뭐라고?

얼굴이 확 달아올랐다.

뭐라 반박하지도 못하고 입만 벙긋거리는 나를 향해 슬쩍 입꼬리를 끌어 올린 그가 돌아섰다. 펄럭이는 푸른 망토 자락을 멍하니 바라보며 나도 모르게 입술을 만지작거리다가, 나는 기둥 뒤에서 들려오는 아버지의 목소리에 화들짝 놀라 손을 내렸다.

"제국의 태양, 황제 폐하를 뵙습니다."

"후작, 그렇지 않아도 그대에게 할 말이 있는데, 마침 잘되었군."

"하명하십시오."

"오늘 일은 미안하게 되었소. 본의 아니게 많은 이에게 폐를 끼치게 되었군."

"……딸아이의 성급한 행동을 막아 주셨으니, 그것만으로도 충분히 감읍할 따름입니다."

"우리 서로 모르는 척하지 맙시다. 그대에게는 다른 수단이 있으니, 어차피 맹세를 못 하게 하려 했을 것 아니오."

누가 들을 것을 염려해서인지, 그와 아버지는 작은 목소리로 대화를 나누고 있었다. 하지만 기둥 하나를 사이에 두고 있는 내 귀에는 그 내용이 똑똑히 들려왔다.

고개를 갸웃했다.

다른 수단이 있다니? 피의 맹세 말고도 이 상황을 타개할 방법이 있단 말인가?

그럴 리가 없었다. 신탁으로 받은 중간 이름, 그 때문에 부여받은 황위 계승권은 그렇게 쉽게 포기할 수 있는 것이 아니었으니까. 그 때문에 그토록 기를 쓰고 검술을 배우고자 했던 것이 아닌가. 절대적인 충성을 맹세함으로써, 계승권 때문에 황실에 묶일 수밖에 없는 운명에서 벗어나기 위해서.

"내 후작에게 부탁 하나만 해도 되겠소?"

"하명하십시오."

"짐이 봐 온 후작이라면 그녀의 행복을 최우선으로 생각할 터. 그간은 이것이 최선인가 싶어 망설였으나, 맹세까지 쓸 정도로 의지가 굳은 것을 보고 안 되겠다 싶어 짐을 찾아온 것이겠지. 아니 그렇소?"

"그렇습니다, 폐하."

"지난번 무산된 안건에 오늘 일까지 더해졌으니 그 여파가 만만치 않겠지만, 온 힘을 다해 그녀를 보호하겠소. 그러니 이 일이 해결될 때까지만 짐에게 시간을 주시오."

잠시 말이 없던 아버지께서 말씀하셨다.

"많은 이가 오늘 일을 보았으니, 수일 내에 회의가 열릴 것입니다. 어찌할 작정이십니까?"

"내 후작에게는 솔직히 말하리다. 실은……."

귀를 쫑긋 세워 보았지만, 갑자기 작아진 그의 목소리는 잘 들리지가 않았다.

뭐지? 모든 일이 원점으로 돌아온 현시점에서 이 난국을 타개할 방법이라는 게 대체 뭘까.

"……신은 오직 딸아이의 의사에 따를 것입니다."

"그 정도면 충분하오. 고맙소."

응? 대관절 그가 무슨 말을 했기에 아버지께서 저렇게 말씀하시는 거지?

몹시 궁금했지만, 딱히 짐작되는 것은 없었다.

대화를 마친 그가 복도 저편으로 걸어가는 소리가 들렸다. 근위 기사들이 뒤를 따르는지 멀어지는 발소리가 여럿이었다. 아버지의 것이 분명한 나지막한 한숨 소리도 들렸다.

잠시 망설였다. 어떻게 하지. 나를 찾으러 다니시는 게 분명한데. 이제 와서 나가는 것도 이상하고, 그렇다고 해서 계속 숨어 있을 수도 없고.

"이제 그만 나오너라, 티아."

흠칫 몸이 굳었다.

어떻게 아신 거지?

당혹스러운 기분으로 주춤주춤 발을 떼었다. 그늘 속에서 갑자기 밝은 곳으로 나온 탓에 눈앞이 순간적으로 깜깜해졌다가 도로 밝아졌다. 선명하게 돌아온 시야에 복잡한 표정으로 머리끈을 집어 드는 아버지의 모습이 들어왔다.

순간 머릿속을 스치고 지나가는 장면에, 나는 달아오른 볼을 감추려 고개를 푹 숙였다.

"그만 돌아가자꾸나."

"······네, 아버지."

차라리 야단이라도 치신다면 마음이 편할 것 같은데, 한참 동안 묵묵히 바라보던 아버지께서는 내게 머리끈을 쥐어 주며 돌아가자는 한마디 말씀만 하셨다.

무거운 침묵 속에 집에 돌아오자, 집사는 눈치 빠르게 고용인들을 물렸다. 나는 아버지와 함께 숨 막힐 듯한 정적 속에서 저녁을 들었다. 억지로 음식을 삼킨 탓에 체할 것만 같았다.

겨우겨우 용기를 내어 입을 열려던 순간, 조심스레 들어온 집사가 말했다.

"각하, 손님이 찾아오셨습니다."

"이 시간에 손님이라. 누구지?"

"베리타 공작 전하이십니다."

"허, 그 친구······. 알았다. 지금 가지."

내키지는 않아도 인사는 드려야 할 것 같아서, 나는 아버지를 따라 자리에서 일어났다.

응접실에 들어서자 조금은 피곤해 보이는 녹색 머리카락의 남자가 아버지를 향해 슬쩍 손을 흔들어 보였다.

"또 보는군, 케이르안."

"루스, 자네가 여기까진 웬일인가."

"그리 말하면 섭섭하네. 그간 조금 소원했다고 바로 이러긴가?"

"그런가. 섭섭하게 들렸다면 미안하군."

"아닐세. 자네와 오랜만에 허심탄회하게 얘기나 할까 싶어 찾아왔다네. 늦은 시간에 집으로 찾아온 것은 미안하게 됐다만, 영애도 이제 성인이니 이해해 주겠지."

"아, 물론입니다, 공작 전하. 그럼 저는 이만 물러나 보겠습니다."

밖으로 나와 집사에게 접대할 것을 준비하라 지시한 뒤, 방에 돌아와 며칠 전부터 보던 책을 펼쳤다. 어쩐지 눈에 들어오지 않아 한 자 한 자 되짚어 가며 읽으려고 했지만, 검은 활자들은 빙빙 맴돌기만 할 뿐 내게 그 의미를 전달해 주지는 못했다.

한숨을 쉬며 책을 덮었을 때, 문밖에서 두런거리는 말소리가 들렸다.

'벌써 돌아가시는 건가?'

서둘러 밖으로 나오자 집사의 안내를 받아 걸음을 옮기고 있는 붉은 머리카락의 남자가 보였다. 고개를 숙여 인사를 건네는 내게 빙그레 미소를 지어 보인 그가 말했다.

"오랜만이군, 영애. 정식 기사가 된 것을 축하하네."

"아……. 감사합니다, 공작 전하."

처음으로 듣는 축하 인사였다. 피의 맹세 때문에 불거진 사상 초유의 사태에 넋이 나갔던 터라, 그 누구도 내게 인사할 생각을 하지 못한 탓이었다. 심지어는 당사자인 나조차 오늘 서임 받았다는 사실을 잊어버리고 있었다.

"덕분에 진기한 구경도 했다네. 허, 얼음장 같던 폐하께서 그리 이성을 잃으실 줄 누가 알았겠나. 흠, 이런 얘기는 일단 접어 두고, 아무래도 걱정이 되어 한번 찾아와 봤네. 내 잘 얘기할 터이니 너무 걱정하지 말게나."

"네. 감사합니다, 공작 전하."

"여러모로 힘들었을 터이니, 일단 좀 쉬고 있게나. 자리가 파하려면 한참 걸릴 것 같으니."

"그리하겠습니다."

슬쩍 고개를 숙여 감사를 표한 뒤, 나는 방으로 돌아가는 대신 서재로 향했다. 하지만 아무리 이 책 저 책을 뒤져 봐도 영 집중되지가 않았다. 복잡한 심정에 자꾸 한숨만 나왔을 뿐.

얼마나 시간이 지났을까?

검은 글씨에 멍하니 시선을 고정하고 있는 내게 조심스럽게 다가온 집사가 말했다.

"저, 아가씨."

"……응? 아, 집사. 여기까진 웬일이야? 무슨 일 있어?"

"술 저장고에서 나간 품목이 꽤 있어 보고를 드리러 왔습니다."

"그래? 알았어. 후우, 대체 얼마나 드신 거야."

집사에게 보고를 받은 뒤, 나는 책을 덮고 자리에서 일어섰다. 꽤나 많은 양의 술이 빠져나간 것이 영 마음에 걸렸다. 라스 공작이 잘 얘기하겠노라고 말하긴 했지만, 아무래도 한번 직접 가 봐야 마음이 놓일 것 같았다.

조심스레 노크한 뒤 문을 열자 은은한 불빛 아래 음영을 드리우고 있는 세 남자가 보였다. 상체를 흐느적거리며 넋두리하고 있는 베리타 공작, 다리를 꼬고 등받이에 몸을 기댄 채 잔을 빙글빙글 돌리고 있는 라스 공작, 그리고 무슨 생각을 하시는지 깍지 낀 손을 무릎 위에 얹어 둔 채 고개를 숙이고 있는 아버지.

어딘가 범접할 수 없는 분위기에, 나도 모르게 멈칫 멈춰 섰다.

어른들의 세계를 엿본 아이가 된 기분이라고나 할까? 늘 절제되어 있던 세 분의 풀어진 모습에 차마 입이 떨어지지 않았다. 마치 보이지 않는 벽이 나를 밀어내는 듯한 기분이었다.

"알렉시스……. 알렌디스……. 하……. 처음부터 알렌디스에게 넘겼으면 좋았을 것을. 공연히 병약한 아이에게 맡겨 제 목숨을 깎아 먹게 하고, 다른 아이는 생사조차 알 수 없으니……. 내 죄가 크구나. 참으로 커."

"그게 어떻게 자네만의 탓이라 하겠나. 사람 일이란 한 치 앞도 살피기 어려운 것을. 너무 그리 자책하지 말게, 루스. 그리고 이제 그만 마시게나. 자네가 이렇게 과음하는 건 처음 보는 것 같군. 케이르안, 자네도 마찬가지일세."

"놔두게. 오늘은 좀 취하고 싶군."

"어차피 검술을 가르칠 때부터 예상한 일이 아니었나. 새삼 이리 속상해 할 이유가 있느냔 말일세."

잔뜩 가라앉은 목소리를 듣자 죄책감이 밀려왔다. 나는 고개를 푹 수그린 채 아버지의 말씀에 귀를 기울였다.

"물론 알고는 있었지만, 그래도 섭섭하기도 하고 미안하기도 한 것이…… 복잡하군. 그 아이를 얻었을 때, 세상을 다 가진 듯한 기분이었네. 허나 그것이 티아에게도 복이었을까. 내 딸로 태어나지만 않았더라면, 갓 성인식을 치른 어린 것이 평생을 던진다 할 일도 없었을 터인데. 원치도 않는 아이에게 너무 큰 짐을 지워 주지 않았는가 이 말일세. 내게 상의도 없이 맹세하려 한 것이 괘씸하고, 그리 믿음을 주지 못했나 싶어 섭섭하면서도……. 그리 생각하니 또 미안하더군. 게다가 폐하께서는……."

"케이르안."

차마 더 듣고 있을 수가 없어 조용히 밖으로 나왔다.

잠들 수도 가만히 앉아 있을 수도 없어 한참 동안 복도를 서성이고 있을 때, 문이 열리는 소리가 들리고 곧이어 뚜벅뚜벅 내딛는 발걸음 소리가 들려왔다. 황급히 돌아보자, 멀쩡해 보이는 얼굴로 걸어오는 라스 공작과 축 늘어진 채 시종들의 부축을 받고 있는 베리타 공작의 모습이 보였다.

"음? 여기서 뭘 하고 있는 건가?"

"아, 공작 전하. 이제 돌아가십니까."

물끄러미 나를 바라보던 라스 공작이 천천히 고개를 끄덕이며 말했다.

"그래야지. 루스는 내가 데려다 주고 갈 테니 걱정하지 말게나. 케이르안은 이미 잠들었으니 신경 쓰지 않아도 될 걸세."

"아……. 네, 감사합니다."

"……귀족파에서 어찌 나올지 모르니 항시 주의하도록 하게. 이제 갓 성년인 영애에게 너무 많은 짐을 지운 것 같아 미안하군."

"주의하겠습니다. 배려해 주셔서 감사합니다, 공작 전하."

나올 필요 없노라며 극구 사양하는 라스 공작을 배웅한 뒤, 나는 잠시 망설이다 아버지의 방으로 향했다.

반쯤 열린 커튼 사이로 들어오는 달빛이 베개 위에 흐트러진 은빛 머리카락에 부딪혀 아름답게 부서지고 있었다. 굳게 닫힌 눈꺼풀 아래 드리운 은빛 그늘이 오늘따라 어쩐지 짙어 보였다.

나는 침대 옆에 쪼그리고 앉아 시트 위에 늘어진 손을 조심조심

잡았다.

"……죄송해요, 아버지."

예기치 못하게 아버지의 속마음을 들어서일까? 마음이 몹시 무거웠다. 차라리 화를 내시면 좋을 텐데, 당신의 딸로 태어나게 해서 미안하다는 말씀이 무엇보다 가슴을 찔렀다.

"행복해지라 하셨는데……. 가능한 한 많은 행복을 잡으라고 하셨는데. 어떻게 해야 많이 행복해질 수 있는지 모르겠어요."

다 내려놓고 새로운 행복을 찾아보려고 했는데, 이제는 뭐가 뭔지 알 수가 없었다. 자꾸 답답해지기만 뿐 해답은 쉽사리 찾아지지가 않았다. 그렇다고 해서 아버지께 말씀드릴 수도 없었다. 분명 함께 고민해 주실 테지만, 지금보다 더 큰 걱정을 끼쳐 드릴 것이 분명했으므로.

"저, 이제 어떻게 하죠? 뭘 해야 할지 모르겠어요. 이게 최선이라고 생각했는데, 자꾸만 혼란스러워서……. 대체 어떻게 해야 좋을까요?"

꽉 막힌 가슴을 두드렸다.

나는 왜 이렇게 삶이 험난한 걸까. 과거에는 너무 단순해서 탈이었는데, 지금은 또 너무 복잡해서 문제였다.

"하나밖에 없는 여식이 불효막심해서 죄송해요. 자꾸 걱정만 끼쳐 드려서 정말 죄송해요, 아버지."

깊은 한숨을 쉬며 몸을 일으켰다. 조금 내려간 이불을 끌어 올려 덮어 드리고서, 조심조심 방 밖으로 나왔다.

소리 없이 문을 닫았다.

이슬이 드리워진 우산을 접었다.

또르르.

물방울이 굴러떨어졌다. 작디작은 구슬이 올라앉은 옷자락을 가볍게 털자, 채 흡수되지 못한 투명한 진주들이 바닥에 흩뿌려졌다. 그 모습을 지켜보며 가볍게 눈썹을 찡그린 젊은 남자가 어깨에 커다란 수건을 걸쳐 주며 말했다.

"이제 들어오십니까, 아가씨."

"응, 집사. 좋은 아침."

"이러고 다니면 감기 걸리십니다."

"너무 과보호하는 거 아냐? 나, 이래 봬도 기사라고."

빙긋 웃으며 얘기했으나 그는 단호했다. 남자의 눈짓에 빠르게 다가온 시녀들이 수건으로 옷에 묻은 물기를 닦아 내기 시작했다. 나는 어쩔 수 없이 그들의 손에 몸을 맡기며 물었다.

"아버지께서는?"

"좀 전에 일어나셨습니다."

"그래? 평소보다 많이 늦으셨네. 어제 과음하셔서 그런가? 꿀물은 준비해 뒀어?"

"네, 아가씨."

"그럼 가져올래? 내가 직접 갈게."

"알겠습니다."

얼마 잠들지 못해 무거운 머리를 부여잡고 산책을 갔다 돌아오는 길.

이슬비 내리는 정원에서 흙내음을 마시며 걸어서일까? 복잡했던 마음이 한결 가벼워진 듯했다.

나는 쟁반을 받쳐 든 시녀를 딸린 채 아버지의 방으로 향했다. 노크를 한 뒤 안으로 들어서자, 셔츠의 소매 단추를 채우던 아버지께서 돌아보셨다. 숙취 때문인지, 곧게 뻗은 은빛 눈썹이 슬쩍 찌푸려져 있었다.

"안녕히 주무셨어요, 아버지."

"……그래. 너도 잘 잤느냐?"

"네. 오늘따라 일찍 눈이 떠지는 바람에 산책도 하고 온걸요."

"그랬더냐."

"우선 이것 좀 드세요. 한결 나아지실 거예요."

"그래."

황금색이 넘실거리는 잔을 건네 드리고서, 나는 아버지 곁에 조심조심 앉았다. 무슨 생각을 그리도 하고 계시는지, 무겁게 가라앉은 군청색 눈동자는 잔에서 떨어질 줄 몰랐다. 그늘이 드리워진 옆얼굴을 보자 애써 냈던 용기가 자꾸만 사그라졌다.

입술을 떼었다가 다물기를 여러 번 반복했을 때, 어디선가 작은 소리가 들려왔다. 고개를 갸웃하며 귀를 기울이자 문가에서 뭔가를 박박 긁는 소리가 한결 또렷하게 들렸다.

'루나구나.'

어색한 침묵을 깰 수 있게 되었다는 생각에, 나는 몹시 반가운 마음으로 자리에서 일어나 문을 열었다.

"루나야, 이리 온."

손을 뻗어 보았지만, 자그마한 은빛 고양이는 도도한 걸음걸이로 나를 휙 지나쳤다.

황당한 기분으로 돌아보자 어느새 아버지 앞까지 다가간 루나의 모습이 보였다. 나지막한 울음소리를 토해 내며 훌쩍 뛰어오른 작은 고양이가 아버지의 품에 답삭 안겨 들었다. 그러고는 만족스럽다는 듯 눈을 감은 채 고롱고롱 소리를 내기 시작했다.

한참 동안 말없이 루나를 내려다보던 아버지께서 손을 뻗어 은빛 털을 쓰다듬으셨다. 한결 부드러워 보이는 그 모습에 사그라졌던 용기의 불씨가 다시 피어올랐다.

"저……. 아버지."

"왜 그러느냐?"

"죄송해요."

"……."

"먼저 상의를 드렸어야 했는데, 제가 너무 성급했어요."

"……아니다. 검술을 가르쳐 달라 했을 때부터 이런 날이 올지도 모른다 생각했거늘, 이제 와 너를 탓해 무엇하겠느냐."

가라앉은 목소리에 다시금 죄책감이 밀려왔지만, 죄송하다는 것 외에 더는 뭐라 말씀드릴 수가 없었다. 다른 방도가 없는 이상 결코 맹세를 포기하지는 않을 것이었으므로.

묵묵히 나를 바라보던 아버지의 입술 사이로 깊은 한숨이 새어 나왔다.

"자식 이기는 부모 어디 있다더냐."

"……."

"내 아무리 하지 말라 설득해도 그리하지는 않을 테지. 후, 제국 최고의 기사라 해도 자식 못 이기는 건 똑같구나."

'응?'

무겁게 떨어지는 목소리에 침울해 하다 깜짝 놀라 고개를 들었다. 묘하게 쑥스러워 하시는 듯한 모습에 스르르 입꼬리가 올라갔다. 아무래도 내 마음을 풀어 주기 위해 평소답지 않게 농담을 던지신 모양이었다.

"더는 말리지 않을 터이니, 한 가지만 약속해 다오. 다음에 맹세하려 할 때는, 그 전에 아비에게 먼저 얘기해 주겠다고 말이다."

"네, 아버지. 그렇게 할게요."

"그래. 그렇다면 되었다."

어느새 눈을 뜬 은빛 고양이가 황금색 눈동자를 비볐다. 나른하게 하품하며 주위를 둘러보던 루나가 아버지의 품에서 뛰어내렸다.

도도하게 머리를 치켜든 채 방 안을 느긋하게 걷는 그 모습을 바라보다가, 나는 나지막하게 들려오는 목소리에 고개를 돌렸다.

"티아."

"네, 아버지."

"널 돕겠다고 해 놓고는 지금껏 별다른 조처를 하지 않아 의아했을 게다. 어쩌면 네게는 아비가 우유부단하게 보였을지도 모르겠구나."

침묵했다. 분명 그렇게 생각한 적이 있었기에.

지은이 나타난 이후 선황제 폐하께서 나를 황태자비로 삼겠노라 선언하셨을 때에도, 얼마 전 있었던 회의에서 귀족파가 나를 황후로 삼으라 주청했다는 소식을 접했을 때에도 나는 내심 아버지를 원망했다. 도와주겠다 하셨음에도 별다른 조처를 해 주시지 않는 것 같아서.

어쩌면 아버지께 상의도 드리지 않고 맹세하고자 했던 건, 그렇게 조금씩 쌓인 작은 원망이 겉으로 드러난 결과물인지도 모른다.

그런 마음을 알아차리신 듯, 아버지께서는 내 손을 가볍게 토닥이며 말씀하셨다.

"하지만 말이다. 우리 가문에 내려오는 것은 맹세뿐만이 아니란다."

"네? 그게 무슨 말씀이세요?"

"자세한 것은 아직 얘기해 줄 수 없지만, 그 정도는 알아 두려무나. 네가 너무 맹세에 집착하는 것 같아 알려 주는 것이니."

"……."

"그러니 아비를 좀 믿어 줄 수 있겠느냐? 정 맹세를 해야겠다면 그 전에 미리 얘길 해 다오. 아비가 어떻게든 처리해 주마."

그랬던가. 그간 품어 왔던 의문이 이제야 조금 풀리는 느낌이었다. 절박하던 나와는 달리 뭔가 방관하는 듯한 태도를 유지하던 아버지의 모습도.

당시에는 아버지께서도 별다른 해결 방안이 없어 그런 태도를 보이시는 거라 여겼지만, 돌이켜 생각해 보면 그건 어떤 상황에서건 난국을 타개할 방법을 알고 있는 자의 여유였다. 어제 기둥 뒤에서 들었던 폐하와의 대화를 생각해 봐도 그랬다.

온몸을 꽁꽁 옭아매고 있던 사슬이 조금은 풀리는 듯했다. 무겁게 짊어지고 있던 짐이 한결 가벼워진 느낌에, 나는 아버지의 품에 안겨 들며 작게 속삭였다.

"……감사해요. 그리고 정말 죄송해요."

"그래."

조심스레 머리카락을 쓰다듬는 부드러운 손길에 살며시 미소를 짓고서, 나는 세파로부터 나를 지켜 주는 강인한 품 안에서 스르르 눈을 감았다.

이튿날.

저녁 식사를 마치고 아버지와 함께 가문의 일에 대해 이런저런 이야기를 나누고 있을 때, 노크 소리가 들리고 곧이어 들어온 집사가 깊숙이 허리를 숙이며 말했다.

"각하, 그리고 아가씨, 황궁에서 사자使者가 왔습니다."

"알겠다. 지금 가도록 하지."

사자라고? 이 시간에?

조금 의아했지만, 나는 우선 아버지를 따라나섰다.

응접실에 들어서자 예법에서 한 치의 오차도 없는 자세로 앉아 있던 남자가 몸을 일으키며 묵례했다. 낯익은 얼굴과 익숙한 표식에 눈이 크게 뜨였다.

무슨 일이기에 시종장이 직접 찾아온 거지? 그것도 황제의 최측근이라 볼 수 있는 중앙궁의 시종장이.

"그간 안녕하셨습니까, 후작 각하. 영애께서도 무탈하셨는지요?"

"허, 그대가 전언을 가져올 것이라고는 전혀 생각지 못했거늘. 대관절 무슨 일이기에 직접 황명을 들고 온 겐가."

"표면적인 이유 두 가지와 비밀리에 전달해야 할 한 가지 때문입니다. 여기 있습니다."

시종장이 꺼낸 것은 서찰 하나와 황가의 인장이 찍힌 문건 하나, 그리고 자그마한 상자 하나였다. 인장이 찍혀 있는 것으로 보아 문건은 아니고, 어떤 게 비밀리에 전달해야 한다는 거지? 서찰? 아니면 상자?

눈앞에 놓인 것들을 물끄러미 바라보는 내게 시종장이 조곤조곤 설명했다.

"이 문건은 제2기사단장과 모니크 경에게 하달된 것, 서찰은 모니크가의 가주에게 보내신 것, 그리고 상자는 영애에게 하사하신 것입니다."

"아, 네."

그렇다면 비밀리에 봐야 한다는 것은 서찰임이 분명했다.

얼핏 듣기에는 모두 같아 보였지만, 시종장의 말에는 미묘한 차이가 있었다. 문건은 수신인이 제2기사단장과 모니크 경이라는 것을 보아 예상했던 대로 기사단 업무와 관련된 공식적인 명령서일 것이 분명했고, 하사하신 것이라는 말에 비추어 볼 때 상자는 없애 버려야 하는 물건이 아니었으니까.

황명을 전달했으니 이만 가 보겠다며 일어서는 시종장을 배웅하고서, 나는 아버지와 함께 서재로 향했다. 그러고는 문건부터 확인하는 아버지의 모습을 잠시 바라보다가 폐하께서 내게 보내셨다는 상자를 열었다.

'이게 뭐지?'

뜻밖의 내용물에 멍하니 눈을 깜빡였다. 자그마한 은색 상자 안에는 푸른 바탕에 금색 펄이 촘촘하게 뿌려져 있는 편지 봉투가 일곱 통 들어 있었다.

웬 편지일까. 그것도 한 통도 아니고 일곱 통씩이나.

고개를 갸웃하며 푸른 봉투를 집어 드는데, 침음을 삼킨 아버지께서 서류를 접으며 나를 부르셨다.

"티아."

"네, 아버지."

"기사단이 새롭게 편성되는 바람에 행정 업무가 몹시 늘어난 것은 알고 있느냐?"

"아……. 네, 그렇겠군요."

"그래서 말이다. 폐하께서 관련 서류를 처리하는 동안 업무를 보조할 실무자가 필요한데, 지난 시험 응시자 중 행정에서 가장 고득점을 받은 네가 그 일을 맡아 줬으면 하신다는구나."

"네? 그런……."

당혹스러운 표정으로 바라보자 아버지께서는 서찰을 집어 들며 한숨 섞인 목소리로 말씀하셨다.

"앞으로 약 보름간 오전에만 기사단에서 근무하고 오후에는 중앙궁에서 폐하를 보조하면 된다. 상의해야 할 일이 있거든 각 기사단장을 찾아가도록 해라."

"……네, 아버지."

"그리고……."

봉인을 뜯어 서찰을 쭉 읽어 내린 아버지께서 벽난로로 다가가 불을 붙이셨다. 그러고는 활활 타오르는 불꽃 속에서 재가 되어 사그라지는 얇은 종이를 바라보며 말씀하셨다.

"음, 당분간 널 호위하러 근위 기사들이 파견될 것 같구나."

"근위 기사라고요? 가문의 기사들도 있는데 어째서……."

"폐하께서 너를 많이 염려하시는 모양이다. 가문의 기사들보다야 그들이 호위에 특화되어 있는데다 그간 여러모로 일이 많았으니, 당분간 불편해도 안전을 위해 참도록 해라."

"네, 아버지. 그렇게 할게요."

고작 그 얘기를 위해서 비밀 서찰까지 보냈을 것 같지는 않았지만, 굳이 캐묻고 싶지는 않았다. 본디 비밀이란 아는 사람이 적을수록 좋은 것이니까.

나는 말없이 고개를 끄덕인 뒤 상자를 들고 방으로 돌아왔다. 그리고 잠시 망설이다 일곱 통의 봉투 중 가운데 것을 집어 들었다.

그대가 쓰러진 지 어느새 두 달이라는 시간이 흘렀군.

차도가 없는 부황 폐하의 곁에 앉아 있노라니 문득 그대가 떠올랐소.

끝까지 미안하다 사과하며 쓰러지던 모습이, 얼마 전 방문했을 때 보았던 창백한 얼굴이 자꾸만 생각나더군. 하루하루 시간이 흘러갈수록 희망이 점점 사라지는 듯하여 마음이 무척 괴롭소.

이건……?

입이 딱 벌어졌다.

설마, 중독 때문에 의식을 잃고 있던 때에 쓴 편지란 말인가? 다른 누구도 아닌 그가?

편지지를 쥐고 있는 손이 조금씩 떨리기 시작했다. 온몸의 피가 빠르게 도는 것을 느끼며, 나는 다음 문장으로 시선을 옮겼다.

　미안하오. 내가 황태자가 아니었다면 그대는 이런 일을 겪지 않아도 됐을 텐데. 만일 그랬다면, 그대도 이토록 완강하게 날 거부하지는 않았을까?
　그럼에도 내심 내가 황태자라 다행이라고 생각한다면, 그대는 나를 이기적이라 비난하겠소?
　모순된 심정이라는 것은 나도 알고 있소. 허나 어찌하겠소? 황실과 엮이기 싫어한다는 것을 알기에, 하루에도 몇 번씩 그대를 잊으려 해 봐도 그럴 수가 없는 것을. 황태자라는 지위 덕에 이렇게나마 그대를 내 곁에 붙들어 놓을 수 있다는 생각이 자꾸만 드는 것을······.
　하루하루 고통을 겪고 있을 걸 생각하면 당장에라도 달려가고 싶지만, 그대가 바라는 것은 그런 게 아닐 테지. 그대는 나와 엮이는 것을 꺼리면서도 늘 황실을 위해 온 힘을 다하곤 했으니. 그렇기에 나는 오늘도 그대에게 달려가고 싶은 마음을 누른 채 정무를 보았소.
　알고 있소? 그대가 점점 쇠약해진다는 소식을 들을 때마다 가슴이 바짝바짝 타들어 가고 있다는 것을.
　사람을 풀어 대신관을 찾고 있지만 여전히 행적이 묘연하다는군. 이른 시일 내에 찾아낼 테니, 부디 그때까지만 버터 주시오.
　이번만 무사히 이겨 낸다면, 내 반드시 성심을 다해 그대를 지키리다. 내 몸으로 막아서라도 다시는 그대에게 불미스러운 일이 생기지 않도록 할 것이오. 그러니······ 제발 굳건히 이겨 내 주시오. 부탁이오.
　제국력 963년 겨울, 루블리스 카말루딘 샤나 카스티나.

이, 이게 대체…….

떨리는 손으로 또 다른 편지를 꺼내 봉인을 뜯었다. 다급하게 펼쳐 든 편지지가 찢어질 듯 위태롭게 흔들렸다.

탁.

다 읽은 편지를 내려놓기가 무섭게 다음 것을 꺼내 들었다. 그리고 다음, 또 다음…….

두툼한 편지를 하나하나 읽어 내릴수록 심장이 점점 빠르게 뛰었다. 바들바들 떨리는 손 때문에 읽기 어려울 정도였지만, 나는 눈을 부릅뜬 채 마지막 편지를 낚아챈 뒤 편지지의 끝부분까지 단숨에 읽어 내렸다.

"후우……."

그제야 긴 숨이 흘러나왔다.

미친 듯 뛰고 있는 심장 위에 손을 얹었다.

이것이 정말 그가 쓴 편지란 말인가?

도저히 믿을 수가 없어서, 수북이 쌓여 있는 편지지를 다시 훑어보았다.

하지만 몇 번이고 다시 살펴보아도 금빛이 감도는 푸른 종이 가득 적혀 있는 글씨체는 그의 것이 분명했다. 황실에서 사용하는 화려한 필기체, 그럼에도 어딘가 단정하고 차가운 느낌이 묻어나는 바로 그 글씨체였으니까.

그제야 실감이 났다. 이 편지를 쓴 사람이 그라는 사실이, 그리고 이 편지를 받는 사람이 나라는 사실이.

갑자기 얼굴이 확 달아올랐다. 아니, 얼굴뿐만 아니라 온몸이 뜨끈뜨끈했다. 단 한 번도 꿈꿔 보지 못한, 아니, 있을 수 없는 일이라 여겨 꿈꿔 볼 생각조차 못했던 것이었다. 지금 내 눈앞에 벌어진 일은.

화끈거리는 볼을 감싸면서도, 몇 번씩 크게 심호흡을 하면서도 나는 편지지에서 시선을 뗄 수가 없었다. 빼곡하게 적혀 있는 글자에서 그의 마음이 묻어 나오는 듯했다. 간절하고, 다정하고, 애틋하고, 따뜻한……. 그런 감정이.

문득 그와의 대화가 떠올랐다. 어째서 자신의 마음이 그리 쉽게 변할 거라 생각하느냐던 물음과 그토록 가벼운 마음이었다면 지금껏 두고 보지도 않았을 거라던 단언이 머릿속을 맴돌았다.

왜 그렇게 생각했을까?

솔직히, 정확한 이유는 알 수 없었다. 그저 당연히 그럴 거라고 생각했다. 그는 황제이니 한 여자에게 만족할 수 없을 거라고, 본디 차가운 사람이니 내게 보여 주는 마음 역시 그리 깊지는 않을 거라 여겼다. 다른 사람이라는 걸 알고 있으면서도, 자꾸만 지은을 사랑하던 과거의 그를 떠올리며 언제 변심할지 모른다 생각했다. 그랬는데.

그것은 그저 내 편견이었을 뿐일까. 그를 믿어도 되는 걸까? 이토록 진심 어린 마음까지 보여 줬는데.

멍하니 편지지를 바라보다가, 거세게 고개를 저었다. 아무리 그래도 그건 아니었다. 다시는 누굴 바라다 마음 다치는 일이 없도록 하겠다 하지 않았던가. 하물며 그 상대가 그임에야 말할 필요도 없었다.

'정신 차리자, 아리스티아.'

"아가씨? 괜찮으세요?"

다시 한번 거세게 고개를 흔들었을 때, 갑자기 옆에서 의아함과 걱정이 뒤섞인 목소리가 들려왔다.

나는 놀란 가슴을 쓸어내리며 옆을 돌아보았다. 고개를 한쪽으로 기울인 리나가 나를 바라보고 있었다.

"아, 깜짝이야. 무슨 일이야, 리나?"

"무슨 생각을 하셨기에 그러세요? 여러 번 불러도 못 들으시고."

"아, 아무것도 아냐. 그런데 여러 번 불렀다니, 왜? 무슨 일이라도 있어?"

"아. 아가씨께서 정식 후계자가 되신 것을 축하하기 위해 영지에서 몇 분이 올라온 모양이에요. 아가씨를 뵙고 싶다고 하는데……."

"그래? 알았어."

나는 가볍게 고개를 끄덕이며 쌓여 있는 편지지를 한데 그러모았다. 제법 두툼하게 잡히는 종이를 보자 다시 가슴이 울렸다. 본디 이렇게 길게 쓰는 사람이 아닌데. 항상 짧고 간결하게 용건만 적던 그였는데.

'무슨 생각을 하는 거야. 정신 차려.'

입술을 꽉 깨물며 한데 모은 편지지를 봉투에 넣었다. 한 장 한 장 종이를 접으며 복잡했던 마음을 함께 접고, 거울을 바라보며 남은 감정 한 자락까지 들어냈다.

분명 익숙한데, 너무도 오랜만인 내가 거기에 서 있었다.

'괜찮아, 아리스티아.'

하지만 무엇이 괜찮은 걸까?

작은 의문을 뒤로한 채, 나는 가신들이 기다리고 있을 응접실로 걸음을 옮겼다.

다음날.

나는 오전 근무를 마친 뒤 중앙궁으로 향했다. 늘어난 기사단 업무 처리를 보좌하라는 황명을 받들기 위해서였다.

기나긴 복도를 걷다가 고개를 갸웃했다. 마주치는 근위 기사마다 어물거리며 눈길을 피하는 것이 아닌가. 혹시 복장이 불량한가 싶어 점검해 봤지만 아무렇지도 않았다.

뭐야, 대체 왜 그러는 건데.

"제국의 태양, 황제 폐하를 뵙습니다."

"어서 오시오."

아무렇지도 않게 행동하겠다고 거듭 다짐했지만, 막상 그와 마주하자 얼굴이 화끈 달아올랐다. 뜨거웠던 입맞춤이, 간절하던 고백이, 빽빽하게 적혀 있던 글씨가 떠올라 차마 그와 눈을 마주할 수가 없었다.

무슨 말을 해야 할지 알 수가 없어 안고 온 서류 뭉치만 만지작거리는데, 보고 있던 서류에 서명을 마친 그가 불쑥 손을 내밀었다. 그러고는 흠칫 놀라는 나를 물끄러미 바라보며 말했다.

"오늘 해야 할 업무는 뭐요?"

"아······. 세 개 기사단에 집중되어 있던 인원을 재배치하는 작업입니다."

"음? 그것까지 내가 보고받아야 하오?"

"그게, 계파별로 고루 분산해야 하는 터라……."

"그렇군. 그럼 일단 갖고 온 서류부터 줘 보겠소? 나는 이걸 읽어 볼 터이니, 그대는 그동안 대강의 개요를 설명해 주시오."

"네, 폐하."

얼굴이 조금 창백해 보이는 것을 제외하면 그는 평소와 다름없는 태도였다. 담담한 목소리와 태연한 표정에 안심이 되면서도 왠지 섭섭했다. 어쩐지 맥이 탁 풀리는 느낌.

역시 그에겐 이 정도는 별일이 아니었다는 걸까?

뭔가 복잡한 심정이었지만, 어쨌든 나는 한결 차분해진 마음으로 재배치해야 할 인원수와 소속 계파 등을 설명해 나갔다.

한참 동안 이런저런 내용을 풀어 나가는데, 갑자기 노크 소리가 들렸다. 곧이어 조심스럽게 문을 열고 들어선 시종장이 허리를 깊숙이 숙이며 말했다.

"황제 폐하, 제나 공녀가 알현을 청하고 있습니다. 어찌할까요?"

"제나 공녀? 아, 그게 오늘이었던가."

"네, 폐하."

"그렇군. 들라 하게."

까마득히 잊고 있었다는 듯한 말투에 고개를 갸웃했다.

이상하네. 이런 걸 잊어버릴 사람이 아닌데. 설사 깜빡 잊었다 하더라도 매일 아침 보좌관이 그날의 일정을 이야기해 주지 않던가?

하지만 지금 중요한 것은 그게 아니었기에, 나는 의아한 마음을 접으며 자리에서 일어났다. 가볍게 묵례하고 방을 나서려는데, 갑자기 내 손목을 잡아챈 그가 말했다.

"그냥 앉아 있으시오."

"하오나 폐하."

"괜찮소. 어차피 그리 길게 알현할 것도 아니니."

이래도 되는 건가? 같은 계파도 아니고, 무슨 용건으로 찾아온 건지도 모르는데.

왠지 찜찜했지만, 어쩔 수 없이 도로 자리에 앉았다. 그제야 붙들고 있던 손목을 놔준 그가 서류를 보이지 않게 덮었다. 나 역시 산더미같이 쌓여 있던 서류를 차곡차곡 모아 잘 보이지 않는 탁자 한구석으로 치웠다.

미소 띤 얼굴로 들어서던 지은이 멈칫 멈춰 섰다. 네가 왜 여기에 있느냐고 묻는 듯한 눈초리로 쏘아보던 그녀는 이내 활짝 미소를 지으며 그를 향해 예를 표했다.

나는 잔뜩 부풀린 보라색 공단 드레스를 보며 실소를 머금었다. 그토록 모슬린을 밀더니, 아무리 그래도 유행에서 뒤처질 순 없었던 모양이었다.

"제국의 태양, 황제 폐하께 지은 그라스페 데 제나가 인사 올립니다."

"앉으시오. 흠, 제나 공녀."

"네, 폐하."

"무슨 용건으로 보자 한 것인지는 모르겠으나, 독대를 청하지 않은 걸 보면 기밀을 요하는 일은 아닐 터. 모니크 경과 함께 자리해도 괜찮겠소?"

"……괜찮습니다, 폐하."

한 박자 늦게 대답한 지은이 치맛자락을 갈무리하며 그의 왼편에 앉았다. 그의 오른편에 앉아 있던 나와는 마주 보는 자리였다.

"아리스티아, 나머지 일은 알현이 끝난 뒤에 마저 처리합시다. 잠시 휴식을 취한다 생각하시오."

"네, 폐하."

나는 움찔하며 작게 대답했다. 그가 웬일이지? 고개를 갸웃하며 바라보았지만, 그는 조금 창백해 보였을 뿐 몹시 태연한 얼굴이었다.

"좋소. 그럼 이제 공녀의 용건을 듣도록 하지. 그래, 무슨 일이오?"

"아, 별것은 아니옵고……."

따가운 눈초리로 나를 쏘아본 지은이 들고 온 작은 상자를 탁자 위에 내려놓았다. 금빛 리본을 풀고 뚜껑을 열어 그에게 내민 그녀가 수줍게 미소를 지었다.

"우연히 소노 왕국산 최상급 로즈힙을 구할 기회가 있었답니다. 해서 폐하께 진상하고자 가져왔습니다."

"그렇소? 고맙군."

"아닙니다, 폐하. 그리고 이건 차와 함께 드시면 좋을 것 같아 가져온 것입니다. 보잘것없는 솜씨나 폐하를 생각하며 직접 만들어 보았답니다. 작은 정성이니 부디 가납해 주시어요."

"그렇군. 고맙소, 제나 공녀."

직접 만들었다고?

나는 애교 섞인 태도로 나긋나긋하게 말하는 지은과 조금도 사양하지 않고 선물을 받아들이는 그를 물끄러미 바라보았다. 가슴이 꽉 막히는 듯한 기분에 숨을 크게 들이쉬는데, 나를 힐끔 돌아본 그가 손을 뻗어 줄을 당겼다. 그러고는 금세 등장한 시종에게 말했다.

"제나 공녀가 진상한 것이니 잘 보관하도록 하라."

"네, 폐하."

상자를 내어가는 시종을 바라보던 지은이 입술을 꾹 깨물었다. 당황한 것 같기도 하고 화를 참는 것 같기도 한 그 모습에 왠지 웃음이 나왔다. 어쩐지 고소했다.

피식 웃어 버리자, 도끼눈을 뜬 지은이 나를 노려보았다. 내숭 떨던 것을 완전히 망각한 듯한 그 태도에 나는 더욱 입꼬리를 비틀며 눈짓으로 그를 가리켰다. 그제야 제 실수를 알아차린 듯 황급히 표정을 수습한 지은이 말했다.

"모니크 영애, 정식 기사가 되셨단 이야기는 들었습니다. 축하드려요."

"감사합니다."

"그럼 이제 정식 후계자가 되시는 건가요? 정말 대단하세요. 오라버니께서 하시는 일을 어깨너머로 볼 기회가 있었는데, 저는 그런 쪽은 영 맞지 않더군요. 그래서 그런지 영애가 더더욱 존경스럽네요. 안타깝지만, 아무래도 제게는 부군이 되실 분을 얌전히 내조하는 편이 더 어울리나 봅니다."

다시 한 번 피식 웃음이 나왔다. 그토록 집착하고 있으면서 아직도 그에 대해서 제대로 파악을 못한 건가?

속으로 혀를 차며 그에게로 시선을 돌렸다. 아니나 다를까, 바닷빛 눈동자는 서늘하게 가라앉아 있었다. 몇 년 전에야 간신히 알게 된 사실이지만, 그는 사교계식 화법을 굉장히 싫어했다. 웃으며 서로 헐뜯고 있는 영애들을 일컬어 뱀 떼라 할 정도로.

차가운 눈초리로 지은을 바라보던 그가 말했다.

"선물 고맙소, 공녀. 흠, 더 할 얘기가 있소?"

"아뇨, 없습니다."

"그렇군. 그렇다면 오늘 알현은 여기서 마치도록 합시다. 잠시 담소라도 나눴으면 좋겠으나, 업무가 많이 밀려서 말이오."

"……네, 폐하. 그럼 이만 물러가겠습니다."

입술을 깨문 지은이 자리에서 일어나 고개를 숙였다. 나를 돌아보는 검은 눈동자가 매섭게 빛났다. 사락사락 치맛자락이 끌리는 소리가 들리고, 잠시 후 소리 없이 문이 닫혔다.

문가를 한번 돌아본 그가 관자놀이를 꾹꾹 누르며 보이지 않게 덮어 두었던 서류를 집어 들었다.

"그럼 다시 시작해 봅시다. 그대, 다시 한 번 개요를 설명해 주겠소?"

"네, 폐하. 음, 피곤하신 듯하니 간략하게 설명드리겠습니다. 사실 기사들의 배치라는 사소한 문제가 폐하께 올라온 이유는 둘 중 어느 방법을 택할 건지에 대해 재가가 필요하기 때문입니다."

"두 가지 방법이라. 계속해 보시오."

"그것은……."

얼마나 시간이 지났을까?

두꺼운 서류를 넘겨 가며 한참 동안 내용을 설명하는데, 문득 그가 지나치게 조용하다는 생각이 들었다. 평소였다면 간간이 질문을 던지거나 고개를 끄덕이기라도 할 텐데, 그는 언제부턴가 한 손으로 이마를 짚은 채 아무런 반응을 보이지 않고 있었다. 심지어는 이마를 짚은 손 그늘 때문에 어떤 표정을 짓고 있는지조차 보이지 않았다.

"……폐하?"

머뭇머뭇 불러 보았지만, 그는 아무런 답이 없었다.

몹시 피곤해 보이더니, 설마 잠이라도 든 건가?

"폐하?"

좀 전보다 한층 크게 불렀음에도 그는 여전히 아무런 답이 없었다. 자신을 향한 시선을 느낄 법한데도 미동조차 없었다. 본디 예민한 성격임을 감안하면 이상하리만치 고요했다.

점점 더 불안해져서, 나는 떨어지지 않으려는 발을 억지로 떼어 그에게 다가갔다. 그리고 목을 가다듬은 뒤 다시 한 번 소리 높여 그를 불렀다.

"폐하."

"……."

"폐하!"

조심스레 손을 대는 순간, 얇은 천을 타고 뜨거운 열기가 훅 끼쳐 왔다. 깜짝 놀라 어깨를 흔들자 이마를 짚고 있던 손이 아래로 떨어졌다. 그제야 비로소 손 그늘에 가려져 있던 얼굴이 드러났다.

순간, 가슴이 철렁 내려앉았다.

그저 조금 창백해 보일 뿐이라 생각했던 그의 얼굴이 백짓장처럼 새하얗게 변해 있었다.

"폐, 폐하……?"

쿵쿵.

심장박동이 무섭도록 빠른 속도로 뛰기 시작했다. 온몸으로 번진 그 소리에 머리가 우렁우렁 울렸다.

"이, 이게 대체……."

떨리는 손을 들어 곧게 뻗은 코끝에 가져갔다. 몇 번이고 헛손질을 하고서야 간신히 목적지에 도착한 손가락 끝에 거친 숨결이 느껴졌다. 뜨겁고 가파르게 뿜어져 나오는 숨소리에 눈앞이 새카맣게 타들어 갔다. 귓가에서 윙윙거리는 소리가 끝없이 울려 퍼졌다.

'정신 차리자, 아리스티아.'

나는 입술을 꽉 깨물며 휘청이는 다리에 힘을 주어 일어섰다. 여전히 눈앞은 캄캄하고 정신이 하나도 없었지만, 이를 악물며 비틀비틀 문가를 향해 걸어갔다. 그러고는 잘 돌아가지 않는 문고리를 있는 힘껏 잡아당겨 문을 열었다.

"시종장 있는가."

"부르셨습니까, 모니크 영애."

자꾸만 입술이 떨렸지만, 나는 애써 침착한 표정을 유지하며 시종장을 향해 빠르게 명령을 내렸다.

"폐하께서 대신관에게 긴히 하실 말씀이 있다고 하시니, 당장 신전에 사람을 보내 대신관을 모셔 오도록 하게. 최대한 빨리. 알겠는가."

"네, 그리하겠습니다. 헌데, 어찌 신㊀을 부르지 않으시고……?"

"중요한 서류를 검토 중이라 그러하신 듯하네. 해서 내 직접 나온 것이 아닌가."

"그렇군요. 알겠습니다, 영애. 당장 신전에 사람을 보내겠습니다."

"아, 그리고…….."

순간 며칠 전 대신관과 했던 말이 떠올랐다. 그러고 보면 당시 그는 조만간 제국을 떠난다 했었지. '소원'을 빌겠다고 우긴다는 네 번째 뿌리를 말리기 위해서.

만일 그가 벌써 떠나고 없다면 어떻게 해야 하는 거지?

갑자기 목에서 뜨거운 기운이 울컥하고 솟아올랐다. 당장에라도 눈물이 쏟아질 것 같아서, 나는 입술을 꽉 깨물어 떨리는 마음을 진정시킨 뒤 최대한 차분한 목소리로 덧붙였다.

"만약 신전에 계시지 않는다면, 언제 자리를 비우셨는지 여쭤보고 성문에도 사람을 파견하게. 아니, 그냥 신전과 성문 쪽에 동시에 사람을 파견하는 게 낫겠군. 어쨌든 최대한 빨리 예하를 모셔 오도록. 알겠는가."

"알겠습니다."

"그럼 부탁하네."

여유로운 태도를 가장하며 돌아섰다.

조심스레 문을 닫는 순간, 간신히 지탱하던 다리에서 힘이 빠졌다.

나는 그대로 문가에 주저앉아 덜덜 떨리는 손으로 입을 막았다. 꽉 틀어막힌 입술 사이로 거친 숨소리가 새어 나왔다. 머릿속이 자꾸만 하얗게 비어 갔지만, 떨리는 손을 억지로 떼어 내며 입술을 거세게 깨물었다. 비릿한 혈향과 함께 뜨거운 액체가 흘러내리자 그제야 혼미했던 정신이 조금 돌아오는 듯했다.

입안 가득 번지는 찝찔한 맛을 느끼며 몸을 일으켰다. 무섭도록 창백한 얼굴을 보자 겁이 났지만, 이를 악물며 축 늘어진 팔을 내 어깨에 걸쳤다. 젖 먹던 힘을 다해 그를 일으켜 세우고서, 겨우겨우 너덧 걸음을 걸어 널찍한 소파에 앉혔다.

쓰러지다시피 널브러지는 몸을 간신히 눕혔다. 재킷과 셔츠의 단추를 풀고, 스카프도 풀어냈다. 주변을 휘휘 둘러보다가, 화병의 물을 손수건에 적셔 이마 위에 얹었다.

이제 또 뭘 해야 하지?

열심히 머릿속을 더듬어 보았지만, 이렇다 할 것은 떠오르지 않고 자꾸 잡생각만 들었다. 대체 어떻게 된 일일까. 단순히 과로한 것이라거나 몸살이라고 보기에는 상태가 너무 심각해 보이는데.

설마 그에게 무슨 일이라도 생기는 건 아니겠지?

순간 머릿속을 스치고 지나가는 생각에 심장이 툭 소리를 내며 떨어졌다. 엄습해 오는 차가운 공포를 밀어내려 도리질 쳤지만, 그럴수록 떨림은 점점 더 심해졌다. 아슬아슬 버티고 있는 정신이 조금씩 어둠 속으로 잠겨 들어갔다.

얼마나 시간이 지났을까? 문가에서 들려오는 노크 소리에 문득 정신이 들었다. 나는 어느 샌가 축축하게 젖어 버린 얼굴을 닦아 내며 매무새를 가다듬었다. 그러고는 안으로 들어서다 말고 뻣뻣하게 굳어 버린 시종장을 향해 다급하게 물었다.

"예하는 모셔 왔는가?"

"여, 영애, 이게 대체 어찌 된……. 어째서 폐하께서……."

"정신 차리게! 예하는 모셔 왔느냐고 묻지 않나!"

"아, 아, 네, 영애. 그렇습니다."

"후우……."

밀려오는 안도감에 잔뜩 긴장했던 몸에서 힘이 빠져나갔다. 휘청이는 몸을 겨우겨우 지탱하고서, 나는 조금 전보다는 한결 가벼워진 마음으로 말했다.

"일단 예하를 모셔 오게. 따로 부르기 전까지는 이 일에 대해서 함구하도록 하고. 알겠는가."

"아, 알겠습니다."

허둥지둥 답한 시종장이 크게 숨을 들이쉰 뒤 문을 열었다.

의아한 표정으로 들어서던 대신관이 멈칫했다. 그러고는 인사도 생략한 채 황급히 다가와 그를 살폈다.

"……생명의 빛이 감싸 안을지니."

적지 않은 시간 동안 그를 살펴보던 대신관이 한숨을 내쉬며 기도문을 외웠다. 곧게 뻗은 손에서 뿜어져 나오는 빛에 마음을 놓는 순간, 창백하던 청년의 얼굴에 혈색이 돌아오는가 싶더니 곧이어 격렬한 기침 소리가 들려왔다.

"쿨럭! 쿨럭! 컥!"

"폐하!"

황급히 그에게 달려들었다.

떨리는 손으로 그를 감싸 안았을 때, 대신관의 손에서 또다시 빛이 뿜어져 나왔다.

"생명의 주 비타의 이름으로 명하노니, 모든 더러움은 씻겨 나갈지어다."

하얀빛이 청년을 감싸자 격렬하던 기침 소리가 차츰 줄어들었다. 거칠었던 숨소리가 잦아들고, 후끈거리던 열기도 조금씩 사라졌다.

나는 축 늘어진 청년을 부드럽게 눕히며 안도의 한숨을 내쉬었다. 평온해진 모습을 보자 비로소 안심이 되었다.

"감사합니다, 예하."

"……."

"예하?"

"……아, 네. 부르셨습니까."

잔뜩 찌푸린 얼굴로 무언가를 곰곰이 생각하던 대신관이 답했다. 어찌 된 영문인지, 그는 여유가 흘러넘치던 평소와는 전혀 다른 모습이었다.

"어찌 그러십니까? 혹 폐하께 무슨 일이라도……?"

"아, 아무것도…… 아니, 폐하께서 일어나시면 말씀드리겠습니다. 그편이 나을 것 같군요."

"……그런가요? 알겠습니다."

어쩐지 불안했다. 크게 숨을 고르는 모습이나 조금 당황한 듯한 표정을 보아 할 때 아무래도 보통 일이 아니라는 생각이 들었기에.

얼마나 시간이 흘렀을까? 축 늘어진 몸으로 그저 멍하니 청년만을 바라보고 있을 때, 문득 낮은 신음 소리가 들려왔다.

"으음……."

"폐하! 정신이 드십니까?"

황급히 다가앉으며 묻자, 흐릿하던 눈동자에 조금씩 빛이 돌아왔다. 느릿느릿 눈을 깜빡이던 그가 말했다.

"아리스티아……?"

"네, 폐하."

"……그대, 어째서 울고 있는 거요."

조심스럽게 다가온 손가락이 눈가를 쓸었다. 서늘하면서도 부드러운 그 감촉에 흠칫 몸이 굳었다. 주춤하는 기색을 알아차렸을 것임에도 청년은 채 닦아 내지 못한 눈물을 마저 쓸어 낸 뒤에야 몸을 일으켰다. 그러고는 내게 무어라 말을 하려다 말고 멈칫했다.

"……대신관이 아니오. 보아하니 내 두 사람에게 수고를 끼친 듯한데, 어찌 된 일이오?"

"정확한 사정은 저도 잘 모릅니다. 아무래도 영애께서 손을 쓰신 듯합니다만……."

"그렇소?"

나는 내게로 향하는 바닷빛 눈동자를 올려다보며 말했다.

"갑자기 의식을 잃으셨기에, 황명을 사칭하여 예하를 모셔 오라 하였습니다. 용서하여 주십시오."

"용서라니, 그 무슨 말도 안 되는 소리요. 수고하였소. 많이 놀랐겠군."

"황공합니다, 폐하."

"대신관께서도 수고하셨소. 내 공연히 여러 사람을 번거롭게 하였군."

담담하게 감사를 표시하는 청년을 물끄러미 바라보던 대신관이 말했다.

"국장과 대관식 때문에 그간 무리하셨던 모양입니다. 극심한 과로와 탈수 증상을 보이시더군요. 아무리 바쁘시더라도 어느 정도 휴식을 취해 가며 하십시오."

"알겠소."

"그리고, 음……. 긴히 드릴 말씀이 있습니다. 본디 독대를 청해야 하는 사안이긴 합니다만, 그냥 말씀드려도 되겠습니까? 모니크 영애도 완전히 제삼자라고 볼 수는 없는지라……."

"음? 그리하시오."

슬쩍 고개를 기울인 그가 답하자, 대신관은 작게 한숨을 내쉬며 말했다.

"한 가지만 여쭙겠습니다, 폐하. 혹 요즘 들어 뭔가 이상한 점을 느낀 적은 없으십니까? 분노와 짜증이 솟구쳤다든가, 유독 감정 기복이 심했다든가 하는 것 말입니다."

순간 등골을 타고 서늘한 기운이 흘렀다. 설마, 설마 그가 지금 얘기하려는 게 내가 생각하는 그건 아니겠지?

흠칫하는 나를 힐끔 돌아본 청년이 말했다.

"……어째서 그런 걸 묻는 거요?"

"짜증, 불안, 분노, 그리고 극심한 감정 기복. 이 모든 것은 특정 독에 중독되었을 때의 증상입니다. 모니크 영애에게 쓰였던 바로 그 독 말입니다. 이래도 짚이는 곳이 없으십니까?"

"……."

그는 아무런 말도 하지 않았지만, 조금씩 찌푸려지는 얼굴은 이미 답을 이야기하고 있었다.

황급히 손으로 입을 틀어막았다.

중독이라니, 어떻게 그럴 수가. 누가 감히 제국의 황제에게 독을 먹였단 말인가?

이것은 나를 중독시켰던 것과는 질이 다른 문제였다. 제국의 하나뿐인 지배자를 해하려 했다면, 이는 곧 반역이 아닌가. 이 사실이 알려진다면 세상이 발칵 뒤집힐 것이 분명했다.

"……확실하오?"

"몇 번이고 확인해 보았습니다만, 팔 할 이상은 그런 듯합니다. 후우, 떠나기 전에 발견하게 되어 참으로 다행입니다."

"……그렇군. 알겠소. 일단 따로 얘기가 있을 때까지는 이 일에 대해서 함구해 줄 수 있겠소?"

"물론입니다."

"고맙소. 오늘 정말 수고가 많았군. 내 대신관께는 따로 후사하리다."

"황공합니다, 폐하."

 자신이 중독되고 있었다는 말을 들었음에도 그는 무서우리만큼 침착했다. 나는 생각에 잠긴 듯한 표정으로 의자 손잡이를 톡톡 두드리는 청년을 대신해서 말문을 열었다.

"저, 예하, 그렇다면 폐하께 쓰인 독은 전부 해독된 것이지요?"

"일단은 그렇습니다만, 어떤 수단을 사용한 것인지 알지 못하는 이상 또다시 같은 일이 벌어지지 않겠습니까. 이상하게도 자꾸만 일이 생겨 일정이 늦춰진다 했더니, 아무래도 비타께서 저를 이끄셨던 모양입니다."

"그렇군요. 그럼, 음, 그러니까……."

"아, 이 독은 남성분에게는 특별한 영향을 미치지는 않습니다. 다만 장기간에 걸쳐 섭취할 경우 감정 기복이 심해지기에 원만한 생활을 하기 어려워질 뿐이지요. 아무래도 즉위 초다 보니 폐하의 평판을 떨어뜨리기 위해 벌인 짓이 아닐까 싶습니다."

 그렇구나. 하긴, 이성적인 면모만큼은 누구보다 뛰어나다고 평가받는 그가 아니던가. 그런 그가 갑작스레 분노를 터트린다든가 한다면, 그것만큼 평판을 깎기 쉬운 일도 없겠지. 진정 저들이 역심을 품고 있다면 폭군이라 하여 반역의 명분을 내세우기도 쉬울 테고…….

 잠깐, 분노?

순간 생각 하나가 머릿속을 스치고 지나갔지만, 나는 재빨리 고개를 흔들어 그것을 떨쳐 내었다.

그럴 리가 없어. 지나친 억측이야.

차갑게 식은 손끝을 꼭 붙들었을 때, 창밖을 슬쩍 돌아본 대신관이 말했다.

"폐하, 그럼 오늘은 이만 물러가도 되겠습니까? 상황을 보아하니 여정도 연기해야 할 듯하고, 아무래도 이리저리 처리해야 할 일이 조금 있을 듯싶습니다만……."

"아, 그리하시오. 자세한 이야기는 다음에 합시다."

"감사합니다. 그럼."

고개를 숙여 예를 표한 대신관이 자리에서 일어났다. 나 역시 그를 따라 일어나려 했지만, 잠시 남아 달라는 청년의 말 때문에 그럴 수가 없었다.

긴 머리카락을 끌며 대신관이 나가자, 청년은 한 손으로 관자놀이를 꾹꾹 누르며 한숨을 내쉬었다. 깊은 고뇌가 묻어 나오는 그 모습에 나는 나도 모르게 머뭇머뭇 입을 열었다.

"……괜찮으십니까."

"솔직히 말해 그렇지는 못하오. 머리가 지끈지끈 쑤시는군. 그대는 괜찮소? 많이 놀란 것 같던데."

"괜찮습니다. 저보다야 폐하가 걱정이지요. 누가 감히 그런 천인공노할 짓을 저지른 것인지. 반드시 색출하여 엄히 다스려야 할 것입니다."

조심스레 답하자, 가볍게 고개를 끄덕인 그가 말했다.

"물론이오. 해서 말인데……. 내 한 가지 부탁을 해도 되겠소?"

"하명하십시오."

"모니크가에서 중독 건에 대한 수사권을 갖고 있음은 모두가 알고 있는 사실이니, 그를 이용하여 궁내부를 조사해 주시오."

"네, 그리하겠습니다."

일전에 보았던 서류 때문일까, 아니면 조금 전에 떠올렸던 생각 때문일까. 순간 이름 하나가 머릿속을 스치고 지나갔다. 과거 그의 와인을 담당했던 바로 그자의 이름이.

이안 벨로트.

현재 그는 내게 독을 먹였던 시녀의 내연남이자 귀족파와 연계되어 있을 거라 짐작되는 자였다.

만일 현재의 이안 벨로트가 내 기억 속의 그와 동일인이라면, 즉 시녀의 내연남이라는 이안 벨로트가 이번 생에서도 폐하의 와인을 담당하고 있다면 폐하에게 독을 먹인 것 역시 그자의 소행일지도 모르는 일이었다. 와인은 보통 유리잔에 마시는 만큼 적발되지 않고 몰래 독을 투여하기도 쉬울 테니까.

나는 아무래도 조만간 궁내부를 직접 살펴야겠다고 생각하며 조심스럽게 물었다.

"허면 궁내부의 일은 최대한 빨리 조사하여 보고 드리도록 하겠습니다. 더 하명하실 일이 있으신지요?"

"없소. 일단은 그것으로 충분할 것 같군."

"알겠습니다. 하오면 폐하, 저도 이만 물러가도 되겠습니까? 이 일도 이 일이나 극심한 과로 때문에 그리되셨다 하였으니, 아무래도 오늘은 이만 휴식을 취하심이 옳을 듯합니다."

"……알겠소. 그리하리다."

"황공합니다, 폐하. 그럼 편히 쉬십시오."

자리에서 일어나 고개를 숙여 예를 갖췄다.

천천히 돌아서는데, 갑자기 등 뒤에서 특유의 서늘한 목소리가 들렸다.

"아리스티아."

"네, 폐하?"

"오늘, 고마웠소."

그 음성에서 왠지 따뜻한 기운이 묻어 나오는 듯했다. 백지장처럼 새하얗던 얼굴에 혈색이 도는 모습을 보자, 거듭되는 긴장으로 불안하게 뛰던 심장이 그제야 나른하게 풀렸다. 나도 모르게 입가에 스르르 미소가 걸렸다.

"아닙니다, 폐하. 당연히 해야 할 일이었던 것을요."

겸양의 말을 건네자 나를 바라보던 청년의 입가에 엷은 미소가 걸렸다. 평온해진 가슴 위에 손을 얹으며, 나는 그에게 다시 한 번 예를 갖춘 뒤 돌아섰다.

집에 돌아온 나는 곧바로 궁내부장에게 보내는 편지를 썼다. 그것은 라니에르 백작의 일로 궁내부를 조사하고자 하니 협조를 구한다는 내용으로, 그 안에는 폐하께서도 윤허하신 일이니 최대한 빠른 시일 내에 모든 궁내부원에 대한 정보를 넘겨줬으면 좋겠다

는 요청도 들어있었다.

 아무리 생각해봐도 의심받지 않으면서 이안 벨로트에 대해 조사하려면 이것밖에는 방법이 없었다. 게다가 그것은 그가 진범이 아닐 경우 감히 폐하께 독을 먹인 이들을 색출하기 위해서도 필요한 작업이었다.

 당장 해야 할 일들을 어느 정도 끝마쳤을 때, 집사가 들어와 근위 기사들이 찾아왔노라고 말했다. 그러고 보니 오늘부터 당분간 근위 기사들이 따라다닐 거라고 했던 것이 기억나서, 나는 가볍게 고개를 끄덕인 뒤 그들을 만나기 위해 응접실로 향했다.

 안으로 들어서자, 소파에 앉아 있던 두 명의 기사가 자리에서 일어나 내게 인사했다.

 "오랜만에 뵙습니다, 모니크 경."

 "시모어 경, 란크 경, 안녕하세요. 두 분께서 제 호위를 맡아 주시는 건가요?"

 살며시 미소를 지으며 묻자 시모어 경은 가볍게 고개를 저으며 말했다.

 "아닙니다. 영애의 호위는 당분간 여섯 명이서 삼교대로 맡게 될 것입니다. 다소 불편하시더라도 양해해 주셨으면 합니다."

 "여섯 분이나요? 그리되면 폐하의 호위는······."

 "이번에 새로 열다섯 명 정도를 충원한다고 들었습니다. 그러니 별다른 문제는 없을 것입니다."

 "그렇군요. 알겠습니다. 그런데 시모어 경, 그새 파트너가 바뀌신 건가요? 본래 쥬느 경과 함께 다니셨던 것으로 기억합니다만."

 "쥬느 경은 지금 비번입니다. 아마 다음부터는 본래대로 돌아올 것입니다."

"그렇습니다. 황명 덕에 모두 휴식 시간이 늘어났거든요."

귀족치고는 평범한 인상의 란크 경이 암청색 눈동자를 빛내며 말했다. 몹시 즐거워 보이는 표정. 그 모습을 보자 어쩐지 쥬느 경이 떠올랐다. 과묵한 시모어 경과는 달리 쾌활하던 적갈색 머리카락의 기사가.

"황명이오?"

"그렇습니다. 사흘 전, 폐하께서 몹시 기분이 좋으셨던 나머지 황위에 오르신 후 처음으로 한 타임씩 비번을 주셨답니다. 덕분에 모두 푹 쉬었지요. 쥬느 경도 그 때문에 지금 비번이고요."

"그만하게, 란크 경."

"정말 감사합니다, 모니크 영애. 전부 영애 덕분입니다."

"네? 그게 무슨……?"

내 덕분이라니, 이게 무슨 소리지?

눈을 동그랗게 뜨며 묻자, 헛기침을 삼킨 시모어 경이 란크 경의 어깨를 붙들며 말했다.

"란크 경, 그만하라니까."

"왜 그러나. 나는 영애께 드릴 말씀이 있단 말일세."

"네? 그게 뭔가요?"

"부디 폐하를 잘 부탁드립……."

"자네 정말!"

열렬한 기세로 말하는 란크 경의 입을 황급히 틀어막은 시모어 경이 말했다.

"별일 아닙니다, 영애. 신경 쓰지 마십시오."

"하지만……."

"그냥 무시하십시오. 정말 별일 아닙니다."

"벼리 아니기 무스……."

"란크 경, 그 입 다물지 못하겠나!"

늘 진중하던 평소와는 달리 험악한 표정을 짓는 시모어 경의 모습에 의아한 기분이 들었다. 대체 무슨 일인데 저러는 걸까.

그는 신경 쓰지 말라고 했지만, 모르는 척 넘어가기에는 란크 경의 태도가 마음에 걸렸다.

사흘 전이라고 했던가? 그날 무슨 일이 있었더라?

고개를 갸웃하며 생각을 더듬었다. 사흘 전이면 분명 기사 서임식이 있던 날인데. 주요 요인들이 서임식에 조금 늦었고, 피의 맹세를 하려다가 거절당했고, 아무리 그래도 맹세를 하는 것이 낫겠다는 생각에 그를 다시 찾으러 갔고, 그리고…….

갑자기 머릿속을 스치고 지나가는 생각에 얼굴이 화르르 불타올랐다. 설마 기분 좋은 일이라는 게…….

"그…… 어……."

입만 벙긋거리는 나를 본 란크 경이 싱긋 웃었다.

맙소사.

혹시나 했는데, 정말이었어? 그 사실을 저들 모두가 알고 있는 거고?

얼굴이 점점 더 붉게 달아올랐다.

앞으로 저들을 어떻게 본다지? 항시 그를 따라다니는 근위 기사들이니 까마득하게 몰랐을 거라 생각하기는 어렵지만, 그래도 이런 일까지 전부 알고 있을 줄은 몰랐는데.

민망하기도 하고 난감하기도 해서 어쩔 줄 몰라 하고 있을 때, 리나가 나타나 저녁 식사가 준비되었노라고 말했다.

나는 반가운 마음에 벌떡 일어나 아래층으로 내려가려다 말고 황급히 방으로 가져다 달라 정정했다. 지금 내려가면 두 사람과 함께 식사해야 할 터인데, 어떻게 얼굴을 마주한단 말인가.

눈을 빛내며 나를 바라보던 란크 경이 먼저 다녀오겠노라며 사라지자, 시모어 경은 문 밖에 서 있을 테니 언제든 필요하면 부르라며 당부한 뒤 방을 나섰다.

절로 안도의 한숨이 흘러나왔다. 이제야 좀 살 것 같았다.

그나저나 이제 어떡하지? 내일도 중앙궁에 가야 하는데. 난 몰라. 며칠이나 지났다고 벌써 소문이 다 퍼진 거야.

빨개진 얼굴로 입술을 잘근잘근 깨물고 있을 때, 어느새 음식을 갖고 올라온 리나가 탁자 위에 접시를 늘어놓았다. 김이 모락모락 올라오는 요리를 보자 문득 생각 하나가 머릿속을 스치고 지나갔다.

잠시 망설이다가, 나는 맛있게 드시라며 인사하는 리나에게 지나가듯 물었다.

"있잖아, 리나."

"네, 아가씨."

"이거, 만들기 어려울까?"

"네? 뭐가요?"

"음, 그러니까……. 이 요리 말이야."

"네? 요리요? 갑자기 그건 왜요?"

눈을 동그랗게 뜬 리나를 바라보다 깊은 한숨을 쉬었다.

나, 대체 지금 무슨 소릴 하고 있는 거지.

어쩐지 한심스러운 기분이 들어서, 나는 아무것도 아니라고 답한 뒤 연신 고개를 갸웃거리는 리나를 내보냈다.

오늘따라 정말 왜 이러는 것일까. 실수 연발에 수시로 평정심을 잃기까지 하고.

크게 숨을 들이쉬며 은포크를 집어 들었다. 말없이 음식을 입으로 가져가다가, 자꾸만 떠오르는 생각에 포크를 내려놓았다.

조금 전 근위 기사들의 이야기를 들었기 때문일까? 머릿속에서 그날의 일이 거듭해서 맴돌고 있었다.

한 치의 틈도 없이 밀착되어 있던 몸, 머리카락을 쓸어내리던 부드러운 손길, 그리고 입술에 와 닿던 뜨거운 숨결.

갑자기 호흡이 가빠지며 심장이 빠르게 뛰었다.

'정신 차리자, 아리스티아. 오늘따라 왜 이러는 거야?'

붕붕 고개를 저으며 상념을 떨치려 하였지만, 머릿속에 착 달라붙은 그것은 쉽사리 떨어지지 않았다. 오히려 꼬리를 물고 또다른 생각들만이 떠올랐을 뿐.

이를 악물며 기억들을 떨쳐내다 멈칫했다. 오늘 있었던 일이 떠올랐기에.

창백하게 질린 얼굴로 쓰러져 있던 그와 어찌할 바를 모르고 눈물을 쏟던 나.

지은과 함께 있는 모습을 볼 때마다 화가 나고 불안했지만, 그래도 그것은 그럭저럭 참을 수 있었다. 그렇지만 그가 내 품 안에 쓰러져 거친 호흡을 내쉬는 것을 보았을 때에 겪었던 두려움은 지은과 함께 있는 그를 보았을 때의 그것을 훨씬 상회했다. 나도 모르게 그간 머릿속에서 지우고 있던 신의 이름을 다시 부를 정도로.

어째서 그랬던 것일까? 무엇이 두려워 그렇게 바들바들 떤 거지?

생각해 보면 당시의 내게는 어지러워질 정국이나 기타 상황에 대한 염려 같은 건 전혀 없었다. 그저 다시는 그를 못 보는 것이 아닐까 걱정되고 무서웠을 뿐.

한숨을 내쉬며 포크를 내려놓는데, 문득 침대맡 탁자 위에 놓여 있는 오르골이 눈에 들어왔다. 백금과 사파이어로 장식된 그것은 불빛 아래 은은한 은청색으로 빛나고 있었다.

또록또록.

태엽을 감은 뒤 오르골의 뚜껑을 열자, 물빛 드레스를 입은 인형이 빙글빙글 돌았다. 흔들리는 촛불에 반사된 사파이어 티아라가 은빛 머리카락을 푸르게 물들였다. 마치 그의 눈동자처럼.

두근두근 뛰고 있는 가슴 위에 손을 얹었다.

이러면 안 되는데, 자꾸만 설레었다.

그와의 입맞춤을 생각할수록, 낮게 소리 내어 웃는 모습을 떠올릴수록.

이러면 안 되는 걸 알고 있는데, 조금씩 두려워졌다.

그를 잃을까 봐. 내 곁을 영영 떠날까 봐.

미소 띤 얼굴로 춤추는 인형을 바라보다 천천히 침대에 몸을 뉘었다. 다시 한 번 태엽을 감고서, 나직하게 울려 퍼지는 음악을 들으며 이불을 끌어 올렸다.

어쩐지 오늘은 잠이 오지 않을 것 같았다.

-버림 받은 황비 5권에서 계속됩니다.-

부록

설정집 Ⅳ.
독자 서평 Ⅳ.

설정집 Ⅳ. 카스티나 제국의 주요 가문

황제파

A. 기치

: '제국을 다스리는 것은 황제이며, 귀족들은 황제를 보필한다.'
→중앙집권/전제 황권을 기반으로 한 귀족 관료제를 정치적 신념으로 함.

B. 소속 주요 가문

b-1. 라스 공작가 [수장]
: 의전 서열 1위, '제국의 검', 무가武家, 제1기사단장, 개국 공신 가문.
—황제파를 이끄는 수장의 가문으로서 원리원칙을 중시한다. 정치적인 능력이 뛰어나 황제와 계파, 혹은 계파 소속 가문 사이의 이익을 조율하는 역할을 주로 수행한다.

b-2. 베리타 공작가

: 의전 서열 2위, '진리의 열쇠', 문관文官 가문, 재상.

―제국에서 내로라하는 수재들과 행정부의 수장인 재상을 수없이 배출하고 있다. 원칙을 중시하는 라스 공작가와는 달리 필요하다면 수단과 방법을 가리지 않으며, 정치적, 행정적 능력이 뛰어나다. 황제파의 꾀주머니이자 수뇌부.

b-3. 모니크 후작가

: 의전 서열 3위, '제국의 창', 무가, 제2기사단장, 모니크 왕국의 왕가 출신.

―대대로 이어지는 피의 맹세로 황제에게 절대적인 충성을 바치기 때문에 반드시 계파와 의견이 일치하지는 않는다. 황실과 계파의 이익이 상충될 경우. 황실의 그림자로 음지의 일을 다수 수행하기에 계파 내에서도 은연중에 두려움의 대상이다.

b-4. 에네실 후작가

: 의전 서열 5위, 무가, 제3기사단장, 방계 황족 출신.

―본디 계파에서 차지하는 비중은 그리 크지 않았으나 현 후작이 상경하면서 황제파 내부에서 무시하지 못하는 권력을 갖게 되었다. 라스 공작가와 비슷한 성향이나 보다 융통성이 있는 편이다. 주로 계파의 수뇌부와 중간 지휘자 사이의 조율을 맡아서 수행한다.

b-5. 펜릴 백작가

: 가주가 근위기사단장을 맡고 있기에 황제파로 분류될 뿐 정치적인 활동을 하지는 않는다. 최근 후작가로 승급시키자는 논의가 있다.

b-6. 휘르 백작가

: 베리타 공작가와 더불어 행정부[내무부]에서 높은 지위를 차지하고 있다. 현 휘르 백작의 차녀 그레이스가 황비 후보로 주목받기 시작하면서 계파 내에서 무시하지 못할 세력을 키우고 있다.

b-7. 제노아 백작가

: 베리타 공작가와 더불어 행정부[외무부]에서 높은 지위를 차지하고 있다. 현 제노아 백작의 장녀 일리아를 베리타 대공자와 혼인시키며 베리타가와 인척 관계를 형성했다.

b-8. 플렉 백작가

: 제1기사단의 부단장을 맡고 있으며, 황제파에 속해 있기는 하나 정치적인 활동은 그다지 하지 않는다.

b-9. 버트 백작가

: 제2기사단의 부단장을 맡고 있으며, 계파의 중간 지휘자 계급이다. 제노아 백작가와 더불어 주로 자작가 이하 계파원들의 의견을 모아 수뇌부에 전달하는 역할을 수행한다.

b-10. 샤리아 자작가

: 샤리아 상단을 이끄는 가문으로 본디 독립된 가문이었으나, 현 샤리아 자작 후계자 엔테아가 모니크가와의 거래를 통해 충성을 맹세함으로써 현재는 모니크가의 가신 가문 중 하나가 되었다. 상가商家이기에 정치적 신념보다는 이익을 중시하는 경향이 다분하며, 그렇기에 모니크가의 가신이면서도 '거래'를 통해 가문의 이익을 보장받기를 원한다.

현 자작 후계자 엔테아가 아리스티아의 심복으로서 활약하고 있다.

b-11. 카롯 남작가

: 모니크가의 가신 가문 중 하나로, 모니크가 사유 정보 조직의 수장을 맡고 있다.

귀족파

A. 기치

: '귀족은 제국을 다스리고, 황제는 귀족을 다스린다.'
→황권과 신권의 조화를 표방하나, 실제로는 신권[=귀족] 중심의 정치를 이상으로 함.

B. 소속 주요 가문

b-1. 제나 공작가 [수장]
: 의전 서열 4위, '검은 장미', 문관 가문, 귀족평의회 의장, 초대 황후의 친정 가문.

—귀족파를 이끄는 수장 가문으로서 정계에 큰 영향을 행사하고 있다. 특히 현 제나 공작의 경우 고령임에도 수단과 방법을 가리지 않고 목적을 달성하기 위해 노력하며 권력욕이 강하다. 덕분에 그 후계자는 마흔이 넘은 나이에 아직도 공자라고 불리고 있다.

미르칸 황제의 즉위 이후 줄어든 권력을 되찾기 위해 절치부심하는 중이며, 지은을 양녀로 받아들인 것도 그 일환이다.

cf. 제국 귀족 대다수가 참여하고 있는 귀족평의회의 의장이기에 설사 황제라 할지라도 제나가의 발언은 명분 없이 무시하지 못한다. 단, 모니크가는 귀족평의회에 속해 있지 않기에 본문에서 귀족평의회에 대한 이야기는 거의 나오지 않는다.

b-2. 미르와 후작가
: 의전 서열 6위, 문무 겸비, 제4기사단장

—본디 계파 및 중앙 정계에서 그리 큰 비중을 차지하고 있지는 않았으나 미르와 영식—4권 중반 이후 후작—이 중앙에 등장해 능력을 보여 주기 시작하면서 계파에서 중요한 비중을 차지하기 시작했다. 현재는 명실공히 귀족파 서열 2위이다.

본디 이인자 자리를 노리던 하멜, 라니에르 백작과는 사이가 좋지 않다. 귀족파의 돈주머니이자 수뇌부.

b-3. 하멜 백작가
: 행정부[내무부]에서 높은 지위를 차지하고 있다. 제나 공작가와는 친척 관계이며, 덕분에 지은의 등장 전까지는 하멜가의 장녀가 귀족파 영애들을 이끌었다.
미르와 후작의 등장 전까지 귀족파의 이인자로 활약했다.

b-4. 라니에르 백작가
: 행정부[내무부]에서 높은 지위를 차지하고 있다.
제나 공작가의 장손과 현 백작의 장녀 사이의 혼인을 추진해 귀족파의 이인자로 도약하기를 꿈꿨으나, 아리스티아 중독 사건의 범인으로 덜미가 잡히는 바람에 현재는 모든 책임을 뒤집어쓰고 계파에서 버림받은 상태이다.

b-5. 홀텐 백작가
: 행정부[외무부]에서 상당한 지위를 차지하고 있다.
하멜, 라니에르, 레슬랭가와 더불어 귀족파의 중심 수뇌부이다. 그간은 하멜, 라니에르가에 비해 다소 비중이 떨어졌으나, 현재는 현 백작의 차남이 발 빠르게 미르와 후작과 친분을 쌓음으로써 세력 강화를 꾀하고 있다.

b-6. 레슬랭 백작가
: 행정부[내무부]에서 상당한 지위를 차지하고 있다.

하멜, 라니에르, 홀텐가와 더불어 귀족파의 중심 수뇌부이다. 다소 뒤떨어지는 비중을 하멜가와의 친분으로 메우고 있다.

b-7. 디아스 백작가
: 귀족파에서 몇 안 되는 무관 가문으로, 현 백작은 제1기사단의 부단장을 맡고 있다.
현 백작과 백작 부인은 아버지와 딸뻘임에도 금슬이 좋은 것으로 유명하다.

b-8. 아피누 자작가
: 본디 백작가로, 행정부[외무부]에서 상당한 지위를 차지하고 있다. 귀족파 이인자로서의 도약을 위해 각국의 왕녀들을 초청해 태자빈으로 삼을 것을 강력히 주장, 추진하였으나 실패로 돌아가는 바람에 계파에서 버림받고 작위마저 강등되었다.
현재는 모니크가의 계속되는 설득으로 황제파로 전향, 첩자 역할을 수행 중이다.

독자 서평 IV. 쓰라린, 그리고 사랑스러운
작성자: 현재의통로

1.

처음 이 작품을 접하게 된 계기는 글이라 불릴 수도 없는 잡문을 끄적이는 글쟁이로서 내 글과 비슷한 소재인가 하는 호기심에서였다.

그런 작은 호기심에 들여다본 글은, 놀랍게도 첫 회부터 사람을 빠져들게 만드는 묘한 매력으로 나로 하여금 뒤의 회수를 빠르게 넘기게 하고 있었다.

무엇보다 사실 '회귀물'이라는 장르를 거의 접해 보지 못했기에 색다른 재미로 다가왔고, 『버림 받은 황비』의 작가가 표현하는 인물들의 뛰어난 심리 묘사 덕분에 이 글의 주인공과 마치 동시의 시점에서 살아가고 있다는 착각에 빠졌던 점이 컸다. 그 지점에 설명할 수 없는 묘한 매력이 있었다.

이미 많은 이들이 연재글을 보아 왔을 것이고, 나 또한 그것을 알기에 여기서 줄거리에 대한 무엇인가를 쓰고자 하는 바는 아니다. 또 나의 능력은 그 정도가 되지 않을 만큼 초라하기 때문에 더더욱 그렇다.

단지 한 명의 독자로서 새로운 글을 찾는 이들에게 이 글이 얼마나 읽을 만한 소설인지 말하고, 그 감동을 공유하고 싶어서 몇 줄 끄적여 본다.

2.

　사람의 심리를 '묘사하는' 것은 어려운 일이 아닐지 모른다. 허나 사람의 심리를 '느끼게' 만드는 일은 어려운 일이다. 그저 한 사람에게 배신당하는 인물의 심리적 묘사를 표현하는 것에 그치는 것이 아니다. 작품 전체로 보면 좀 더 미묘하고 복잡하며, 독자가 공감할 수 있는 심리적 묘사를 작품 속에 녹여낸다는 것은 결코 쉬운 일이 아니라는 것이다.
　그저 한 회만 읽어 보면 알게 된다. 저릿하게 아파 오는 한 여인의 억울함과 배신감, 그리고 외로움. 독자마다 느끼는 바는 모두 다르겠으나, 나의 경우는 그런 아릿함을 느꼈다. 물론 첫 회부터 말이다.

3.

　글을 읽다 보면 티아의 회귀 이후 그녀의 심적 상태나 분위기가 다소 누그러졌다고 느껴질 수도 있다. 성숙한 하나의 인격체로서 오랜 기간을 지내온 사람이 신체적으로, 그리고 시간적으로 돌아갔다고 해서 그 기억들과 경험들도 다시 리셋되는 것은 아닐 터이니 말이다. 해서, 그녀의 행동과 심리적 상태가 다소 의아하게 느껴질 수도 있다.
　허나, 그녀의 외로움과 과거를 통해 보면 나는 모든 것이 이해가 되었다. 사람과 사람 사이의 관계라고는 오직 하나뿐이었고, 그것이 그녀로 하여금 새로운 인간관계에 대한 회귀를 불러왔을 테니 말이다.

'사랑은 사람을 유치하게 한다' 하지 않던가?

비록 너무도 지독하고 교활한 사랑에 목숨을 잃었다고 한들, 따뜻하고, 상대에게서 받는 사랑은 처음인 그녀다. 너무나도 원했던 사랑 앞에 그녀가 아이가 되어 가는 모습은 어쩌면 정말 타당한 일이 아닐까.

4.

아직 과거로의 회수는 그리 많지 않다고 느낄 수 있다.

허나 분명히 기대가 되고, 쉽게 느낄 수 없는 사랑에 대한 외로움을 소재로 다루고 있는 만큼 이 글의 무게와 거기에 거는 기대가 크다.

한 명의 독자로서 회귀물과 로맨스를 찾는 이들에게 이 글을 꼭 권하고 싶다.

앞으로의 발전과 또 새로운 사건들을 기대하며.

또 심지어 작가조차 다는 알지 못할 주인공들의 결말을 기대하며.

* 본 서평은 독자분의 글을 허락을 받고 올린 것입니다. 흔쾌히 허가해 주신 '현재의통로' 님께 감사드립니다.

BLACK LABEL CLUB 007
버림 받은 황비 4

1판 1쇄 발행 2013년 12월 9일
1판 14쇄 발행 2020년 10월 26일

지은이 정유나
펴낸이 신현호
편집부장 예숙영
편집 박상희
편집디자인 한방울
영업·관리 김민원 조은걸 조인희
물류 이순우 최준혁 박찬수

펴낸곳 ㈜디앤씨미디어
출판등록 2002년 5월 1일 제117-90-51792호
주소 서울시 구로구 디지털로 26길 111 JnK디지털타워 503호
대표전화 (02)333-2513 팩스 (02)333-2514
전자우편 dncbooks@dncmedia.co.kr
디앤씨북스 블로그 http://blog.naver.com/dncbooks

ISBN 978-89-267-6193-9 (04810)
ISBN 978-89-267-6212-7 (SET)